Conquête à la maternité

*

Envoûtée par son patron

*

Retrouvailles en Finlande

CAROL MARINELLI

Conquête à la maternité

Traduction française de
CHARLINE McGREGOR

BLANCHE

HARLEQUIN

Collection : Blanche

Titre original :
THE MIDWIFE'S ONE-NIGHT FLING

Ce roman a déjà été publié en 2018

HARPERCOLLINS FRANCE
83-85, boulevard Vincent-Auriol, 75646 PARIS CEDEX 13
Service Lectrices — Tél. : 01 45 82 47 47 - www.harlequin.fr
ISBN 978-2-2804-8629-3 — ISSN 0223-5056

Composé et édité par HarperCollins France.
Imprimé en décembre 2022 par CPI Black Print (Barcelone)
en utilisant 100% d'électricité renouvelable.
Dépôt légal : janvier 2023.

FSC
www.fsc.org
MIXTE
Papier issu de sources responsables
FSC® C159065

Pour limiter l'empreinte environnementale de ses livres, HarperCollins France s'engage à n'utiliser que du papier fabriqué à partir de bois provenant de forêts gérées durablement et de manière responsable.

Prologue

— Bientôt le grand déménagement à Londres… Vous devez commencer à être surexcitée, non ?

Cette question, Freya Ross l'avait entendue de nombreuses fois au cours des dernières semaines et, malgré le nœud qui lui serrait le ventre à la perspective de ce qui l'attendait, elle sourit.

— Je suis très impatiente.

Sage-femme à la maternité rattachée à l'hôpital de Cromayr Bay, Freya était en train d'examiner Mme Roberts, tandis que ses trois petits garçons couraient partout dans le box.

— Jamie…, dit la maman sur un ton de reproche à son bambin de trois ans, le plus agité, qui grimpait sur une chaise.

Freya était plus qu'habituée à travailler avec des enfants dans les pattes, et elle l'était encore davantage à garder ses pensées pour elle. Personne n'était au courant de son appréhension au sujet du déménagement à venir. Ni ses parents, ni sa meilleure amie, ni ses collègues. Personne ne pouvait se douter qu'à l'approche de sa date de départ de la petite ville de Cromayr Bay pour Londres, elle était en plein doute.

L'annonce de son départ avait constitué une surprise totale pour tout le monde. Il faut dire que ce n'était pas une nouvelle banale pour Cromayr Bay ! Même échanger ses jours de repos pour qu'ils correspondent aux jours d'entretien à Londres avait été compliqué — Freya n'avait pu prétendre à un rendez-vous chez le dentiste, étant donné que celui-ci était le mari de Betty, sa chef. Par ailleurs, si elle s'était fait porter pâle, il y aurait bien eu quelqu'un pour remarquer sa voiture devant la gare de Cromayr Bay, ou pour passer chez elle s'enquérir de son état.

Au bout du compte, elle avait dit qu'elle partait rendre visite à une vieille amie avec qui elle avait fait son internat.

Ayant effectué sa formation à Cowdenbeath, puis à Édimbourg, Freya avait l'habitude des grands hôpitaux. Cependant, le Primary de Londres était immense, très moderne, et l'entretien d'embauche extrêmement complet.

Au final, on lui avait offert un contrat de six mois, à compter de mi-juillet, et elle commençait à stresser. Sans le montrer, évidemment. Alors au lieu de s'épancher auprès de sa patiente, elle lui faisait la conversation, l'air de rien, tout en palpant son ventre arrondi.

— On organise mon pot de départ ce soir à la Taverne. Vous êtes ma dernière patiente ici, en fait.

— Je suis désolée que vous ne soyez pas là pour la naissance. J'imagine qu'Alison aussi ?

Frey s'immobilisa. Alison avait été très claire : elle ne souhaitait pas que la nouvelle de sa grossesse s'ébruite encore. Alors elle opta pour une réponse vague.

— C'est ma meilleure amie, donc oui, elle était un peu triste quand je lui ai annoncé que je partais. Mais je reviendrai souvent à la maison.

— Je parlais du bébé. Quelle heureuse nouvelle, non ?

Freya soupira. Décidément, rien ne restait secret bien longtemps, ici.

— Espérons juste…

Mme Roberts hésita.

— Enfin, que les choses se passent mieux pour elle, cette fois.

Freya hocha la tête à contrecœur, refusant de se laisser entraîner dans une conversation sur la mort d'Andrew. L'année dernière avait été rude. À la suite d'une grossesse sans problème, Alison était arrivée à la maternité alors que le travail avait largement commencé. Mais, en vérifiant le pouls du fœtus, Freya s'était rendu compte qu'il y avait une complication. Alison avait donc été transférée à l'hôpital et avait aussitôt subi une césarienne. Le bébé avait été ranimé et envoyé à l'hôpital d'Édimbourg, en soins intensifs. Hélas, le manque d'oxygène dû à la compression du cordon et le syndrome d'aspiration méconiale qui s'en était suivi avait provoqué de graves dégâts au niveau du cerveau. Malgré leurs efforts, Andrew était décédé deux jours plus tard, laissant Alison et son époux Callum complètement dévastés.

Freya, qui devait être sa marraine, se réveillait encore en pleine nuit au son menaçant de l'électrocardiogramme. Jamais elle n'oublierait le regard de son amie et sa supplique quand elle aussi avait compris.

— Bon, tout est parfait, conclut-elle en sentant la position du bébé. La tête est en bas, et la taille est bonne.

Sa patiente semblait préoccupée malgré ces bonnes nouvelles. L'arrivée d'un nouvel enfant dans une famille déjà bien grande et agitée devait lui faire peur. Freya compatissait. Avec deux frères cadets, elle avait toujours dû être la grande sœur raisonnable. Sa mère, Jean, comptait sur elle pour surveiller ses petits frères et soigner leurs bobos au détriment des siens propres.

Tout en remplissant le dossier de sa patiente, elle se demanda comment les gens la percevaient. Ses longues boucles brunes étaient relevées en queue-de-cheval, ce qui lui donnait un air juvénile, et elle savait que ses yeux verts pouvaient paraître plus méfiants que timides. Elle était plutôt réservée, ce qui en général convenait très bien à ses patientes. Du moins l'espérait-elle.

Percevant une réticence dans le comportement de Mme Roberts, elle-même d'un tempérament un peu renfermé, elle décida de s'épancher un peu dans l'espoir de susciter la même réaction en retour.

— En réalité, je raconte à tout le monde que je suis impatiente d'emménager à Londres mais, au fond, je suis assez nerveuse, reprit-elle. C'est un gros hôpital où je ne connais personne.

— Tout se passera bien, répliqua Mme Roberts avant de se taire à nouveau.

— J'imagine qu'à vous aussi, on demande sans cesse si vous avez hâte que la date arrive ? reprit Freya.

— Oh ! ça oui ! Des phrases du style « Courage, c'est bientôt ! », « Tu dois espérer une fille, après trois gars ».

— Et c'est le cas, vous souhaitez une fille ?

— Non, bien sûr. Je ne suis pas tombée enceinte dans l'idée d'avoir une fille. En fait, je n'avais pas…

Pour la première fois, la patiente avouait à demi-mot que sa grossesse était un accident, mais, très vite, elle se ressaisit.

— Du moment qu'il est en bonne santé… Ce n'est pas que je n'en veux pas… Une fois qu'il sera là, je serai ravie. C'est juste que je ne sais pas comment je vais m'en sortir. Les jumeaux n'arrêtent pas, et Jamie est intenable. Quant à Dave, il ne m'est d'aucune aide. D'accord, il essaie, mais il est parti au travail de 7 heures du matin jusqu'à 6 heures du soir, et quand il rentre, il veut son souper. J'essaie de congeler des repas pour quand le bébé sera là… Mais ça ne suffira pas.

Freya perçut la brillance dans les yeux de sa patiente qui cacha aussitôt son visage dans ses mains pour pleurer en silence.

— Maman ! s'exclama Jamie qui vint tirer sur la jupe de sa mère. Maman !

— Ta maman est juste un peu fatiguée, intervint Freya en tendant des mouchoirs à Mme Roberts.

Pour laisser à la maman le temps de se ressaisir, elle tendit son stéthoscope au petit qui s'en empara, ravi, et s'éloigna.

— Je suis désolée, murmura Mme Roberts en se mouchant.

— Vous avez songé à demander à votre sœur de venir vous aider pendant quelque temps à l'arrivée du bébé ?

— Oui, mais c'est beaucoup lui demander.

— C'est elle qui vous a répondu ça ?

— Non, elle a proposé d'être là.

— Vous aurez besoin d'aide au début, mieux vaut l'accepter que de trop en faire et de vous retrouver épuisée. Si vous en parlez avec elle dès maintenant, elle pourra commencer à s'organiser.

Elles entreprirent ensemble de réfléchir à une organisation. Sa sœur Norma viendrait, et Mme Roberts utiliserait de temps en temps la petite crèche du village. Au bout du compte, le rendez-vous dépassa largement le temps imparti, mais le résultat le valait bien car, en partant, Mme Roberts avait retrouvé le sourire.

— Merci, dit-elle en ouvrant la porte. Je me sens tellement mieux de vous avoir parlé.

La patiente rassembla son petit troupeau agité, et Freya l'accompagna au bureau d'accueil, où elle lui fixa un rendez-vous pour le jeudi suivant.

— Je vous souhaite le meilleur pour Londres.

— Merci.

Une fois la patiente sortie, Betty approcha, et Freya lui expliqua ce qui venait de se passer.

— Pour une femme comme elle, ce n'est pas facile d'admettre qu'elle redoute ce qui l'attend. Bravo, Freya, et ne t'inquiète pas, je vais bien m'occuper d'elle.

Freya n'avait aucun doute à ce sujet, Mme Roberts serait entre de bonnes mains avec Betty, qui était sage-femme depuis presque quarante ans. En fait, c'était elle qui avait mis Freya au monde.

— Bon, je vais éteindre les ordinateurs. Toi, tu te dépêches de ranger les box, sinon tu vas être en retard pour ta fête de départ.

Quand elle ressortit, Freya constata que la salle d'attente était plongée dans l'obscurité.

— Tout est OK, dit Betty. Allez, vas-y, je fermerai.

Et voilà, le moment était venu de faire ses adieux à la maternité de Cromayr Bay… Elle balaya du regard la salle d'attente, le bureau et, dans l'enfilade, les deux salles d'accouchement. Puis elle traversa le hall si familier jusqu'au vestiaire où elle récupéra son manteau. Un passage rapide à la maison pour se changer, puis elle filerait à sa fête.

Pourvu que son ex ne pointe pas le bout de son nez.

Alison serait là, en tout cas. Elle avait pleuré, quand Freya lui avait annoncé son départ pour Londres, mais celle-ci l'avait rassurée.

— Je reviendrai souvent…

— Ce ne sera pas pareil.

Non, elle avait raison. Mais Freya avait essayé de se montrer forte pour son amie, stoïque en toutes circonstances, et s'était refusé à l'encombrer de ses propres petits soucis. Qu'était son chagrin, à elle, à côté de celui d'une mère ?

Elle salua Betty qui promit de les rejoindre à la Taverne sous peu, puis parcourut le court trajet jusqu'à chez elle dans sa petite voiture mauve.

C'était le mois de juillet, et la ville était animée avec les vacanciers qui étaient de retour. Elle se gara devant sa maisonnette de pêcheur qui, quoique cauchemardesque à rénover, était vraiment son cocon.

Chaque maison le long du front de mer était d'une couleur différente, et le petit cottage de Freya était bleu canard, avec une porte en bois sombre. L'ayant ouverte, elle entra dans son salon qui semblait étonnamment vaste avec sa cheminée ouverte dont le manteau était décoré avec des photos encadrées ainsi que quelques souvenirs.

Elle se dirigea vers la cuisine en alcôve. Qui aurait bien besoin d'un remaniement complet, même si tout fonctionnait... De toute façon, elle n'était pas une grande cuisinière. La machine à café occupait une place de choix, pourtant Freya devrait la laisser car elle n'avait pas assez de place pour la caser dans la voiture de son père.

Les locataires allaient être contents, songea-t-elle en se préparant un café rapide. Elle avait mis la maison en location pour l'été, mais dès octobre, elle serait à la vente.

Dans la cave, elle avait mis en carton quelques-unes de ses affaires. La minuscule chambre d'amis était un peu nue, mais elle était prête pour ses nouveaux occupants avec un joli lit en fer forgé et une petite commode.

Freya se rendit dans sa chambre pour enlever sa tenue de travail et se préparer, mais elle s'immobilisa un moment pour contempler la vue dégagée sur le Forth. C'était ce qui avait déclenché son coup de cœur pour le lieu. Au premier regard.

Souvent, la nuit, elle restait allongée sur son lit, les yeux perdus à l'extérieur, sur le nouveau Queensferry Bridge, un pont en construction, soutenu par des câbles. Impressionnant… Elle avait vu la structure spectaculaire sortir de terre, se déployer depuis chaque rive jusqu'à ce qu'enfin les deux côtés se rejoignent.

C'était sa vue préférée au monde et, en l'admirant, elle se demanda pour la énième fois pourquoi diable elle s'en allait. Ici, elle avait un travail qu'elle adorait, des amis avec qui elle avait grandi et sa famille, dont elle était très proche.

Pourtant, c'étaient précisément ces choses qu'elle aimait à Cromayr Bay qui illustraient les raisons de son départ.

La perte du bébé d'Alison avait fortement touché tout le monde et, par la suite, en entrant dans un magasin ou un café, Freya avait trop souvent entendu les conversations s'interrompre. Ici, tout le monde se connaissait, tout le monde savait tout sur tout le monde, se mêlait des affaires de tout le monde. Ce soir, par exemple : il y avait de bonnes chances pour que son ex, Malcolm, soit présent à la Taverne. Bien sûr, elle ne pensait pas souvent à lui, mais c'était toujours gênant de tomber sur lui et de voir l'expression blessée, voire la colère, dans ses yeux. Avant qu'il ne lui tourne le dos.

Enfin, il n'y avait pas que Malcolm. Freya voulait acquérir d'autres expériences et recommencer de zéro. Elle aurait bientôt trente ans, et si elle ne bougeait pas maintenant, elle ne le ferait jamais.

Tout au fond d'elle-même, cependant, elle savait que c'était une fuite.

Ce serait dur de partir mais, pour elle, c'était encore plus difficile de rester.

1.

— Est-ce qu'il y a… ?

Freya leva les yeux et comprit aussitôt que la femme en tenue de bloc qui se tenait près de sa table n'était pas en train de lui demander si elle pouvait se joindre à elle, mais si elle pouvait utiliser la chaise vide.

Les gens ne prenaient pas la peine de finir leurs phrases, ici.

— Oui, allez-y, servez-vous.

C'était son premier jour au Primary Hospital, celui de l'orientation, et hormis quand on lui avait demandé son nom et indiqué où aller, Freya n'avait parlé à personne. Elle avait bien essayé pendant la pause-café, mais Rita, sa voisine de siège pendant la présentation, avait dû sortir pour appeler son mari.

Le planning était chargé. D'abord, ils avaient eu droit à une visite du Primary, un grand hôpital général doté d'un centre de traumatologie majeur. Le nombre de patients reçus aux urgences par an était sidérant, tout comme celui des accouchements à la maternité — sept mille l'année précédente.

Il n'y avait pas de journée d'orientation, à Cromayr Bay. À l'arrivée d'un nouveau membre du personnel, on lui montrait les lieux, on le présentait aux autres et on le mettait à l'aise. Ici, elle se retrouvait assise dans une salle entourée d'environ cinquante nouveaux collègues, personnel médical, administratif et auxiliaires qui commençaient ou venaient de commencer au Primary.

Freya se sentait comme un tout petit poisson dans un très grand océan plutôt froid.

Le vendredi, elle était allée récupérer ses tenues de travail, et elle s'était plus ou moins perdue en voulant ressortir de l'immense bâtiment. Aujourd'hui, dans l'amphithéâtre où se donnait la conférence, elle avait appris que les bandes rouges peintes sur les murs des couloirs conduisaient aux urgences et à la sortie principale. Bon à savoir… Les bandes jaunes menaient à la maternité, les bleues aux consultations externes, et il était prévu d'ajouter bientôt des bandes vertes pour le futur service imagerie.

Après une matinée de conférences et de films, on les avait envoyés déjeuner en leur demandant de revenir à 13 heures. Il n'y avait pas de bandes de couleurs pour aller à la cantine mais, grâce aux panneaux au-dessus des portes, Freya l'avait trouvée assez facilement.

En découvrant l'endroit bondé, elle avait regretté de n'avoir pas apporté son déjeuner, comme la plupart de ses camarades de la journée d'orientation. Voilà pourquoi, sans doute, elle se retrouvait assise seule.

Il fallait qu'elle arrête de tout comparer avec Cromayr Bay, mais tout ici était si différent de ce à quoi elle était habituée. Depuis que son père l'avait laissée dans son deux-pièces quatre jours auparavant, elle n'avait discuté avec personne. Si l'on exceptait quelques vendeuses et l'employé du métro qui l'avait aidée à acheter son pass.

Pourtant, quand elle avait appelé sa mère au téléphone, elle lui avait assuré que tout était fantastique.

Un employé s'était installé à sa table et mangeait sans un mot. Freya avait déballé son sandwich, mais n'ayant pas faim, elle le reposa et repoussa son assiette. Un coup d'œil à son téléphone lui indiqua qu'il lui restait quinze minutes avant de devoir retourner dans la salle.

— Est-ce que ce siège est… ? demanda une voix d'homme, arrogante, profonde et loin d'être déplaisante.

Ras le bol des questions qui n'allaient jamais au bout…

— Est-ce que ce siège est quoi ? marmonna-t-elle.

Mais en levant les yeux, son indignation fut momentanément balayée : plus d'un mètre quatre-vingt-cinq de beauté mâle en tenue de bloc bleue, avec un stéthoscope passé autour du cou, l'observait.

Ses cheveux raides étaient si ébouriffés que, malgré l'heure, il semblait sortir du lit. Il avait entre les mains un plateau très chargé.

Freya regretta sa brusquerie, mais se consola en songeant qu'il n'avait probablement rien compris à cause de son accent.

Erreur.

— Est-ce que ce siège est pris ? s'enquit-il poliment avec un sourire à la limite du narquois.

— Je vous en prie, prenez-le.

Il posa son plateau et, le voyant balayer la salle des yeux puis s'éloigner, elle pensa qu'il cherchait une autre chaise libre pour un collègue — car son plateau comptait deux tasses de thé, une minibouteille de lait et six petites boîtes de céréales. Au lieu d'une chaise et d'un compagnon, il revint avec une cuillère.

— Len..., fit-il à l'autre employé — un agent de sécurité — en guise de salutation.

Qui lui valut un « hum » en retour, mais le bel étranger ne sembla pas se formaliser de cette réponse peu aimable.

Freya, qui buvait son café en s'efforçant de ne pas le regarder, le vit ouvrir toutes ses boîtes de céréales différentes pour les vider dans un grand bol, créant un monticule de cornflakes, riz soufflé et bouchées au chocolat, sur lequel il versa le lait. Manifestement, il n'attendait personne. Le premier thé fut avalé presque d'une traite.

Une serveuse munie d'un chariot passait entre les tables pour les débarrasser.

— Terminé ? demanda-t-elle à Freya en désignant son sandwich abandonné.

— Oui, merci.

— Je peux ?

L'agent de sécurité, Len — qui parlait, donc ! — montrait du doigt son assiette.

— Vous ne le mangez pas ? ajouta-t-il.

— Non.

— Ça vous dérange si je le prends ?

— Non, allez-y.

— Merci beaucoup.

Sortant un morceau d'essuie-tout de sa poche, il en emballa le sandwich au fromage.

— Tenez, Len, dit M. J'aime-bien-les-céréales.

Il poussa une barre de müesli de l'autre côté de la table.

— Cool !

Len empocha son butin en se levant puis sortit de la cantine.

Dieu, que les gens étaient bizarres ici… Elle n'aurait jamais imaginé pareil échange possible. Mais alors la voix profonde et arrogante résonna à nouveau.

— Il ne parle qu'aux animaux.

— Je ne vous suis pas.

— Len. Il n'est pas à l'aise en compagnie des gens, mais il fait du bénévolat dans un refuge pour animaux abandonnés sur son temps libre et il est toujours en quête de petites friandises pour eux.

— Ah !

Freya laissa échapper un petit rire.

— Vous êtes nouvelle…, dit-il avec un coup d'œil à son badge.

Il avait deviné qu'elle était membre du personnel, mais il l'aurait remarquée si elle n'était pas nouvelle ici.

Elle portait une robe fourreau sombre qui accentuait la pâleur de ses bras nus, et ses cheveux sombres bouclés lui retombaient librement sur les épaules. Selon le peu qu'il avait entendu, elle devait venir de loin.

— Je fais ma journée d'intégration, expliqua-t-elle.

— Aïe… J'ai connu ça. La conférence sur la sécurité incendie, le discours de…

— On n'a pas encore eu l'épisode sur la sécurité incendie.

C'est prévu cet après-midi. Je crois que c'est présenté sous forme de film, suivi d'une démonstration.

— Sympa…, commenta-t-il avec ironie en levant les yeux au ciel. Ceci dit, j'ai eu un patient qui a essayé de mettre le feu, une fois. Vous êtes nouvelles à Londres aussi ?

— Je suis arrivée la semaine dernière.

— J'ai travaillé à Glasgow.

— Combien de temps ?

— Un an. Je ne comprenais pas un mot de ce que disaient les gens. « Pardon ? » était devenu ma question récurrente.

— J'ai le même problème ici, répliqua Freya. À l'envers. Je dois me répéter sans arrêt…

— Je vous comprends, moi.

— Eh bien, vous êtes le premier alors.

— Vous n'êtes pas originaire de Glasgow, pourtant, ou je me trompe ?

Son accent était bien trop doux… Enfin, pas vraiment car il avait relevé une touche de rudesse dans le ton de sa réponse quand il lui avait demandé si le siège était pris. Car oui, Richard adorait relever les défis, et donc les femmes un peu renfrognées.

— Non, je suis de Cromayr Bay.

— Jamais entendu parler.

— Comté de Fife…, précisa-t-elle. Sur le fleuve Forth.

— Non, connais pas.

Mais Freya perçut une esquisse de sourire dont elle ne savait dire s'il était moqueur ou pas.

— Comment vous trouvez Londres ?

— C'est un peu tôt pour me faire une idée.

— Après quelques soirées prolongées, vous adorerez, j'en suis sûr.

Ce fut alors qu'elle remarqua ses yeux. Ou plutôt, qu'elle les remarqua vraiment. Son beau visage comptait plusieurs traits caractéristiques. Si elle devait le décrire à Alison, elle lui aurait dépeint sans problème ses pommettes hautes et sa bouche sensuelle, et le fait que ses prunelles noisette n'étaient pas juste noisette. Elles rappelaient la couleur de l'ambre brûlée, avec quelques touches dorées. On avait l'impression de regarder une flamme.

Ou bien cela venait-il du fait qu'il soutenait son regard sans ciller tandis qu'elle se répétait ses dernières paroles ?

« Après quelques soirées prolongées, vous adorerez. » Était-ce une invitation ?

Les yeux rivés aux siens, elle oublia tout ce qui l'entourait, la cantine, le bruit, et quand il reprit la parole, elle cligna des paupières, surprise par les mots.

— Et vous allez travailler dans quel service ?

— La maternité. Je suis sage-femme. Freya…, ajouta-t-elle.

Et ce n'était pas uniquement de la politesse car le stéthoscope de ce délicieux inconnu lui cachait son badge, lui dissimulant le nom.

Hélas, elle devrait patienter pour l'apprendre car ils furent interrompus par son biper. Il termina son bol de céréales, vida sa seconde tasse de thé puis se leva.

— Eh bien, vous serez parfaitement au point sur le maniement d'un extincteur la prochaine fois que nous nous verrons, dit-il en se levant.

Avant qu'elle ait le temps de répondre, il était déjà parti, sa grande silhouette se faufilant aisément entre les tables d'autant que les gens s'écartaient pour le laisser passer.

Alors qu'elle le suivait des yeux, incapable de s'en empêcher, un carillon retentit, annonçant que l'équipe des arrêts cardiaques était appelée aux urgences.

Elle ne connaissait pas son nom, mais il était superbe. Naturellement séduisant. Bien trop beau pour elle.

Elle n'était pas née d'hier puisque son trentième anniversaire approchait à grands pas, et il y avait quelque chose chez cet homme qui lui disait qu'il avait appris l'art du flirt au berceau. Car oui, elle avait décelé une pointe de flirt dans son regard, notamment quand il avait plaisanté sur les longues nuits londoniennes.

Eh bien, il n'y aurait pas de longue nuit avec lui car non seulement elle était très sensée mais aussi très prudente.

Sa pause déjeuner terminée, elle regagna l'amphithéâtre, visionna le film et écouta avec amusement la démonstration sur les extincteurs. Et se surprit à vouloir en savoir plus sur son compagnon de déjeuner.

À la pause-café, que Freya s'attendait à passer seule, sa voisine du matin, Rita, s'approcha d'elle.

— Ça fait beaucoup de choses à retenir, n'est-ce pas ?

— En effet. Vous allez travailler où ?

— Je ne sais pas, mais je suis aide-soignante en maternité, et j'espère qu'on va m'y envoyer.

— Eh bien, moi, je suis sage-femme, alors j'espère aussi qu'ils vous y enverront ! plaisanta Freya.

— Pardon ?

— Je travaille à la maternité.

Puis elles se dirigèrent vers leur dernière conférence de la journée traitant de la question des paies et des retraites. Rita prit quelques notes, et Freya fit de son mieux pour ne pas penser à autre chose…

Enfin, la journée d'orientation se termina, et la cinquantaine de nouveaux arrivants du Primary Hospital se dispersa. Freya suivit la ligne rouge et se retrouva aux abords des urgences.

Soudain, il était là. Devant un distributeur où il glissait des pièces.

L'homme qui l'avait comprise quand elle lui avait parlé. Il devait avoir encore faim. Dieu qu'il était beau. Et grand. Et robuste. Même de profil, il émanait de lui une présence phénoménale. Elle se demanda si les quelques secondes qui les séparaient lui suffiraient pour inventer une saillie spirituelle sur les extincteurs.

Mais rien ne vint, et d'ailleurs elle n'en eut pas besoin car il prit une bouteille d'eau et une barre chocolatée avant de se détourner sans la voir.

Freya se mit en route vers la bouche de métro, comme apparemment des millions d'autres personnes, et se serra dans une rame bondée durant les quatre stations jusqu'à son appartement. Puis tout ce petit monde sembla prendre le même escalator qu'elle.

Elle songea à sa petite voiture mauve restée à la maison, celle-là même qui n'aurait jamais survécu à l'autoroute — raison pour laquelle son père l'avait accompagnée ici. Puis elle pensa au court trajet qui séparait sa maison de l'hôpital et à la vue splendide.

Elle referma la porte de son appartement défraîchi et soupira. Malgré ses efforts de ces quatre derniers jours, l'endroit n'était pas beaucoup plus accueillant. Elle avait pourtant lessivé les murs, mais il aurait fallu plusieurs couches de peinture. Les rideaux, qu'elle avait lavés, avaient rétréci et ne tombaient plus jusqu'en bas. Et puis cette horrible peinture d'un cheval avec son attelage… Il fallait vraiment qu'elle l'enlève !

Demain. Elle achèterait aussi un tapis pour cacher l'affreuse moquette moutarde.

Mais ce n'était pas seulement l'appartement, le problème. Hormis cet homme magnifique au déjeuner, elle avait à peine parlé depuis son arrivée ici. Mais tout irait bientôt mieux… Une fois qu'elle aurait intégré le service de la maternité, elle commencerait à se faire des amis.

Ou pas.

Elle commençait à penser que ce déménagement avait été une terrible erreur.

2.

— Fiona, vous pouvez aller en salle de travail et d'accouchement ? Pardon, Freya.

Freya hocha la tête. Elle commençait à s'habituer à ce que Stella, la chef de service, fasse erreur sur son prénom.

— Pas de problème.

— Et vous pourrez partenarier avec Kelly ?

Freya travaillait au Primary depuis quinze jours à présent, et elle maîtrisait à peu près les expressions locales. En l'occurrence, partenarier signifiait que Kelly et elle devaient vérifier les cardiotocographies des patientes de l'une et l'autre, partant du principe que deux paires d'yeux valaient mieux qu'une.

Freya avait passé sa première semaine au service prénatal et les derniers jours au service obstétrique. Pour finir, depuis deux jours, elle était en salle de travail et d'accouchement.

Il y avait tellement de personnel ici que chaque jour elle avait l'impression de croiser de nouveaux visages. Hier, elle avait vraiment bien sympathisé avec une autre sage-femme, mais comme celle-ci n'était là qu'en remplacement temporaire, elle ignorait si elle la reverrait ou pas.

Tout le monde était agréable, mais si pressé et occupé que cette amabilité était plus professionnelle que réelle. Rien à voir avec ce à quoi elle était habituée entre collègues.

Tout en se dirigeant vers le service, elle roula la ceinture bien trop lâche de son pantalon de travail bleu marine. Avec le haut bleu pâle qu'elle portait, sa tenue était tout sauf flatteuse. Mais peu lui importait, même si, niveau taille, il y avait un souci. Il était vrai qu'elle avait perdu un peu de poids depuis son arrivée, à cause de la cadence infernale et du manque de temps pour effectuer de vraies courses.

Une fois dans le service, elle vérifia le tableau et constata que le Dr Mina était l'obstétricienne de garde. Freya avait déjà travaillé plusieurs fois avec elle et apprécié son efficacité et sa présence apaisante auprès des patientes.

Le passage de relais était toujours approfondi afin que chacun soit bien informé sur les patientes.

— Freya, vous pouvez relever Angela en D5 ? demanda Pat, la sage-femme en chef aujourd'hui. Elle attend une épidurale, mais ça m'a l'air compliqué de dénicher un anesthésiste, ce matin. Il y a eu un carambolage sur la M25, et on avait déjà lancé une dissection aortique au bloc, ainsi qu'un collapsus en pédiatrie. Après ça, on a dû appeler l'équipe de césarienne d'urgence il y a une demi-heure. Bref, au point où on en est, si le patient hurle, c'est qu'au moins il est en vie.

Freya prit une profonde inspiration. Autant de patients d'un coup, c'était l'équivalent d'une semaine de travail à Cromayr Bay au plus fort de l'été. Au Primary, en revanche, c'était une matinée comme une autre.

— Rappelez bien à Kathy, la patiente de la D5, qu'on ne l'oublie pas. Son mari, Ben, commence à s'impatienter.

Après avoir parcouru le dossier, Freya se rendit dans la salle d'accouchement. Les lumières étaient tamisées et Kathy était agenouillée, agrippée à la tête de son lit, tandis qu'Angela lui appliquait une compresse chaude dans le dos.

— Vous êtes l'anesthésiste ? marmonna le mari dès que Freya s'approcha.

— Non, je suis sage-femme.

— Ça fait deux heures que ma femme attend une péridurale !

— Ben, s'il te plaît…, murmura sa femme, avant d'être interrompue par une nouvelle contraction.

Angela la soutint pendant que Freya vérifiait l'équipement, en écoutant les détails de la progression dont l'informait sa collègue. Puis Angela désigna la porte d'un mouvement du menton, et Freya la suivit dans le couloir.

— Le mari est de plus en plus tendu, et ça perturbe beaucoup Kathy, dit Angela.

— Je vois ça, oui.

— Il est super, mais terrifié. Hélas, Kathy est encore loin du compte. J'ai appelé les urgences, mais deux de leurs patients sont en cours de transfert aux soins intensifs, donc ils sont coincés. Notre anesthésiste est averti, mais il ne sera probablement pas disponible avant au moins une demi-heure.

— On pourrait essayer d'appeler…

— Inutile.

Cette voix… Elle la reconnaissait, même si elle ne l'avait pas entendue depuis sa journée d'orientation.

— Oh ! Richard ! s'exclama Angela, visiblement soulagée. Je suis bien contente de te voir.

— Ta patiente le sera encore plus. Quelle salle ?

— D5 pour commencer. Tout est prêt.

— Merci, Angela. Freya…

Elle lui adressa un sourire.

— Richard…

Enfin, elle découvrait son nom.

Et, plus important, il était toujours aussi sublime.

Il avait troqué la tenue de bloc qu'il portait le jour de leur première rencontre contre un costume sombre et une chemise blanche avec une cravate gris argent. Ses cheveux raides étaient humides et plus longs que la dernière fois, et il n'était pas rasé. Détail bizarre, d'ailleurs, et qui ne s'accordait pas avec sa tenue élégante.

Au lieu de se rendre directement en salle d'accouchement, il prit le dossier de la patiente et s'approcha du bureau, laissant dans son sillage le parfum frais de son eau de toilette. Tout en suivant Angela en D5, Freya le regarda ôter sa veste.

— Bonne nouvelle, l'anesthésiste est là, annonça Angela en entrant dans la chambre.

— Ah oui, et où ? demanda aussitôt Ben.

— Le Dr Lewis compulse le dossier, répondit Angela avec

un sourire à l'attention de Kathy. Je vais vous laisser entre les mains expertes de Freya. Vous avez été super, Kathy.

La patiente tenta de lui rendre son sourire, mais, déjà, une nouvelle contraction la submergeait. Freya tenta d'établir un lien immédiat.

— Vous voulez venir lui masser le dos ? suggéra-t-elle à Ben, adossé au mur, tendu, mais celui-ci secoua la tête.

— Bravo, Kathy…, reprit-elle tandis que la contraction s'apaisait. Si vous voulez, nous allons faire un petit tour aux toilettes avant l'arrivée de l'anesthésiste.

Marchant à côté de Kathy, Freya poussa la perche à perfusion jusqu'à la petite salle de bains.

— Ben est stressé, expliqua Kathy.

— C'est bien normal. L'accouchement est un dur labeur pour les femmes, mais c'est l'enfer aussi pour les hommes.

Sa remarque arracha un petit rire à sa patiente.

— Vous avez des enfants ? lui demanda-t-elle, cinq minutes plus tard, en sortant du WC pour se laver les mains.

— Non. J'ai des neveux et des nièces et ma meilleure amie est enceinte. Mais j'aimerais en avoir à moi, un jour.

Finalement, elle appréciait de pouvoir s'ouvrir à l'une de ses patientes, sans craindre que la nouvelle se répande comme une traînée de poudre dès le lendemain.

— Nous, ça fait une éternité qu'on essaye, et je commençais à croire que nous n'y arriverions jamais, dit Kathy avec un soupir. Freya… Ne faites pas attention à Ben, il aboie plus fort qu'il ne mord.

— Je sais bien. Vous allez vous sentir bien mieux très bientôt et, du coup, lui aussi.

Elle aidait Kathy à se rallonger sur le lit d'accouchement quand la porte s'ouvrit sur le beau médecin dont elle connaissait désormais le nom.

— Bon sang, mais qu'est-ce que vous fabriquiez ? lança Ben en guise de salutation.

— Je suis le Dr Lewis. Anesthésiste consultant. Bonjour, madame Hudson, ajouta-t-il avec un sourire.

Mais Ben n'en avait pas terminé.

— L'épidurale était prévue il y a des heures, et vous la laissez hurler de douleur.

— Je comprends votre impatience, monsieur Hudson, et je suis navré pour cette attente, mais je suis là maintenant.

— Vous étiez où, nom d'une pipe ?

— Ben, s'il te plaît…

— Pour tout vous dire, j'étais couché quand on m'a appelé, répondit Richard sans se démonter et en relevant ses manches. Je n'étais pas censé prendre mon service avant 8 heures.

Or il était à peine plus de 7 heures. À présent, Freya comprenait pourquoi il n'était pas rasé.

Il ajusta un tablier de plastique autour de sa taille.

— Bon, préférez-vous que je vous appelle madame Hudson ou Kathy ?

— Kathy.

— D'accord, Kathy, vous allez vous sentir beaucoup mieux très bientôt, vous allez voir.

Il était très méticuleux. Pendant que Freya aidait la patiente à s'asseoir au bord du lit pour la procédure, Richard Lewis passa en revue tout le matériel préparé. Sans un mot, il vérifia et revérifia tout par le menu.

— Parfait, dit-il enfin, comme pour lui-même. Kathy, vous allez ressentir une piqûre, ce sera l'anesthésiant local et, ensuite, une sorte de pression. J'ai besoin que vous restiez aussi immobile que possible. Vous avez bien compris ?

— Oui. Mais… et si j'ai une contraction ?

— Pas de problème. Je suis habitué à ça, je m'en arrangerai.

Il lui dressa la liste de tout ce qu'elle pouvait s'attendre à éprouver, et alors qu'arrivait la contraction suivante, il enfila des gants puis attendit que la douleur diminue avant d'entamer la procédure.

— Je suis désolé, dit Ben tout à trac.

— Pas de souci, répondit Richard. C'est affreux de voir souffrir quelqu'un qu'on aime. Cependant, votre femme s'est très bien débrouillée. On va juste faire en sorte de lui faciliter la suite, d'accord ?

Waouh ! Il venait dans une même phrase d'accepter les excuses du mari, tout en lui rappelant qui était au centre de l'attention.

— Vous voulez venir vous poster de ce côté ? suggéra Freya à Ben, dont elle devinait l'anxiété. Vous pourrez tenir la main de Kathy.

Cette fois, il obtempéra sans hésiter. Richard travailla calmement et en silence. La péridurale fut bientôt en place et Kathy rallongée sur son lit.

— Il faut rester étendue maintenant, dit Richard en jetant ses gants. Merci, Freya. Puis-je vous laisser mon bazar ? Je crois que je suis très attendu en D3.

— Bien sûr, allez-y.

Freya vérifia les constantes de Kathy et celles du bébé, et le temps qu'elle range la salle, la patiente commençait déjà à ressentir les bénéfices de la piqûre.

— Reposez-vous, Kathy. Je ne serai pas loin, je passerai souvent. Appuyez sur le bouton en cas de besoin.

— Freya !

Son prénom retentit aussitôt qu'elle sortit dans le couloir.

— Vous pouvez aller vous occuper du bébé en D7 ?

Faire naître un bébé, c'était un moment merveilleux. Une joie intense, avec une touche de souffrance vraiment légère. Elle entra dans une salle d'accouchement paisible, où Kelly, une autre sage-femme, se trouvait déjà en compagnie des futurs parents. Le presque père avait les bras autour des épaules de sa femme.

— On est à trente-sept semaines, le bébé est petit et la tête plus étroite qu'on ne pourrait l'attendre compte tenu des dates, lui expliqua calmement sa collègue.

Freya vérifia que l'équipement était bien prêt. Malgré ce souci de petite tête, tout semblait sous contrôle.

— Essayez de ne pas pousser, Sita, dit Kelly à la future maman. Respirez bien.

La porte s'ouvrit sur Richard, et, très calme, Kelly lui expliqua pourquoi on l'avait appelé.

La salle commençait à être remplie de monde. Outre Stella, entrée avec Richard, le Dr Mina, l'obstétricienne, arriva au moment où la tête sortait. Puis ce fut Guy Masters, le pédiatre de garde, que Freya avait déjà rencontré, qui fit son apparition.

— Bien, Sita, dit le Dr Mina sur un ton encourageant. Respirez et suivez les conseils de Kelly. Le Dr Masters est pédiatre, et il est ici pour examiner votre bébé.

La tête était en effet minuscule, et Freya se surprit à retenir son souffle alors que le petit corps sortait. Aussitôt qu'on le lui tendit, il se mit à pleurer. Ses immenses yeux cillaient à cause de la lumière, et son petit visage était tout fripé. Magnifique… Petit, mais parfait. Guy était déjà en train de l'ausculter tandis qu'elle le nettoyait.

— Il est mieux dehors que dedans, commenta le pédiatre.

Le bébé avait manifestement manqué de nutrition in utero, mais il était vif et prêt à mordre la vie.

— Je ne pense pas qu'on aura besoin de toi, Richard…, lança Guy par-dessus les hurlements stridents du bébé, dont les joues rosissaient.

— Pas avec des poumons pareils, commenta Richard.

Son biper retentissant encore, il quitta la salle sans que personne ne lui prête attention. Enfin, personne sauf Freya.

Elle enfila un bonnet sur la petite tête pour garder le bébé bien au chaud, l'emmaillota puis le porta à ses parents. Une famille était née.

Freya adorait aider à l'accouchement d'un bébé, mais l'examiner était aussi un moment spécial. On essayait toujours de le tendre directement à la mère sitôt sorti, mais parfois, comme ici, au vu de la taille exceptionnellement réduite, le bébé avait besoin d'une consultation approfondie. Heureusement, celui-ci était en parfaite santé. Une nouvelle vie venue au monde.

La journée filait à toute allure, chargée et un peu folle. Après une matinée sans interruption, où Freya avait tout juste eu le temps de prendre un café sur le pouce dans un bureau, elle se dirigea vers la salle de repos. Le Dr Mina discutait avec Richard et Kelly avec Stella au sujet d'un film qu'elles iraient voir le week-end.

— J'en ai entendu de bonnes critiques, intervint Freya, espérant un peu être invitée à les accompagner.

Mais Kelly se contenta de hocher la tête.

Freya déjeuna seule, et au moment où elle reprit son service, on lui annonça que Kathy était prête à pousser.

Quand elle arriva dans la salle d'accouchement, Ben était blême.

— Je vous croyais partie, dit-il.

— Et j'aurais raté ça ? dit-elle en lui souriant. Pas question.

Ben s'avéra très efficace quand il fallut convaincre sa femme de pousser. La péridurale avait été parfaitement posée car la patiente éprouvait les sensations mais pas de douleur.

— Allez, encore une grosse poussée, dit Freya. Allez, très fort. Encore, encore.

Cette fois, ce fut Kelly qui arriva pour un garçon potelé, magnifique, qui provoqua les larmes de Ben et Kathy quand on le posa sur le ventre de cette dernière.

— Vous voulez couper le cordon, papa ? demanda Kelly.

Bébé Hudson n'avait pas encore de prénom, mais quelque temps plus tard, alors que Freya se préparait à rentrer chez elle, il avait déjà eu sa première tétée et Kathy une tasse de thé bien méritée.

La journée avait été bien remplie, mais d'après ce qu'on lui avait dit, pas plus qu'à l'habitude. Pourtant, Freya était éreintée. Elle ressentit l'excitation provoquée par l'accouchement du bébé de Ben et Kathy pendant tout le trajet en métro, mais celle-ci commença à retomber sur la fin du parcours à pied.

Freya n'avait jamais été entourée par autant de gens, mais elle ne s'était jamais sentie aussi seule. Se faire des amis s'avérait plus compliqué qu'elle ne l'avait imaginé.

Plus tard, en mangeant ses nouilles chinoises, elle se rappela qu'elle avait bel et bien des amis et appela Alison.

— Comment ça se passe ? lui demanda cette dernière.

— Je suis très occupée. Enfin, au travail... Pour ce qui est de la vie sociale, beaucoup moins.

— Mais tu es à Londres !

Freya poussa un soupir.

— Je sais. Je fais des efforts, pourtant. Mais je me sens comme une pièce coincée dans un distributeur automatique.

— Rejetée, tu veux dire ? ironisa Alison.

— Exactement.

— Continue d'essayer. Et accepte toutes les invitations.

— Encore faudrait-il que j'en reçoive.

— Ça viendra.

— Et toi, comment ça va ?

La gorge de Freya était serrée, mais elle ravala la boule qui venait de s'y former pour garder une voix détendue.

— Tout va bien. J'en suis à quinze semaines et je te jure que j'ai du ventre, même si Callum dit que c'est trop tôt.

Certaines femmes grossissaient plus vite lors d'une deuxième grossesse, mais dans le cas d'Alison, le sujet était délicat à aborder.

Tous les jours, elle était en contact avec des femmes enceintes et, souvent, elle devait gérer des deuils. D'ailleurs, elle s'enorgueillissait de le faire bien. Pourtant, quand il s'agissait d'une amie aussi proche qu'Alison, elle se retrouvait comme une novice, incapable d'aborder la chose avec naturel. Pas question de craquer. Bien sûr, elles avaient pleuré ensemble les jours qui avaient suivi la mort d'Andrew, mais en cet instant, il lui fallait être forte pour Alison.

— Ta prochaine écho a lieu quand ? s'enquit-elle.

— Dans deux semaines. Je n'y croirai qu'une fois que j'aurai entendu son petit cœur.

La voix de son amie se brisa, et Freya ferma les yeux.

— Tout va bien se passer, dit-elle, faute de mieux.

— Tu n'en sais rien, marmonna Alison.

— C'est vrai, mais…

— Pardon…

Soudain, Freya retrouva sa voix de sage-femme et prodigua tous les bons conseils qu'elle aurait donnés à une patiente. Cependant, Alison restait sa meilleure amie, et c'était bizarre, d'autant que les choses avaient changé entre elles.

Cela, elle ne pouvait rien y faire.

3.

Richard Lewis était vraiment un beau spécimen. Même assoupi, il parvint à accélérer les battements du cœur de Freya quand elle entra et le trouva allongé sur plusieurs sièges dans la salle de repos.

Pat et Kelly étaient en grande conversation et ne semblaient pas le moins du monde perturbées par le spectacle de ce grand corps. Contrairement à Freya. Elle était perturbée, très perturbée, même. Et même si elle essayait de ne pas le reluquer en touillant sa soupe, ses yeux revenaient vers lui comme par leur propre volonté.

Aujourd'hui encore, il n'était pas rasé. Sans doute parce qu'il avait travaillé toute la nuit et qu'on était en fin de matinée.

Après un mois au Primary, la curiosité qu'il lui inspirait ne retombait pas. Elle le voyait régulièrement à l'hôpital. Il avait un nouvel interne qui n'était pas encore en mesure de pratiquer seul les péridurales, alors Richard venait souvent en salle de travail et d'accouchement afin de le superviser. Sans compter qu'on l'appelait systématiquement chaque fois qu'il y avait un accouchement problématique ou une césarienne.

Cependant, ces moments-là n'étaient pas très propices à la conversation. Si Freya se trouvait très occupée à la maternité, ce n'était rien comparée à sa charge de travail à lui. Entre les urgences, les opérations et les soins intensifs, il courait dans tout l'hôpital.

Malheureusement, son intuition première le concernant s'était révélée exacte : Richard était bel et bien un bourreau des cœurs. Elle l'avait appris des autres sages-femmes. Non qu'elles se soient confiées directement à elle — non, elle luttait encore pour s'intégrer —, mais elle avait surpris quelques conversations. Apparemment, il venait de mettre un terme à une brève aventure avec une infirmière des urgences, et Von, l'une des sages-femmes, espérait toujours que Richard et elle allaient se remettre ensemble.

Pat et Kelly discutaient encore du fameux film que Freya n'avait toujours pas vu, alors elle prit son courage à deux mains.

— Je meurs d'impatience de le voir, intervint-elle.

— Oh oui, vous devriez, lui répondit Kelly, avant de se lever. Allez, Pat, il faut qu'on y retourne.

Freya soupira. Braquant les yeux vers la télévision, elle buvait une gorgée de sa soupe en brique quand une voix — une voix qu'elle s'était mise à apprécier — retentit, grave et rauque.

— Je vais vous emmener le voir, moi, ce fichu film.

Elle se tourna.

— Pardon ?

— Vous n'arrêtez pas de lancer des perches chaque fois que je suis dans les parages. Il suffit de demander.

— Je ne disais pas ça pour que vous m'y emmeniez ! s'exclama-t-elle, pestant intérieurement en se sentant rougir. J'espérais qu'une des filles me proposerait de les accompagner.

— Vous êtes trop subtile, dit-il, moqueur. Pauvre Freya qui n'a pas d'ami.

— Méchant !

Mais elle ne put s'empêcher de lui sourire en retour.

— Il faut vous inviter, ajouta-t-il. Ou bien juste y aller avec elles.

— Arriver comme ça ? Comme si je les suivais ?

— Bon, non, peut-être pas comme ça…

— J'ai toujours eu des amis, dit-elle, y ayant énormément réfléchi ces derniers temps. Mais je me suis rendu compte que c'était parce qu'on avait grandi ensemble. Je n'ai jamais eu besoin de m'en faire.

— N'importe quoi… Je suis sûr que même dans votre village, ou votre ville du nord, il y a aussi des gens que vous n'appréciez pas. Moi, je détestais Derek, mon voisin quand j'étais gamin, et pourtant, on nous obligeait à jouer ensemble tout le temps.

— Pourquoi ?

— Une autre fois..., répliqua-t-il en s'étirant avec un bâillement. Je meurs de faim.

— J'ai de la soupe.

Richard fit la grimace.

— Non, merci. Je vais descendre à la cantine. À quelle heure finissez-vous ?

Il ne plaisantait donc pas ?

— Pas avant 21 heures.

— Eh bien, moi, je remplace Simon jusqu'à 20 heures, je ne pense donc pas que je terminerai bien avant. Retrouvons-nous à l'entrée des urgences.

— Je ne sais même pas si le film passe encore. Ni à quelle heure.

— Il est projeté partout. Quant aux séances, on a l'embarras du choix. Vous n'êtes pas à Cromayr Bay, ici, où il faut changer les bobines à la main...

Bien que consciente qu'il la taquinait, elle se mit à rire.

— Donnez-moi votre numéro afin que je puisse vous envoyer un SMS si je vois que je suis retenu. Si je ne suis pas au rendez-vous à 21 h 15, rentrez chez vous. Ça signifiera que je suis occupé ailleurs, et pas que je vous évite, d'accord ?

Même sa solitude, il la chassait d'un sourire.

— J'ai hâte, dit-elle avant de lui donner son numéro. Et non, je ne serai pas vexée si...

Elle s'interrompit à l'arrivée de Stella.

— Freya, je sais que vous n'êtes pas encore censée reprendre, mais on a un petit coup de rush.

— J'arrive, dit-elle en terminant rapidement sa soupe.

La surprenant, Richard prit congé.

— On se dit à 21 heures, alors ?

C'est les joues échauffées qu'elle suivit Stella, devant laquelle il n'avait pas hésité à évoquer leur rendez-vous.

Cela ne voulait rien dire, se répétait-elle. Ils étaient juste deux collègues qui allaient au cinéma.

— Vous voyez Rose ? dit Stella en désignant Rita, l'aide-soignante qui avait fait sa journée d'intégration avec Freya. On croirait qu'elle vide les poubelles, n'est-ce pas ?

— Euh… C'est Rita. Oui ?

— Eh bien, en réalité, elle ramasse les cœurs brisés.

Freya pinça les lèvres, comprenant l'allusion.

— Regardez, elle passe sous le lit. Elle a dû en trouver un autre. Vous savez, il va d'une urgence à l'autre… eh bien, avec les femmes il fait pareil.

Freya s'arrêta de marcher et adressa un large sourire à sa supérieure. Parce que, en effet, elle connaissait la réputation de Richard, et que Stella l'avait amusée.

— Stella, on va au cinéma. Ni plus ni moins…

— Vous ne viendrez pas dire que je ne vous avais pas avertie.

La soirée était calme pour les standards du Primary, ce qui aurait peut-être été qualifié de chaotique chez elle. En tout cas, à 21 heures, Freya était dans le vestiaire. Elle sortit son téléphone de son casier et se surprit à pousser un soupir soulagé en constatant que Richard ne s'était pas manifesté pour l'avertir qu'il ne pourrait pas la rejoindre.

Enfin, soulagée n'était pas vraiment le bon mot. Car elle était nerveuse à la perspective de cette soirée. Elle voulait tant se faire des amis. Sauf que, en l'occurrence, cette amitié ne ressemblait à aucune de celles qu'elle avait connues.

Après avoir ôté sa tenue de travail informe, elle enfila sa robe en lin grise et ses ballerines puis détacha ses cheveux dont elle démêla les boucles avec ses doigts.

Au bout du compte, ce fut elle qui était un peu en retard, car quand elle arriva à l'entrée des urgences, Richard consultait son téléphone.

Lui aussi avait troqué sa tunique pour un costume, cette fois sans cravate et, à côté de lui, elle se sentit un peu minable.

Elle était superbe dans cette robe, songea Richard. La même que celle qu'elle portait le jour où ils s'étaient rencontrés. Un détail qui l'ennuyait car, en général, il ne se rappelait pas les vêtements que portaient les gens. Il avait même plaisanté avec un ami, avançant qu'il ne saurait pas décrire à la police la tenue de la femme avec qui il avait passé la soirée si on l'interrogeait.

Non, d'habitude, il se disait juste : « Tiens, elle est jolie. », et c'était tout. Avec Freya, en revanche, il était capable de décrire en détail la robe en lin grise, un peu plus flottante que le jour de leur rencontre, les chaussures noires, les mollets menus des jambes sans bas, les cheveux détachés qui ne retombaient pas tout à fait sur les épaules tant ils bouclaient. Et ses yeux verts. Et ses lèvres sensuelles.

Oui, décidément, c'était ennuyeux. Mais il n'en montra rien, bien entendu.

— Bon, le film est à 22 heures, annonça-t-il tandis qu'ils gagnaient la rue. Donc si on rate les bandes-annonces, on a le temps d'aller manger quelque chose de correct. J'en ai assez d'avaler des sandwichs.

— Super idée…

— Vous êtes de service demain matin ?

Elle hocha la tête.

— Moi aussi.

À cet instant, Stella passa en voiture à leur niveau.

— Bon film, Freya ! lança la sage-femme en chef par la vitre.

— Merci ! répondit Freya en rougissant.

— Elle vous a raconté des histoires sur moi ? demanda Richard.

— Non !

— Évidemment que si. Et elles sont toutes vraies.

— Eh bien, dans ce cas, heureusement qu'on ne va qu'au cinéma.

— Exact. Mais avant, on mange. Italien, ça vous va ?

Comme elle acquiesçait, il l'emmena dans un charmant endroit qu'il connaissait, un peu à l'écart de la rue principale, où on les installa à une table près de la vitre.

Ils commandèrent de l'eau pétillante, un plat de pâtes à la carbonara pour Freya et un osso-buco pour lui.

— Alors, comment vous trouvez le Primary ? demanda-t-il quand on leur servit leur plat.

— Bien… Enfin, je m'attendais à une certaine frénésie, mais pas à ce point.

— C'était comment, dans votre ancien poste ?

— Je travaillais dans une maternité rattachée à un hôpital. On recevait les futures mères pour leurs visites prénatales et jusqu'aux soins post-accouchement.

— Combien d'accouchements ?

— À peu près une centaine par an. Ça fait une grosse différence avec ici, où on approche ce nombre pour une semaine. Mais je rêvais de cette expérience.

— Vous auriez pu la trouver plus près de chez vous. Comme à l'hôpital d'Édimbourg, non ?

— Oui, j'y ai fait un stage pendant ma formation, mais je voulais quelque chose de totalement différent, et c'était maintenant ou jamais, en quelque sorte.

— Vos parents vivent là-bas ?

— Oui, répondit-elle. Et mes frères aussi.

— Vous vous entendez bien ?

C'était plus fort que lui, il voulait en savoir plus sur elle. Il y avait forcément une raison à son départ, pas seulement professionnelle, pour qu'elle ait abandonné travail, famille et amis.

— Oh oui, je les vois souvent. Mon frère le plus âgé, bien qu'ils soient tous les deux mes cadets, a deux enfants. C'est moi qui ai accouché le dernier-né.

— Je ne m'imagine pas avec une belle-sœur. Et encore moins en être aussi proche.

— Vous avez des frères et sœurs ?

— Non, je suis fils unique.

— Et vous êtes originaire de Londres ?

— Du Kent.

— Vous y retournez régulièrement ?

— De temps en temps.

Il parlait rarement de sa famille mais, avec Freya, il ne ressentait aucune curiosité mal placée. Elle le mettait à l'aise. Mieux, il appréciait de discuter avec elle.

— Je vois parfois mon père, et ma mère vit ici, à Londres. Elle vient de se fiancer. Encore…

En principe, à ce moment du repas, il devrait évoquer les plats qu'ils dégustaient, ou bien le film qu'ils allaient voir. Ou alors, comme à son habitude, il passait en mode flirt. Sauf que là, il était curieux d'en apprendre encore plus sur elle.

— Votre ancien travail vous manque ?

— Oui et non, répliqua Freya. Il m'est souvent arrivé d'accoucher les bébés de femmes avec qui je suis allée à l'école. D'ailleurs, je connais à peu près tout le monde et c'est plutôt sympa de croiser des patientes dans la rue ou au supermarché…

— Mon père est médecin généraliste, donc je ne connais que trop bien les inconvénients. Il n'était jamais vraiment de repos. Même s'il allait au restaurant, comme nous en ce moment, il était sollicité. Le seul souvenir que j'ai de lui oubliant le travail, c'était quand on partait en vacances et, même là, ses patients l'appelaient pour des conseils.

— Pour le coup, ça ne me dérange pas trop.

Il fut étonné par sa réaction concernant l'aspect potentiellement intrusif de leur travail.

— C'est plutôt le fait que tout le monde se mêle des affaires de tout le monde, reprit-elle. Et puis, quand une grossesse se passe mal, c'est encore plus dur.

— Ça fait partie du travail.

— Certes, mais c'est plus difficile quand on connaît la patiente personnellement.

— Peut-être…

— Non, pas peut-être, le coupa-t-elle. C'est sûr.

Il ouvrit la bouche pour répliquer quelque chose, mais se ravisa. Apparemment, le sujet était sensible, et il n'aspirait qu'à se détendre après cette longue journée.

N'empêche, il restait un détail qui le turlupinait.

— Votre décision a été motivée par une rupture ? C'est

pour ça que vous êtes partie ? ajouta-t-il en voyant son air perplexe. Y a-t-il un ex-M. Freya, là-bas ?

Elle se mit à rire, pour son plus grand bonheur.

— Non ! Je n'ai jamais été mariée mais, en effet, j'ai rompu avec quelqu'un il y a quelques mois. Cela dit, ça n'avait rien à voir avec ma décision de partir.

Il avait du mal à croire à cette affirmation.

— Vous en êtes bien sûre ? demanda-t-il malgré lui.

Freya semblait sur ses gardes. Apparemment, elle ne parlait pas volontiers d'elle, et malgré la discussion fluide, il la sentait prudente dans ses réponses.

Pour une fois, il avait envie de creuser, de savoir la vérité au sujet d'une femme.

— Bon, ça a peut-être influencé un peu mon choix, répliqua-t-elle à contrecœur, de toute évidence. C'est vraiment terrible d'aller dans un pub ou un restaurant en sachant qu'il y a de fortes chances pour que vous y croisiez votre ex. C'était un peu désagréable, oui.

— Qui a rompu ?

— Moi. Nous étions ensemble depuis longtemps et je… En fait, je traversais une période difficile, et il n'a pas été d'une grande aide. Bref, avant qu'on ne puisse plus se voir en peinture, j'ai décidé de rompre, conclut-elle avec un sourire tendu. Il faut croire qu'il n'était pas l'amour de ma vie.

— Ça n'existe pas. Le travail est le seul amour de ma vie, et j'ai bien l'intention de m'en tenir à ça.

— Comment faites-vous ? demanda Freya. Je vois comme je suis vidée après une urgence, et vous, vous en gérez tous les jours.

— C'est mon oxygène. Il n'y a pas d'autre job qui me plairait plus. Cependant, je ne souhaite pas finir comme mon père. Il faut un équilibre. Je pars souvent pendant mes jours de congé. J'essaie de m'éloigner de l'hôpital. J'ai des choix à faire.

— Comme… ?

Il secoua la tête et, contre toute attente, elle n'insista pas. Une réaction qui lui donna envie de l'embrasser, là, tout de suite. Il n'en fit rien, évidemment, toutefois la pensée restait bien là, tandis que leurs regards se trouvaient.

Il la vit rosir, pourtant elle ne détourna pas les yeux. À quoi pensait-elle ? Comment envisageait-elle cette soirée ? Juste une sortie avec un collègue et potentiel ami dans une ville où elle ne connaissait personne ? Ou plus que cela ? Ressentait-elle ce désir qui le titillait ? Était-elle attirée ou révulsées par les rumeurs qui couraient sur lui au sein de l'hôpital ?

Elle saisit son verre et avala une gorgée d'eau.

Il se surprit à songer qu'il aimait ces moments de silence, entrecoupés par le rayonnement de son sourire.

— Donc votre mère est fiancée ? reprit-elle soudain.

Elle changeait de sujet. Mais ils pourraient bien parler de sa famille autant qu'ils le voudraient, le véritable sujet, ce soir, c'était le désir. Qui enflait imperceptiblement entre eux. Il voulait lui caresser les cheveux, plonger dans ces grands yeux dont il ne savait pas déchiffrer le message. Un regard brûlant et pourtant méfiant mais, derrière les barrières, il percevait le désir.

Elle se sentait seule, elle ne s'en était pas cachée. Il avait peut-être une réputation bien méritée, il n'en était pas pour autant une fripouille. Pas question de profiter de la situation, ni de semer le doute dans cette jolie tête.

Alors retour à sa question. Les nombreuses amours de sa mère.

— Ma mère s'apprête à convoler pour la quatrième fois. Mon père est moins pire, il n'a été marié et divorcé que deux fois, et je doute qu'il franchisse le pas à nouveau. Dieu merci, quelle plaie de devoir inventer un discours à chaque fois !

— Quatre fois !

Il hocha la tête.

— Elle nous a quittés quand j'avais quinze ans et j'ai trente-trois ans aujourd'hui, donc ce n'est pas aussi terrible que ça paraît. Enfin, peut-être que si…, corrigea-t-il en la voyant écarquiller les yeux. Ma mère, qui est actrice de théâtre, n'était pas faite pour être la femme d'un médecin de campagne. Elle détestait ça. Et depuis qu'elle a rompu avec mon père…

Il s'interrompit soudain et baissa les yeux sur son téléphone. Presque 23 heures !

— Freya ?

— Oui ?

— On a raté le film.

Elle balaya la salle des yeux. En effet, il ne restait plus beaucoup de tables occupées.

— Vous voulez un café ou un dessert ? ajouta-t-il.

Elle secoua la tête, l'air perturbé.

— Non, merci…

En marchant avec elle jusqu'à la station de métro, il se demandait comment il allait pouvoir la quitter. Il n'en avait pas la moindre envie. Alors il lui demanda où elle habitait et offrit de l'accompagner.

— Il n'y a que quatre arrêts, protesta-t-elle.

Mais sans trop insister, il le nota bien. Pour la forme, peut-être ? Après tout, elle n'était pas encore très habituée au métro, il faisait nuit, et sans doute apprécierait-elle de la compagnie. Peut-être même sa compagnie.

— Voilà, on y est, annonça-t-elle en s'arrêtant devant un immeuble.

— Bon, je suis désolé que vous n'ayez pas vu votre film, au bout du compte.

Mensonge. Il n'était pas désolé du tout.

— Ce n'est pas grave, répondit-elle en jouant avec une mèche de ses cheveux bouclés.

Devinait-elle qu'il avait envie de l'embrasser ? En avait-elle autant envie que lui ?

— Une autre fois…, dit-il, résistant à grand-peine au désir de la plaquer contre le mur quand elle leva les yeux vers lui.

Elle voulait un ami, se rappela-t-il. Rien de plus.

— Merci pour cette agréable soirée. C'était sympa de… Eh bien, de parler d'autre chose que de bébés.

Elle sortit sa clé, et il la regarda la glisser dans la serrure. C'était toute la différence, avec Freya : elle ne restait pas plantée là, à attendre un baiser. Elle ne semblait pas vouloir de complication, elle non plus.

Pourtant, il y avait le désir.

Une si belle soirée d'été, si étouffante, méritait de se finir dans un lit, mais il savait se tenir.

— Bonne nuit, Freya.

— Bonne nuit, Richard.

4.

— C'était comment, le film ? demanda Stella, qui entrait avec Freya dans les vestiaires.

— Super..., répondit-elle. Il vaut vraiment la peine d'être vu.

Elle fut sauvée par la sonnerie dans les haut-parleurs appelant l'équipe de traumatologie aux urgences.

Elle n'avait aucune intention de raconter à Stella qu'ils n'étaient pas allés au cinéma au risque que sa supérieure se fasse des idées sur ce qui s'était réellement passé.

Profitant d'un moment de calme inhabituel, Freya vérifia l'état des stocks. Elle venait de sortir les cathéters et cochait la liste correspondante sur le formulaire de commande quand la sonnerie retentit à nouveau.

Une sonnerie qu'elle n'avait jamais entendue.

— Brigade obstétrique aux urgences, entendit-elle crier.

Freya ne faisait pas partie de la brigade en question, mais on lui en avait expliqué le rôle durant son entretien d'embauche. Pour chaque garde en maternité, une sage-femme confirmée portait un biper et devait assister toute urgence obstétrique dans n'importe quel service de l'hôpital, aux côtés d'un obstétricien et d'un anesthésiste.

Les nouveaux membres du personnel devaient participer au moins à trois urgences hors de leur unité d'origine en tant qu'observateurs, puis le Dr Mina devait les valider avant qu'ils n'intègrent vraiment cette brigade.

Cependant, même si elle ne faisait pas partie de cette équipe, Freya savait qu'elle pouvait toujours se rendre utile.

Elle se précipita vers la salle d'équipement et sortait déjà le brancard d'urgence quand Stella et Kelly arrivèrent de deux directions opposées.

— Le Dr Mina est déjà là, dit Stella, s'adressant à Kelly qui détenait le biper de la brigade obstétrique pour la journée. Freya, vous pouvez y aller en observatrice.

Elle ne se le fit pas dire deux fois : elle était nerveuse, mais fin prête pour vivre cette nouvelle expérience.

La sonnerie les appela de nouveau.

Len, le portier, les avait rattrapées et il prit l'autre côté du brancard, permettant à Kelly de les précéder. Pour parer à toute éventualité, ils emportaient tout ce dont ils pouvaient avoir besoin, y compris un berceau néonatal, même s'il y en avait sans doute un aux urgences.

Bien que nerveuse, Freya se rassura en songeant qu'elle n'était qu'observatrice. De toute façon, cette expérience lui servirait quand elle rentrerait à Cromayr Bay.

Quand.

Ce mot la fit sursauter, mais elle n'avait pas le temps de s'y attarder maintenant. Richard, qui se tenait à la tête d'un des lits de réanimation, ne lui accorda qu'un bref coup d'œil quand elle entra.

— L'autre lit, dit-il avec un mouvement du menton en direction d'un rideau fermé dissimulant un autre patient — une patiente, s'il fallait en croire les cris que l'on entendait.

Des cris terrifiés, qui s'ajoutaient aux « bips » des appareils et aux instructions des médecins. Dominic, l'interne de Richard, était à la tête de ce lit, entouré par l'équipe de traumatologie et du Dr Mina, minuscule dans sa tunique verte, ce qui n'ôtait rien à son autorité.

Elle passait un doppler sur le ventre de la patiente et le son d'un pouls rapide résonnait.

— Restez en retrait et observez, Freya, ordonna Kelly. Vous serez bientôt confrontée à ce genre de chose.

De toute façon, il n'y avait pas vraiment de place pour faire autre chose qu'observer. Une femme plus âgée, en tunique d'hôpital aussi, parlait à la patiente avec un fort accent irlandais.

— Tout va bien, Louise. On s'occupe de vous.

On avait passé une minerve autour du cou de Louise qui, d'après ce que Freya parvenait à distinguer, avait été impliquée dans un grave accident de la route. Elle présentait un traumatisme fermé au niveau de la poitrine et de l'abdomen, ainsi qu'une blessure à la tête. Il était aussi possible qu'elle ait des saignements abdominaux.

Par ailleurs, elle était enceinte de vingt-six semaines.

— Louise, les battements du cœur de votre bébé sont forts…, annonça Kelly qui vint se placer à la tête du lit.

Mais rien ne semblait pouvoir calmer la future maman. Louise Eames était complètement terrifiée et peut-être confuse, suite à sa blessure à la tête.

— Je suis May, la chef d'unité de cette maison de fous.

L'Irlandaise recula pour venir parler à Freya, laissant Kelly rassurer la patiente.

— Je suis sage-femme. Tout a l'air OK, mais comme vous le savez, les femmes enceintes peuvent masquer des symptômes. Je crains que son état ne soit pire que ce que montrent les premiers examens.

Freya apprécia que quelqu'un prenne la peine de venir lui expliquer ce qui se passait. Elle connaissait déjà la plupart des informations, mais elle n'avait jamais vu la brigade obstétrique en action.

— J'ai demandé aux soins intensifs de néonat de préparer un berceau, au cas où on devrait l'accoucher, ajouta May. Tiens, voilà Richard.

Ce dernier entra, discuta quelques secondes avec Dominic, puis ce dernier sortit — probablement pour s'occuper de la patiente voisine.

— Bonjour, Louise, dit Richard, s'adressant à la patiente comme s'ils se connaissaient déjà, sur un ton naturellement rassurant. Je suis le Dr Lewis, l'anesthésiste de l'hôpital.

La patiente laissa échapper un nouveau cri.

— Non, Louise. Ne criez pas. Gardez votre oxygène pour votre bébé. Bien. Je vais réécouter votre poitrine, maintenant.

— On va lui faire un examen cardio-thoracique, annonça le Dr Mina.

Puis Richard et elle discutèrent d'une éventuelle sédation, mais Louise paraissait beaucoup plus calme à présent.

L'examen fut effectué rapidement, et montra une légère déchirure de la rate, mais aucun problème par rapport au bébé.

— Louise, on va vous ôter la minerve, lui annonça le Dr Mina. Vous serez plus à l'aise. Le bébé va bien, mais nous allons vous conduire en soins intensifs afin de pouvoir vous surveiller de près tous les deux.

— Mon bébé va bien ?

C'était tout ce qui importait, pour la future maman.

— Tout semble parfait pour l'instant, répondit le Dr Mina. Mais si nous devons vous accoucher, nous le ferons.

Freya écouta May faire un bilan détaillé sur la patiente à l'infirmière de garde des soins intensifs qui venait la récupérer avec des brancardiers.

— Merci à tous, dit le Dr Mina au personnel de la maternité autour d'elle qui rangeait l'équipement avant de repartir.

Richard ne leva pas les yeux, déjà occupé avec une autre patiente et très concentré.

— On va vérifier le brancard aussitôt qu'on sera retournés à la maternité, dit Kelly. Au cas où on serait rappelés.

— J'espère que non, répondit Freya.

Mais l'espoir ne suffisait pas.

Peu après, les trois sonneries retentirent à nouveau. Freya était en plein accouchement avec Pat quand elle les entendit, mais ni l'une ni l'autre n'échangèrent un regard, préférant rester focalisées sur la vie qui venait au monde.

Décidément, les heures de travail au Primary étaient pour le moins mouvementées, songea-t-elle en sortant de la salle d'accouchement peu après.

— Ça a sonné pour Louise ? demanda-t-elle à Stella qui remplissait le tableau sur fond de hurlements.

— Oui. Mais je n'ai pas de précisions.

Puis il fallut s'occuper de la paperasse, tellement de paperasse, sauf que aujourd'hui Freya s'en servit comme excuse pour s'attarder longtemps après son horaire de garde.

Enfin, Kelly entra dans la salle des infirmières.

— La tension de la mère a chuté, dit-elle tout en réapprovisionnant le stock du brancard avec Stella. Heureusement, ils l'ont prise en charge aussitôt. Le bébé est né.

La maman, Louise, leur causait du souci. La coupure dans sa rate s'était agrandie et, comme le Dr Mina l'avait expliqué, les signes d'hypovolémie étaient plus subtils durant la grossesse.

Freya se sentait épuisée lorsqu'elle reprit le chemin de sa maison.

Elle s'affala sur son canapé sitôt rentrée et resta immobile, à contempler la peinture écaillée au plafond.

Chaque seconde passée à l'hôpital lui faisait l'effet d'un tour de grand huit à la fête foraine : pas le temps de reprendre son souffle, ni de réfléchir.

C'était tellement différent de ce à quoi elle était habituée. En même temps, c'était aussi ce qu'elle avait voulu. Elle allait acquérir très vite une vaste expérience, mais elle était vidée de ses forces.

Elle était vraiment contente d'avoir eu la possibilité d'observer le fonctionnement du service aujourd'hui, et le Dr Mina leur ferait un rapport détaillé sur les suites. Si jamais une mère arrivait à Cromayr Bay avec un traumatisme fermé…

Freya s'arrêta là, mais il était trop tard.

Elle s'imaginait de retour à la maison, comme ce matin. Sauf qu'elle n'était pas venue ici seulement pour l'expérience, comme Richard le lui avait fait remarquer — elle aurait pu sélectionner un endroit plus près de chez elle.

Non, elle avait déménagé à Londres.

Elle se traîna sous la douche et, ayant enfilé un peignoir, passa en revue le contenu de son réfrigérateur. Qui était maigre.

Elle avait prévu d'acheter quelques bricoles en rentrant, mais elle n'avait plus l'énergie de ressortir maintenant.

Un petit coup frappé à sa porte la propulsa dans le couloir. Sans doute était-ce sa voisine qui lui apportait du courrier que le facteur lui avait indûment distribué.

Mais non.

Ce qu'elle découvrit avait de quoi la consoler d'une journée fatigante.

Richard.

Il s'était fait couper les cheveux et rasé. Vêtu d'un costume, sans cravate, il paraissait épuisé mais était toujours aussi incroyablement séduisant.

Oh oui, incroyablement séduisant.

— Qu'est-ce que vous faites ici ?

Elle essaya de ne pas remarquer son regard — bref mais appuyé — qui passa sur le décolleté de son peignoir et ses cheveux encore mouillés.

— On a un film à voir…

5.

— Stella m'a demandé si j'avais aimé…, dit Richard.

— À moi aussi, répondit Freya en souriant. Et vous avez répondu quoi ?

— Que c'était très bien, mais j'avais la terrible sensation qu'elle allait encore me questionner. Heureusement elle a été appelée pour une urgence.

— Oui, on a eu une sacrée journée. Comment va Louise ?

— État critique. Elle est très instable. On a pratiqué une splénectomie et une césarienne, et on a dû lui transfuser beaucoup de sang. La nuit va être très longue pour elle.

— La pauvre… Pour être honnête, je ne suis pas vraiment d'humeur à sortir.

Richard était passé la chercher pour aller au cinéma, mais à présent qu'il était dans son entrée, elle avait des envies de rester là avec lui. Il n'était pas le genre d'hommes qu'elle pourrait garder, mais peu importait, au fond. Car dans son cœur elle savait qu'elle quitterait Londres bientôt.

— Pas de problème, répondit-il.

— Entrez, alors.

Comme elle le précédait vers le salon, en peignoir au sortir de sa douche, cheveux humides et jambes nues, elle sentit son regard posé sur le bas de son dos. Richard Lewis reluquait ses fesses ! Ils se firent face, et le désir qui s'était allumé depuis longtemps, en tout cas bien présent sur le pas de sa porte la veille, semblait perdurer à l'intérieur de l'appartement.

— Je vais m'habiller, annonça-t-elle.

Il riva sur elle son regard si intense. Est-ce qu'elle imaginait cette supplique muette : « Non, ne va pas t'habiller ! », ou est-ce qu'elle était bien là, dans ses prunelles assombries ?

— Si vous disparaissez, au moins je saurai quoi dire à la police, dit-il d'une voix rauque.

— Pardon ?

— Je ne remarque pas la manière dont les gens sont habillés, en général, expliqua-t-il, le regard toujours braqué sur elle. Enfin, les femmes. Sauf avec vous.

Ce matin, au réveil, Freya avait regretté d'avoir été raisonnable, la veille, en ne lui proposant pas d'entrer. Maintenant, elle se sentait téméraire.

Alors quand il leva une main et lui passa une mèche de cheveux derrière l'oreille, elle le laissa faire.

— Peignoir clair, pieds nus, cheveux humides, reprit-il, la décrivant comme pour un rapport de police. Et… Je ne suis pas sûr qu'elle portait des sous-vêtements, inspecteur.

Elle ne put réprimer un sourire.

— Dommage que vous vous soyez rasé, chuchota-t-elle tandis que sa bouche approchait de la sienne.

Mais elle changea d'avis dès que les joues rasées de Richard l'effleurèrent.

— La douceur, ça a du bon, dit-il en posant une main sur sa nuque.

Le corps de Freya s'enflamma sous les doigts fermes et chauds de Richard et au contact de sa bouche cherchant la sienne.

— Freya…

Cette légère hésitation dans sa voix… Elle n'était pas familière. Il était toujours, toujours si sûr de lui et direct… Elle écarta la tête et croisa les yeux merveilleux de Richard.

— Ne vous fiez pas trop à moi.

Le message était clair : on pouvait confier sa vie à l'excellent anesthésiste, mais pas son cœur. Bizarre comme propos, mais, étrangement, elle en fut tout attendrie.

— J'ai compris, Richard.

Il allait servir de remède à sa solitude mais ne serait pas l'amour de sa vie. Hier, ce constat aurait pu changer la donne, mais, à présent, elle savait que leur relation n'avait pas à durer toujours, peut-être même pas plus que cette nuit, car son temps à Londres était compté. Et cette nuit avec lui, elle la voulait par-dessus tout.

Ce fut donc elle qui abolit l'espace entre leurs bouches, mais Richard prit aussitôt les commandes du baiser. Doux puis, très vite, brûlant et avide.

Elle laissa échapper un gémissement quand il immisça la langue entre ses lèvres et, soudain, pour la première fois depuis qu'elle était arrivée à Londres, la ville se tut. Plus rien ne comptait que leurs sons à eux.

La respiration saccadée de Richard lui coupait le souffle grâce à un baiser plein de passion qui lui fit tourner la tête, mais elle en voulait plus.

Il dénoua le peignoir, lui libéra un bras puis l'autre, et le vêtement glissa au sol. L'air frais provoqua des frissons dans son dos, et contrastait avec la chaleur et le tissu rêche du costume de Richard, le contact des boutons de métal contre sa poitrine nue.

Jamais elle n'avait connu pareille passion sauvage. Leurs langues s'emmêlaient tandis qu'elle se plaquait contre lui, les mains glissées dans ses cheveux tandis que les siennes lui maintenaient la taille comme pour la guider plus facilement contre le mur.

Ses baisers étaient maintenant indécents et délicieux et Freya adorait s'y perdre. Leurs mentons se frottaient, leurs dents s'entrechoquaient. Elle brûlait d'enrouler son corps autour du sien.

Elle s'attaqua à la ceinture de son pantalon qu'elle lui déboucla, libérant soudain son sexe chaud et dur en érection. Saisissant sa veste abandonnée sur le sol, il sortit un préservatif de la poche, les obligeant à une pause impatiente tandis qu'il enfilait le morceau de latex. Elle n'en pouvait plus d'attendre, elle le voulait en elle.

Enfin il se redressa et s'enfonça en elle d'un coup de reins puissant, là, contre le mur. Freya n'avais jamais été aussi emplie par un homme, et la sensation était sublime. Il la souleva, ce qui lui permit de nouer les jambes autour de lui, une expérience qu'elle ne connaissait pas non plus. Il révélait un côté d'elle qu'elle ignorait, elle qui avait toujours été un peu timide au lit.

D'un bras passé autour de sa taille, il la maintenait dans son étreinte pendant qu'il appuyait l'autre contre le mur tandis qu'elle s'enfonçait sur lui. Loin d'observer sa retenue habituelle, elle se sentait encore plus elle-même, avec lui. Soudain, il changea de cadence…

Un cri se forma au fond de la gorge de Freya, mais elle le retint. Puis un soupir rauque émana de Richard, suivi d'une tension de son dos, et elle le sentit jouir tout au fond d'elle-même. Alors son cri qu'elle avait bloqué sortit en sanglots saccadés tandis que les soubresauts du plaisir la secouaient.

Les mains de Richard se firent plus douces tandis qu'il la serrait contre lui. Elle posa la tête contre son épaule. Prenant conscience qu'il était complètement habillé, et elle entièrement nue, une vaguelette de honte l'envahit, juste une pointe de culpabilité, tandis qu'il la reposait délicatement sur le sol sans la lâcher.

Il enfouit le visage dans ses cheveux humides, et elle sentit qu'il lui mordillait le lobe de l'oreille.

— Et moi qui pensais entrer pour boire une tasse de thé…

Elle ne put s'empêcher de rire. Oui, Richard la faisait rire. En plus de la faire jouir.

Ayant rajusté ses vêtements, il ramassa le peignoir et le lui tint pour qu'elle l'enfile, avant de renouer la ceinture qu'elle lui avait si volontiers laissé dénouer.

Ils étaient encore un peu essoufflés, toujours à la recherche de leur équilibre. Mais Dieu que c'était bon.

Elle alla s'asseoir sur le canapé où elle était allongée avant l'arrivée de son visiteur. Richard avait l'air tout à fait normal, même pas un peu décoiffé alors que ses cheveux à elle devaient être une boule de nœuds.

Mais elle s'en fichait.

Il vint la rejoindre sur le sofa, et même si ni l'un ni l'autre ne parlait, il n'y avait pas de malaise. C'était agréable d'être allongée, la tête sur ses genoux, les yeux levés vers lui tandis qu'il jouait avec ses cheveux. En fait, c'était relaxant de ne pas parler.

Richard balaya la pièce des yeux pour la première fois, et remarqua la moquette moutarde, la peinture écaillée et les rideaux bizarres. Plus étrange encore, rien dans cet appartement ne ressemblait à Freya. Sauf peut-être quelques livres et des magazines sur une étagère, mais ce grand tableau d'un cheval avec son attelage… l'avait-elle rapporté d'Écosse ?

— Tu aimes les chevaux, Freya ?

— Pas spécialement, pourquoi ?

— Tu en as un sur le mur.

Elle suivit son regard.

— Oui, je sais. Je n'arrive pas à le décrocher.

Drôle de réponse, mais il ne s'y attarda pas beaucoup plus, car la vue qui s'offrait à lui, toute proche, était bien plus attrayante. Ce n'étaient plus ni les beaux yeux verts de Freya, ni son si joli visage, qu'il regardait, mais le peignoir entrouvert sur la courbe d'un sein et la pointe d'une aréole rosée. L'envie était forte d'immiscer sa main…

Mais d'abord, se restaurer.

— Je meurs de faim.

Il ne lui demandait pas de cuisiner pour lui, un bol de céréales ferait l'affaire. Et ensuite… Ils pourraient reprendre où ils en étaient.

Il la repoussa doucement puis se dirigea vers la minuscule cuisine où il ouvrit les placards tandis qu'elle restait tranquillement allongée.

— Tu n'as rien à manger, dit-il après un moment de recherches infructueuses. Même pas des céréales.

— Je voulais m'arrêter faire des courses sur le chemin du retour, mais je n'ai pas eu le courage. Je pense qu'il me reste de la soupe en brique.

— Non, ça ne fera pas l'affaire. Allez, habille-toi.

— On pourrait commander une pizza, dit-elle.

La proposition était alléchante. L'idée de rester là, de déguster la pizza puis de retourner ensuite dans la chambre le tentait. D'autant qu'il avait vu une bouteille de vin dans le réfrigérateur.

La soirée parfaite.

Sauf, et c'était assez rare chez lui pour être remarqué, que le plaisir était mêlé de culpabilité.

Avait-elle bien compris qu'il ne souhaitait pas sortir avec elle au sens où les gens l'entendaient généralement ? Bien sûr, il ne comptait pas passer tout son temps au lit avec elle, mais… la plupart du temps.

Ce soir, il était venu avec la ferme intention de l'emmener voir ce fichu film, ce qui constituait une concession de sa part — il ne se rappelait pas la dernière fois où il était allé au cinéma. Mais, à présent, il devait se montrer bien clair, s'assurer qu'elle n'envisageait pas autre chose que quelques rendez-vous légers et beaucoup de moments d'intimité physiques.

Il espérait s'être bien fait comprendre la veille, cependant il préférait lui répéter que cette soirée, voire cette nuit, ne changerait rien à sa décision de ne pas s'engager dans une relation au-delà des murs de sa chambre.

Et pourtant, sans qu'il sache trop ni pourquoi ni comment, ils se retrouvèrent au restaurant italien de leur premier dîner. En tant qu'amants, cette fois.

6.

Ce soir-là, ce fut Richard qui prit les pâtes à la carbonara, alors que Freya choisissait des spaghettis, servis avec une appétissante sauce tomate.

— Tu as recommencé, dit-il.

— Quoi ?

— En voyant tes carbonaras, hier soir, j'ai regretté mon choix…

Il s'interrompit car il s'apprêtait à dire que la prochaine fois qu'ils viendraient dîner, il prendrait les spaghettis. Il préférait se taire. Et se rappeler qu'il était de repos le lendemain aussi commanda-t-il une bouteille de vin rouge.

— J'ai quelques jours de récupération, expliqua-t-il.

Freya sourit.

— Moi aussi.

Il se demanda si elle attendait de lui qu'il suggère qu'ils fassent quelque chose ensemble. Mais Freya n'était pas comme les autres femmes…

— Je vais en profiter pour rentrer un peu à la maison, ajouta-t-elle. J'ai de nouveaux locataires qui arrivent chez moi la semaine prochaine.

— Des vacanciers ? demanda Richard.

— Oui, ils vont rester deux semaines, et ensuite, j'en ai d'autres qui vont venir. J'ai prévu d'avoir quelqu'un pour aller nettoyer le cottage et changer les draps, mais j'ai quand même besoin de passer voir deux ou trois bricoles.

— Ça ne te dérange pas que des gens habitent chez toi ?

— J'ai mis pas mal de mes affaires à la cave qui ferme à clé, donc non, ça ne me dérange pas.

— Ça fait quand même du chambardement, non ?

— Pas trop, dit-elle avec un haussement d'épaules. De toute façon, ça en vaut la peine car ça m'aide à payer mes mensualités. Mais bon, d'ici quelques mois, je vais mettre en vente…

Elle s'interrompit, comme si, finalement, elle songeait à modifier ses projets. Ou si elle n'avait pas envie de s'en ouvrir à lui.

— Et toi ? Tu as des projets pour tes jours de repos ?

— J'ai un entretien.

— Ah, d'où la coupe de cheveux…, ironisa-t-elle en enroulant des spaghettis autour de sa fourchette.

— Non, pas vraiment. J'en avais plus que besoin. Et puis, ce n'est pas vraiment un entretien, plutôt un déjeuner informel qui me permettra de prendre un peu la température…

Oubliant la raison pour laquelle il l'avait emmenée ici au départ, il lui expliqua ce qui était prévu le lendemain. Personne d'autre n'était au courant.

— Il y a un poste qui se libère.

— Je croyais que tu adorais le tien.

— C'est le cas, oui, mais c'est vraiment exténuant et prenant. Après le déjeuner en question, je file à l'aéroport pour passer quelques nuits à Moscou, histoire de m'évader complètement.

— À Moscou ?

— Oui, je sais, ça fait loin. Mais j'adore partir. J'éteins mon téléphone, comme ça, je ne peux pas être joint par l'hôpital.

— Pas besoin d'aller jusqu'à Moscou pour échapper au harcèlement. Il y a pas mal d'endroits en Écosse où aucun réseau ne passe.

Elle sourit. Et il comprit.

— Oh ! pardon… Mais je plaisantais, au sujet des bobines de film qu'il fallait changer à la main…

— Je sais. Mais n'empêche, moi-même je ne plaisantais qu'à moitié. Il y a vraiment des zones blanches par chez moi. L'été dernier, de nombreux touristes, en excursion vers chez nous, faisaient de longues promenades à seule fin de passer un coup de fil. En fonction des opérateurs, le réseau ne capte pas. Ça nous faisait rire, de les regarder tourner en rond, la main en l'air avec leur téléphone.

— Eh bien, je saurai m'en souvenir.

— Mais parle-moi de ce poste, il te plairait ?

— Je suis curieux, en tout cas.

Il lui révéla le nom de la clinique privée très sélecte que, manifestement, elle connaissait aussi car elle acquiesça de la tête.

— J'ai un ami, Marcus, qui est anesthésiste en chef là-bas, et il m'a informé d'un poste qui se libérait. Un poste très attrayant…

— Mais l'adrénaline, ça ne te manquerait pas ? le coupa-t-elle.

— Si. Mais certains jours, je me dis que non, ça ne me manquera pas. C'est une décision importante, mais tu sais de quoi je parle, tu en as prise une grande, toi aussi.

Elle haussa les épaules.

— Moi, je savais que je voulais… que je devais partir.

— Pourquoi ? demanda-t-il.

— Pour des tas de raisons. J'avais eu une année difficile. Enfin, pas exactement moi… Ma meilleure amie a perdu son bébé, l'an dernier.

— Tu étais présente à l'accouchement ?

— À l'accouchement, non, mais à son admission. Alison a dû subir une césarienne en urgence, au bout du compte. Elle était venue en visite la semaine précédente, et tout allait bien, la grossesse se passait normalement, et puis j'ai pris le pouls du fœtus…

Elle marqua une pause, manifestement perdue dans ce souvenir pénible.

— Au début, j'ai cru que c'était celui d'Alison que j'entendais…

Il comprenait l'allusion : le pouls de la mère était beaucoup plus lent que celui du bébé.

— Mais, ensuite, j'ai compris que non, c'était bien le bébé…

Elle secoua la tête.

— Ma supérieure, Betty, était là aussi, ainsi qu'un médecin, et on a tout mis en œuvre très vite. Ils l'ont montée en salle d'op, mais moi, je n'y suis pas allée car j'étais trop proche d'elle. Ils ont ranimé le bébé qui était mort-né, compression du cordon et aspiration méconiale, mais celui-ci n'a survécu que deux jours.

Freya ferma les yeux une seconde, et quand elle les rouvrit, elle haussa les épaules, paraissant déchirée.

— Bref, c'était difficile, comme période.

— Elle t'en a voulu ?

— Oh non… Non, pas du tout. C'était plutôt…

— Toi qui t'en voulais ? acheva-t-il pour elle.

— Un peu. Enfin, je me suis remise en question. Ça m'a fait prendre conscience qu'être si proche des patients, ce n'était pas forcément l'idéal.

— Donc tu es venue à Londres, la grande ville anonyme.

— Ce n'était pas la seule raison. Mais en effet, c'est mieux de ne pas être aussi impliquée.

— Pardon, mais on ne peut pas faire un boulot tel que le nôtre et ne pas s'impliquer.

— Ce n'est pas si facile…

— Je n'ai pas dit facile.

— Tu ne me connais pas, marmonna-t-elle.

Aïe, il avait touché un point sensible.

— J'essaie.

La phrase était sortie presque malgré lui car il n'était pas du genre à faire ce genre d'aveu. En effet, s'il évoquait le sujet de l'implication professionnelle, il faisait de son mieux pour ne pas s'investir dans le domaine privé.

Il fit signe au serveur pour qu'on lui apporte l'addition et se rappela qu'ils n'avaient toujours pas eu la conversation, mais elle ne semblait plus aussi pressée, maintenant. Demain, elle partait pour l'Écosse et lui pour Moscou. De plus, elle n'exigeait pas de savoir quand ils se reverraient.

— Tu n'es pas obligé de me raccompagner, dit-elle, tandis qu'ils se dirigeaient vers la bouche de métro.

— Je ne comptais pas te raccompagner. Je crois en la parité : c'est à ton tour de m'accompagner chez moi.

7.

Freya se réveilla sur un matelas très confortable, comme enveloppée dans du coton. Puis elle entendit Richard qui parlait au téléphone.

Sa première et dernière nuit sans lendemain était terminée. Pourtant, au lieu de le regretter, elle esquissa un sourire au souvenir de la nuit écoulée.

Ils étaient arrivés au superbe appartement de Richard qui leur avait servi un verre avant d'aller prendre une douche. Où elle l'avait rejoint. Ensuite, ils avaient emporté leurs verres au lit.

Un vrai bonheur.

— Non, je serai absent jusqu'à mardi, je ne peux pas, disait sa belle voix grave. Comment va Mme Eames ?

Sitôt qu'il raccrocha, la sonnerie retentit à nouveau.

— Non, répondit-il sèchement. Tu ne peux pas venir dormir.

Une ex ?

— Maman, j'ai une amie qui va habiter chez moi pendant mon absence. Oui, ajouta-t-il après une pause. Elle occupe actuellement une horrible location, alors je lui ai prêté mon appartement pour quelques jours. Donc non, tu ne peux pas venir. Si tu as besoin de faire un break avec ton fiancé, eh bien, je te suggère de lui en parler plutôt que de le fuir. Comment ça, tu ne me crois pas ? reprit-il après un nouveau silence. Freya, poursuivit-il en la rejoignant, tu veux bien dire à ma mère que tu es ici pour quelques jours ?

Drôle de façon de rencontrer les parents, songea-t-elle alors qu'il lui tendait le combiné.

— Bonjour, madame…

Freya ignorait comment l'appeler, sachant qu'elle avait divorcé de M. Lewis trois maris plus tôt.

— Amanda, dit son interlocutrice. Alors comme ça, vous séjournez chez Richard ?

— Juste pendant un petit moment, oui. Le temps que mon propriétaire…

Richard lui reprit l'appareil.

— Tu vois, il n'y a plus de chambres libres. Je te rappelle à mon retour de Moscou.

Il raccrocha et, de nouveau, le téléphone sonna.

— Le travail…, murmura-t-il, avant d'éteindre l'appareil.

— Merci beaucoup, sympa comme situation !

Elle ne parvenait pas à cacher son agacement, à la fois qu'il l'ait placée dans une position désagréable, et de la manière dont il avait qualifié l'appartement où elle vivait.

— Je n'ai jamais prétendu que tu étais ma maîtresse, dit-il. J'ai juste indiqué que mon appartement n'était pas disponible. De toute façon, elle peut se payer un hôtel.

N'empêche, Freya avait bien envie de bouder un peu.

— J'en ai tellement assez de ses psychodrames, reprit-il. Tu comprends, maintenant, pourquoi je ne cherche pas à m'engager ?

— Je crois, répliqua-t-elle, lui pardonnant presque. Comment se porte Louise ?

— Elle a passé une nuit calme et tient bien le coup. En tout cas, elle va beaucoup mieux qu'hier. Tu veux petit déjeuner ou tu es encore fâchée ? s'enquit-il avec un sourire.

— Toujours fâchée. Mon appartement n'est pas si affreux.

— J'ai dit ça en guise d'excuse vis-à-vis de ma mère.

Elle décida qu'il était totalement pardonné quand il revint avec du café, des toasts et de la confiture de pamplemousse.

— Ton père et ta mère ont été heureux ? lui demanda-t-elle en laissant échapper quelques miettes dans le lit.

Cet homme la rendait curieuse, sans l'ombre d'un doute.

— Je crois, oui, mais elle désirait une vie sociale plus

intense, or il était plus ou moins marié à son travail. Alors elle lui a posé un ultimatum qui s'est retourné contre elle puisqu'il a choisi le travail.

— Et il s'est remarié ?

— Oui. Avec sa femme de ménage. Ou plutôt, la femme qui était leur femme de ménage, donc tu imagines comment ma mère a pris la nouvelle. Elle est convaincue qu'il y avait quelque chose depuis le début... Bref, on ne pourrait pas parler de notre vie sexuelle à nous, au lieu de celle de mes parents ? conclut-il en levant les yeux au ciel.

Sur un éclat de rire partagé, il s'allongea puis, à la surprise ravie de Freya, se raconta encore.

— J'avais quinze ans quand elle est partie, quelques jours avant leur vingtième anniversaire de mariage, estimant que mon père ne lui accordait pas l'attention qu'elle méritait. Mais il avait un patient en phase terminale d'un cancer, et c'est la raison pour laquelle il avait dû annuler le voyage d'anniversaire. J'ai été très triste pour lui, après la rupture. Il s'est traîné pendant pas mal de temps, et puis, l'année de mon bac, il m'a annoncé qu'il épousait Vera.

— La femme de ménage ?

— Oui, et l'été suivant, ma mère épousait un vieil ami à lui. Une version de mon père en plus glamour, en fait. Elle l'a quitté au bout de cinq ans et, ensuite, j'ai cessé de suivre. Tout ce que je sais, à présent, c'est qu'elle est fiancée à Roger.

— Tu l'as rencontré ?

— Oui, lors de deux ou trois dîners. Il est orthodontiste.

Il grimaça avant d'ajouter :

— Je sens son regard sur ma bouche chaque fois qu'on parle... Je pense qu'il essaie de déterminer si je porte des couronnes.

Il se tourna vers Freya et lui adressa un large sourire, montrant de très belles dents.

— Et alors, tu as des couronnes ?

— Deux. Merci le rugby.

Elle plongea dans ses yeux et comprit pourquoi ses patients

lui faisaient confiance. Car elle aussi lui faisait confiance. Certes, elle ne le connaissait pas bien et, pourtant, si elle craignait pour sa vie ou celle de son bébé ce seraient ce regard-là qu'elle voudrait voir.

Alors non, elle ne concevrait aucun remords pour cette nuit. Au cours des douze heures qui avaient suivi l'union de leurs lèvres, elle s'était sentie plus vivante que jamais.

L'envie la saisit de poser sa tasse et de l'embrasser. Ou bien de lui demander quel jour il rentrait de Moscou. Mais elle se remémora leurs règles et repoussa le drap au lieu de se lover contre lui.

— Je vais devoir y aller, j'ai un train à prendre.

— À quelle heure ?

— 10 heures.

— Tu as tout le temps, alors.

— Non, je dois repasser chez moi pour faire mes bagages.

Il resta allongé, les mains derrière la tête et la bouche obstinément close pendant qu'elle se rhabillait.

— Bon voyage, dit-elle une fois prête à partir.

Il lui tendit une main, et elle vint s'asseoir sur le matelas.

— Merci.

— Et bonne chance pour ton entretien.

— Merci.

Elle s'en alla avec une drôle de sensation. Une sensation d'inachevé…

Elle pensa à lui plus qu'elle ne l'aurait dû tout le long de son voyage en train. Celui-ci étant bondé, elle enfonça ses oreillettes et tenta d'écouter de la musique. Elle abandonna bientôt car il lui semblait que toutes les paroles étaient écrites pour Richard et elle.

Alors elle discuta un peu avec sa voisine, une Écossaise aussi, admira le paysage de la côte, jusqu'à ce qu'enfin ils arrivent à Édimbourg. Le château dominait la ville de sa puissance et, en retrouvant sa présence apaisante, Freya sentit son cœur se gonfler. C'était bon d'être à la maison.

La gare de Waverley était très animée et, en consultant le tableau des correspondances pour Cromayr Bay, Freya vit qu'elle avait une demi-heure à tuer. Elle décida d'acheter des fleurs pour égayer son petit cottage. Alors qu'elle payait, elle entendit tinter son téléphone. Et faillit lâcher l'appareil en découvrant un SMS de Richard…

Le déjeuner s'est bien passé. Mon téléphone sera éteint quelques jours, mais je voulais te souhaiter un bon séjour.

Pas de « bisou » ni de petite émoticône amusante. Pas d'indice de quoi que ce soit, mais un SMS c'était déjà plus qu'elle n'avait espéré.

Car elle n'espérait rien. Le revoir, oui, bien sûr, mais ce simple message la rendait perplexe. Cette attitude ne ressemblait pas à ce que Richard avait établi.

Aussi ne savait-elle comment y réagir.

Une partie d'elle-même avait envie de lui renvoyer des visages souriants, des images de bonshommes en kilt ou en chapka, histoire de rester dans la légèreté. Même si, quand il s'agissait de Richard, elle se sentait tout sauf légère. Alors elle écrivit à Alison à la place, comme promis, puis rangea son téléphone dans sa poche.

Elle n'avait pas l'intention de parler de Richard à qui que ce soit. Surtout pas à ses parents. Pour Alison, c'était différent. D'ailleurs, son amie l'attendait à la gare de Cromayr Bay, tout sourires.

— Tu es magnifique ! s'exclama Freya en voyant sa mine réjouie et l'adorable ventre qui commençait à poindre.

— Merci, je suis en pleine forme. Je nous ai réservé une table à la Taverne pour ce soir.

Freya était surprise car il n'était pas fréquent qu'elles aillent dans ce restaurant un peu chic. Mais elle était ravie.

— Tu veux entrer, Freya ? proposa-t-elle quand cette dernière se gara juste derrière sa petite voiture mauve, devant chez elle.

— Non, j'ai quelques courses à faire. À ce soir, 19 heures à la Taverne. C'est bon de te retrouver.

Oui, songea Freya en ouvrant sa porte. C'était bon d'être de retour. Les rideaux avaient été tirés par la femme de ménage après le départ des derniers locataires, et Freya passa partout pour les ouvrir et laisser entrer la lumière de l'après-midi en attendant que l'eau qu'elle avait mise à bouillir soit prête pour son thé. Puis elle s'installa et vérifia ses mails. Bref, elle fit son possible pour ne pas penser à Richard et à ce qui s'était passé la nuit précédente.

Elle était contente, dans un sens, qu'il n'y ait pas de risque que la relation devienne sérieuse avec lui. Sa rupture avec Malcolm avait été compliquée, il avait continué à l'abreuver de messages, à passer la voir, à se trouver comme par hasard partout où elle était. Il voulait parler, voir s'ils pouvaient se donner une seconde chance.

Bref, elle n'aurait pas ce souci avec Richard.

C'était libérateur, au fond.

L'idée de s'habiller et de sortir aussi était agréable. Elle n'avait pas apporté beaucoup de vêtements, mais avait une jolie robe couleur cuivre qui, avec des escarpins, serait élégante. Ses cheveux étant un peu ébouriffés — elle s'était couchée la veille alors qu'ils étaient encore humides — elle les attacha. Ensuite, elle ajouta une touche de rouge à lèvres.

Après un dernier regard à son téléphone, elle opta pour le laisser à la maison, ce qui l'empêcherait de répondre à Richard. De toute façon, elle ne savait pas quoi lui dire.

La Taverne était vraiment un très bel endroit, perché sur une colline et qui offrait une vue superbe sur le Forth. Ils prévoyaient de fermer pour travaux, et Freya espérait qu'ils ne gâcheraient pas ce potentiel en voulant moderniser à outrance.

Une serveuse les installa et Gordon, le propriétaire, vint les saluer.

— Bonjour, Mesdames, vous êtes venues évoquer de vieux souvenirs avant les travaux ?

— Quelque chose comme ça, oui, répondit Freya.

— Je me rappelle vous avoir reçue ici quand tu as eu ton

examen de sage-femme, et toi, Alison, pour tes dix-huit ans. Ah, là, là…

— Le vieux restaurant va nous manquer, dit Alison en soupirant.

— Espérons que vous aimerez le nouveau tout autant, répliqua Gordon, avant de leur présenter le menu.

Freya choisit l'agneau avec un verre de vin, et Alison le risotto aux champignons avec un cocktail sans alcool.

— Alors, tu t'es fait des amis à Londres ?

— Pas vraiment, répondit Freya. Je ne sais pas pourquoi, pourtant je fais des efforts, mais… Richard dit que je suis trop subtile dans mes tentatives.

— Richard ?

— Un ami.

— Ah, donc tu t'en es bien fait un.

— Un temporaire, précisa Freya. Il passe un entretien pour un poste important dans une clinique privée.

— À Londres ?

Freya hocha la tête.

— Et il va le décrocher, il est brillant.

— Si c'est à Londres, ça ne changera rien à votre amitié, commenta Alison, avec un petit sourire entendu.

Son amie la connaissait bien. Trop bien. Freya se sentit rougir.

— C'est temporaire, répéta-t-elle.

— Pourquoi ?

— Parce qu'il préfère ça.

— Ce qui ne te ressemble pas, répliqua Alison, les sourcils froncés.

— Peut-être que si. Écoute, on n'est sortis ensemble que deux fois, et nous savons tous les deux que ça n'ira pas plus loin. Mais figure-toi que ça me va très bien comme ça.

— Pourquoi ?

— C'est comme ça.

Elle n'était pas prête à avouer à Alison qu'elle envisageait de revenir à la maison une fois son contrat terminé. Heureusement, leurs plats arrivaient.

Alison évoqua leur dixième anniversaire de mariage, à Callum et elle, qui approchait.

— Incroyable…, dit Freya, amusée. J'ai l'impression que c'était il y a deux ans seulement que j'étais ta demoiselle d'honneur.

— Ne m'en parle pas. Tu vas rentrer pour ton trentième anniversaire ?

— J'imagine. Mais j'essaie de ne pas y penser !

Elles passèrent une soirée charmante, à discuter gentiment — pas des sujets sensibles, cependant.

En rentrant chez elle par la colline, Freya huma avec bonheur l'air salé. Malgré l'heure avancée, le ciel était encore crépusculaire. Il était tellement plus clair ici qu'à Londres. Mais l'automne approchait, et tout allait s'assombrir.

C'était l'une des raisons pour lesquelles elle était venue. Elle avait prévu de parler à l'agent immobilier demain car, bientôt, les locations saisonnières cesseraient, et sa petite portion de paradis terrestre serait sur le marché. À la vente, cette fois. Ce serait un soulagement, d'une certaine façon, car si l'argent des locations couvrait les mensualités de son prêt, la maison nécessitait de nombreux travaux.

Elle repensa à la réaction d'Alison concernant sa relation temporaire qui, selon elle, n'était pas le genre de Freya. Elle sortit son téléphone et relut le SMS de Richard.

Elle l'aimait beaucoup.

Vraiment beaucoup.

Depuis l'instant où elle l'avait vu, il l'avait captivée. Pourtant, elle tenait à ce que leur relation reste légère. Ou plutôt, elle devait faire en sorte qu'elle le soit.

Et pas seulement parce que Richard Lewis lui avait annoncé qu'il ne fonctionnait pas autrement. Aussi parce que sa maison, c'était ici. Pas à Londres.

Sa décision était prise : elle ne vendrait pas sa maison.

Elle ne lui avait pas répondu.

Richard avait éteint son téléphone avant de passer sous les

portiques de sécurité, mais il avait regretté son message à la seconde où il avait appuyé sur la touche « ENVOI ».

Ce n'était pas son style de donner de ses nouvelles, surtout pour parler d'un entretien d'embauche. De plus, il détestait la cascade de SMS qui accompagnait généralement ses relations. Pourtant, en récupérant son appareil après la sécurité, il l'avait rallumé et regretté qu'elle n'ait pas répondu.

Tant mieux. Voilà qui lui apprendrait. Il avait commis une erreur, il était puni. Dans l'avion, les téléphones devaient être éteints. Ce qui ne l'avait pas empêché de vérifier une autre fois avant d'obtempérer à l'instruction du steward.

Quatre heures plus tard, à l'aéroport de Moscou — et ce même si le but de son voyage était de prendre le large, de se débarrasser du harcèlement constant des sonneries des bipers et autres téléphones —, il se surprit à rallumer le sien.

Toujours pas de réponse.

Ce qui lui donnait encore plus envie d'elle, ce dont elle ne pouvait se douter.

Richard n'aimait pas se trouver dans ce genre de situation…

8.

— Alors, c'était comment Moscou ?

Cette fois, ce fut Freya qui posa son plateau à la table de Richard, à la cantine de l'hôpital. Il était 7 heures du matin passées, et il mangeait des céréales. Contrairement à elle, il commençait sa journée.

Ils ne s'étaient pas vraiment reparlé depuis qu'elle était rentrée : elle terminait une série de deux semaines de nuits et leurs heures de services ne correspondaient pas.

— Magnifique, mais tout sauf reposant, répondit-il. Tous les panneaux sont en russe !

— Je me demande bien pourquoi.

— N'empêche, ça m'a fait du bien de prendre l'air. Et l'Écosse ?

— Super, mais c'est passé trop vite.

— Tu as fini les nuits ? demanda-t-il, les sourcils froncés.

Sans doute était-il surpris de la voir là à cette heure de la matinée.

— Officiellement, oui. Mais il y a un accouchement de jumeaux qui se prépare.

Elle manquait d'expérience dans ce domaine, le centre de maternité de Cromayr Bay n'accueillant pas les grossesses multiples. Alors elle était plus que d'accord pour rester en dehors de ses heures, d'autant qu'au cours de la nuit elle avait appris à connaître les futurs parents, Jeanette et son compagnon.

— Stella, qui vient d'arriver, m'a suggéré de venir prendre quelque chose à manger. Ensuite, le Dr Mina et elle vont me tenir la main, si je puis dire. Et ton entretien, alors ? reprit-elle après quelques secondes de silence durant lesquelles ni l'un ni l'autre n'évoqua le sujet personnel.

— Ce n'était qu'un déjeuner. Ce serait un sacré pas en avant, en tout cas, ajouta-t-il après une hésitation.

— Et un pas en arrière aussi, commenta-t-elle. Par rapport à ton rythme d'ici.

Elle ne disait pas cela pour le critiquer car elle percevait son épuisement. Mais en plongeant dans ses yeux son regard distant lui indiqua qu'elle n'aurait pas dû franchir la ligne. Ce n'était donc pas seulement leurs horaires de services divergents qui les avaient tenus à l'écart : il l'avait poliment évitée.

Heureusement, cette fois ce fut son biper à elle qui les interrompit. Il était temps qu'elle retourne en maternité.

— J'y vais, annonça-t-elle en se levant. Souhaite-moi bonne chance.

Puis sans attendre sa réponse, elle se hâta le long de la ligne jaune jusqu'au service maternité et écarta le beau Richard Lewis de son esprit.

Ses mains lavées, elle entra en D4.

— Waouh, je vois qu'on a bien travaillé ici ! dit-elle à Jeanette en ajustant son tablier en plastique. Bravo…

L'heure suivante consista en un dur labeur pour Jeanette dont elle s'acquitta merveilleusement. Quant à Freya, elle fit en sorte qu'aucun indice de fatigue n'apparaisse dans ses propres réactions malgré l'accumulation des heures.

La pièce s'était remplie peu à peu : Guy Masters et son interne — un pour chaque bébé —, ainsi que Stella et Kelly.

— Écoutez Freya, Jeanette, dit le Dr Mina quand cette dernière commença à montrer des signes de panique.

— Vous y êtes presque, l'encouragea Freya. Allez, poussez fort…

Elle n'avait jamais accouché des jumeaux, mais avec tellement d'expérience réunie dans la pièce, elle n'avait pas peur du tout. Aussi, quand elle posa le premier jumeau sur le ventre de sa maman, une allégresse immense l'envahit.

Pourtant, le travail n'était pas terminé.

— Elle va bien ? demanda Jeanette par-dessus les cris de son premier bébé.

— Parfaitement bien, répondit Kelly. Monsieur, vous souhaitez couper le cordon ?

Une fois le bébé entre les mains très professionnelles de Kelly, Freya se prépara à accoucher le second jumeau. Le bébé arrivait en bonne position, et en levant les yeux vers la mère, elle vit que celle-ci poussait déjà.

Quel privilège que d'être sage-femme…

— Bravo, Jeanette ! Vous vous en sortez très bien. Allez, une dernière poussée. Bien fort.

Le second bébé arriva au monde sur cette ultime poussée pour être remis aussitôt dans les mains de Stella. Très vite, la pièce fut emplie des sons délicieux de ses cris qui se mêlèrent à ceux de sa grande sœur.

— Beau travail, Freya, commenta le Dr Mina.

— Merci.

Il restait encore à extraire le placenta unique que Freya et le Dr Mina examinèrent dès que possible, vérifiant l'état des membranes.

Peu après, la pièce se vida. L'équipe de pédiatrie était ravie, Stella et Kelly avaient disparu. Tout était sous contrôle.

Freya aida Jeanette à nourrir ses bébés l'un après l'autre. Ils étaient adorables. Quand la maman serait un peu reposée et moins tremblante de fatigue et de tension qui retombait, on lui montrerait comment les nourrir en même temps.

— Vous avez été merveilleuse, Jeanette, dit Freya.

— Vous aussi.

Freya était un peu tremblante elle aussi après sa première naissance gémellaire. Elle remplit le dossier de la patiente et toute la paperasse habituelle, mais les mots devenaient flous sur la page.

À cause de ses larmes.

Dues à la fatigue, évidemment. Mais, à présent que l'accouchement était terminé, ses pensées pouvaient retourner à la cantine et à la fin de sa relation avec Richard.

Elle avait été avertie, pourtant. Et pas seulement par Stella, par l'intéressé lui-même.

— Tu rentres à la maison ? lui demanda gentiment Stella.

— Oui.

Freya se leva pour se diriger vers les vestiaires. Mais, soudain, sortant de la salle de travail et d'accouchement, il était là.

— Comment ça s'est passé ?

— C'était génial…, répliqua-t-elle, incapable de s'empêcher de sourire.

— Rentre dormir, maintenant, tu l'as bien mérité.

— Merci.

Voilà, ce fut tout.

Freya referma la porte du vestiaire. Ils étaient revenus à une relation sympathique et amicale, à quelques gentillesses échangées en passant dans le couloir, rien de plus.

Elle retira sa tunique trop grande et entreprit de se changer, pressée tout à coup de rentrer chez elle. Mais un coup retentit à la porte.

— Freya ?

Machinalement, elle releva son haut pour se cacher.

Il avait prévu de s'excuser. De lui dire que c'était lui, le problème, pas elle. De lui expliquer qu'il ne l'évitait pas, enfin pas vraiment. Qu'il avait pensé à elle à Moscou.

Seulement, ils n'en arrivèrent pas à cette étape.

Richard n'avait pas pour habitude de laisser ses relations empiéter sur le travail, il n'aimait pas tout mélanger au risque de rendre les situations bizarres et empreintes de malaise. Il avait eu des aventures, oui, mais jamais au sein même de l'hôpital.

Pourtant, tout à coup, ils s'embrassaient.

Avec avidité, avec gourmandise et sans penser à rien d'autre.

Comme malgré lui, il glissa ses mains sous le haut de Freya pour lui caresser les seins.

— Pas ici…, dit-il alors même qu'il se collait contre elle.

Il était passé de sa bouche à son cou, qu'il couvrait de

baisers, tandis que sa main se faufilait à l'arrière du pantalon bleu marine. Son parfum. Sa douceur…

Il retrouva sa bouche.

— Pas ici, répéta-t-il en la repoussant maladroitement.

N'importe qui pouvait entrer, à n'importe quel moment. Que se passerait-il si on les surprenait là, au milieu du vestiaire, enlacés, voire plus ? Lui, il avait déjà sa réputation, mais Freya, comment vivrait-elle les murmures dans son dos, elle qui déjà souffrait de mal s'intégrer dans ce nouvel environnement ?

Essoufflés, ils restèrent à l'écart l'un de l'autre en attendant que le moment de folie passe, mais il fallut plusieurs minutes avant que Richard soit en mesure de ressortir.

— Je t'enverrai un message pour ce soir, dit-il avant d'ouvrir la porte.

Il perçut sa propre frustration dans le son de sa voix. Et ne chercha pas à la masquer. De toute façon, il en aurait été bien incapable. Et tant pis si c'était lui qui l'avait suivie dans cette pièce, tant pis s'il s'était infligé cette frustration. Les secondes de plaisir qui avaient précédé en valaient largement la peine.

— Et cette fois, tâche de répondre à mon SMS, Freya, ajouta-t-il.

9.

Ils attendirent tous les deux que la bulle éclate. En vain.

Ils finissaient généralement chez lui mais, un matin, deux mois après le début de leur relation et trois après que Freya avait emménagé à Londres, elle se réveilla chez elle lovée contre Richard.

Leur histoire aurait dû être finie depuis longtemps, elle le savait bien, et elle attendait le jour où Richard allait le lui annoncer avec la franchise pour laquelle il était réputé.

Et cela serait douloureux. Très douloureux.

Londres serait froide et solitaire sans lui. Elle n'avait pas beaucoup d'amis, et la proximité avec les patientes lui manquait, tout comme sa petite communauté qui pourtant lui avait paru étouffante. Maintenant, elle avait le mal du pays. De la maison, de la famille, des amis.

Hormis quand elle était avec Richard. Alors elle commençait à faire ce qu'il lui avait conseillé de ne pas faire : elle comptait sur lui. Elle s'attachait à lui.

Par une froide matinée d'octobre, Freya frissonna quand Richard repoussa le drap pour passer la langue dans son cou et un doigt le long de son dos. Glissant un bras sous elle, il se mit à jouer avec le bout de son sein.

— Réveille-toi, murmura-t-il.

— Non, je ne veux pas. Je fais un joli rêve.

Elle sentait son érection contre ses cuisses qu'elle écarta un peu pour qu'il s'y faufile. Il frotta son sexe contre sa fente, lentement, longuement, sans chercher à la pénétrer.

Freya savait qu'elle devait l'arrêter. Certes, elle prenait la pilule, mais là n'était pas la question. Ils ne s'étaient fait aucune promesse, rien que le plaisir du sexe tant qu'ils en auraient tous les deux envie.

Mais il y avait aussi les dîners, les petits déjeuners et les discussions aux petites heures de la nuit.

Plus sensé qu'elle, Richard se recula pour enfiler un préservatif, et Freya ferma les yeux, un peu frustrée. Elle perdait la tête. Et elle préférait ne pas interroger son cœur.

Richard revint à sa position précédente et s'insinua en elle avec un gémissement rauque. Il l'emplit, et son corps entama un va-et-vient enivrant. Tout en jouant avec ses seins de cette façon qu'elle adorait…

Ils bougeaient à l'unisson, leurs corps connectés l'un à l'autre, à l'écoute, collés, entremêlés jusqu'à l'orgasme.

Alors qu'ils étaient allongés sur le dos, tous deux comblés et essoufflés, Freya repensa à l'épisode du préservatif qu'ils avaient failli oublier.

— Il faut vraiment qu'on soit plus prudents.

Richard ne voulait pas être prudent, tout à l'heure. Et elle non plus, il le savait.

— On en reparlera.

Car il commençait à tenir à elle et à compter sur elle d'une façon que jamais il n'aurait envisagé. La vie était plus belle, avec Freya à proximité. Certes, au travail, c'était la folie, mais il arrivait à contrebalancer cette frénésie par sa relation apaisée avec cette femme superbe, et il éprouvait beaucoup moins le besoin de partir en voyage au bout du monde pour fuir la pression. En fait, il attendait avec impatience la fin de sa journée de travail et la nuit qu'ils passeraient ensemble.

Il n'aimait pas trop venir à son appartement, mais la veille, il avait fini à minuit et il n'avait pas eu le cœur de lui demander de le rejoindre chez lui en métro. Et pas non plus osé lui donner un double de ses clés.

C'était trop tôt… Et puis, il s'était juré de ne jamais s'engager. Pourtant, il se découvrait de plus en plus lié à elle.

— Marcus insiste pour que je lui donne une réponse au sujet du poste à la clinique, dit-il.

— Tu as décidé ce que tu voulais faire ?

— Pas encore. Ça impliquerait de commencer au début de l'année prochaine.

— C'est dans longtemps.

— Pas tant que ça, on arrive bientôt en novembre, et je dois donner ma démission un mois avant. Au minimum… Alors si je veux avoir quelques congés entre les deux boulots, eh bien, il faut que je me presse.

— De quel côté penches-tu ?

— Je ne sais pas trop. La clinique m'offrirait un rythme plus tranquille et beaucoup plus d'argent.

— Mais tu adores ton travail à l'hôpital.

— Je sais, mais…

Il avait envie de lui parler de ses hésitations, l'inclure dans ses projets, d'autant qu'elle ne cherchait pas à l'influencer, il avait besoin de son avis personnel. Car la décision qu'il prendrait l'affecterait elle aussi.

Oh là ! Il était en train d'inclure quelqu'un dans son avenir. Quoi qu'il en soit, mieux valait ne rien lui en révéler pour le moment et s'en aller très vite avant de dire quelque chose d'idiot qu'il regretterait.

— Je vais y aller, annonça-t-il.

— Mais tu as encore une bonne heure devant toi.

— Oui, mais je veux prendre une douche…

— Prends-la ici.

— Je n'aime pas ta salle de bains, Freya, dit-il, avant de lui déposer un baiser sur la joue et de se lever.

Elle fronça les sourcils.

— C'est le genre de baisers que me donne mon oncle.

Il sourit. Il ne pouvait pas s'en empêcher, avec elle, et ses grands yeux accusateurs lui donnaient des envies de la serrer fort contre lui et de lui proposer d'emménager chez lui, avec lui.

— On en reparlera ce soir. Tu travailles tard ?

— Oui.

— Je termine à 18 heures, mais je resterai pour t'attendre, ainsi on pourra aller chez moi ensemble.

Encore une garde bien remplie. Vers la fin, alors qu'elle se trouvait dans le couloir, Freya se retourna à l'appel de son nom.

— Un appel pour toi, dit une secrétaire à la réception. Privé…

Freya, qui avait exprès laissé son portable dans son vestiaire, alla prendre le combiné, inquiète.

— Freya Ross à l'appareil…

— Freya ?

Le ton, suppliant, la glaça aussitôt. Alison… Or Freya ne connaissait que trop bien les inflexions de la voix de son amie quand elle était empreinte de peur.

— Que se passe-t-il ?

— J'ai eu des saignements. On m'a fait passer des examens, et le Dr Campbell a dit qu'il se peut que je fasse un décollement placentaire…

Une nausée submergea Freya. Et la colère. Et la peur.

— Ils ne savent pas trop d'où proviennent les saignements, mais, apparemment, l'utérus est irrité, et ils m'ont placée sous surveillance.

— Ils envisagent de pratiquer un accouchement prématuré ? demande Freya, d'une voix qu'elle savait bizarre, distante.

— Pas à ce stade. Mais ils risquent de me transférer de Cromayr à Édimbourg si besoin. J'ai tellement peur.

— Je comprends, mais les saignements ça arrive parfois. Ça ne veut pas forcément dire…

— Freya ! l'interrompit Alison. Tu peux venir ?

Sa requête était inattendue. Bienvenue mais inattendue. Elles étaient des amies très proches, pourtant Freya avait craint que son amie préfère ne pas l'impliquer cette fois.

Tout alla très vite. Outre que Stella proposa immédiatement de la remplacer, Richard, à qui elle expliqua la situation, proposa sans hésiter de la conduire. Elle avait pensé qu'il parlait de la conduire à la gare, mais…

— Non, je te conduis en Écosse.

— Pardon ? Ne sois pas ridicule, tu travailles demain matin. On ne sera même pas encore arrivés sur place.

— Je m'occupe de ça, répliqua-t-il. Laisse-moi juste le temps de m'arranger.

— Tu n'es pas obligé…

— Freya, de la même manière que je le ferais pour mes collègues, ceux-ci me remplacent en cas d'urgence.

Il n'imaginait pas ce que ses paroles représentaient pour elle. En général, c'était elle qui aidait les autres, qui réglait les problèmes. Richard lui donnait l'impression que tout était simple, que c'était normal, sans lui infliger les complications du changement de garde, et une demi-heure plus tard, ils étaient en route pour son appartement, puis une heure après, en route pour l'Écosse.

Vers 7 heures du matin, Freya se réveilla dans la voiture et aperçut le drapeau, la croix blanche sur fond bleu marine indiquant la frontière. C'était bien d'être à la maison. Et avec Richard, en plus.

Après l'arrêt à la station-service, dont Freya profita pour acheter une magnifique orchidée pour Alison et un bouquet de fleurs pour elle-même, Richard pesta à mi-voix.

— Quoi ?

— J'ai oublié de prendre des préservatifs.

Étonnée et amusée, elle ne put s'empêcher de sourire.

— Tu sais qu'on a des magasins, à Cromayr Bay.

— J'imagine, oui, seulement tu n'as pas forcément envie qu'on aille en acheter là où tout le monde te connaît…

Il pensait vraiment à tout. Ce qu'elle appréciait beaucoup.

Alors qu'ils dépassaient des collines parsemées d'éoliennes, Freya se sentait de plus en plus nerveuse.

— Je ne sais pas quoi lui dire, dit-elle alors qu'ils traversaient Queensferry Crossing. J'espérais tellement que les événements de la première fois ne se reproduiraient pas.

— Des saignements n'indiquent pas forcément quelque chose de grave. Ça avait commencé ainsi, la première fois ?

— Non… Mais ce n'est pas seulement le bébé qui m'inquiète. Les choses sont un peu tendues entre nous, et je ne sais pas comment me comporter avec elle.

— Sois toi-même, c'est tout.

Freya laissa échapper un rire proche des larmes et ressemblant à un sanglot.

— Elle n'a pas besoin de mon anxiété, mais je n'arrive pas à trouver les bons mots, depuis quelque temps. C'est ironique, alors que j'ai été formée pour ça et avec mon expérience en la matière.

— C'est très différent quand on est impliqué au niveau personnel. On essaie mais on est souvent très maladroits.

Il parlait de lui, évidemment.

— Tu as perdu quelqu'un ?

Il hocha la tête.

— Le fils de Marcus — le gars avec qui j'envisage de travailler — est mort il y a quelques années. Il est arrivé à l'hôpital à 9 heures du matin avec une méningite à méningocoque et, le lendemain, il était mort.

— Tu étais de garde ?

— Non.

Richard tourna la tête et vit l'expression dans les yeux de Freya signifiant qu'il ne pouvait pas comprendre. Il n'avait pas voulu aborder le sujet avec elle jusqu'à présent, déterminé qu'il était à garder un tour léger à leur relation. Seulement, il ne la considérait plus comme une simple aventure destinée à lui permettre de s'évader un peu, désormais.

— Pendant bien longtemps, tu peux me croire, j'ai regretté de n'avoir pas été au travail, ce jour-là. Pour m'occuper de lui.

Il repensa à cette période, presque un an après le drame, à l'impuissance et à la colère.

— Je m'étais convaincu que j'aurais été capable de comprendre plus tôt, que j'aurais pu le sauver. Au bout du compte, j'ai fini par admettre que non, je n'aurais pas changé l'issue du drame. Tu devrais envisager les choses comme ça, toi aussi.

Parfois, la nuit, il percevait la panique de Freya, quand elle quittait ses bras et se redressait dans le lit avant de se rendormir. Il avait pensé qu'il s'agissait d'un problème d'ordre privé, mais peut-être avait-il préféré ne rien voir, et il n'avait rien dit et rien fait. Car ils étaient censés partager le genre de relation où l'on ne remarquait pas ces choses-là.

Mais c'était fini, les non-dits.

— Imagine que tu n'aies pas été de garde, cette nuit-là. Qu'aurais-tu ressenti ?

— Mais j'étais là, Richard.

Le ciel avait viré au gris, avec de petites touches de rose. Et de doré. Sublime.

— C'est magnifique…, commenta-t-il.

— Je ne m'en lasse jamais. Je vois les ponts depuis ma chambre, et c'est une vue à couper le souffle.

Sur le conseil de Richard, elle appela l'hôpital, et on lui apprit qu'Alison n'avait pas été transférée. Ils arrivèrent à Cromayr Bay aux premières heures de la matinée.

— Je vais essayer de ne pas être trop longue, dit-elle quand il se gara sur le parking.

— Prends ton temps, de toute façon, je vais dormir.

Sans l'aide d'une ligne rouge, Freya se dirigea dans la petite structure et fut accueillie chaleureusement par Laura, l'infirmière en chef.

— Les choses s'améliorent, expliqua-t-elle. On s'apprêtait à la transférer hier soir, au cas où elle aurait besoin d'un accouchement en urgence, ce qui reste une option, mais son état s'est stabilisé, et le Dr Campbell pense que pour le moment elle peut rester ici. Mais au moindre saignement, on l'envoie en soins intensifs en néonat. Elle va être contente de te voir.

Ce fut le cas, en effet. Assise dans son lit, reliée à un

moniteur ECG, Alison buvait une tasse de thé. Elle la reposa immédiatement et éclata en sanglots en voyant son amie.

Freya l'enlaça aussitôt. Elle entendait les « bips » rapides du cœur du bébé, le son le plus doux au monde.

— Je suis désolée de t'avoir fait venir ici, maintenant que tout semble s'arranger. J'ai paniqué.

— C'est normal, ne t'inquiète pas pour ça. Tu sais, ce sont des choses qui arrivent, et cela ne signifie pas que ce soit lié à ce qui s'est passé avec Andrew, ni qu'il y a un risque de récidive.

— Oui, tout le monde ne cesse de me le répéter.

Elles parlèrent une bonne heure, pourtant Freya se sentait davantage dans la peau de la sage-femme que de l'amie. Cependant, quand elle la quitta, Alison était bien plus calme.

— Tu restes combien de temps ?

— Quelques jours. Je reviendrai aux heures de visites.

— Tu es venue en train ?

— Non, avec un ami. Un très bon ami… Mais je n'en dirai pas plus sur le sujet, ajouta-t-elle en hâte en voyant une étincelle dans les yeux de son amie. À cet après-midi.

Richard avait essayé de dormir dans la voiture, mais impossible. Aussi s'était-il mis à observer les va-et-vient devant les urgences — ou plutôt l'absence d'urgences — à l'hôpital de Cromayr Bay. Il y avait bien un peu d'activité, du personnel qui arrivait pour prendre son service ou repartait, mais pas une seule ambulance. Un patient était arrivé à pied, et l'agent d'accueil l'avait emmené à l'intérieur dans un fauteuil roulant. Puis ils avaient aidé une vieille dame qui soutenait son poignet d'une manière caractéristique à sortir de voiture.

— Fracture de Pouteau-Colles, avait diagnostiqué Richard de loin.

Bon sang, il mourrait d'ennui, dans un endroit pareil. Et il faisait froid. Bien plus froid qu'à Londres, malgré le chauffage dans la voiture.

Le cheminement de ses pensées fut interrompu quand Freya

franchit les portes, souriante, et échangea quelques mots avec le portier. Elle était heureuse d'être là, c'était évident.

— Alors, comment va-t-elle ? demanda-t-il quand elle monta dans la voiture.

— Mieux qu'hier soir. Apparemment, on s'est affolé trop vite, mais si elle saigne à nouveau, ils la transféreront. Je retournerai la voir plus tard. Je ne te remercierai jamais assez pour tout ce que tu fais, Richard.

— De rien, c'est normal. Étant donné que ton amie va mieux, on pourrait aller dîner à la Taverne, ce soir ? Ils en disent du bien sur Internet.

— Ils viennent de rouvrir, dit-elle, avant de lui indiquer le chemin de sa maison. J'ai hâte de voir les nouveaux aménagements. J'espère qu'ils font toujours leur tourte au gibier, car je suis certaine que tu n'en as jamais goûté de meilleure.

— Je n'en ai jamais goûté tout court, répliqua-t-il avec un sourire. Ensuite, on pourra monter dans la chambre que j'ai réservée.

— J'aime bien cette idée.

Il s'arrêta devant une petite épicerie afin qu'elle achète des victuailles. Au bout d'un moment, il décida de la rejoindre car, outre qu'il avait faim, il avait vu le contenu de son réfrigérateur à Londres. Il allait s'assurer qu'elle prenne du pain et des œufs, pas seulement des céréales.

Et non, il n'achèterait pas de préservatifs. C'était décidé. Encore un sujet à ajouter à la discussion de ce soir. Il comptait aussi lui proposer d'emménager chez lui. Le plus étrange, c'était qu'il n'avait même pas peur à la perspective de cette conversation.

En descendant de voiture devant la petite maison bleue de Freya, Richard eut un aperçu de la mer scintillant sous le soleil et qu'une mouette survolait en criant.

Il dut se pencher pour franchir la porte. La maison était presque vide, et les rideaux tirés, et, pourtant, c'était charmant. Freya remplit un vase d'eau et y plaça les fleurs.

— Tu veux un café ? cria-t-elle depuis la cuisine.

— Non, maintenant, j'ai juste envie de dormir.

Elle le guida jusqu'à sa chambre.

— Tu viens te coucher ?

— Non, je me suis reposée dans la voiture. Je pensais avertir ma famille que je suis ici et puis…

Elle laissa sa phrase en suspens et le contempla, l'air presque surpris de le voir là, dans un environnement familier.

— Je te rejoindrai peut-être…, ajouta-t-elle.

Bien au chaud dans les bras de Richard, Freya faisait des efforts pour se réveiller au son d'une alarme. Roulant sur le dos, elle tenta de se rappeler où elle était. À la maison. Avec Richard. Richard était dans son lit.

Il posa sa bouche chaude sur son sein, et une vague sensuelle la submergea. Comme s'il le sentait, il entreprit de dessiner des cercles lents sur son ventre avant de descendre plus bas encore. Ensuite, il abandonna son sein et sa bouche trouva la sienne. La magie, comme toujours, opérait. Elle laissa échapper un gémissement de plaisir, mais ne fit pas un mouvement pour le caresser, trop alanguie qu'elle était.

Quand l'alarme se déclencha de nouveau, ni l'un ni l'autre ne réagit car ils s'embrassaient avec avidité, paraissant insatiables. Freya glissa une main sur la nuque de Richard qui avala ses halètements gutturaux de plaisir tandis que ses doigts habiles l'amenaient au bord de l'explosion. Il continua de l'embrasser pendant qu'elle jouissait et puis recouvrit son corps du sien.

Quand il s'insinua en elle, sans protection, elle frissonna de plaisir. Il se mit à aller et venir, lentement, et elle savoura la sensation de chaque mouvement, enfonçant ses doigts dans le dos musclé, tentant de réfléchir. Ils faisaient l'amour, elle en était certaine. Ils faisaient l'amour.

C'était la première fois. Ils s'embrassaient puis s'écartaient pour se regarder. Puis il revenait en elle, de plus en plus profondément, et Freya éprouvait un sentiment de passion qui lui était inconnu. Une partie d'elle-même voulait demander qu'il cesse, l'autre partie voulait qu'il ne s'arrête jamais.

Cependant, quand il accéléra la cadence et approfondit ses assauts, elle oublia ses craintes, ses doutes, et se laissa aller toute palpitante contre lui quand, dans un frisson, il répandit en elle sa semence chaude. Le second orgasme de Freya accueillit les dernières gouttes de lui.

Allongée sur le lit, Richard encore fiché en elle, Freya fixa les yeux au plafond. Irremplaçable… Voilà ce qu'il était pour elle désormais.

Cette pensée lui serra le ventre, le cœur et l'âme.

Ce n'était pas qu'une aventure. Elle avait peut-être débuté ainsi, mais, à présent, elle ne pourrait pas se terminer sans regrets.

Il partirait en emportant son cœur brisé qui n'avait jamais battu ainsi pour personne, mais elle ne devait rien montrer. Se tortillant pour se libérer du poids de son corps sur elle, elle quitta le lit.

— Il faut que j'aille rendre visite à Alison.

C'était vrai, car, sinon, elle raterait les horaires de visites, mais sa voix était froide, distante, détachée.

— Je vais prendre une douche rapide, dit-il.

Elle l'arrêta.

— Tu n'es pas obligé de te lever. J'ai ma voiture. Sers-toi dans la cuisine si tu as faim ou soif, j'en ai pour une heure ou deux. Je nous rapporterai une soupe de poisson.

Ils se séparèrent sur un sourire.

Impossible de se rendormir… Richard se leva et se promena dans la petite maison. Certes, il y avait pas mal de travaux à effectuer, mais l'endroit était vraiment charmant. Il y avait des livres sur les étagères, des petites babioles ici et là, des peintures accrochées sur les murs et des plaids sur le canapé.

Bref, c'était ici, la maison de Freya. Ici qu'elle était chez elle. Et elle gardait cette maison comme si celle-ci attendait son retour.

Revenu dans la chambre, il tira les rideaux et admira la vue sublime. L'après-midi avait laissé place au crépuscule, et les lumières du pont étaient allumées. Il se surprit à se demander à quoi cela ressemblait, ici, au cœur de l'hiver.

Toute guillerette, Freya ouvrit la porte du cottage, deux parts de soupe de poisson à la main. Elle trouva Richard assis sur le lit, éveillé, l'air maussade.

— Tu profites de la vue ? demanda-t-elle.

— Pas vraiment.

Cette réponse inattendue lui fit froncer les sourcils. Elle balaya la pièce des yeux, comme si la raison de ce changement d'humeur pouvait se trouver là. Mais il était en Richard, le changement.

— Tu n'as jamais vraiment emménagé à Londres, n'est-ce pas ?

Le ton de sa voix habituellement suave était rauque.

— Je ne comprends pas.

— Tu as mis le cottage en vente ?

— Pas encore.

— Freya, pourquoi n'as-tu pas emporté ta machine à café à Londres ?

Drôle de question.

— Parce que je ne pouvais pas la caser dans la voiture de mon père.

— Tu as acheté des fleurs pour décorer ta maison, ce que tu n'as jamais fait pour ton appartement.

— Richard, à Londres je suis débordée, et la plupart de mon temps libre, je le passe chez toi.

— C'est pour ça que ça ne t'intéresse pas de savoir si je vais accepter le poste à la clinique ? Tu vas repartir ? C'était prévu depuis le début ?

Elle déglutit, mal à l'aise.

— Non ! En partant, je pensais vraiment que c'était pour toujours. J'en avais assez de vivre ici, partout où j'allais…

Comment lui expliquer ?

— Ça me rappelait…

— Malcolm ? dit-il, les paupières plissées.

Elle secoua la tête avec véhémence.

— Le bébé ? suggéra-t-il alors, et elle fut soulagée qu'il l'ait crue, même si elle était incapable de lui répondre. Tu es partie parce que tu étais perturbée par la mort du bébé de ton amie ?

Elle perçut le mépris dans sa voix.

— Pas seulement. Ma relation avec Alison avait changé. Je n'arrivais pas à me remettre.

— Freya, tu étais en deuil.

Le mot était trop fort.

— Non. Enfin peut-être au début, oui, mais c'est Alison qui a perdu…

— Tu peux très bien avoir souffert aussi. Tu traversais une mauvaise période, et cette perte était très personnelle. Sans compter la fin d'une relation qui avait duré longtemps… Tout ça, c'était trop, et tu as fui.

— Non.

Mais il n'en avait pas terminé avec elle, apparemment.

— Tu étais au courant qu'Alison essayait de retomber enceinte ?

— Oui.

— Tu ne pouvais pas risquer que quelque chose déraille et tu es partie pour ne pas avoir à t'en occuper. Mais depuis le début, tu avais prévu de revenir chez toi.

Se pouvait-il qu'il ait raison ?

Elle repensa à ses derniers jours à Cromayr Bay, à son cœur serré quand elle était sortie de la clinique pour la dernière fois.

Enfin, pas la dernière fois vraiment. Dans un coin de sa tête, elle le savait déjà à l'époque. Même si elle avait repoussé cette idée.

— Oui, mais je l'ignorais en postulant au Primary. Je n'en étais même pas certaine quand on a commencé à se fréquenter.

— Et maintenant ?

Elle hocha la tête.

— Richard, toi et moi…

— C'est une aventure, lâcha-t-il, en même temps qu'un rire sans joie.

C'était l'intention, en tout cas. Elle avait espéré pouvoir fermer son cœur et s'amuser un peu, pour une fois. Mais elle avait joué un jeu d'adultes, ce qui signifiait que si cela tournait mal, le risque était plus grand de souffrir.

Il descendit du lit. C'était bizarre, les choses qu'on remarquait parfois songea-t-elle quand il se détourna pour s'habiller, ce qu'il n'avait jamais fait avant.

— Tu sais ce qui m'agace le plus ? reprit-il d'une voix aussi brusque que ses gestes.

— Que je n'ai pas été honnête avec toi ? J'accepte, sauf que je n'ai jamais vraiment su ce que je ressentais…

— Non, l'interrompit-il. Ce qui m'agace le plus, c'est que tu n'as jamais laissé sa chance à Londres.

— Si.

— Non. D'emblée tu as décrété que cette ville était froide et inhospitalière.

Que répondre à cela ?

— Je vais te dire pourquoi tu ne t'es pas fait d'amis, poursuivit-il. C'est parce que, contrairement à moi, les gens devaient sentir que tu n'avais pas sérieusement envie de rester.

— Je prends mon travail très au sérieux, répliqua-t-elle, tout en sachant que son argument ne tenait pas.

— Je ne remets pas en cause tes talents de sage-femme, tu le sais bien. Bon, je m'en vais.

— Où ?

— À la Taverne. Il paraît qu'ils servent une excellente tourte au gibier.

— Ne t'en va pas, s'il te plaît. On peut parler, non ?

— Pour dire quoi ? Tu as l'intention de revenir vivre ici, oui ou non ?

Inutile de mentir ou de tourner autour du pot.

— Je vais aller au bout de mon contrat et, ensuite, je rentre ici. Ça ne signifie pas qu'on ne pourra pas continuer à se voir. Beaucoup de relations à distance fonctionnent…

Le rire qui l'interrompit était presque un cri.

— Eh bien, profite de la vue, Freya.

Il n'eut pas besoin de claquer la porte car le ton amer de sa voix résonna bien plus longtemps que le bruit du bois.

Son aventure sans lendemain était plus que cela, apparemment et, pourtant, il était parti sans essayer de réparer les dégâts.

Parti sans écouter son point de vue, à elle.

Parti.

10.

Par chance, le wagon dans lequel elle voyageait sur le trajet du retour à Londres était calme et silencieux, et Freya en profita pour réfléchir. Lors de ses visites à Alison, elle s'était un peu ouverte à elle, lui avouant que c'était ici, sa maison, et pas Londres. À la question de son amie, elle avait admis que si elle restait à Londres, ce serait seulement pour Richard. Mais qu'arriverait-il quand il se lasserait de leur relation, ce qui ne manquerait pas de se passer ?

Cependant, ses dernières paroles lui avaient fait mal, et parce qu'elles étaient vraies justement. Freya n'avait pas voulu le blesser, pourtant, elle l'avait fait. Alors elle baissa les yeux sur son téléphone en mode silencieux.

Et cette fois, elle n'hésita pas. Le message qu'elle rédigea venait du cœur.

Je n'aurais jamais pensé ressentir ça pour toi.

Assis dans son appartement, entouré par de petits morceaux de Freya — un foulard en soie sur son canapé, une paire de boucles d'oreilles sur la table, du linge à elle dans le sèche-linge —, Richard lut son deuxième SMS.

Est-ce que ça doit être tout ou rien ?

La question était à la fois sensée et ridicule.

Sensée parce qu'ils ne se fréquentaient que depuis un peu plus de deux mois, et qu'il était trop tôt pour parler de plan de carrière et d'emménagement. Et ridicule parce qu'ils savaient tous les deux ce qu'ils ressentaient.

Alors il répondit :

Tu te vois vivre à Londres ?

Sa réponse ne tarda pas :

Je ne sais pas.

Et puis :

Non.

Au moins elle était honnête. Eh bien, il allait l'être aussi, quitte à se montrer un peu brusque.

Je ne vois pas l'intérêt, dans ce cas.

Richard, on ne peut pas faire ça par SMS. Je suis dans le train. Je peux passer chez toi ?

Il esquissa un sourire amer. Trop souvent une maîtresse l'avait supplié de ne pas mettre un terme à leur relation par SMS et insisté pour venir discuter chez lui. Pourtant, si le message de Freya était semblable, il le recevait très différemment.

Si elle venait, cela se finirait au lit plutôt que dans les larmes, il le savait, et ils ne seraient pas plus avancés.

Non, tu ne peux pas passer. Je te rejoins à Euston.

Richard n'était pas sur le quai, mais lorsqu'elle franchit les portes de la gare pour se retrouver sous le beau soleil, Freya sentit son cœur se serrer. Il était là, superbe dans un jean et un petit pull noirs, et il portait un sac, le sien, dans lequel elle avait apporté quelques affaires chez lui, sur l'épaule.

— Excuse-moi de n'avoir pas été honnête avec toi, dit-elle d'emblée. La première fois qu'on est sortis ensemble, je venais de décider que je ne resterais pas au-delà de la fin de mon contrat initial.

— Pardon ?

Plongeant dans les magnifiques yeux, elle parvint à afficher un sourire faiblard.

— Je m'attendais à ce que tu me quittes à tout moment, reprit-elle en enfonçant un doigt accusateur dans son torse. Je me suis jetée dans tes bras en sachant que la fin de cette relation était programmée à l'avance…

— Ça, je le savais, dit-il dans un soupir.

— On n'est pas obligés de changer ça, alors, répliqua-t-elle, consciente de la futilité de ses mots — tant de choses avaient changé, déjà.

Il lui tendit son sac.

— Je ne veux plus qu'on se voie.

Elle s'était juré de ne jamais le supplier…

— Richard, s'il te plaît. Ne te précipite pas. Tu n'es pas obligé de prendre une décision maintenant.

Il tournait déjà les talons.

— Ma décision est prise…, lança-t-il par-dessus son épaule.

— Je n'en reviens pas que tu ne nous accordes même pas une discussion.

Pas de réponse.

— Il me reste encore deux mois ici, et il y a des relations à distance qui fonctionnent…

Il s'arrêta. Se retourna.

— J'aime faire l'amour un peu plus souvent qu'une fois tous les quinze jours, Freya.

Là, elle n'avait pas de réponse. Mais Richard n'avait pas terminé.

— Je crois que tu voulais un salaud que tu pourrais laisser derrière sans regrets, Freya. Ne te plains pas si j'exauce ton souhait.

Puis, comme tout le monde le lui avait promis, comme elle-même savait que cela arriverait, Richard Lewis lui brisa le cœur.

Elle le regarda s'éloigner, interdite.

Elle l'avait perdu. Et le pire, c'était qu'il avait raison sur toute la ligne.

Alors elle acheta un énorme bouquet de fleurs au kiosque près de chez elle et monta ses bagages. En ouvrant la porte, elle grimaça. Oui, cet endroit était vraiment hideux. Pas étonnant que Richard n'ait jamais aimé y venir.

La moquette était laide, mais elle avait commandé un immense tapis qui arriverait bientôt, et elle avait rapporté des tas de choses de la maison.

Parce que, même s'il ne lui restait peut-être pas très longtemps à passer ici, elle ne comptait pas rester les bras croisés. Elle jeta de jolis plaids sur le canapé, éparpilla quelques coussins et entreprit d'accrocher des tableaux qui lui plaisaient.

C'était toujours mieux que de penser à autre chose…

À l'hôpital, Richard choisit de ne pas lui parler, sauf bien sûr si le travail l'exigeait. Il continuait à l'appeler Freya, restait très professionnel, mais terminés les petits dialogues en salle de repos ou à la cantine.

Lors des auscultations de ses patients, il leur demandait d'évaluer leur douleur sur une échelle de 1 à 10. Mais ce soir-là, quand il rentra dans son appartement vidé de toute trace de Freya, il n'osa pas évaluer la sienne, de douleur.

Il était revenu à sa vie de célibataire depuis deux semaines, le mal-être aurait donc dû disparaître, ou au moins diminuer. D'ailleurs, l'ancien Richard serait déjà passé à sa nouvelle conquête. Ou bien il sortirait avec un copain et rirait avec lui en songeant qu'il avait failli abandonner sa carrière à Londres pour Cromayr Bay.

Il lui aurait aussi raconté comment, imbécile qu'il avait été quelques jours après la rupture, il avait appelé l'anesthésiste en chef de Cromayr Bay pour prendre des renseignements discrets.

Ils n'avaient pas de poste vacant pour le moment, et Richard avait été invité à une visite informelle dans deux semaines, mais il était bien conscient qu'il devait mettre un terme à cette mascarade.

N'ayant pas suffisamment faim pour commander à manger,

il mangea des céréales à même la boîte puis se débarrassa de son costume et entra dans sa douche immaculée. Le problème, c'était que l'affreux carrelage vert de chez Freya lui manquait. Tout était beau et confortable, ici, mais, sans Freya, aussi froid et stérile qu'une salle d'opération.

Couché dans son grand lit, incapable de fermer l'œil, il se surprit à évaluer son chagrin. De 1 à 10, 10 étant le chagrin le plus intense.

7 ? Cela avait été douloureux de la voir aujourd'hui, toutefois, il était resté efficace dans son travail.

8 ? Parce qu'il n'avait pas annulé sa visite à Cromayr Bay, tellement elle lui manquait.

9 ? Parce qu'il était un entêté de première et que, s'agissant de sa carrière, il n'abandonnait jamais.

Ce poison qu'on appelait l'amour faisait plus mal qu'il ne l'aurait cru.

Oui, l'amour. Et, oui, elle lui manquait.

10.

Oui, perdre Freya équivalait bel et bien à un 10 sur l'échelle de la douleur.

11.

Sur la suggestion de Stella, Freya avait parlé à Pat qui s'avérait être une couturière fantastique.

— Je peux te les fabriquer, proposa Pat.

— Mais non, je ne vais pas t'apporter une pile de tissu !

— Ne sois pas bête, c'est moi qui vais apporter ma machine à coudre chez toi.

Le rendez-vous avait été programmé pour le dimanche après-midi, et Kelly avait accompagné Pat, ainsi que Stella. Aussi stressée que pour un premier rendez-vous, voire plus nerveuse, en fait, Freya avait acheté du fromage, des noix et des chips, non sans s'inquiéter atrocement.

Puis elles étaient arrivées, et tout s'était bien passé. Mieux, elles s'étaient amusées comme des petites folles, Pat sur la machine à coudre, Stella sur l'échelle. Quand elles étaient reparties, l'appartement était doté de magnifiques rideaux d'un rouge profond qui modifiaient l'aspect de la pièce dans son ensemble.

Et dire que Richard ne les contemplerait jamais…

— Tu le vois quand même parfois ? demanda Alison, un soir qu'elles se parlaient au téléphone.

— Un peu. Enfin, beaucoup, mais ce n'est pas comme avant. Son interne, Dominic, est en mesure de pratiquer la plupart des péridurales, maintenant, alors je ne le vois qu'en cas d'urgence.

— Tu as essayé de lui parler ?

— Inutile. Il a été très clair. Je ne vois pas pourquoi je devrais abandonner l'idée de rentrer à la maison, si lui refuse ne serait-ce que l'idée de déménager.

Un silence s'ensuivit.

— J'ai envie de t'avoir ici, c'est sûr, reprit Alison. Mais si Callum devait déménager pour le travail, je le suivrais sans hésiter.

— Oui, seulement toi, tu ne travailles plus, tu as arrêté pour avoir un enfant, répliqua sèchement Freya avant de se rendre compte de ce qu'elle venait de dire. Pardon…

Alison se mit à rire.

— Non, je suis ravie de constater le retour de la vraie Freya. Tu étais…

— Quoi ?

— Trop gentille. Trop sage-femme.

— Bon, eh bien, je vais te rembarrer plus souvent alors. Bref, assez parlé de moi. Comment tu vas, toi ?

Alison se portait bien. Le bébé devait arriver au tout début de la nouvelle année et le contrat de Freya courait jusqu'à mi-janvier, ce qui signifiait qu'elle ne serait pas auprès de son amie pour la naissance.

Alison devait accoucher à l'hôpital principal, mais si elle avait de nouveaux saignements, elle serait transférée ailleurs, donc, de toute façon, Freya n'aurait pas pu l'accoucher elle-même.

Mais elle aurait été là.

Elle repensa à la période où elle avait postulé pour Londres. Malcolm et elle avaient rompu depuis longtemps, et Alison venait de lui apprendre que Callum et elle attendaient à nouveau un enfant.

Elles étaient à la Taverne quand Alison avait dit à Freya qu'elle voulait l'avoir avec elle en salle d'accouchement.

— Callum va être tellement nerveux, avait-elle ajouté.

— Cela ne sera peut-être pas possible, avait répondu Freya, avant d'annoncer à son amie qu'elle envisageait de partir vivre et travailler à Londres.

Les mots lui avaient échappé avant même que l'idée ait été concrète et claire dans son esprit. Mais l'évolution n'avait pas tardé car Freya avait postulé au Primary la semaine suivante.

Richard avait raison. Elle avait fui.

Hélas, il n'y avait pas moyen de fuir une peine de cœur. Elle vous suivait, vous retrouvait partout.

Non, la seule solution, c'était de l'affronter.

12.

Richard ne faisait plus de siestes dans la salle de repos, et ils se contentaient de se saluer vaguement s'ils se croisaient à la cantine.

Freya brûlait de savoir s'il avait décidé de rester à l'hôpital public ou d'accepter le poste à la clinique privée. Chaque semaine, quand paraissait la *newsletter* du Primary, elle la parcourait en quête d'informations, mais, pour l'instant, elle n'avait trouvé aucune mention de son départ ou de son remplacement.

— C'est bien calme, dit-elle à Stella, dans l'unité maternité où elles étaient assises.

Seuls les halètements d'une patiente en pleines contractions troublaient le silence, et Pat était à son chevet, tandis que Kelly se trouvait en D5.

— Tu devrais en profiter pour prendre ta pause-café, suggéra Stella.

— Freya, tu peux venir jeter un œil à ce scanner avec moi avant d'y aller ? lui demanda Kelly, haussant le ton.

Ce qu'elles firent attentivement, et elles découvrirent quelques anomalies, ce qui les incita à appeler le Dr Mina à la rescousse auprès de la maman et de l'enfant.

Ensuite, Freya alla se faire son café, en songeant que cette journée aurait pu être une journée normale à Cromayr Bay, avec les visites prénatales et postnatales, ainsi que les visites à domicile. Freya adorait aller chez les gens et voir le nouveau-né dans sa famille. C'était l'un des aspects de son travail à Cromayr Bay qui lui manquait le plus à Londres.

Bien sûr, elle effectuait le suivi de certains cas ici aussi.

Louise Eames, par exemple, allait très bien et elle avait été renvoyée chez elle. Elle se remettait du traumatisme et venait voir son tout petit bébé à l'hôpital chaque jour.

Mais ce n'était pas pareil. Freya s'apprêtait à ouvrir un magazine quand la sonnerie retentit. Sans prendre la peine de rincer sa tasse, elle retourna directement dans un service qui n'était plus du tout calme.

Le rouge clignotait au-dessus de la D5, et Stella courait vers le téléphone.

— Avertis le bloc…, lui lança-t-elle en la voyant. On a une césarienne en urgence.

Quelques secondes plus tard, Richard débarquait au pas de charge et s'engouffrait en D5.

Tandis que Freya entrait vérifier les dosages des médicaments, elle assista à une conversation tendue entre le père du bébé et Richard.

— Mais je suis son mari, alors je vais au bloc avec elle.

— Il ne vous gênera pas, intervint la maman.

Elle était allongée sur le flanc, sous oxygène, et Freya entendait les battements du cœur du bébé. Dangereusement bas. Le liquide amniotique était épaissi par le méconium, qui constituait généralement les premières selles du bébé après sa naissance.

Freya eut l'impression de revivre le premier accouchement d'Alison. Andrew était mort d'une aspiration méconiale.

Évidemment, ce genre de choses arrivait, elle le savait et elle percevait la peur dans la voix de la mère qui lui rappelait tellement celle d'Alison…

— Qu'est-ce qui se passe ? demanda cette dernière.

Stella, le Dr Mina et Kelly prirent le temps de lui expliquer les détails tout en la préparant pour le transfert d'urgence.

— Le bébé n'aime pas les contractions, lui dit le Dr Mina. C'est son pouls qui se ralentit qui nous l'indique.

— Et le méconium nous montre que le bébé est en détresse respiratoire, ajouta Stella.

Guy Masters, arrivant à cet instant, prit le relais du Dr Mina.

Le bloc n'étant pas tout à fait prêt, il n'était pas question de transférer tout de suite la patiente, quitte à accoucher le bébé sur place.

— Je veux mon mari avec moi, dit Abigail.

Alors Freya découvrit ce que Richard Lewis était capable d'accomplir en quelques secondes.

— Je comprends que vous souhaitiez l'avoir auprès de vous, dit-il de sa voix grave. Mais vous allez être sous anesthésie générale, alors c'est impossible. On doit sortir votre bébé rapidement.

— J'insiste ! intervint l'époux.

— Monsieur Dunstan, nous n'avons pas le temps de débattre, lui répondit Richard. Vous ne pouvez pas rester. À compter de maintenant, je ne quitte plus le chevet de votre femme. Je serai avec vous non-stop jusqu'à ce qu'on vous réveille, ajouta-t-il, se penchant pour être au niveau d'Abigail.

Il ne faisait pas de fausses promesses en affirmant qu'il y serait encore après car il savait qu'elle serait transférée entre les mains de l'unité post-anesthésie. D'autant qu'il serait probablement appelé ailleurs à ce stade. En disant la vérité aux parents, il les avait manifestement rassurés car Abigail hocha la tête.

Il se redressa.

— Bon, j'ai installé une autre perfusion et passé en revue votre dossier. Je dois juste vous demander si vous avez des couronnes dentaires.

— Non.

Tout était prêt, avec les packs d'urgence pour le court trajet jusqu'au bloc, mais tant qu'on ne leur confirmait pas que le bloc était utilisable, ils ne bougeraient pas.

— Le bloc est prêt ! cria quelqu'un.

Ils sortirent le lit roulant puis parcoururent le couloir en courant. La course à la survie du bébé.

Freya resta pour tout ranger en D5 : emballages abandonnés, matériel usagé, masques à oxygène… En ramassant les tubes, elle se rendit compte qu'elle tremblait.

Les yeux baissés sur ses mains, elle s'immobilisa, paralysée par un voile de dentelle noire, celui de la peur de cette nuit d'horreur avec Alison. Alors elle fit ce que Richard lui avait suggéré le jour où ils avaient rompu.

Elle replongea dans le passé, imaginant un coup de fil où on l'informait qu'Alison avait accouché et que cela ne s'était pas bien passé. Ou bien son arrivée au travail, quand on lui annonçait la nouvelle. Ou bien c'était Callum, le mari d'Alison, qui l'appelait.

Et elle revécut cet instant, sans être présente. « Qu'aurais-tu ressenti si tu n'avais pas été là ? », lui avait demandé Richard.

Elle aurait été dévastée. Sauf que Richard n'était pas là pour entendre sa réponse.

Richard savait que cette intervention avait dû bouleverser Freya car ils étaient passés très près du drame. Entre l'alerte et l'accouchement, ils avaient trente minutes de sursis, et ils en avaient utilisé vingt-huit. Deux minutes d'une valeur incommensurable, songeait-il en écoutant les pleurs du bébé tandis qu'Abigail était conduite dans l'unité post-anesthésique. Elle avait été extubée au bloc et reprendrait bientôt connaissance.

— Comment va le bébé ? demanda-t-il à Kelly.

— Il a eu de la chance, répondit l'infirmière. Il va même assez bien pour faire un rapide câlin à maman quand elle se réveillera, ensuite on l'emmènera aux soins intensifs de néonat. Mais seulement en observation.

— Bien. Bon travail…

— Bravo à vous aussi.

Cela avait été une bonne journée, oui. Ou plutôt seulement une bonne heure. Richard balaya des yeux la salle et son personnel efficace, des lieux qu'il avait fréquentés si souvent et connaissait si bien. Un environnement qui allait lui manquer.

Quand il travaillerait dans le privé.

Sa décision était prise. Alors au lieu de s'attarder, il sortit du bloc et retourna au service maternité.

Oui, il devait éviter Freya, il le savait, seulement il était certain que ce cas l'avait perturbée. Il agirait ainsi pour n'importe quel membre du personnel… Non, il se mentait. Tous les jours, des drames se produisaient, et s'il devait aller discuter avec les sages-femmes ou les infirmières chaque fois après, il n'aurait de temps pour rien d'autre.

— Salut, Stella, dit-il. On a terminé au bloc.

— J'ai entendu dire qu'elle allait bien. Que puis-je faire pour toi, Richard ?

Il ne se déroba pas, ne fit pas mine d'être là pour une autre raison.

— En fait, je cherchais Freya.

— Elle est rentrée chez elle.

— Ah…

— Une migraine, apparemment.

— Je vois…

— Elle est de garde demain. De soirée. D'ailleurs, ça me fait penser… C'est son anniversaire demain. Vous pouvez signer la carte ?

— Je n'ai pas le temps. Je dois redescendre en chirurgie.

— Ça ne prendra que deux secondes !

C'était une tradition plutôt sympathique, pour tout le monde. Juste un gâteau et une carte. Alors il prit son stylo et griffonna un message.

« Meilleurs vœux.
Richard Lewis. »

Il écrivait toujours la même chose. Sauf qu'il ne le pensait pas toujours vraiment. Il avait parfois besoin de réfléchir, mais quand l'anesthésiste d'un hôpital avait-il le temps pour ce genre de chose ?

À la fin de la journée, la bonne nouvelle concernant le bébé Dunstan avait été contrebalancée par le décès d'une jeune femme de vingt ans. Alors qu'il rentrait chez lui, en voiture, Richard changea d'avis : non, cet endroit ne lui manquerait pas.

Hélas, les tragédies ne se cantonnaient pas aux murs de

l'hôpital. Tandis que la porte du garage s'ouvrait, et qu'il envisageait d'appeler Freya pour voir comment elle avait vécu cette journée, il aperçut une tignasse blonde. Il descendit de la voiture, et elle se précipita sur lui, avant d'éclater en sanglots bruyants.

Oh non, songea-t-il. *Pas maintenant !*

13.

Trente ans !

Où avaient filé les années ?

En s'observant dans le miroir, Freya était incapable de dire si elle paraissait plus vieille ou pas. En tout cas, elle ne se sentait pas plus âgée — et surtout pas plus sage.

Richard lui manquait tant.

N'étant de garde que le soir, elle emporta son café au lit et s'y allongea pour consulter ses messages, fort nombreux. Mais Alison avait dû attendre qu'elle allume son portable car il sonna aussitôt.

— Tu me rattrapes ! lança son amie.

— Ha-ha…

— Trente ans, c'est terrible, n'est-ce pas ?

— Oh ! non, ça va ! Je n'ai pas l'impression d'être différente d'hier soir en me couchant. C'est juste une histoire de chiffres.

— Il y a un paquet ici pour toi. Et ce n'est pas moi qui te l'ai envoyé. Tu reviens pour ton anniversaire ?

— Non, j'ai écoulé tous mes jours de repos.

— Des nouvelles de qui-tu-sais ?

— Non. Mais il se montre très poli au travail.

— C'est déjà ça.

— Si on veut…, répliqua Freya en soupirant. Je serais bien folle de fonder ma décision de rester à Londres sur la possibilité d'être avec lui. Il m'a dit un jour que je ne devais jamais compter sur lui, ajouta-t-elle, réfléchissant à voix haute.

Évidemment, c'était à leurs tout débuts.

— Et puis, on ne s'est fréquentés que deux mois…

— Freya… Tu parles toute seule.

Elle passa une matinée charmante, entre coups de fils et réception de fleurs. De ses parents, du personnel et même de patientes de Cromayr Bay.

Elle avait même un mail de Malcolm, disant que si elle rentrait à la maison pour son anniversaire, il aimerait bien la voir et qui sait…

Alors là, pas question !

Elle referma brutalement son ordinateur.

Plus tard, à l'hôpital, elle eut la joie de mettre au monde un petit être qui partagerait avec elle sa date d'anniversaire. Sophie Reece arriva un pied en avant, provoquant chez sa sage-femme un moment de panique. Heureusement, Stella était entrée à cet instant, suivie du Dr Mina qui s'avéra une présence très apaisante, et, bientôt, le petit corps était presque entièrement dégagé, ne manquait plus que la tête.

— Patience…, dit le Dr Mina.

Guy Masters débarqua à son tour, de même que Richard au cas où le petit être ait besoin d'aide supplémentaire. Ce qui ne fut pas le cas, Freya s'en tirant très bien.

— Joyeux anniversaire ! murmura-t-elle à la fillette en la déposant sur le ventre de sa maman, aux anges.

Puis elle décida qu'une pause-café s'imposait, et un peu de repos.

— Joyeux anniversaire !

Le repos, ce serait pour plus tard car ils étaient tous là : Stella, Kelly et Angela, et puis Rita, Guy Masters, et même Richard, sans doute plus ou moins obligé de venir par les autres. Ils avaient prévu un gâteau, avec 30 écrit en petites billes scintillantes. Œuvre de Rita, apparemment. Mais pas de bougies.

— Elles déclenchent les détecteurs de fumée, expliqua Stella.

Freya croisa brièvement le regard de Richard et tenta, comme la première fois qu'ils s'étaient rencontrés, de trouver une remarque spirituelle à faire sur les extincteurs.

Mais rien ne vint. Alors elle se plongea dans la lecture de sa carte.

« Meilleurs vœux.
Richard Lewis. »

Elle releva les yeux, sur le point de lui demander ce que c'était censé signifier, mais il avait disparu. Aussi dégusta-t-elle le gâteau avec ses collègues, elle rit avec eux, et quand Len arriva en quête de restes de gâteau pour ses animaux, Freya les avait déjà enveloppés pour lui.

Ce fut vraiment un anniversaire agréable.

Presque parfait, au fond.

À une exception près.

Plus tard, vers 21 heures et alors qu'elle tenait la petite Sophie pendant que sa mère prenait un peu de repos bien mérité, il arriva dans la nurserie.

— Bonjour, Richard Lewis, ironisa-t-elle.

— Bonjour, Freya Ross, répondit-il en prenant place devant l'ordinateur.

— Qu'est-ce que tu fais encore ici ? s'enquit Stella. Je croyais que tu terminais à 18 heures…

— Oui, mais je remplace Simon. J'ai presque terminé, cela dit. Allez, je file, annonça-t-il au bout d'un moment.

Mais il avait parlé trop tôt car son téléphone sonna.

— Pardon, dit-il à l'attention de Stella et Freya, avant de prendre l'appel — et là, il cessa les politesses.

— Quoi !

Le ton était même très sec.

— Je n'en sais rien. Et je t'ai déjà demandé de ne pas m'appeler au travail. Je m'apprête à entrer au bloc pour une longue intervention, je ne peux pas parler.

Puis il raccrocha.

— Quel hypocrite ! dit Stella, moqueuse. Tu viens de nous dire que tu rentrais à la maison.

— Oh que non ! Je dors à l'hôtel cette nuit. C'était ma mère qui a rompu ses dernières fiançailles et qui séjourne chez moi. Elle me rend dingue.

Hilare, Stella s'éloigna. Freya ne savait plus où se mettre. Alors elle dirigea son attention sur la petite Sophie.

— Freya ?

— Oui ?

— Tu sais, quand tu t'es servie de moi…

— Je ne me suis pas servie de toi, Richard, pas plus que tu t'es servi de moi.

— Si, mais ça n'a plus d'importance. Je n'ai pas envie d'aller à l'hôtel. Tu voudrais bien te servir de moi encore cette nuit ?

Elle éclata de rire, mais ne répondit pas tout de suite, prenant le temps d'aller reposer le bébé dans son berceau et de la couvrir soigneusement.

— C'est le meilleur anniversaire du monde, lui murmura-t-elle.

Puis elle sortit la clé de sa poche et retourna auprès de Richard.

— Pas d'attaches, dit-il. Et pas de discussions sur les relations longue distance ou autres sujets tabous.

— Rien que du sexe, donc ? demanda Freya.

— Rien que du sexe… Mais avec tous mes meilleurs vœux.

Elle lui tendit discrètement sa clé qu'il saisit.

Richard n'avait pas vraiment réfléchi à l'avance à la réaction qu'il aurait en entrant chez elle de nouveau. En tout cas, il ne s'attendait pas à trouver un véritable foyer.

Il fut accueilli par le parfum des fleurs avant même d'allumer la lumière, et quand il actionna l'interrupteur, la pièce était changée. Ornée de rideaux d'un rouge profond qui retombaient jusqu'au sol, d'un tapis moelleux au sol, de photos de la famille et des amis de Freya — il songea qu'il adorerait en faire partie.

Sauf qu'ils n'étaient pas amis.

Ils étaient amants.

Même s'il avait l'impression d'être bien plus que cela.

Alors il fit quelque chose de ridicule, de très bizarre et qu'il n'avait jamais eu l'idée de faire avant. Il retourna à sa voiture, où il gardait une imprimante portative qu'il utilisait parfois pour consulter les tracés cardiaques de ses patients, et imprima une photo de lui, qu'il revint coincer derrière celles de Stella sur l'étagère.

Ensuite il se rendit à la cuisine. Toujours pas de machine à café. Mais il y avait des bananes et plein de nourriture saine au réfrigérateur. Dans la salle de bains, il remarqua de nouvelles étagères et un rideau de douche aux motifs de coquillages qu'il reconnut — c'était celui de la maison de Cromayr Bay. Il fit couler l'eau qui, étonnamment, fut chaude dans l'instant, alors il prit une douche.

Après quoi, il ôta la clé de la serrure afin que Freya puisse entrer et alla se coucher.

— Joyeux anniversaire, dit Richard.

Freya s'assit sur le lit.

— Tout le monde me demande quel effet cela fait d'avoir trente ans.

— Et alors, quel effet ça fait ?

— J'ai mis au monde le bébé d'une gamine de dix-huit ans, aujourd'hui, dit-elle. Alors je crois que j'aime trop ça, la trentaine.

Il sourit.

— Tu as reçu plein de fleurs.

— Oui. Et j'ai des cadeaux qui m'attendent à la maison.

En se remémorant le message de son ex, elle secoua la tête malgré elle.

— Quoi ?

— Rien, répondit-elle, avant de décider que s'il y avait bien une personne à qui elle pouvait en parler, c'était Richard. Mon ex veut qu'on essaie de voir si on peut recoller les morceaux.

— Et toi, tu en as envie ? demanda-t-il d'une voix neutre, dans laquelle elle crut — ou n'était-ce qu'un effet de son imagination ? — déceler une pointe de jalousie.

— Alors là, sûrement pas !

Cette seule pensée la faisait rire. Elle passa les mains autour du cou de Richard.

— Pourquoi vous avez rompu ?

— Pour les mêmes raisons que tout le monde, non ? Pourquoi tu romps avec les femmes, toi ?

— Parce que je m'ennuie.

Elle plongea dans ses prunelles noisette qui ne semblaient jamais se lasser de la contempler.

— Alors, pourquoi ? insista-t-il.

— On voulait des choses différentes, répliqua-t-elle.

Sauf que ce n'était pas tout à fait vrai car elle aussi voulait fonder une famille, un jour.

— Quand j'ai emménagé dans mon cottage, il s'est comporté comme si c'était chez lui. Et puis, un jour où j'avais passé une terrible journée au travail, sans doute la pire journée de ma vie, je suis rentrée à la maison et je lui ai dit.

— Et… ?

— Il a répondu qu'il compatissait, et qu'il me croyait quand je lui affirmais que je n'avais rien fait de travers…

— Et… ?

— Et il est parti travailler.

Un silence s'installa, mais leurs regards ne s'étaient pas lâchés. Richard ne l'aurait pas abandonnée ainsi, Freya le savait. Le jour où une femme qu'il ne connaissait pas avait appelé Freya à la rescousse parce qu'elle avait des saignements, il avait tout lâché, échangé sa garde, pris sa voiture et il l'avait conduite en Écosse.

— Freya, parfois il faut demander de l'aide. Toi, tu peux rembarrer quelqu'un d'un seul regard noir, mais…

Non, elle ne tenait pas à avoir cette conversation maintenant. Elle se leva, ôta son haut et dégrafa son soutien-gorge, baissa son jean, envoya valser son slip, et monta dans le lit. Assise sur les cuisses de Richard, elle entreprit de le caresser.

— Ce n'est pas plutôt moi qui devrais m'occuper de toi, le jour de ton anniversaire ? demanda-t-il en redessinant la courbe de ses seins.

— Je t'utilise, rappelle-toi…

— Et comment…

Elle voulait graver la beauté de son corps dans son cerveau à jamais. Ses tétons plats et les poils bruns de son torse, de son bas-ventre, la peau douce de ses testicules quand elle les prit dans sa paume. La façon dont son sexe durcissait à son contact, la façon dont il posait la main sur la sienne pour lui montrer la pression qu'il voulait ressentir sur sa verge.

— Prends-moi, Freya.

Ce qu'elle fit, les yeux fermés — pas seulement à cause du plaisir, mais pour retenir les larmes qui menaçaient. Car elle avait cru que plus jamais ils ne seraient ensemble comme ça.

Puis elle rouvrit les paupières, et ils se dévisagèrent tandis qu'il ondulait du bassin. Quand leurs lèvres se joignirent, il lui prit les fesses à pleines mains, dans un geste qu'elle adorait.

Elle laissa retomber ses cheveux sur le visage de Richard, sachant qu'il aimait être caressé par leur douceur. Resserrant les cuisses, elle accéléra les mouvements de ses hanches, plus vite, plus fort, plus profond.

Il l'attrapa par les épaules alors qu'elle se raidissait sous l'effet de l'orgasme approchant, l'étreignit fort. Elle jouit sans retenue sous son regard intense planté dans le sien. Au dernier de ses soubresauts, elle le sentit jouir à son tour, et recueillit avec plaisir jusqu'à la dernière goutte de son sperme en elle.

Ils ne parlèrent pas d'amour. Pas encore.

Et ni l'un ni l'autre n'éprouva le besoin de demander s'il y avait eu quelqu'un d'autre depuis la dernière fois.

Freya s'effondra sur lui.

— Joyeux anniversaire, murmura-t-il à nouveau.

— Merci.

Oui, c'était le meilleur anniversaire de sa vie. En fait, les jours étaient plus beaux, même les jours tristes, quand elle les partageait avec lui.

14.

Richard se réveilla sur une vision divine : Freya venant vers lui avec un plateau chargé de toasts, d'un œuf poché, de champignons grillés et d'un verre de jus d'orange. Elle avait même ajouté une fleur, prise dans l'un de ses nombreux bouquets d'anniversaire.

— C'est en quel honneur ?

— Aucun en particulier. Pour le plaisir.

— Eh bien, merci, dit-il tandis qu'elle venait le rejoindre dans le lit. Quel est ton programme, aujourd'hui ?

— Rien de spécial. Vendredi, je fais le London Eye au coucher du soleil avec Stella, Kelly et Pat. Je leur ai dit que j'avais envie de profiter au maximum des beautés de Londres avant de rentrer à la maison, alors elles ont organisé ça pour mon anniversaire.

— Ah, tu te fais des amies, finalement ?

Il savait ce qui se cachait derrière ces grands yeux : la maison, pour elle, restait sa lointaine contrée écossaise.

Elle hocha la tête.

— Richard, tu m'as avertie que je ne devais pas compter sur toi…

— Je sais.

— Donc je prends la meilleure décision pour moi-même. J'ignore encore si je retournerai travailler à la maternité. En fait, je songeais plutôt à l'hôpital principal, maintenant que j'ai acquis toute cette expérience. Bref, quoi qu'il en soit, je ne pars pas en Sibérie.

— D'accord.

— Et toi, tu as fait ton choix pour la clinique privée ?

Là, ils s'approchaient dangereusement de la conversation sur la relation à distance, or il ne supportait pas cette idée. Alors, au lieu de répondre, il lui donna un baiser.

— Je vais y aller.

— Déjà ? Pourquoi ?

— Je ne veux pas dire quelque chose que je risque de regretter.

Le ton de sa voix donnait l'impression qu'il lui en voulait, qu'il était en colère contre elle, mais cela n'avait rien à voir. Il ne voulait pas avouer à Freya que, lui aussi, il envisageait de déménager.

Pour Cromayr Bay.

Il lui en parlerait seulement quand il serait sûr. Quand il aurait sérieusement réfléchi aux tenants et aux aboutissants de ce changement de vie. En attendant, il n'en piperait mot à personne.

Ce qui n'avait pas empêché sa mère de le découvrir…

La veille, en rentrant chez lui, Amanda l'attendait avec une enveloppe ouverte à la main.

— Tu peux m'expliquer ça, Richard ?

— Tu ouvres mon courrier maintenant ?

— Je cherchais une enveloppe, et celle-ci est tombée par terre. Cromayr Bay ? C'est où ça ? Et pourquoi diable leur hôpital t'invite-t-il à venir le visiter ?

— Ce ne sont pas tes affaires.

— Richard, tu mourrais d'ennui dans un trou pareil. Je te connais, tu es comme moi.

— Ne parle pas de malheur.

— Je suis sérieuse. Tu mourrais d'ennui sans ton shoot quotidien d'adrénaline. Je suis bien placée pour le savoir. As-tu la moindre idée de ce que c'était d'être mariée avec ton père et de jouer les nounous avec ses fichus patients, tout en regardant paître les moutons par la fenêtre ?

Richard leva les yeux au ciel.

— Ici, tu as l'opportunité de passer au secteur privé.

— Je n'en ai pas envie.

— Oh ! pour l'amour du ciel, cesse de te mentir, mon fils. Tu as déjà signé le contrat, tu ne peux plus reculer.

Décidément, elle avait fouillé tout l'appartement !

— Tu es tombée là-dessus par hasard aussi ? marmonna-t-il, agacé qu'elle fouine dans ses affaires. Si je ne m'abuse, tu avais signé un contrat, toi aussi… « jusqu'à ce que la mort nous sépare » et, pourtant, tu es partie quand même. D'ailleurs, tu l'as même signé à deux reprises encore par la suite, ce fameux contrat.

— Richard, je t'interdis ! Je ne me suis mariée à l'église qu'une fois, et chaque mot que j'ai prononcé, je le pensais.

— Oh ! s'il te plaît…

— Le jour de nos vingt ans de mariage, j'ai demandé à ton père de prendre un remplaçant, ce qu'il a fait, mais l'un de ses patients l'a appelé et…

— Mme Lockley était en phase terminale, l'interrompit Richard avec lassitude car cette histoire, il la connaissait par cœur.

— Notre mariage aussi ! Pourtant, elle a survécu plus longtemps que nous ! Deux mois de plus, pour être précise. Ton père, ce héros, ne voulait pas la quitter, et pour rester à son chevet, il me négligeait, moi. Y compris le soir de notre anniversaire de mariage. Alors qu'un remplaçant aurait certainement pu s'occuper d'elle, pour une fois. Mais non, il fallait que ce soit lui.

Richard n'en revenait pas.

— Tu sais quoi ? poursuivait-elle, furieuse. Cette nuit-là, quand il est rentré, il m'a demandé de lui faire cuire une omelette, et il a osé se plaindre qu'elle était trop baveuse. Je lui ai dit qu'en fait c'était une femme de ménage à domicile qu'il voulait, plutôt qu'une épouse. Et je lui ai posé un ultimatum…

Soudain, elle éclata en sanglots. De vrais sanglots. Pas le genre de larmes de cinéma avec lesquelles Richard avait grandi.

— Je croyais qu'il allait changer quand j'ai menacé de le quitter, qu'il me supplierait de rester. Mais non, il m'a laissé partir…

Au fond, elle n'avait pas réellement voulu rompre, Richard s'en rendait compte à présent.

— Et ensuite, qu'est-ce qu'il a fait ? ajouta-t-elle entre deux sanglots. Il a épousé la femme de ménage ! Je suis certaine qu'il y avait quelque chose entre eux avant…

— Non, la coupa Richard, certain de ce qu'il avançait. Il était dévasté, après ton départ. Il se traînait comme une âme en peine. C'est une vieille mule, cet entêté, jamais il ne t'aurait suppliée de revenir. Quant à Vera, eh bien, elle l'a ramené à une forme de routine salutaire.

— Tu m'assures qu'il ne se passait rien entre eux pendant qu'on était encore mariés ?

— Oui, de mon point de vue, il n'y avait rien.

Aussi certain soit-il, il n'était pas du genre à donner des garanties absolues.

— De toute façon, ils sont divorcés, maintenant, et je ne pense pas qu'il se soit agi d'un mariage d'amour, reprit-il. Même si, à mon avis, elle lui servait son omelette cuite à point, conclut-il avec un clin d'œil.

Sa mère sourit à travers ses larmes.

— J'aimais ton père, Richard, je l'aimais beaucoup, beaucoup. Mais il refusait toute forme de compromis.

— Je m'en rends compte, à présent.

Conclusion, maintenant, il n'était plus uniquement terrifié à l'idée d'être comme sa mère, il redoutait d'être comme son père aussi. Il avait soigneusement laissé Freya en dehors de sa vie et de ses projets, certes, mais ce n'était pas juste par obstination.

Cette décision, il devait la prendre seul.

Il devait être sûr de lui à cent pour cent avant de se lancer.

Il ne lui offrirait pas une vie entachée par quelque ressentiment que ce soit. Il en avait trop souffert enfant. Tant de dîner gâchés par l'absence de son père qui travaillait…

Il revit Freya entrer dans la chambre avec son plateau du petit déjeuner, tout sourires. Bien sûr, elle avait compris qu'il devait partir. Mais si cela se reproduisait tous les matins ? La plupart des nuits ? Comment réagirait-elle alors ?

— Je pense que je n'étais pas taillée pour être femme de médecin, dit sa mère.

— Je ne sais pas. À mon avis, il ne savait pas apprécier ce qu'il avait.

Jusqu'à ce qu'il ne l'ait plus.

Bientôt, Freya serait partie, elle aussi. N'empêche, Richard ne s'embarquerait dans cette aventure qu'une fois certain que jamais il ne lui en voudrait de l'avoir suivie.

Il prépara unc tasse de thé pour sa mère qui finit par se calmer.

— Réfléchis bien à cette proposition de passer au privé, Richard. Tu n'aurais pas signé ce contrat si ça ne t'intéressait pas.

— C'était juste une manière de me tester. Le contrat est signé, mais l'enveloppe n'est ni cachetée ni envoyée.

— Pourquoi te renseigner sur Cromayr Bay ?

— J'ai rencontré quelqu'un.

— Freya…

— Comment tu le sais ?

— Je lui ai parlé, lui rappela Amanda.

Richard se remémora le premier matin où il s'était réveillé avec Freya dans son lit, et où il lui avait tendu le téléphone.

— Elle est écossaise, reprit sa mère. Il n'y a donc pas de coïncidence.

— Elle est née en Écosse, elle y a sa famille, ses amis. Elle est liée à cette ville, alors que moi, je n'ai d'attache nulle part. Tu te plains que papa se soit trop consacré à son travail et ne t'ait pas accordé suffisamment d'attention. Ce déménagement me permettrait d'éviter ça.

— Le problème n'était pas dans le nombre d'heures qu'il passait au travail, Richard, mais la manière dont il occupait son temps une fois rentré à la maison. Il donnait tout à ses patients, si bien qu'il ne restait rien pour moi.

Jusqu'à présent, sans prendre officiellement parti, Richard s'était rangé du côté de son père. Il était resté loyal à ses deux parents, évidemment, mais, en vérité, il avait trouvé sa mère un peu superficielle et exigeante.

Il avait changé d'avis.

— Je te demande pardon, dit-il.

— Pour quoi ?

— Tous les soupirs, les yeux levés au ciel…

Elle sourit.

— Mais je t'interdis de fouiller dans mon courrier, ajouta-t-il.

— Promis. De ton côté, promets-moi de ne pas prendre de décision trop rapide, Richard. Ne finis pas comme moi, à en vouloir à la personne que tu aimes.

15.

— Richard s'en va.

La phrase n'était pas particulièrement adressée à Freya, mais elle eut l'impression que son cœur tombait à travers une trappe.

Avec Stella, Kelly et Pat, elles attendaient pour monter à bord d'une nacelle de la grande roue au bord de la Tamise, le London Eye.

— Comment Von prend-elle la nouvelle ? demanda Kelly.

— Elle espère ressortir avec lui pour sa fête de départ ! répliqua Stella, amusée, avant de grimacer. Désolée, Freya, tu as eu un petit truc avec lui à un moment, non ?

Freya hocha la tête, affichant un sourire malgré tout.

— Je ne peux pas dire que je n'étais pas avertie.

La vue depuis le London Eye était fantastique. C'était début décembre, et le ciel était laiteux, les arbres nus et argentés dans le soleil de cette fin d'après-midi. Son cœur se serra à la vue de la magnifique ville étalée à ses pieds : Buckingham Palace, le Parlement et la Tamise toute grise.

Après la roue, elles allèrent manger dans un restaurant indien. L'agenda de Freya se remplissait car, à l'approche de Noël, elle avait été invitée à quelques fêtes.

Il serait parti d'ici là, donc.

Une fois rentrée dans son petit appartement, elle referma la porte avec soulagement. C'était bon d'être chez soi.

À la maison.

Elle regarda les rideaux. Même s'ils n'estompaient pas complètement le bruit extérieur, elle se surprit à trouver plutôt apaisant les sons des voitures et des bus dans la rue. Puis elle regarda les coussins, les fleurs sur la table basse. Oui, elle commençait à se sentir à la maison, ici.

Pourtant, bientôt, Richard ne serait plus là.

Plus d'occasions de le croiser au travail, plus de réprimandes sur ses placards vides, plus d'espoir qu'il lui demande de l'utiliser.

Pourquoi fallait-il qu'il parte maintenant ? Juste quand son univers commençait à lui plaire vraiment ?

Elle s'approcha de l'étagère et contempla une photo de sa petite maison de Cromayr Bay puis celle de ses amis et elle après le concours de sage-femme. Ce fut alors qu'elle la vit. N'étant pas très fan de ménage, Freya n'avait jamais retiré les photos pour enlever la poussière, mais il y en avait une qui n'était pas là avant.

Une photo en noir et blanc de Richard. Elle se prit à regretter qu'elle ne soit pas en couleurs, car, un jour, elle risquait d'oublier les détails de ses yeux. Ou la façon dont il prononçait son prénom. Le changement dans sa voix, si subtil parfois que personne d'autre ne le remarquait.

Voici ce que tu as perdu, Freya.

Son téléphone sonna et, tout à coup, le monde lui parut plus beau.

— Bonjour, tati Freya.

Un bonheur immense transparaissait dans la voix de son amie.

— Alison !

— C'est une fille, une petite crevette en avance de quatre semaines, mais en pleine forme. Elle n'a même pas une heure et pourtant…

Le bonheur dans la voix fut remplacé par la tristesse et Freya ferma les yeux.

— … Elle ressemble à son frère.

Enfin, pour la première fois depuis cette journée atroce, Freya sut quoi dire.

— Elle doit être magnifique, alors.

Car le petit Andrew était magnifique, et tout le village l'avait pleuré car il faisait déjà partie de la communauté.

— Quand vas-tu pouvoir venir la voir ?

— Je vais m'arranger. Je dois travailler demain, mais je vais essayer d'échanger les deux ou trois jours suivants. Je t'appelle demain matin pour te dire. Embrasse bien…

— Eleanor, dit Alison.

Difficile de s'endormir en pleurant après une nouvelle aussi merveilleuse. Pourtant, juste après minuit, Freya enfouit la tête dans son oreiller, et elle pleura.

Au matin, elle se réveilla avec la photo de Richard dans le lit, à côté d'elle. Avant de partir travailler, elle le prit en photo avec son téléphone portable.

Sitôt arrivée à l'hôpital, elle se dirigea directement vers Stella.

— Je suis désolée de te prendre au dépourvu, mais mon amie vient d'accoucher, et Kelly avait dit, quand on en avait parlé, qu'elle échangerait avec moi si nécessaire. Je suis prête à travailler le week-end à la place.

— Tu n'as pas encore été chargée du biper de la brigade obstétrique d'urgence, lui fit remarquer Stella, qui se tourna vers le tableau des gardes. Bon, ça ira, Pat est là, et elle peut le prendre. Il te reste deux phases d'observation et, ensuite, le Dr Mina te supervisera quand tu le prendras en charge pour la première fois.

Freya hocha la tête.

— C'est une fille ou un garçon ?

— Une petite fille. Eleanor.

— Magnifique prénom…, commenta Stella.

Richard sortait des soins intensifs en compagnie de Dominic quand Freya l'aperçut.

— Salut, dit-elle avec un sourire.

— Freya, répondit-il en passant.

Mais au bout de quelques pas, il s'excusa auprès de son interlocuteur et revint en arrière.

— Tu es libre demain ?

— Si c'est pour être utilisée, je n'ai pas la force, répondit-elle, les aventures purement sexuelles n'étant décidément pas son truc.

Quand Richard était près d'elle, il était aisé d'oublier un

moment le chagrin qui l'attendait lorsqu'il partirait. Mais ensuite, une fois séparés, c'était l'enfer.

— En fait, je comptais juste te proposer un dîner.

Pour m'annoncer que tu t'en vas ?

Certaines le considéraient peut-être comme un salaud, mais elle l'appréciait — beaucoup, même — et peut-être trouvait-il qu'un couloir, avec son interne qui l'attendait, ce n'était ni le lieu ni les conditions idéales pour des adieux.

— Je ne peux pas, répondit-elle. Je rentre en Écosse après ma garde, par le train de nuit. Alison a eu son bébé.

— Tu vas être éreintée. À quelle heure ton train arrive-t-il là-bas ?

— 7 heures du matin. Mais je compte attendre à la gare de Waverley que les boutiques ouvrent, histoire d'acheter tout ce qu'ils ont de rose.

— Une petite fille, donc ?

— Eleanor. On a tous rendez-vous à la Taverne pour arroser son arrivée.

— Dans ce cas… amuse-toi bien.

Évidemment, il ne proposa pas de la conduire, cette fois, et elle eut l'horrible sensation que c'était peut-être la dernière fois qu'elle le voyait.

Il lui adressa un gentil sourire puis, parce que avec Richard aucune conversation ne durait très longtemps sans être interrompue, une sonnerie retentit. Cette fois, c'était son téléphone.

— Ma mère…, annonça-t-il en le remettant dans sa poche. Je la rappellerai plus tard.

— Comment va-t-elle ?

— Eh bien, elle s'est trouvé un appartement qui n'est pas le mien, donc ça va. Plus sérieusement, je pense que je l'ai mal jugée.

Puis il se tut alors qu'elle brûlait d'en savoir plus. Ils avaient tant de choses dont ils devaient encore parler, tant de détails à découvrir l'un de l'autre.

Mais c'était trop tard. Elle avait tout gâché.

16.

À la gare de Waverley, Freya prit un café et un croissant aux amandes en attendant qu'ouvrent les boutiques, puis elle s'adonna à une véritable frénésie acheteuse. Tout en rose.

Ensuite, elle prit son train pour Cromayr Bay. Bizarrement, si c'était ici qu'elle se sentait chez elle, elle avait aussi l'impression d'être chez elle à Londres, maintenant. Jamais elle ne s'était sentie aussi perdue.

Sa visite à Alison fut un véritable plaisir. Voir son amie tenir son minuscule bébé dans ses bras, tout en sachant que la maman et l'enfant étaient en parfaite santé, même s'il fallait garder le bébé sous surveillance quelque temps, c'était merveilleux.

Quand Callum lui mit la petite dans les bras, toute rose et toute douce, avec ses beaux yeux et son bout de nez adorable, Freya lui tendit un doigt auquel Eleanor s'accrocha.

Pourtant, en voyant sa ressemblance avec Andrew, elle avait mal au cœur. Elle comprit soudain que Richard avait raison : elle pleurait encore la mort de ce premier enfant.

— Freya ? Parle-moi.

— Je ne veux rien dire qui risque de te chagriner, Alison.

En relevant les yeux, elle vit que son amie pleurait.

— C'est possible que ça arrive, car j'ai un peu les nerfs à fleur de peau, ces temps-ci, dit Alison. Tiens, en ce moment, je suis à la fois la plus heureuse et la plus triste des femmes parce qu'Andrew devrait être ici.

Freya laissait couler ses larmes, elle aussi, sans chercher à les retenir.

— Oui, il devrait. Je suis désolée de n'avoir pas été là pour toi, Alison.

— Tu étais là.

Alison était honnête. C'était même l'un des traits les plus marquants de son caractère.

— Tu étais là à chaque étape quand il est né et aussi aux funérailles. Et tu étais là quand j'ai eu mes saignements, et puis, tu es là maintenant. Freya, perdre Andrew a changé la donne. Ni en mieux ni en pire, mais tout a changé. Comme si le monde tournait de travers de bien des manières, et c'est encore le cas, d'ailleurs. Mais même si tu avais continué à vivre au bout de la rue, c'était un chemin que je devais parcourir seule.

— Tu as Callum.

— Oui, bien sûr. Et on a traversé ça ensemble. Seulement, il y a des passages qu'on ne peut franchir que seul. Regarde…

Elle désignait la fenêtre à Freya qui aperçut Callum sur la pelouse. Freya le vit s'essuyer les yeux d'un revers de main avant de revenir vers la maison. Lui aussi, il pleurait tout seul, car il essayait de se montrer fort.

— Y a-t-il quelque chose que je peux faire ? demanda Freya, sans trop savoir à quoi elle pouvait s'attendre.

Car si l'amour suffisait à panser les blessures, alors Eleanor aurait eu un grand frère.

— Tu peux lui apporter ça de ma part ? demanda Alison.

Détachant un ballon rose du berceau d'Eleanor, elle le tendit à Freya.

— Tu peux lui annoncer qu'il a une petite sœur ? Et lui acheter un ballon à lui aussi ? Un bleu…

Enfin… Elles étaient redevenues les meilleures amies du monde. Sans doute n'avaient-elles jamais cessé de l'être, mais elles avaient eu besoin de se retrouver.

La porte s'ouvrit sur Callum, tout sourires malgré ses yeux rougis, suivi par plusieurs oncles et tantes qui venaient d'arriver.

— Freya ! s'exclama-t-il d'une voix joyeuse. On t'attend ce soir à la Taverne pour arroser la naissance !

— J'ai hâte…, répondit-elle avec un sourire. J'ai juste une course à faire et je vous y rejoins.

Puis elle se rendit au magasin de cadeaux, le ballon rose dans une main, et en acheta un bleu, conformément aux indications d'Alison. Elle prit aussi des fleurs et un petit moulin à vent.

Elle n'était pas retournée au cimetière depuis les funérailles d'Andrew, pourtant elle trouva sa tombe aisément car ce sinistre trajet était gravé dans son cœur.

Elle avançait sur le sentier quand elle la vit, la petite tombe. Elle lut le nom et les dates sur la croix. Il n'avait vécu que deux jours, pourtant il ne serait jamais oublié.

— Tu as une petite sœur, dit-elle dans le vent qui emporta ses paroles.

Il faisait si froid que ses larmes lui piquaient les yeux tandis qu'elle attachait les ballons à la croix avant de planter le petit moulin à vent dans l'un des pots de fleurs.

Après être restée à regarder tourner les pales un moment dans la froideur hivernale, elle reprit le chemin de sa maison et alla s'allonger sur son lit, laissant libre cours au mélange d'émotions qui lui faisait battre le cœur très fort.

Envisageait-elle de rester à Londres pour tenter sa chance auprès d'un homme qui lui avait dit un jour de ne jamais compter sur lui ?

Non, ce n'était pas seulement pour Richard car elle commençait à aimer cette ville, elle aussi. Le bruit, les gens, ce vieux grincheux de Len, sans oublier Stella et son cynisme.

Cependant, elle aimait vivre ici aussi.

À 18 heures, elle se prépara pour la fête. Après s'être coiffée et maquillée, elle enfila une robe de lainage rouge sombre, des bas noirs et des bottes.

Elle faisait tous ces efforts pour célébrer la venue au monde de la petite Eleanor, et parce qu'elle trouvait adorable que tout le monde ait attendu son arrivée pour donner la fête.

Enveloppée dans un chaud manteau de lainage, elle se dirigea vers la Taverne.

La fête battait son plein quand elle entra dans le pub, et elle sut aussitôt qu'elle s'était complètement trompée. Le plus dur, ce n'était pas d'arriver dans un lieu sachant que son ex risquait de s'y trouver.

Non, c'était de savoir qu'un autre n'y serait pas.

Après avoir accroché son manteau au vestiaire, elle s'approcha du bar où on lui tendit un grand verre de whisky. On aurait dit que la ville tout entière était de sortie pour festoyer.

Betty et le Dr Campbell étaient de belle humeur, et même Leah Roberts avait trouvé une baby-sitter pour garder ses enfants afin de venir à la fête avec son mari, Dave.

La soirée était parfaite.

Même avec un peu de son cœur en miettes. Beaucoup. En fait, en y réfléchissant, il ne lui restait plus qu'un tout petit bout de cœur.

Soudain, elle le vit.

Debout dans l'encadrement de la porte, en costume, qui balayait la salle des yeux…

Non, ce n'était pas Malcolm. C'était Richard.

Elle crut que l'alcool lui jouait des tours, qu'elle avait une vision. Puis elle croisa son regard, et il lui adressa un sourire hésitant en se dirigeant vers elle.

— Qu'est-ce que tu fais ici ? demanda-t-elle.

— J'ai réservé une table au restaurant. Tu veux bien te joindre à moi ?

Le restaurant nouvellement refait de la Taverne était à la fois superbe et toujours familier. Les magnifiques murs de pierres écossaises avaient été gardés, mais une moquette d'un vert profond donnait l'impression que l'on se trouvait à l'extérieur d'un vieux château médiéval. Sur les tables recouvertes d'une nappe blanche et ornée d'un bouquet de chardons, les couverts et les verres scintillaient à la lueur des chandelles.

Et elle était là avec Richard, comme pour parfaire la beauté des lieux. Freya devait se le répéter en boucle — non qu'elle risque de l'oublier — pour se raccrocher au rêve de peur qu'il ne s'envole en fumée.

Ils commandèrent du vin et bavardèrent de tout et de rien avec Gordon en attendant qu'on le leur apporte. Puis le gérant entreprit de passer le menu en revue avec eux, mais Richard secoua la tête.

— Pouvez-vous nous laisser un instant, s'il vous plaît ? demanda-t-il d'un ton légèrement impatient.

— Bien sûr…

Richard était manifestement mal à l'aise. En l'observant, Freya comprit tout à coup la raison de sa présence. Leur relation était plus qu'une aventure, une évidence pour tous les deux, alors la sachant en Écosse, il avait décidé que, finalement, elle méritait mieux qu'un vague au revoir au détour d'un couloir d'hôpital.

— Je ne sais pas si tu es au courant, mais j'ai donné mon préavis, commença-t-il.

— Oui, j'ai entendu ça, répondit-elle, d'une voix qu'elle jugea un peu aiguë, comme empreinte de douleur.

— J'ai beaucoup réfléchi, Freya. Je ne voulais rien précipiter car je n'aime pas les décisions prises sur un coup de tête.

— C'est pourtant ce que tu fais de mieux. Tu aimes quand les choses vont vite, Richard.

— Au travail oui, peut-être, mais j'ai fait quinze ans d'études et bénéficié d'excellents superviseurs et mentors. Quand il s'agit d'une affaire de cœur, je ne suis pas aussi rapide et efficace, mais on ne peut pas dire que j'ai eu des modèles exemplaires en la matière… Je ne pensais pas demander des conseils sur mes relations amoureuses à ma mère un jour. Mais voilà, je l'ai fait.

— Et quels conseils t'a-t-elle prodigués ?

— D'accepter le poste dans le privé et de t'oublier. Très franchement, j'étais du même avis.

Le cœur de Freya se serra si fort qu'elle crut défaillir. Richard lui prit aussitôt la main.

— J'étais d'accord pendant à peu près deux semaines, ajouta-t-il. J'ai accepté le poste de Marcus et donné mon préavis au Primary. Puis, ensuite j'ai aussi parlé avec mon père.

— Et… ? murmura-t-elle, au bord des larmes.

— Je ne lui ai pas demandé de conseil. C'est moi qui lui en ai donné. Je lui ai dit d'arrêter de se plaindre auprès de moi de sa solitude parce que c'était sa faute. Qu'il avait perdu l'amour de sa vie et que moi, je n'avais pas l'intention de commettre la même erreur.

Elle releva les yeux, sidérée. Était-ce bien ce qu'elle pensait ?

— Les liens que j'ai à Londres, ce sont des collègues et des amis. Je n'y suis pas allé à l'école, je n'y ai pas de famille, alors qu'ici, c'est chez toi, c'est l'endroit que tu aimes. En revanche, je ne suis pas sûr que l'hôpital de Cromayr Bay soit assez grand pour moi, mais je suis prêt à y travailler si cela me permet d'être avec toi. Je t'aime, Freya.

Elle crut défaillir de bonheur. Le cadeau qu'il lui faisait, cet amour, ressemblait à un paquet à l'emballage brillant qui l'aveugla une seconde. Mais il en avait un autre, dans une petite boîte en velours qu'il ouvrit, dévoilant une bague. Freya ne la voyait pas très bien tant les larmes lui brouillaient les yeux.

Elle avait tout ce qu'elle désirait, mais tout ce qu'elle voulait vraiment, c'était Richard.

— Ça ne sera pas nécessaire…

Elle le vit blêmir et comprit sa méprise.

— Je parle du déménagement, pas de la bague.

— Comment ça ?

— Je suis montée sur la London Eye, et la vue de là-haut était magnifique. Ni mieux ni plus belle qu'ici, différente. Richard…

Elle devait maintenant lui expliquer le chaos de ses sentiments en essayant d'oublier son cœur battant la chamade et sa tête qui tournait légèrement.

— Quand on a rompu, j'avais envie de prolonger mon contrat à Londres dans l'espoir de te retrouver…

Voilà, c'était dit.

— J'avais été maintes fois avertie par plusieurs personnes, y compris toi, que je ne devais pas m'imaginer d'avenir avec toi. Alors, j'ai pris ma décision en fonction de ce que je ressentais. Je suis en train de tomber amoureuse de Londres et, si épuisant que ce soit, j'aime travailler au Primary. Par ailleurs…

Autant être honnête, maintenant.

— Je t'aime, Richard. Je devais nous accorder une chance.

— Ne me dis pas que… tu restes à Londres ?

Elle hocha la tête.

— Tu peux retirer ton préavis ? demanda-t-elle.

— Heureusement, oui.

Lui prenant tendrement la main, il lui passa l'anneau au doigt puis ils trinquèrent avec un whisky single malt que Freya trouva délicieux sur les lèvres de Richard quand elle l'embrassa.

— Et maintenant, ma chérie, je vais goûter cette fameuse tourte au gibier.

17.

À Cromayr Bay, un mariage ne passait pas inaperçu. C'était tout le charme d'être chez soi, songeait Freya, qui somnolait dans le train, en route pour Waverley.

Au bout du compte, c'était elle qui avait eu du mal à se dégager de ses obligations professionnelles. En effet, elle avait dû effectuer une permanence en obstétrique d'urgence supplémentaire avant d'être officiellement qualifiée. Stella avait insisté pour qu'elle s'y astreigne avant de renouveler son contrat. De plus, Freya avait fait des allers et retours en Écosse sur ses jours de congé, mais pas suffisamment pour pouvoir se consacrer à l'organisation de ses noces.

Ce serait un mariage en hiver.

Richard, qui ne commençait pas son nouveau contrat avant fin février, l'avait accompagnée à Cromayr Bay à quelques reprises et il y était aussi allé seul de temps en temps. Comme aujourd'hui. Elle lui envoya un SMS pour l'avertir qu'elle arrivait à Waverley et prenait le train pour Cromayr Bay dans le secret espoir qu'il propose de venir la chercher. Au lieu de quoi, il se contenta de répondre :

À demain matin alors.

Elle brûlait de le voir, mais il y avait tant à faire…

Ta mère est arrivée ?
Pas encore.

Même s'il n'en montrait rien, Richard était inquiet à la perspective de réunir ses parents, chose qui ne s'était pas produite hors de la présence d'un juge depuis dix-sept ans. Mais il refusait d'y penser pour le moment.

Il adorait Cromayr Bay, son air salé, tonique et vivifiant. Une atmosphère dont son corps avait besoin. C'était le genre d'endroits qu'il imaginait comme une retraite où il pourrait apprendre à se détendre, une nécessité pour lui.

Puis ses parents arrivèrent. La veille du mariage.

Le portier de la Taverne, qui faisait aussi office de gérant, appela Richard dans sa chambre pour l'avertir qu'Amanda était à la réception, impatiente.

— Ma chambre n'est pas prête, lui annonça-t-elle sitôt qu'il arriva au rez-de-chaussée.

— Elle le sera très vite, dit-il, rassurant.

— Tu ne comprends pas, marmonna-t-elle. Ton père est là-bas, au bar.

Super.

La dernière chose dont il avait besoin, à la veille de ses noces, était d'assister à une dispute entre ses parents. Il s'empressa donc de conduire sa mère dans sa propre chambre avec pour consigne de la quitter dès que la sienne serait disponible. Puis il descendit au bar, où il partagea quelques gorgées de whisky avec les frères de Freya, ainsi que de nombreux nouveaux amis du cru.

Mais il n'était pas très tard lorsqu'il remonta dans sa chambre, heureux de constater que sa mère n'était plus là. On lui avait indiqué qu'elle était logée à l'étage au-dessus.

Soudain, depuis cette chambre précisément, il entendit le rire de sa mère. Ce qui n'était pas une mauvaise chose en soi. Sauf qu'ensuite, il reconnut le son grave qu'il reconnaîtrait entre mille : le rire de son père…

Quand arriva le petit matin, il avait eu le temps de constater que, si le restaurant de la Taverne avait été rénové, les literies, en revanche, nécessitaient encore quelques ajustements car elles grinçaient beaucoup.

Il devait annoncer la nouvelle à Freya. Sauf que, lorsqu'il

composa son numéro, ce ne fut pas sa future épouse qui décrocha, mais sa meilleure amie, Alison.

— Non, tu ne peux pas lui parler ! dit cette dernière. Elle est en plein maquillage.

Il entendit alors la voix de Freya.

— Laisse-moi lui parler…

— Non ! répliqua Alison.

Apparemment, la demoiselle d'honneur prenait son rôle très au sérieux.

— S'agit-il d'une urgence médicale ? reprit Alison.

— Ça pourrait le devenir, dit-il.

— Tu t'apprêtes à plaquer ta future épouse devant l'autel ? demanda-t-elle encore.

— Non !

— Dans ce cas, il n'y a rien qui ne puisse attendre. En cas de réelle urgence, que le garçon d'honneur m'appelle moi, pas la mariée !

Les fleurs que Freya avait choisies pour son bouquet étaient les mêmes dont elle avait décoré son appartement de Londres, quand enfin elle avait décidé de faire l'effort de s'y sentir bien. Des lilas mauve pâle, très odorants, qui symbolisaient aux yeux de Freya, et donc de Richard, leur bonheur de s'intégrer ensemble dans deux villes et communautés si différentes. Oui, ensemble.

Il ne la lâcha pas du regard une seule seconde tandis qu'elle remontait l'allée au bras de son père, paraissant à la fois rayonnante et nerveuse. Là, c'était certain, pendant toute sa vie il se souviendrait de ce qu'elle portait ce jour-là.

Sa robe était de la couleur d'une lune de nacre au-dessus des ponts des environs et, à ses pieds, elle portait des ballerines de soie. Et ses cheveux… Elle les avait laissés boucler autour de son si beau visage, sauvages et sombres, chatoyants et souples.

Il s'interrompit dans sa contemplation car le père de Freya venait de lui confier le bras de sa fille. Il prit dans les siennes les deux mains de l'amour de sa vie et plus rien au monde ne compta.

Sourire aux lèvres, ils échangèrent quelques paroles complices avant que ne débute la cérémonie.

Le pasteur évoqua l'importance de leurs vœux avant qu'ils ne les prononcent devant l'assemblée attentive. D'une voix claire et ferme, Richard répéta :

— … De t'aimer et de te chérir, jusqu'à ce que la mort nous sépare.

Des mots dont il savait, pour en avoir discuté avec elle, que Freya les trouvait un peu tristes — parler de mort à un mariage… Pourtant, aujourd'hui, elle souriait et lui aussi, alors ces mêmes paroles leur semblèrent magnifiques à prononcer, les yeux dans les yeux.

Ils prenaient tous les deux cette cérémonie et ce qu'elle impliquait très au sérieux. Jusqu'à récemment, Richard avait évité l'amour, mais à l'instar des peines de cœur, lui avait chuchoté Freya un soir dans son lit, « l'amour te trouve et te poursuit, jusqu'à ce que tu cesses de le nier et que tu l'affrontes. »

Or, aujourd'hui, ils lui faisaient face, et c'est avec un sourire que le pasteur les déclara mari et femme. Richard embrassa alors son épouse. Quand leurs lèvres se trouvèrent, il sentit le tremblement de celles de Freya sous les siennes, et son émotion le gagna à son tour.

— Tout va bien, dit-il en l'étreignant brièvement. On est ensemble maintenant. Et pour toujours.

Ils redescendirent l'allée centrale, passant devant les visages souriants de la famille et des amis. Certains étaient familiers à Freya et nouveaux pour Richard, et vice versa. Des amis et collègues du Primary qui avaient fait le voyage, Kelly, Stella, Pat, Rita et Angela et la moitié du service d'anesthésie, notamment Dominic qui avait hâte de retrouver son superviseur, les frères de Freya, les parents de Freya et de Richard côte à côte.

Étant donné le froid qui régnait dehors, la séance de photos devant l'église se termina plus vite que prévu, sous l'impulsion de Freya, et ils se retrouvèrent rapidement à la Taverne, dans la magnifique salle d'apparat toute neuve au dernier étage de l'hôtel. Richard savait que Freya ne l'avait jamais vue, alors que lui y était déjà venu pour tout organiser.

Et il devait reconnaître que c'était sublime.

D'immenses tables étaient ornées de grandes bougies blanches, ainsi que de gros bouquets de fleurs sauvages écossaises. Une sorte de décor de vieux château écossais, avec des fenêtres en forme d'arche donnant sur le paysage qu'elle adorait.

Il fit un discours volontairement bref mais sincère, remerciant tout le monde, en particulier ceux qui avaient effectué un si long voyage pour être parmi eux. Après les formalités habituelles, il ajouta :

— Jamais je n'aurais cru me marier un jour, encore moins ici, mais je suis honoré d'être là aujourd'hui. Comme certains d'entre vous le savent déjà, Freya et moi avons deux endroits que nous appelons chez nous, l'un à Londres et l'autre ici, à Cromayr Bay. Je les adore tous les deux et, je l'ai découvert assez récemment, ma femme aussi.

Il insista sur le mot femme, marqua une pause pour ménager son effet mais, surtout, parce que ce n'était même pas bizarre de prononcer ces mots. Au contraire, cela lui paraissait normal.

Il poursuivit, les yeux dans ceux de Freya qui lui adressait ce magnifique sourire qu'il aimait tant voir sur son si beau visage.

— Ce n'est pas la maison, ni le lieu, ni même la vue qui importe. Ce sont les gens qui font que l'on se sent chez soi quelque part. À la fin de la journée, cependant, on referme la porte. Freya, je serai toujours heureux de rentrer à la maison tant que tu y seras.

C'était le plus beau jour de sa vie.

Freya apprit du garçon d'honneur quelques autres escapades de Richard, hautes en couleur, et elle échangea un regard complice avec Stella : non, elle ne pouvait pas dire qu'elle n'avait pas été avertie.

On porta un toast aux demoiselles d'honneur, et l'orchestre se mit à jouer.

— C'est notre première danse, dit Richard.

— En tant que mari et femme ?

— Non, c'est notre toute première danse.

En effet, ils n'avaient jamais dansé ensemble. Ils n'avaient jamais non plus réussi à aller au cinéma, malgré plusieurs tentatives. Alors elle savoura le bonheur de se laisser étreindre par les bras puissants et confortables de son mari. Cette première danse, elle s'en souviendrait toute sa vie aussi.

C'était bon de poser la tête contre son épaule et de respirer son parfum. Voilà comment elle se sentait, dans ses bras : en sécurité quelle que soit l'aventure entamée. Cela et autre chose aussi…

Elle releva les yeux vers lui.

— J'ai envie de sortir de ma peau et de danser comme une folle, dit-elle.

Ils savaient tous deux que c'était là une réaction rare car elle n'était pas du genre ni fofolle ni à danser jusqu'au bout de la nuit.

— Quand on sera seuls, lui dit-il de sa voix grave si sexy. Tu pourras sortir de ta peau et danser tout ce que tu voudras. Et je me joindrai peut-être à toi.

Cette simple perspective suffit à lui nouer le ventre de désir. Cet homme avait le don de l'exciter en toutes circonstances. Et de la faire rire.

Tournant la tête, elle aperçut une scène pour le moins inattendue. Le père et la mère de Richard qui dansaient ensemble. Et sans tensions apparentes.

— Richard…

Mais il les avait vus aussi.

— Je sais. C'est ce que je voulais te dire au téléphone : il se peut qu'ils se remettent ensemble.

— Non !

— Si. Toi et moi, on ne sera jamais comme eux, ajouta-t-il, un doigt passé sous son menton afin qu'ils se regardent droit dans les yeux. Je vais prendre soin de cet amour que nous avons eu la chance de trouver.

— Moi aussi.

Oui, ils allaient prendre grand soin de ce précieux amour.

Épilogue

— Mais pourquoi tu ne veux pas avoir cet enfant ici ? s'enquit Amanda.

Il était question du bébé de Richard et Freya qui devait venir au monde trois semaines plus tard.

— C'est le souhait de Freya, et je m'y conformerai, répondit Richard à sa mère, tournant un regard aimant vers Freya. Nous allons aller en Écosse le week-end prochain pour y rester quelques jours et nous déciderons à ce moment-là.

Sauf que non. Il l'ignorait, mais Freya était déjà en plein travail. Ayant peur que ce soit une fausse alerte, ou de se précipiter à l'hôpital pour découvrir qu'elle n'était pas tout à fait prête, elle n'avait rien dit.

Mais, à présent, elle en était certaine.

Les contractions étaient espacées de quinze minutes et devenaient de plus en plus violentes. Alors la décision de l'endroit où elle aurait son bébé était désormais caduque.

Ils revenaient souvent à Cromayr Bay. Le travail de Richard était toujours aussi prenant et stressant, toutefois, maintenant, au lieu de s'envoler pour quelque destination lointaine dès qu'il avait des jours de repos, ils montaient « à la maison ». Et s'ils n'avaient pas envie de faire la route en voiture, ils prenaient le train car le voyage était relaxant et les paysages charmants.

Hormis au niveau de la gare de Waverley. Chaque fois que le train arrivait dans cette ville, Freya et Richard échangeaient un regard au souvenir de ce SMS funeste qui avait failli mettre un terme à leur relation pour toujours.

Le cottage était de plus en plus confortable avec les travaux entrepris, et Richard adorait le temps qu'ils y passaient, à tel point qu'un poste à l'hôpital de Cromayr Bay n'était pas complètement exclu.

Après un ou deux jours à voir les amis et les proches, ou simplement à se détendre tous les deux, ils remontaient dans la voiture ou le train et rentraient « à la maison ».

Mais il était vrai que Freya était tombée amoureuse de Londres. Vraiment.

Tout avait commencé quand Richard et elle avaient rompu, quand ses amies londoniennes l'avaient aidée à traverser cette épreuve alors même qu'elles ignoraient à quel point son cœur était brisé.

Richard, tout comme elle, était indécis quant à l'endroit où mettre le bébé au monde. Amanda, pour sa part, avait manifestement fait son choix.

— Ça devrait te faire plaisir, reprit Richard à l'attention de sa mère, un sourire malicieux étirant ses lèvres. Il me semble que tu avais apprécié ton séjour à la Taverne, non ?

— Exact.

Ils n'avaient plus fait allusion à cette fameuse nuit. Elle n'avait été ni mentionnée ni commentée. Si Richard n'avait pas eu la malchance de se retrouver dans la chambre au-dessous de celle de ses parents, il n'aurait probablement jamais rien su de leur réconciliation.

— Richard, je peux te parler ? reprit sa mère.

— Je t'écoute. Tu peux parler devant Freya, nous ne nous cachons rien.

— Très bien. Bon, je sais qu'après avoir rompu avec Roger j'ai affirmé que j'en avais fini avec les hommes, mais... Richard, s'il te plaît, ne lève pas les yeux au ciel ! Ton père et moi, nous nous voyons depuis ton mariage.

Il ne répondit pas.

— On n'a pas forcé les choses, on a pris notre temps. Tu comprends, on est déjà tous les deux passés par là et nous ne voulions pas t'infliger un autre mariage, alors... on s'est mariés la semaine dernière.

Il resta planté là, sidéré, paraissant incapable de réagir.

— C'était un mariage en toute intimité, reprit Amanda. On ne voulait rien de grandiose, moi du moins, donc on est allés à Gretna Green et on a passé notre lune de miel à la Taverne. Juste quelques jours…

— Et pourquoi es-tu venue m'annoncer ça toute seule ? Il est trop occupé ?

— Non, on avait prévu de venir tous les deux, seulement on a pensé que ça risquait de faire beaucoup si on débarquait tous les deux à ta porte pour t'expliquer que tout allait bien entre nous. On sait… On sait que ça a dû être dur pour toi. C'est pourquoi je suis venue seule.

Retrouvant son sourire, Richard embrassa sa mère, la jeune mariée perpétuelle.

— Félicitations… Je le pense vraiment.

Freya l'embrassa elle aussi, puis Richard sortit du champagne. Ne voulant pas boire d'alcool, Freya s'excusa et alla dans la chambre.

La douleur commençait à devenir intense, mais elle avait aussi besoin d'être un peu seule pour penser à Richard et à ce qu'il avait traversé avec ses parents.

Et tout cela pour quoi ?

Presque deux décennies de séparation et de peine, parce que ni Amanda ni Roger n'avaient voulu faire une concession ou prendre en compte le point de vue de l'autre.

Freya savait à quel point elle avait de la chance d'aimer Richard et d'être aimée de lui.

Quand elle les rejoignit, Amanda leur montra les photos du mariage mais, de temps en temps, Freya s'éclipsait sans rien dire car elle souhaitait annoncer à Richard que le travail avait commencé quand ils seraient en tête à tête.

Enfin, Amanda regarda la pendule.

— Oh ! Il faut que j'y aille, sinon je vais rater mon train…

— Et tu dois rentrer cuisiner le dîner pour mon père ? demanda Richard d'un ton sec.

— Non, il m'emmène au restaurant.

— Très bien, tant mieux.

Il l'accompagna à la porte et, même s'il n'avait pas sauté de joie en apprenant la nouvelle, Freya devinait qu'il était content.

— Au moins, ça facilitera les choses avec le bébé, dit-il une fois sa mère partie. Papi et mamie Lewis, point… On attendra qu'il soit assez grand pour lui raconter les événements des vingt années écoulées. Freya, ajouta-t-il en la prenant délicatement dans ses bras, si tu veux accoucher en Écosse…

— Non, je vais accoucher ici, Richard.

— Tu n'es pas obligée de décider maintenant.

— Le bébé l'a fait pour nous. Les contractions ne sont plus espacées que de dix minutes.

— C'est pour ça que tu passais ton temps à aller te cacher dans la chambre ?

— Oui. C'est de pire en pire.

Justement, une contraction arrivait, et elle sentit son ventre se durcir telle une pierre.

— De plus en plus intense…, commenta Richard, malicieux, reprenant le vocabulaire des sages-femmes.

Freya grimaça, incapable de répondre à sa plaisanterie, quand, soudain, elle vit le regard de Richard changer : il venait de comprendre le sérieux de la situation.

— Tu veux qu'on aille à l'hôpital maintenant ?

— Oui.

C'était le choix de la raison. Il était inenvisageable de prendre le métro, et elle savait que la circulation serait atroce un vendredi soir, même si le Primary n'était pas très loin de leur appartement.

La panique la saisit lorsqu'elle vit qu'ils n'avaient pas avancé d'un pouce en plusieurs minutes.

— Respire, ma chérie. Tu t'en sors très bien.

— Sérieusement, Richard, je ne peux pas accoucher dans la voiture.

— Ça n'arrivera pas. On y sera très bientôt.

— Bientôt, quand ?

— Bientôt.

— Je suis coincée dans une voiture avec un anesthésiste et je vais arriver trop tard pour la péridurale !

Enfin, le vilain bâtiment gris de l'hôpital apparut, et jamais il n'avait semblé plus beau à Freya.

Richard lui prit la main pour parcourir les couloirs interminables de l'hôpital, le long de la ligne jaune, un trajet qu'elle connaissait très bien désormais. Quand ils poussèrent les portes de la maternité, elle éprouva le plus grand soulagement de toute sa vie.

— Freya ! Bienvenue !

Stella se précipita et l'aida à enfiler sa tunique d'hôpital, et Freya se rendit compte qu'elle était la patiente, pour une fois.

— Tu t'en sors comme un chef, commenta Stella en l'examinant. Le col est dilaté de quatre, presque cinq centimètres.

— Seulement quatre !

— Presque cinq. Et c'est le moment idéal pour appeler un anesthésiste, annonça Stella, comme c'était convenu sur le plan d'accouchement de Freya.

Richard ne commenta pas, même si Freya voyait bien qu'il compatissait à sa déception du retard dans la progression du bébé.

— Tu as bien avancé dans le processus du travail. Parfois, effectuer une péridurale trop tôt peut ralentir les contractions.

Richard ne broncha pas non plus quand Stella leur annonça que ce serait Dominic qui allait venir les rejoindre très bientôt. Enfin, aussi vite que possible… Le connaissant, s'il arrivait tardivement pour l'accouchement de l'enfant de son patron, ce serait pour une excellente raison. N'empêche, en se retrouvant dans le rôle de l'accompagnateur angoissé, Richard devait mieux comprendre le stress et l'horreur que l'on pouvait ressentir en voyant souffrir une personne que l'on aimait sans pouvoir la soulager. Pire, d'être en capacité de l'aider mais de devoir s'abstenir.

Soudain, enfin, la porte de la D5 s'ouvrit, et Dominic apparut, un peu essoufflé, mais son sourire était si bienveillant que Freya se détendit presque aussitôt. De toute façon, ils avaient entière confiance en toutes les personnes présentes dans cette pièce.

— Je pense que je suis amoureuse de Dominic, dit-elle à son mari une fois que les douleurs s'apaisèrent.

— Je parie que tu dis ça à tous les anesthésistes, répliqua Stella, malicieuse.

La soirée se passa calmement.

Le Dr Mina vint vérifier que tout allait bien et, comme toujours, elle parvint à calmer Freya qui ne tarda pas à somnoler. À son réveil, elle fut ravie de voir que le personnel de nuit était arrivé et que sa sage-femme serait Kelly.

Le travail avait bien avancé car, juste après 22 heures, la sage-femme annonça à Freya qu'il était temps de commencer à pousser. Les lumières restèrent tamisées et, avec les encouragements de Kelly, chaque poussée s'avéra efficace. La péridurale avait été parfaitement réalisée, permettant à Freya de sentir la pression des contractions, mais sans la douleur — même si le travail restait fatigant, surtout pour un premier enfant.

Tout à coup, la pièce commença à se remplir.

Pat arriva pour se charger du bébé.

Et le Dr Mina revint.

Freya songea que c'était sans doute parce qu'elle faisait partie du personnel. Mais non. Malgré le silence et le calme qui régnaient toujours, le bébé ne sortait pas.

Richard lui releva une jambe, Pat en fit autant de l'autre côté, tandis que le Dr Mina enfilait une tunique en plastique.

— Freya, je veux que tu pousses très fort…, dit Kelly d'une voix où pointait l'urgence… Maintenant !

C'étaient les derniers instants, et Freya alla chercher au plus profond d'elle-même malgré la fatigue accumulée.

— C'est bien, commenta le Dr Mina d'un ton encourageant.

Mais Freya était à la fois terrifiée et épuisée. Elle était menue, mais, apparemment, le bébé tenait de Richard : c'était une large carrure.

— Freya, ma chérie ?

Sa femme rouvrit les yeux, et Richard plongea dans le vert profond de ses prunelles. Il adorait cette femme obstinée et le combat qu'il avait dû mener pour acquérir sa confiance. Il aimait la façon dont elle n'obéissait pas systématiquement aux ordres, n'offrait pas son cœur au premier venu.

Pourtant, avec le temps, elle le lui avait donné, à lui, et aujourd'hui il la regardait livrer une énième bataille.

Enfin, au petit matin, arriva une promesse pour l'avenir.

Un garçon.

Pat le posa sur le ventre de Freya, ce petit être recroquevillé et d'abord silencieux qui, soudain, poussa un cri rauque.

— Richard ?

Pat lui tendait des ciseaux pour couper le cordon.

Ce qu'il déclina. Car, pour la première fois de sa vie, ni sa tête, ni ses mains, ni son cœur n'étaient sûrs.

Ce bébé, il était parfait. Freya le prit dans ses bras et le contempla attentivement, vérifiant un à un ses petits doigts et ses orteils.

— On connaît son prénom ? demanda Kelly, tout sourires.

— William, répondirent en chœur Freya et Richard, incapables de détourner les yeux de leur merveille.

Puis Richard prit son fils dans ses bras, le posant contre son torse. Jamais il ne s'était senti aussi heureux, aussi à sa place. Les yeux rivés à ceux de sa femme, il sentit les larmes monter.

— Il y a pas mal de gens qui vont se réjouir de ton arrivée, mon amour, chuchota-t-il à l'oreille de son fils — son fils !

Oui, bientôt les coups de fil pleuvraient, les visiteurs débarqueraient mais, pour le moment, les téléphones étaient coupés pour qu'ils puissent profiter d'un peu de calme. Tous les trois.

Car ils savaient à quel point le temps était important. Le temps passé ensemble, en famille.

SUE MACKAY

Envoûtée par son patron

Traduction française de
CÉCILE LOMBARD

BLANCHE

HARLEQUIN

Titre original :
HER NEW YEAR BABY SURPRISE

Ce roman a déjà été publié en 2018.

1.

— Aime-la fort, Abbie !

Épuisée par l'accouchement, le corps meurtri, Emma contemplait sa meilleure amie. Le sommeil qui lui procurerait un moment d'oubli menaçait de la gagner, mais à quoi bon ? Au réveil, elle se rappellerait qu'elle avait porté ce bébé pour une autre et qu'à présent ses bras étaient vides…

Assise au bord du lit, Abbie ne releva pas les yeux du précieux fardeau qu'elle tenait contre sa poitrine.

— Ne t'inquiète pas, je l'adore déjà. Et toi, je t'aime de tout mon cœur.

Emma sentit ses yeux s'embuer.

— Je sais. Sinon, rien de tout ça ne serait arrivé.

C'était par amour qu'elle avait proposé de servir de mère porteuse à son amie.

Abbie se pencha avec précaution pour ne pas faire de mal au nouveau-né.

— Je n'ai pas de mots pour exprimer ce que je ressens, Emma. Après tout cet espoir, toute cette attente, elle est enfin là !

Elle lui frôla la joue des lèvres.

— Merci encore, Emma, merci !

Emma entoura Abbie et la nouveau-née de ses bras.

— Cesse de me remercier, d'accord ?

Elle ne voulait pas de sa gratitude. Qu'elles aient traversé cette grossesse ensemble sans jamais se disputer prouvait assez la force de leur amitié qui, de toute façon, datait de leur première rencontre à l'école primaire de Queenstown, vingt ans plus tôt. Et en ce moment, elle avait seulement besoin de récupérer un peu.

— Va faire la maman pendant que je me repose.

Elle devait oublier les douleurs de l'accouchement pour ne garder en mémoire que le soulagement que tout se soit bien passé. Son cœur balançait entre bonheur et tristesse devant l'émotion de son amie qui berçait le merveilleux bébé enveloppé dans une couverture rose. Une enfant conçue par insémination artificielle qui ne connaîtrait jamais son père, mort d'un cancer avant sa naissance…

Un si beau bébé ! Son cœur se gonfla d'amour et de nostalgie.

Impossible de se permettre une telle émotion : la petite Grace était la fille d'Abbie, pas la sienne.

Soudain, plus que tout au monde, elle avait envie de serrer dans ses bras sa propre fille, Rosie, âgée d'à peine cinq ans et pleine d'énergie.

Elle prit son téléphone pour envoyer un texto à sa mère.

C'est terminé. Le bébé est magnifique. Amène-moi Rosie, s'il te plaît. Je t'embrasse.

Les joues ruisselantes de larmes, Abbie leva vers elle des yeux émerveillés.

— C'est pour de vrai, n'est-ce pas ? C'est là que je me place dans les starting-blocks et que je commence à être une mère à part entière, sauf que je ne l'ai pas portée moi-même. Tu m'as fait un cadeau inestimable, Emma.

Elle tenta de faire abstraction de sa gorge serrée, de sa sensation de vide. Non qu'elle regrettât quoi que ce soit car sa meilleure amie méritait d'être heureuse. S'il y avait eu un moment où le rôle de mère porteuse lui avait semblé difficile, c'était quand la sage-femme avait tendu le bébé à Abbie. Sinon, elle ne ressentait aucune once de regret.

Elle eut un sourire tendre. Elle était heureuse de son acte.

— Depuis sa conception, Grace est ta fille.

Et celle de Michael, qui ne la connaîtrait pas et ne la tiendrait jamais dans ses bras.

Autant que sa propre famille, Abbie et son mari l'avaient soutenue durant les jours sombres où rien n'allait plus, lui avaient redonné espoir, démontré qu'elle pouvait se construire une nouvelle vie avec Rosie sans regarder en arrière, sans avoir besoin d'un homme à ses côtés. Elle n'avait fait que leur prouver sa reconnaissance.

Par ailleurs, Grace habiterait avec sa mère un logement mitoyen du sien. Ce n'était pas comme si elle devait partir loin d'ici ! Quoique… Qui sait où elle atterrirait si jamais Callum changeait d'avis et décidait de vivre avec Abbie après l'avoir tant fait souffrir avec ses incertitudes !

— Votre fille, à Michael et à toi. Dans le fond, j'aimerais avoir une relation semblable, de totale confiance…

Abbie rejeta la tête en arrière, l'air surpris.

— Quelle drôle d'idée !

Emma eut un léger haussement d'épaules.

— Je t'ai dit qu'il fallait que je dorme. Je suis vannée.

Non, elle ne voulait plus d'homme dans sa vie. Le seul qu'elle ait aimé l'ayant amèrement déçue, elle ne comptait pas renouveler l'expérience. Elle s'était trompée en épousant Alvin, et elle l'avait payé cher. À présent qu'elle était seule, elle n'avait plus peur et, mieux encore, Rosie allait bien. Elle était entourée d'amour — par sa fille, Abbie, sa mère si patiente, et son père et ses frères qui la protégeaient jalousement. Pourquoi aurait-elle besoin de plus ?

— C'est à cause d'un homme en particulier que tu as cette pensée bizarre ? Un spécialiste urgentiste, peut-être ?

— Nixon est mon ami, tu le sais bien ! J'ai refusé de sortir avec lui.

Abbie sourit.

— Tu ne me l'avais pas dit ! Ça m'étonne qu'il ait accepté si facilement sa défaite. Et toi, tu ne crois pas que tu aurais pu prendre un peu de bon temps ?

Emma soupira.

— Entre Rosie et la grossesse, je n'avais pas besoin de complications.

Abbie eut un sourire triste.

— Hum… Je suppose que je suis mal placée pour te conseiller, après la façon dont Callum m'a plaquée.

Que répondre à cela ? Par chance, le téléphone d'Emma annonça un message qu'elle lut aussitôt.

J'arrive. La Princesse ne tient plus en place. Je t'embrasse. Maman.

Lorsque le bébé — Grace, elle devait se souvenir de son prénom, Grace — poussa un petit cri, elle sentit ses seins se tendre douloureusement. Elle ne nourrirait jamais cette splendide petite fille…

Abbie lui jeta un regard affolé.

— Qu'est-ce que je dois faire, maintenant ?

Emma serra les poings sous la couverture. En dépit des messages répétés de son cerveau, son corps n'avait pas encore compris qu'elle n'était plus la mère.

— L'allaiter.

La sage-femme fit irruption dans la chambre.

— Je l'ai bien entendue pleurer ? Elle a faim.

Ses yeux se posèrent sur Emma, et elle haussa les sourcils, comme pour dire : « Comment allez-vous ? »

Emma lui répondit d'un discret « OK » formé par ses lèvres en silence. Si Abbie et le bébé s'éloignaient, son corps s'apaiserait…

— Elle veut téter ! s'exclama Abbie d'une voix haut perchée qui trahissait sa nervosité.

La sage-femme lui prit le bras pour l'aider à se lever.

— Pas de panique. Allons jusqu'à la nursery, je vais vous apprendre à lui donner le sein. Emma doit se reposer.

— D'accord.

Emma suivit son amie du regard tandis qu'elle sortait : elle tenait sa fille comme si elle craignait de la lâcher.

Lorsqu'elles eurent disparu, elle tenta d'avaler la grosse boule qui menaçait de l'étouffer. Abbie et Grace. Son amie et sa fille. La sienne, ou celle d'Abbie ? Il n'y avait aucun doute, et pourtant…

Pas de « pourtant ». Où donc était Rosie ?

Ses seins pulsaient douloureusement, et impossible de les soulager. Comment Abbie pouvait-elle avoir du lait ?

« La magie des produits actuels », avait expliqué la sage-femme.

Elle se recroquevilla dans le lit. Quelle ironie ! Elle-même aurait besoin de médicaments pour stopper sa montée de lait, ou du moins pour calmer sa douleur le temps que la nature suive son cours. Les prochains jours seraient pénibles, puis tout rentrerait dans l'ordre : elle reprendrait ses activités : élever Rosie tout en travaillant aux urgences — au rez-de-chaussée de ce même hôpital —, et épargner pour s'acheter une maison en évitant les hommes le plus possible.

— Maman ! Où il est ? Je peux le prendre ?

Rosie s'était ruée dans la pièce en jetant des regards éperdus autour d'elle.

— Je ne vois pas le bébé !

Sa fille sauta sur le lit et souleva la couverture pour se glisser dessous.

— Doucement, ma chérie, j'ai mal ! protesta Emma.

— Où est-il ?

— C'est une petite fille qui s'appelle Grace, mon cœur.

— Je veux la tenir dans mes bras !

— Tu te rappelles ce que j'ai dit, Rosie ? intervint la mère d'Emma du seuil. Le bébé est fatigué, et c'est Abbie qui s'en occupe, à présent. Il est à la nursery. Tu dois attendre ton tour.

Rosie aurait-elle vraiment cette patience ? Emma se tourna vers la porte et regarda sa mère, un sourcil levé. Celle-ci lui sourit.

— Impossible de la calmer depuis que je suis allée la chercher à l'école. Nous partions quand j'ai eu ton texto, et il a été question du bébé pendant tout le trajet.

— C'est où, la nursie ? demanda la fillette en bondissant sur le matelas.

— La nursery, corrigea Emma, les dents serrées. Tu veux bien te tenir tranquille, ma chérie ?

Les bonds perdirent de l'intensité, mais ne cessèrent pas.

— C'est quoi, la nursie ?

— La nursery, Rosie. C'est là où les bébés dorment tant qu'ils sont à l'hôpital.

Dans ce cas précis, du moins. Elle prit sa fille dans ses bras.

— Tu me fais un câlin ?

Aussitôt, deux petits bras lui entourèrent le cou.

— Un gros, maman. Spécial pour toi.

Agrémenté d'un baiser baveux… et d'un coude appuyé sur son ventre qu'elle délogea avec précaution avant d'embrasser sa fille sur le front.

— Tu es adorable, ma chérie.

Elle sentit les larmes jaillir et resserra son étreinte autour de Rosie. Le visage enfoui dans les épaisses boucles brunes, elle renifla.

— C'était vraiment un gros câlin.

Il lui en faudrait beaucoup dans les prochains jours…

— Comment te sens-tu, Emma ? demanda sa mère en lui caressant la joue.

— À part l'impression qu'un trente-cinq tonnes m'a roulé dessus, bien…

Elle lut le doute dans le regard perspicace.

— Quand vois-tu la psychologue ?

La dernière personne à qui elle avait envie de parler, mais cette étape faisait partie de l'accord qu'elle avait signé en tant que mère porteuse. Et elle savait sa mère prête à l'emmener elle-même au cabinet conseil si elle tentait de s'y soustraire.

— Dans quelques jours, sauf si j'en éprouve le besoin avant. Franchement, je vais très bien. J'ai eu un peu de mal quand Grace a pleuré, mais j'ai parfaitement admis que c'était l'enfant d'Abbie, pas de problème.

Du moins, aucun qu'elle ne puisse résoudre…

Elle ressentit un pincement douloureux au niveau du plexus solaire. Et si jamais elle ne s'en sortait pas, si ce bébé devenait une obsession ?

Sa mère l'interrompit dans ses pénibles pensées.

— Puisque tu en es sûre…

— Maman… Pour le moment, je manque surtout de sommeil.

Sa mère lui repoussa gentiment les cheveux du front.

— Je suis fière de toi, ma fille. Je ne crois pas que j'aurais pu le faire, à ta place.

De nouveau, les larmes menacèrent…

— Merci, maman. Tu veux bien me faire un câlin ?

Rosie se tortilla pour glisser la tête sous son bras.

— Moi aussi !

— C'est la fête des câlins ?

Emma tourna la tête vers le seuil, d'où émanait la voix grave. Nixon.

— Oui, tu veux en être ?

— Moi ? Non, merci. Vous êtes déjà assez nombreuses.

— Poule mouillée !

Dans le fond, elle ne faisait que le taquiner… Six mois plus tôt, il l'avait invitée à sortir avec lui et, fidèle à sa règle, elle avait refusé. Il avait été visiblement vexé mais, en apprenant qu'elle était enceinte, il avait compris, et depuis ils étaient les meilleurs amis du monde. Une amitié parfaite. *Vraiment ?* se demanda-t-elle.

Rosie se dégagea prestement.

— Nixon, tu as vu le bébé ? Je suis venue pour le tenir dans mes bras, mais maman ne veut pas !

Emma caressa les boucles de sa fille qui avait haussé le ton.

— Moins fort, Rosie ! Je n'ai pas dit ça. Seulement que tu devais patienter parce qu'Abbie était en train de l'allaiter.

Nixon lui adressa un clin d'œil.

— Autant demander à un chat d'ignorer la souris qui passe entre ses pattes. Surtout à celui-ci.

Emma sourit. Nixon connaissait bien Rosie qui restait parfois dans le service après l'école en attendant qu'elle ait terminé. Par ailleurs, il lui avait suffi d'une barre chocolatée assortie d'un large sourire pour soudoyer sa fille.

Il s'approcha pour se pencher et l'entourer de ses bras.

— Tu as bonne mine après ce que tu viens de vivre.

Elle poussa un soupir. Ce câlin-là aussi était spécial. Le remède idéal après ces émotions refoulées. Elle posa la tête contre son torse et prit une profonde inspiration, absorbant son parfum et sa force. Puis elle s'écarta aussitôt. Il ne fallait pas. Ils étaient amis, pas amants.

Pourtant une fois, à la fin d'une journée très éprouvante, épuisée par sa grossesse déjà avancée, elle avait accepté de boire un café avec lui dans le pub situé en face de l'hôpital ; elle avait éclaté en sanglots et fait part de son appréhension de devoir donner le bébé à Abbie… Ce qu'elle n'aurait jamais avoué à l'intéressée de crainte de perdre sa confiance.

Loin de rétorquer que c'était elle qui avait choisi cette situation, il avait montré une nouvelle facette de lui-même : il l'avait écoutée sans l'interrompre exprimer sa crainte de ne pas être à la hauteur, de mettre sa famille dans l'embarras, de se fâcher avec son amie. Sans doute personne à l'hôpital ne l'avait-il jamais vu ainsi, si préoccupé et attentif alors que le sujet ne concernait pas le travail. Que cachait-il d'autre sous son masque de tous les jours ? En tout cas, il n'avait jamais dit un mot de sa propre famille.

Il s'éloigna du lit sans la quitter du regard. Un regard pénétrant qui la mit mal à l'aise.

— Nixon, voici ma mère, Kathy. Maman, je crois que tu ne connais pas Nixon Wright, notre spécialiste urgentiste.

Pourvu que sa mère ne se mette pas d'idées en tête… Du reste, après le fiasco de son union avec Alvin, pourquoi une telle insistance à vouloir la remarier à tout prix ?

Sa mère serra la main de Nixon en l'examinant comme si elle était sur le point de l'interroger. Et ce n'était rien comparé à ses frères et à son père, capables d'attacher un prétendant à la clôture et de le bombarder d'eau glacée pour qu'il comprenne bien ce qu'il risquait s'il n'était pas gentil avec elle.

— Vous n'êtes pas d'ici.

Il eut un léger sourire.

— Je viens de Dunedin, en effet. Je suis à Queenstown

depuis un an, et on ne sait pas encore en ville ce que je prends au petit déjeuner ni quels diplômes j'ai obtenus.

Emma toussota. Mieux valait détourner la conversation…

— Grace pèse trois kilos sept, elle a dix doigts et dix orteils, et elle est adorable. Abbie en est gaga.

— Hum, je l'ai aperçue à la nursery en venant. Je me suis dit que, s'il y avait un tremblement de terre, elle ne le remarquerait pas.

Il eut un large sourire.

— Et toi, tu vas bien ?

Encore cette question… Et ce n'était certainement pas la dernière fois qu'elle l'entendrait.

— Oui.

Il scruta son visage comme dans l'attente d'une suite. Mais que dire de plus ? Surtout devant sa mère, réticente depuis le début de l'aventure.

— Je n'ai aucun regret. Ça te suffit ?

— Je n'en doutais pas.

Il se tourna vers sa mère.

— Vous avez une fille très courageuse.

— Si elle ne l'était pas, elle l'est devenue par la force des choses…

Emma sursauta. C'était si inattendu ! Sa famille n'évoquait jamais son passé, et elle non plus. Pourquoi retourner en enfer quand on en était sorti ?

Elle frissonna, craignant que sa mère ne se lance dans des détails. Il fallait qu'elle l'arrête.

— Maman… Nixon est mon chef de service.

Bizarrement, elle ressentit un coup dans la poitrine en le disant. Et lui, pourquoi pinçait-il la bouche ? Qu'avait-elle dit d'autre que la vérité ? C'était son patron, doublé d'un homme généreux, assez patient pour l'écouter quand elle avait besoin de s'épancher et la laisser pleurer sur son épaule. Ces larges épaules lui bouchaient la vue maintenant, et elle avait l'estomac noué…

Elle ne put réprimer un bâillement soudain.

— Navrée, il faut que je dorme un peu.

Elle tendit les bras vers Rosie.

— Tu me fais un autre câlin, mon cœur ?

Pendant que sa fille l'entourait de ses bras, elle jeta un regard à Nixon et lut dans ses yeux gris une étrange tristesse dont elle fut émue. Manquait-il d'amour ? Impossible. Il pouvait avoir n'importe quelle femme.

Mais ne disait-on pas qu'il s'était fixé comme règle de ne pas sortir plus de trois fois avec la même ? Et toujours avec des touristes de passage. Pas de relations avec ses collègues. Pourtant, il l'avait invitée, elle. Bizarre…

Comme il se tenait à l'écart de toute manifestation sociale organisée par l'hôpital, il aurait été surpris de savoir que tout le monde s'était aperçu qu'il ne voulait pas s'engager.

C'était vrai qu'il était chef d'un service d'urgences qui ne chômait pas, où les blessures dues aux sports extrêmes étaient aussi nombreuses que les touristes qui visitaient Queenstown toute l'année. De plus, étant lui-même un fan de mountain-bike, il n'avait que peu de temps à consacrer à une relation permanente.

Elle s'était demandé si elle devait être flattée ou vexée qu'il ait fait une exception pour elle. En fait, il aurait été l'amourette idéale, et elle aurait apprécié d'avoir un partenaire loin d'être sot ou ennuyeux, ou effrayé par son ombre. Au contraire, il était grand, fort, spirituel et sincère.

Bref, sexy.

Qu'allait-elle penser là ?

Les battements de son cœur s'apaisèrent, et la tristesse l'envahit. Elle ferma les paupières pour ne plus le voir la regarder avec cette intensité troublante. C'était un simple collègue avec qui elle avait développé une solide amitié ces derniers mois.

Une sonnerie stridente retentit. Sortant son téléphone, il lut le message et soupira.

— J'ai profité d'un creux pour passer te voir, mais je ferais mieux d'y retourner. L'hélico arrive dans cinq minutes. Il amène un mountain-biker qui a quitté la route et s'est écrasé sur les rochers en dessous.

— Pourrais-tu me ramener chez moi, un peu plus tard ?

Elle fut stupéfaite d'avoir osé lui poser cette question. Qu'est-ce qui lui prenait ? Pourquoi voulait-elle que ce soit lui qui la raccompagne ? Sans doute parce qu'il poserait sans doute moins de questions que sa mère…

— Je peux revenir quand tu seras prête à partir, intervint sa mère. De toute façon, tu ferais mieux de passer la nuit chez nous, avec Rosie.

— Merci, maman, mais je préfère rentrer chez moi, prendre une bonne douche bien chaude et dormir dans mon lit.

C'était vrai, même si cela signifiait devoir attendre que Rosie soit couchée pour s'endormir.

— Tes frères vont être déçus, sans parler de ton père !

C'était justement le problème : elle ne supporterait pas un interrogatoire ce soir.

— Je les verrai demain.

Nixon hocha la tête.

— Je vais être coincé ici pas mal de temps. Le type est en petits morceaux.

Il se dirigea vers la porte et s'arrêta pour regarder sa mère qui entraînait déjà Rosie vers la sortie.

— Ravi de vous avoir rencontrée, Kathy. Salut, Rosie !

Puis il plongea son regard dans celui d'Emma.

— Je repasserai plus tard voir si tu n'as pas changé d'avis.

Elle perçut une nuance de défi dans sa voix comme s'il venait de lui passer le bâton de relais et qu'elle doive partir tout de suite en courant. Alors qu'elle venait d'avoir un bébé ? Et qu'elle ne voulait pas d'homme dans sa vie ?

Il disparut, laissant un vide qu'elle aurait voulu combler. Mais par quoi ? Elle n'en avait aucune idée, ses émotions l'emportant sur sa raison. Et pas à cause de Nixon.

Bien qu'elle eût affirmé le contraire tout à l'heure, cette naissance lui avait troublé l'esprit.

Le bébé. Elle passa les mains sur son ventre. Elle venait d'avoir un bébé et ne le voyait nulle part.

C'était celui d'Abbie, pas le sien. Celui d'Abbie…

Elle finit par glisser dans un sommeil agité.

2.

Nixon s'avança sur la pointe des pieds et s'assit sans bruit au chevet d'Emma. À présent, Cameron opérait le blessé et lui-même avait fini sa journée. Son vélo l'attendait chez lui, mais il avait promis à Emma de repasser avant de partir. En fait, c'était surtout pour sa tranquillité d'esprit.

En la regardant dormir, il sentit son ventre se nouer : sa respiration courte soulevait une boucle folle cuivrée sur sa joue. Des ombres presque noires creusaient de grands cernes sous ses yeux fermés, et elle semblait toute petite et sans défense sous les couvertures… Il avait envie de s'allonger à côté d'elle et de la tenir serrée, de lui faire oublier le monde jusqu'à ce qu'elle soit de nouveau prête à l'affronter.

Jamais il ne l'avait vue si perdue. Oh ! bien entendu, elle ne l'avouerait pas, mais elle était perturbée. Malgré ses dénégations, elle souffrait de devoir donner ce bébé à son amie, il en était sûr.

Elle était d'une générosité incroyable. Depuis le début de leur amitié, il avait compris à quel point elle aimait l'enfant qui grandissait en elle. Pourtant, même lorsqu'elle était épuisée et découragée, elle n'avait jamais laissé penser qu'elle envisageait de le garder.

Apparemment, il existait un lien solide entre elle et Abbie. Elles avaient dû traverser ensemble de pénibles moments : le mari de son amie était mort d'un cancer et, selon la rumeur, Emma avait été mariée à un homme violent qui la frappait… Chose qui le rendait enragé, encore maintenant, chaque fois qu'il y pensait. Mais c'était idiot de sa part, puisque ce malade avait disparu de la surface de la planète. Autant dégager des ondes positives.

Il sentit son cœur se gonfler. Emma avait fait un cadeau extraordinaire à Abbie mais, dans les jours prochains, elle aurait besoin d'être soutenue ; il était volontaire pour cette mission, en tant qu'ami.

Vraiment ? se demanda-t-il, saisi d'une étrange émotion.

Un texto arriva sur son téléphone : de son oncle Henry, adressé à tous les membres de la famille.

Je vous souhaite à tous de vous régaler à l'anniversaire, ce week-end. Je penserai à vous. Nixon, je regrette que toi non plus tu ne puisses pas y être.

Il soupira. Henry aurait tout à fait pu se joindre à la fête s'il ne s'était pas obstiné à vouloir épargner son argent pour le léguer à sa famille… Tous avaient beau lui répéter qu'ils aimeraient aussi profiter de sa présence, il n'en tenait absolument pas compte.

Comme chaque fois qu'il pensait à lui, Nixon éprouva un léger mal-être.

Quand il avait six ans, ses parents et son frère étaient morts dans un accident d'avion.

« Nixon, papa, maman et Davey ne reviendront plus à la maison, jamais. »

Ces mots terrifiants l'avaient plongé dans un gouffre obscur d'où tout amour avait disparu. Depuis, il ne prenait plus le risque d'aimer personne, pour ne pas souffrir.

Son oncle — le frère de sa mère — l'avait élevé avec ses fils jusqu'à la fin de ses études. Il l'avait nourri, logé et habillé, mais sans jamais lui démontrer la moindre affection. Or, il aurait préféré avoir faim plutôt que de manquer d'amour. Mais, qui sait, Henry était peut-être simplement maladroit ? Incapable d'exprimer ses sentiments ?

Il relut le message en soupirant. Autant se montrer reconnaissant… D'autant qu'il en avait les moyens.

Réserve les vols et l'hôtel, je me charge du reste.

Il serait heureux de rejoindre ses cousins qui seraient enchantés de voir leur père… Après tout, ils étaient sa seule famille. Si seulement Henry lui avait manifesté un peu d'affection, il ne se serait pas senti aussi seul et perdu…

Il observa de nouveau Emma.

Bien qu'il eût prétexté une course d'endurance pour ne pas se rendre à cet anniversaire à Wellington, il avait une autre raison : pas question de s'absenter d'ici en ce moment, au cas où le désespoir et la peur d'Emma referaient surface. Il se sentait obligé d'être là, même si elle n'avait pas besoin de lui. Ils s'entendaient bien, il lui servait parfois de confident…

Il s'était gardé de participer à l'accouchement et avait patienté jusqu'à la fin avant de lui rendre visite. Il était heureux d'être son ami et de ne pas être sorti avec elle : sinon, il l'aurait repoussée avant d'avoir appris à la connaître. En même temps, il s'effrayait de sa propre implication. Durant toute sa grossesse, pour ne pas lui causer de problèmes supplémentaires, il était resté un compagnon discret mais, à présent, où en était-il avec elle ?

En fait, ces derniers temps, il avait repris ses distances, craignant que cela ne le mène trop loin. Il n'était pas prêt à risquer son cœur, et il répugnait à lui offrir cette version timorée de lui : s'il tombait un jour amoureux d'une femme pas comme les autres — Emma ? —, il voulait être capable de s'engager corps et âme, d'être totalement disponible, de partager les mauvais moments comme les bons.

Un nouveau texto de Henry.

Merci, mon garçon. J'apprécie beaucoup.

Il poussa un nouveau soupir. Henry s'était-il fermé à l'amour après avoir perdu sa femme puis sa sœur — la mère de Nixon ? Éprouvait-il la même appréhension que lui ? Refusait-il d'aimer pour ne pas souffrir ?

Bon sang, c'était la première fois qu'il considérait les choses sous cet angle… S'il ne se trompait pas, en l'élevant, Henry avait pu lui transmettre sa peur de se donner entièrement. Car il devait admettre qu'il n'était pas plus affectueux que lui.

Malgré tout, il avait serré Emma dans ses bras tout à l'heure…

Que faire à présent ? Rester son ami sans rien attendre de plus, ou laisser tomber ses défenses pour voir où cela les mènerait ? Aussitôt, son estomac se noua, et il eut l'impression que son cœur cessait de battre, comme pour se protéger. C'était bien plus sage de s'en tenir à leur relation existante. Mais était-ce vraiment ce qu'il souhaitait ?

— Tu vas rester assis là à admirer le sol toute la soirée ?

Il se tourna vers le lit.

— Il faut dire que ce linoléum gris est sacrément joli !

Emma s'esclaffa, et ce rire s'insinua dans des endroits de son corps dont il avait oublié l'existence depuis longtemps. Une chaleur intolérable… Il s'efforça de faire diversion.

— C'est plus facile que de décider quel confrère engager pour le rush de l'été.

— Il serait temps ! Je te rappelle qu'il a commencé il y a une semaine, le jour où celui du printemps s'est terminé.

Elle se tourna sur le côté avec une grimace.

— Nous avons déjà vu passer pas mal de corps brisés, entre ceux qui quittent la route et ceux qui sont pris dans des tempêtes imprévues…

— Hum, je serais curieux de savoir pourquoi les touristes ne s'intéressent jamais aux alertes météo.

Il se leva pour arranger les oreillers dans le dos d'Emma, en bon médecin. Seulement ? Oui, seulement.

— Mon problème, c'est que la jeune femme que je voudrais employer ne restera pas longtemps ; la seule chose qui pourrait la faire accepter pour l'instant, c'est que sa sœur travaille chez nous. Mais je sais qu'elle a une meilleure proposition à Christchurch.

— Les joies d'être chef de service ! Je suis contente de n'être qu'infirmière.

— Tu es plus que ça, à mon avis. Tu te sens comment ?

— J'ai l'impression d'être tombée du Ben Lomond, d'avoir dévalé la montagne et fini dans un ravin, juste comme ton dernier patient cycliste. Ça ne te décourage pas, toi ?

Il sourit.

— La météo prévoit une journée sans vent et des températures agréables. Le temps idéal pour pousser jusqu'à Jack's Point Pass.

Elle secoua la tête avec commisération.

— Tes mollets vont finir par te détester.

Il poussa un soupir exagéré. Il lui aurait bien proposé d'aller pique-niquer avec Rosie un de ces jours, mais cela eût été le début d'une relation… et il ne sortait pas avec ses collègues pour ne pas compliquer sa règle des trois rendez-vous. Il se demandait encore pourquoi il l'avait invitée à dîner, six mois plus tôt. Peut-être parce qu'elle était très belle…

— Tu as décidé où tu dormais cette nuit ?

— Je pense que je vais aller chez mes parents, finalement. En fait, ça m'arrange que maman s'occupe de Rosie, et j'ai envie d'avoir ma famille autour de moi.

Sa famille, pas lui, songea-t-il avec une pointe d'amertume. Ils n'étaient pas assez proches pour tout partager.

— Tu refuserais de rester en ville sans Rosie, n'est-ce pas ?

Elle le regarda, les yeux humides.

— Oui. J'ai besoin de la toucher, ou simplement de la voir. D'être une maman ce soir.

Il refréna son envie de lui prendre les mains pour lui communiquer sa chaleur et sa force parce qu'elle risquait de se méprendre sur son geste.

— Tu as le droit d'être secouée, tu sais ? Personne ne te reprochera le fait que Grace te manque.

Elle hocha lentement la tête.

— En théorie, c'était facile, mais en pratique… De toute façon, il n'y a rien à faire : je ne veux pas d'autre d'enfant. Ma fille est adorable, et je n'ai ni le temps ni l'énergie d'en élever une seconde.

Son regard se perdit par la fenêtre.

C'était une mère incroyable, songea-t-il. Du genre qu'il souhaiterait pour ses propres enfants, si un jour il en avait… Il se prenait parfois à se figurer en train de tenir sa fille dans ses bras, de jouer au ballon avec son fils dans la cour, leur donnant tout l'amour dont il était capable. Quand il aurait trouvé la femme de sa vie, ce qui n'était pas demain la veille… La perte brutale de sa famille adorée lui avait inculqué l'idée qu'il était dangereux d'aimer sans réserve. Autant profiter d'aventures sans lendemain qui se terminaient avant que les sentiments ne s'en mêlent.

Il se secoua. Pour l'instant, il devait se concentrer sur Emma.

— Rosie a de la chance de t'avoir comme maman.

Il sentit son instinct protecteur s'éveiller. Au mauvais moment, comme toujours. Il s'installait, s'amplifiait en… En quoi, exactement ? Le besoin de s'occuper d'Emma ne pouvait pas causer cette sensation d'être penché au-dessus d'une falaise.

Il fallait qu'il sorte de cette pièce tout de suite. Qu'il aille retrouver sa bicyclette et pédale deux bonnes heures. Qu'il transpire, que ses muscles lui fassent mal pour oublier ces pensées qui le rendaient fou.

Mais ses jambes ne lui obéissaient pas, il restait collé à la chaise. Comme pour lui signifier qu'Emma avait besoin de son soutien en ce moment, qu'il ne pouvait tout simplement pas la quitter. Une étrange émotion envahissait son corps entier, son cœur… Non, pas son cœur !

— Elle n'a pas de chance de ne pas avoir de père.

Aussitôt, elle se mordit la lèvre.

— Oublie ce que je viens de dire.

Il se redressa sur sa chaise inconfortable. Aimerait-elle encore ce type, par hasard ?

— Tu as été mariée longtemps ?

— Près de trois ans.

Elle avait parlé d'une voix neutre, détachée. Dissimulait-elle ses sentiments ? S'il ne se trompait pas, une flamme de colère brûlait dans ses yeux.

— Navré, je suis indiscret.

— Pourquoi ? Je suis loin d'être l'unique maman à élever sa fille toute seule, et mon histoire est assez banale. À part qu'Alvin m'a épargné les tracas d'un divorce en se faisant tuer lors d'une bagarre dans un pub.

— Bon sang, tu as dû passer des moments difficiles !

— Tu n'as pas idée.

— Et pourtant, vois ce que tu as fait pour Abbie. Tu es forte, généreuse et pleine d'amour.

Il ne cessait de prononcer ce mot aujourd'hui. Mieux valait changer de sujet pour leur bien à tous les deux.

— Tu préfères rappeler ta mère pour qu'elle vienne te chercher ?

Elle eut un faible sourire.

— Non. Rosie voudrait venir aussi, et elle est déjà assez excitée comme ça. Si ça ne t'ennuie pas de me ramener…

Il se sentit envahi d'un bonheur qu'il n'avait pas ressenti depuis très longtemps, et se trouva pathétique.

— Tu as la permission de sortir tout de suite ?

— C'est moi qui décide. La sage-femme a terminé ses examens et ne me revoit pas avant demain. C'est quand tu veux. Je vais prendre une douche en vitesse et me changer.

Elle se mit en devoir de sortir du lit, souffrant visiblement à chaque mouvement.

Il se leva.

— Pendant ce temps, je vais prendre des nouvelles de mon blessé qui doit être sorti de la salle d'op maintenant. Je reviens dans dix minutes.

— D'accord.

Elle fouillait déjà dans son sac pour chercher des vêtements.

Nixon trouva Cameron, le chirurgien orthopédiste, en train de remplir le dossier de l'intervention.

— Comment va-t-il ?

— Son épaule n'est pas belle à voir, et il lui faudra longtemps pour qu'elle fonctionne normalement. La fracture du crâne est préoccupante, même si je suis certain qu'il n'y a pas de lésion au cerveau. Je le réopère demain pour mettre des broches à la jambe et au bras. Il va avoir une drôle de surprise au réveil…

— Il devrait s'estimer heureux d'être en vie après une telle chute.

Cameron s'étira sur sa chaise et il noua les mains derrière sa tête avec un sourire ironique.

— Vous me donnez du travail, vous, cyclistes. Je deviens expert en fractures de l'épaule en ce moment. Et toi, tu es toujours aussi fou sur ta bicyclette ?

Nixon sourit.

— Ce n'est pas de la folie de descendre une montagne à vélo ! La montée d'adrénaline que ça procure n'a pas d'équivalent.

Il adorait et ne pouvait s'en passer. Un bon moyen de prétendre que tout était pour le mieux dans son monde.

— Ça pourrait bien être un jour ta fin. Ta famille n'est pas inquiète ?

Son confrère essayait-il de fouiner dans sa vie ? Il haussa les épaules.

— Ils ont l'habitude, j'ai toujours été casse-cou.

En réalité, ses cousins avaient d'autres chats à fouetter.

— Tu n'envisages jamais d'arrêter les frais ?

— Si, mais dès que je suis en selle, l'idée disparaît totalement.

Si le pire se produisait, il ne ferait de mal qu'à lui-même, personne n'en serait affecté. Bien entendu, Henry et ses cousins seraient tristes, mais leur existence ne serait pas bouleversée. Il avait choisi de vivre ainsi. Faute d'amour, il avait l'aventure.

— Je maintiens que tu es fou. Trouve un truc moins dangereux, une collection de timbres, le jeu de boules. Ou alors…

Cameron soupira, avertissant ainsi Nixon qu'il n'allait pas aimer la suite.

— … une femme, que tu rentrerais rejoindre tous les soirs après le travail. On peut être aussi accro à ça qu'à n'importe quoi d'autre.

— Les vélos sont moins chers à entretenir.

— Tu ne le penses pas vraiment, tout de même !

Nixon sentit la moutarde lui monter au nez. Bon sang, ce type n'abandonnait donc jamais ?

— Tu as raison, dit-il d'un ton neutre. En réalité, je ne veux m'engager avec personne. Point final.

Il se dirigea vers la porte à grandes enjambées. Emma devait l'attendre. Il marqua un temps d'arrêt : et c'était ce qu'il appelait ne pas s'engager ?

— Nixon ! Tu as cinq minutes ? Allons boire une bière au pub d'en face. Je te promets de ne plus aborder le sujet qui fâche.

— Désolé, j'ai un truc à faire.

Il lut la déception et la contrariété dans les yeux de son confrère. Inutile de se le mettre à dos…

— Je t'assure, je dois emmener Emma chez ses parents.

Cameron n'avait pas intérêt à faire un commentaire… mais c'était Cameron.

— Attention au père et aux frangins… Ils n'aiment pas voir des types tourner autour d'elle !

Puis il replongea le nez dans sa paperasse.

Nixon se sentit congédié. En même temps, il fut rassuré de savoir qu'Emma était protégée. Après ce mari violent, c'était normal que sa famille se renseigne sur les hommes qu'elle fréquentait. Cela ne le concernait pas. Il n'était que son chef de service et un ami qui la raccompagnait.

Alors pourquoi se ruait-il dans l'escalier de la maternité en espérant que sa mère ne soit pas revenue la chercher ?

Si jamais c'était le cas, il pourrait prendre la route avec sa bicyclette et sentir le vent dans ses cheveux…

Oui, mais il voulait être celui qui ramènerait Emma à la ferme de Gibbston Valley ce soir.

Par chance, Cameron n'était pas là pour lire dans ses pensées, sinon il se serait tordu de rire, songea-t-il.

Quand Emma entra dans la salle à manger, elle vit l'immense table rustique qui croulait sous une abondance de plats variés.

— Maman ! J'ai eu un bébé, je n'ai pas couru le marathon !

— Tout le monde est là, dit sa mère comme explication.

Ses frères avec leurs compagnes, donc.

Tant qu'elles ne voulaient pas connaître ses états d'âme, ses futures belles-sœurs ne la dérangeaient pas. Au contraire, elles pourraient tempérer un peu la curiosité des garçons. Nixon avait bavardé durant tout le trajet, lui évitant la peine de parler — mais, si elle avait éprouvé l'envie de se confier, elle était certaine qu'il l'aurait écoutée avec attention. L'inviter à partager leur repas allait de soi. Elle se tourna vers lui.

— Tu restes pour dîner. Pas question que tu refuses, maman peut être très têtue quand elle veut.

Il avait les yeux fixés sur l'étalage de charcuterie et de salades de toute sorte.

— C'est que… Je dois absolument rentrer en ville.

— Tu vas devoir manger, de toute façon, que ce soit ici ou là-bas.

— Mais…

Il semblait se livrer à un dur combat contre son estomac. Enfin, il se tourna vers sa mère.

— D'accord, merci, Kathy.

Bien que l'invitation ne soit pas venue d'elle, sa mère adorait les hôtes imprévus. Elle eut un sourire sincère.

— Vous avez ramené Emma jusqu'ici, c'est la moindre des choses !

Elle semblait ravie, se dit Emma. Mais pas question que sa mère se fasse des illusions. De toute façon, elle n'amènerait un éventuel petit ami que lorsqu'elle serait certaine qu'il résisterait à un interrogatoire en règle. Un coup d'œil à Nixon lui apprit qu'il s'en sortirait haut la main, qu'il l'espérait même, peut-être. Mais il n'était pas un prétendant. Elle ne se remarierait jamais.

Elle regarda sa mère en soupirant.

— Désolée pour le retard, maman, mais j'ai dormi plus longtemps que prévu. Viens, Nixon, je vais te présenter tout le monde.

Il eut un sourire en coin.

— Pourquoi ai-je l'impression que c'est une menace ?

Il la suivit sur la terrasse. Il semblait à l'aise, pas du tout crispé. Elle se sentait plus nerveuse que lui.

— Salut, tout le monde ! Je vous présente Nixon Wright, mon chef de service. C'est lui qui m'a amenée ici.

— Nixon ! hurla Rosie de la balançoire. Tu es venu !

— Eh oui, Rosie, c'est bien moi !

Emma frissonna : les regards pénétrants, les poignées de main viriles, étaient le prélude à un flot de questions et d'épreuves auxquelles tout homme faible succomberait.

Sans broncher ni se départir de son sourire, Nixon salua son père, puis Shaun et Daniel.

— Content de savoir que, s'agissant d'Emma, nous sommes du même côté.

Elle vit des sourires fleurir sur les visages burinés indiquant une complicité typiquement masculine et se sentit de trop. Elle devrait rentrer aider sa mère à la cuisine, où elle se sentirait plus détendue.

Enfin, Daniel lui adressa la parole sans quitter vraiment Nixon du regard.

— Alors, Emma, comment tu te sens ? Tu as mal partout, je suppose ?

— Je suis vannée, mais heureuse de l'avoir fait.

Mieux valait préciser d'entrée. Pour l'instant, c'était le côté physique de l'accouchement qui la tourmentait.

— Bon, je vous laisse, je vais aider maman.

— D'accord. Nixon va sans doute vouloir une bière.

Ses parents avaient beau posséder des vignobles, les hommes préféraient toujours la bière pour l'apéritif.

Quand elle entra dans la cuisine, sa mère vérifia d'abord que Nixon ne l'avait pas suivie.

— Il me plaît, dit-elle ensuite. Il a l'air solide, gentil et honnête.

Emma hésita. Ces qualificatifs en faisaient un être un peu ennuyeux, ce qu'il n'était pas.

— Hum, et un peu casse-cou sur son vélo, apparemment. Et autoritaire quand il le faut.

Et aussi profond, spirituel, solitaire. Et, bon sang... sexy. Mais il resterait un chef amical et attentionné. Si elle se le répétait assez souvent, elle cesserait de s'intéresser à son sex-appeal.

De petites rides apparurent au coin des yeux de sa mère.

— Jusqu'à quel point êtes-vous amis, tous les deux ?

— Laisse tomber, maman. Je suis épuisée. Je veux juste manger et aller me coucher.

Elle n'aspirait qu'à se blottir dans le lit de son enfance, les rideaux bien fermés, la tête enfoncée dans l'oreiller, pour être totalement seule et ne plus avoir à prétendre que sa journée avait été facile. À se repasser le film, examiner toutes les facettes, se pénétrer de la vérité de son acte. Alors, elle pourrait enfin admettre que Grace n'était pas son bébé et qu'elle avait sa propre vie à poursuivre.

Sa mère l'attira contre elle.

— Donne-toi du temps, ma chérie. Tu as traversé une rude épreuve.

— C'est si évident que ça ?

Sa mère eut un sourire en coin.

— Nous te connaissons bien, et... je pense que Nixon aussi.

Encore ! songea-t-elle, découragée.

— En effet, il me paraît plus compréhensif que la moyenne.

— Ce qui en fait un homme précieux. Un véritable trésor.

Elle se dégagea.

— Maman... Il n'a pas sa place dans ma vie, pas plus que moi dans la sienne ; nous sommes trop différents. Sérieusement, j'aimerais que tu cesses d'insister. Je ne suis pas prête pour une nouvelle relation.

Pour l'instant, il lui suffisait de fermer les yeux pour revoir Alvin, le visage congestionné par la rage, en train de lui assener un coup de poing dans l'estomac. Jusqu'à ce que ces images disparaissent, elle ne ferait pas confiance à un autre homme. Toutefois, elle était certaine que Nixon ne lèverait jamais la main sur elle.

— Je ne veux que ton bonheur, ma fille.

— Moi aussi, maman. Et je n'ai pas besoin d'un homme pour être heureuse.

— D'accord, je ne t'en parlerai plus.

Emma sourit, sachant que, pour sa mère, le sujet n'était pas clos. Il n'était que stocké pour un jour prochain…

Durant le repas, elle ne put empêcher que Nixon subisse un feu roulant de questions personnelles auxquelles il répondit sans trop se livrer, ce que son père et ses frères semblèrent accepter. Sans le formuler, ils lui signifiaient qu'il avait droit à sa vie privée tant qu'Emma n'en pâtissait pas. Bien entendu, c'était normal qu'ils s'inquiètent : c'étaient eux qui avaient chassé Alvin de la ville en lui intimant l'ordre de ne plus y remettre les pieds. Elle était navrée pour Nixon, mais c'était à prendre ou à laisser.

En croisant son regard, elle sut qu'il avait reçu le message. Il lui adressa ce sourire qui la troublait tant depuis quelque temps, mais ne fit pas mine de s'avouer vaincu.

Le problème, c'était que ce sourire lui avait occasionné une crispation dans le ventre. Une conséquence de l'accouchement, certainement… Elle repoussa son assiette encore à moitié pleine.

— Je n'ai plus faim.

Shaun cessa de manger pour l'examiner.

— Tu plaisantes ?

— Non. Tout est délicieux, mais je ne peux plus avaler une bouchée.

— Nixon, tu es médecin, tu devrais la soigner ! s'écria Daniel.

L'intéressé avait toujours les yeux fixés sur elle, une lueur perspicace dans le regard.

— Tu ne te sens pas bien ? demanda-t-il.

— À part mon épuisement général, rien de précis. Je crois que je ferais mieux d'aller dormir, mes yeux se ferment tout seuls. Pardon de te laisser tomber, Nixon.

Shaun sourit.

— Nous allons nous occuper de lui.

C'était bien ce qu'elle craignait…

— Si tu préfères rentrer en ville tout de suite, ne te gêne pas, dit-elle en se levant.

— Euh… Je ne voudrais pas être privé de dessert.

La douceur de son sourire provoqua en elle un sentiment de nostalgie presque intolérable. Ce bébé lui manquait tant…

Elle s'efforça de se secouer. Après une bonne nuit de sommeil, elle serait sur pied, plus rien ne la tracasserait.

À travers la brume de fatigue qui emplissait son crâne, elle entendit la voix de son père.

— Tu vois, Emma, il n'a pas froid aux yeux, ton copain !

Merci, papa, songea-t-elle.

— Bonsoir tout le monde, bredouilla-t-elle.

Puis elle se dirigea vers la salle de bains, ignorant les larmes qui ruisselaient sur ses joues. Elle n'aspirait qu'à voir la fin de cette journée longue et difficile.

Et à se réveiller demain matin pour le premier jour du reste de sa vie.

3.

— Elle est rouge, mais très mignonne, comme bébé, tu ne trouves pas, maman ?

Rosie bondissait sur son siège-auto autant que le lui permettait la ceinture de sécurité. Bien que ce soit samedi, Emma l'emmenait à l'école pour une excursion.

— Hum…

Elle réprima un bâillement. Elle avait assez peu dormi, en fait, le vide de son cœur l'ayant éveillée plusieurs fois durant la nuit. Bien sûr, ce bébé serait toujours dans sa vie d'une façon ou d'une autre, mais son âme de mère, peut-être, et son corps, en tout cas, souffraient. Elle savait qu'elle finirait par s'y faire. Pendant sa grossesse, elle avait parlé à d'autres femmes qui avaient vécu la même expérience et lui avaient assuré que la sensation de manque s'estomperait peu à peu pour disparaître au bout de quelques semaines.

Son téléphone sonna l'air de *Jingle Bells*, et Rosie applaudit.

— Le Père Noël va venir m'apporter des cadeaux !

Emma jeta un coup d'œil à l'écran. C'était Nixon. Que lui voulait-il ? Elle se rangea sur le bas-côté.

— Salut, Emma !

— Salut ! Alors, tu es bien rentré, après l'interrogatoire ?

Un grand rire résonna, et des ondes de chaleur envahirent son corps tout entier. Elle dut se concentrer pour écouter la suite.

— Je voulais prendre de tes nouvelles.

— Je vais bien.

— J'espère que tu te reposes. Tu es en congé officiel, je te signale.

— Merci. Mais je suis certaine que je vais m'ennuyer très vite en ma propre compagnie. Bientôt, je pourrai accomplir des tâches légères et à temps partiel.

— Où es-tu, en ce moment ?

— Je vais déposer Rosie à l'école. Elle part en excursion avec sa classe pour voir des lamas.

— Un samedi ?

— C'était prévu pour mercredi dernier, mais le temps ne l'a pas permis. Les enfants étaient si déçus que c'est remis à aujourd'hui. Je suppose qu'ils vont entendre parler du nouveau bébé.

— Et ça ne te dérange pas ?

— Non, de toute façon tout le monde savait que je portais la fille d'Abbie.

Elle fit une pause, hésitante, avant de poursuivre :

— Quand même, je me demande… tu crois que Rosie et Grace sont sœurs ? Pour Abbie et moi, oui, en tout cas.

— Rosie est un peu jeune pour comprendre ce genre de truc !

— Elle a foncé chez Abbie dès notre arrivée, ce matin, impossible de la retenir.

Elle eut un léger rire.

— Tu ne devineras jamais qui il y avait déjà ! Callum, avec l'air d'avoir reçu son cadeau de Noël. Il lui a demandé de l'épouser, et elle a accepté. Tout arrive à la fois pour elle, et j'en suis si heureuse !

Elle soupira. Ce n'était pas de l'envie. Ou peut-être un peu…

— Quelle fantastique nouvelle ! Je savais qu'ils étaient faits l'un pour l'autre.

— C'est vrai. Il est fou de Grace, comme si elle était de lui, ou plutôt… comme s'il avait accouché lui-même.

— Les hommes sont comme ça. Dis-moi, tu seras chez toi à l'heure du déjeuner ? Je travaille ce matin, et j'ai pensé passer pour m'assurer que mon infirmière se rétablissait.

— Je n'ai jamais été malade !

La déception l'envahit : il avait dit « mon infirmière ». Mais, après tout, c'était son patron, et ce n'était pas parce qu'il l'avait conduite chez ses parents et était resté à dîner qu'elle pouvait en attendre autre chose. Ce qui était nouveau, c'était qu'il vienne lui rendre visite. Pourquoi avait-elle tant envie de franchir un pas de plus avec lui ? Une stratégie d'évitement, sans doute. Elle focalisait sa pensée sur lui pour oublier Grace. Peut-être devrait-elle plutôt se concentrer sur la perte qu'elle subissait pour en finir une fois pour toutes et tourner la page.

— Emma ? Tu es toujours là ?

Elle sursauta.

— Oui.

— Tu peux refuser si je te dérange. Sinon…

Il y eut une pause, puis elle crut entendre une profonde inspiration.

— J'ai toujours une épaule disponible si tu en as besoin.

Elle sentit les larmes lui picoter les paupières.

— Merci… D'accord. La sage-femme m'attend à 10 heures, mais je devrais être rentrée à midi. Je me charge du déjeuner.

— Ton appétit est revenu ?

— Tout à fait. J'étais vannée, hier soir.

Une fois de plus, les larmes se mirent à ruisseler tandis qu'elle revoyait Grace dans les bras d'une Abbie rayonnante et Callum qui les regardait d'un air béat. Quand elle était entrée derrière Rosie ce matin, la pièce était emplie d'amour. Une vision de rêve. Mais elle avait le cœur lourd.

— Je dois y aller, Nixon.

— Attends, Emma ! Tu es sûre que tout va bien ?

— Oui, je t'assure ! À tout à l'heure.

Elle coupa l'appel pour éviter qu'il n'insiste. Après avoir déboîté, elle se remit en route en essuyant ses joues du dos de la main. Inutile que Rosie s'aperçoive qu'elle avait pleuré.

— Mme Watson nous a appris à dessiner un chat, hier. Je peux avoir un chat, maman ?

La semaine dernière, c'était un chiot.

— Non, ma chérie, pas d'animaux pour l'instant.

En fait, son cœur n'était pas si lourd. Nixon allait passer chez elle à midi. Il ne la laissait pas tomber après son accouchement. Tant mieux, car elle n'aurait pas aimé qu'il disparaisse de sa vie. Elle adorait son rire, sa façon de parler avec les mains, ses yeux qui s'arrondissaient quand il devenait songeur, ses longues jambes… Mais pourquoi ces pensées ? Ils étaient amis. Peut-être le fait de voir Abbie comblée lui faisait-il désirer une vie plus remplie ?

— Mais j'en veux un ! Pourquoi je ne peux pas l'avoir ?

Que répondre ? Un chat était moins envahissant qu'un chien, et sa fille serait heureuse.

Elle se gara devant le portail.

— Nous en reparlerons. Voilà, nous y sommes.

— Cool, Colleen est là ! s'écria Rosie en désignant un groupe d'enfants excités.

Les deux fillettes étaient devenues inséparables depuis la rentrée. Resteraient-elles amies ? Emma l'espérait.

Elle défit la ceinture de sécurité puis l'aida à descendre avant de lui tendre son sac.

— À tout à l'heure, jeune fille. Tu m'embrasses ?

— Mais vite ! Il faut que je parle à Colleen !

Une fois de plus, les larmes menacèrent. Elle s'accroupit pour entourer Rosie de ses bras.

— Je t'aime, ma chérie. Passe une bonne journée.

— Vite, je veux lui raconter que j'ai vu le bébé !

Voilà, elle devrait s'y faire. Les gens allaient lui jeter des regards furtifs, parler d'elle en bien ou en mal. Si c'étaient des inconnus, cela n'avait pas d'importance, elle le supporterait. Le soutien et l'amitié de Nixon l'y aideraient. L'amitié, encore ce mot…

En regardant sa fille courir à la rencontre de Colleen, elle essuya ses larmes. Décidément, une vraie fontaine !

Pleurait-elle autant après la naissance de Rosie ? Oui, mais l'ombre d'Alvin planait toujours à l'époque. Bien qu'il fût parti depuis trois mois, elle avait toujours peur qu'il réapparaisse pour exiger de voir sa fille ou carrément l'enlever. Elle avait récupéré un peu de sérénité lorsque la police avait sonné chez elle, deux ans auparavant, pour lui annoncer qu'il avait été tué lors d'une rixe.

L'air de *Jingle Bells* retentit de nouveau.

— Nixon ? Tu as oublié que tu venais de m'appeler ?

— Ah, c'est mieux. Tu ne pleures plus.

— Tu me rappelles parce que tu m'as entendue renifler une ou deux fois ?

— Juste pour être sûr. À plus tard.

Elle sourit. Que se passait-il ? En fin de compte, cette excitation qui l'envahissait lui ferait-elle oublier ses hormones ou, au contraire, était-ce son état qui la faisait considérer Nixon comme un homme désirable ? Elle regarda autour d'elle, leva la tête vers le ciel, mais les réponses ne vinrent pas.

Nixon parcourut l'allée et il levait le poing pour frapper à la porte quand celle-ci s'ouvrit. Une musique endiablée émanait de l'intérieur.

— Tu es fan de rock & roll ?

— Attends, je vais baisser le son.

Il eut l'impression qu'elle allait l'embrasser sur la joue, mais elle se recula, rouge comme une pivoine.

Il la suivit jusqu'au petit salon exigu mais coquet où elle tourna le bouton de la chaîne. Il remarqua la raideur de ses épaules et de sa nuque et ses poings serrés.

Elle paraissait fragile. Perdue. Comme si elle ignorait où elle allait. Pas étonnant, après cette aventure…

— Navrée. Je… J'essayais de ne plus entendre certains bruits.

— Les pleurs du bébé d'à côté, par exemple ?

Elle eut un hochement sec de la tête.

— Le remède est sans doute pire que le mal car que je dois l'empêcher de s'endormir.

Voyant sa lèvre inférieure trembler, il eut envie de la prendre dans ses bras pour qu'elle pleure pour de bon contre lui, mais autant ne pas tenter le diable. Il lui tendit le carton à gâteau qu'il apportait.

— Je suis passé à la pâtisserie française. Ça te va ?

Elle eut un faible sourire.

— J'ai du pain *ciabatta* et du jambon. Viens, installons-nous sur la terrasse.

Avec un peu de chance, se dit-il, ils entendraient moins les éventuels pleurs du bébé.

— Parfait. Emma, regarde-moi.

Sa réticence était visible, et il sentit son cœur se serrer. Elle n'avait pas envie de le voir. Il aurait mieux fait de ne pas venir.

— Ne fais pas attention, Nixon, je suis un peu bouleversée. Je suis contente de ta visite. J'ai besoin de gens sains et sensés autour de moi.

Il se sentit soulagé. Il n'était pas sûr que les qualificatifs « sain » et « sensé » lui convenaient mais, si c'était ce qu'elle voulait, il ferait un effort.

Il la suivit du regard pendant qu'elle se dirigeait vers la cuisine. Sa chevelure cuivrée ondulait dans son dos et, soudain, il ressentit pour elle un désir fou. Elle était si belle ! Elle avait de la classe. Elle était fascinante… Mais qu'est-ce qui lui prenait ? D'accord, elle était objectivement séduisante, mais ce n'était pas ce qu'il recherchait chez elle, son amie. Il avait intérêt à reprendre ses esprits, et vite.

Il la rejoignit et croisa son regard.

— Tu sais, inutile de te presser de revenir travailler. Nous nous en tirerons toujours.

Elle eut un rire bizarre, crispé, malheureux.

— Je n'en doute pas mais, comme c'est un peu pénible d'être si près du bébé, il se peut que tu me voies arriver plus tôt que prévu.

— Pourquoi ne pas aller chez tes parents quelques jours ? Je suis sûr que Kathy vous gâterait, Rosie et toi.

Elle soupira.

— Ma famille passe son temps à me soutenir dans les moments difficiles et, cette fois, je préférerais ne pas les ennuyer, me montrer forte. J'ai décidé d'avoir ce bébé pour Abbie, je dois pouvoir supporter ces quelques semaines inconfortables. Ça passera.

— Je comprends, mais mieux vaut ne pas rester seule. Si tu as besoin d'un punching-ball, je suis là.

Devant sa grimace, il se reprocha aussitôt ce terme mal choisi étant donné ce qu'elle avait subi avec son mari…

— Bon, tu vois ce que je veux dire. Viens, allons manger.

Il lui prit le coude pour la guider et, quand elle se tourna vers lui, un parfum de fraise emplit ses narines. Son shampoing, sans doute. Elle lui donna une légère pression sur le bras.

— Que veux-tu boire ?

— De l'eau, ça ira. À moins que tu aies un percolateur ? Le café fort bien noir est mon péché mignon.

Enfin un vrai sourire ! Qui lui était destiné, qui plus est, et l'emplissait de chaleur…

— Tu as vu la taille de ma cuisine ?

Il examina les lieux.

— Si tu te débarrasses du grille-pain et de la bouilloire, et que tu ranges le thé, le café et le sucre ailleurs, tu auras la place.

À présent, ses yeux pétillaient.

— Tu crois que l'investissement en vaut la peine ? Tu comptes venir me voir souvent ?

Il lui sourit en retour, réprimant son envie de répondre une ânerie du genre : « Oui, tous les jours », et agita le carton de pâtisseries.

— Qui sait ? Allons-y. Je croyais que tu mourais de faim ?

— J'ai grignoté quelques biscuits depuis. Pas très diététique, je le crains…

Une fois sur la terrasse, elle le regarda.

— Des trucs intéressants à l'hôpital, ce matin ?

— Non, bizarrement, c'était plutôt calme. Un infarctus, une cheville foulée et quelques fractures.

— En général, c'est mauvais signe. Cet après-midi, ce sera l'enfer.

Elle eut un sourire en coin.

— Appelle-moi si tu as besoin d'aide.

— Tu es sérieuse ?

— Bien sûr que non. Je comprends que je ne dois rien précipiter, mais c'est tellement frustrant ! Ce que je peux faire de plus passionnant, c'est aller au supermarché. Jusqu'à ce que Rosie rentre, en tout cas. Comment se fait-il que tu travailles un samedi ?

— Braden a été obligé d'aller régler une affaire de famille.

Sur une petite table en fer forgé, elle disposa des assiettes avec le pain et le jambon, deux verres dépareillés et une bouteille d'eau dans un seau à glaçons, puis elle s'assit.

— Sers-toi.

— Après toi.

De façon inexplicable, il se sentit soudain mal à l'aise. Comme la première fois où ils avaient bu un thé ensemble durant leur pause.

Mais, à ce moment-là, elle n'était qu'un membre du personnel dont il faisait la connaissance en partageant du café et des petits gâteaux, alors qu'à présent c'était une amie et une collègue géniale.

Et une femme qu'il ne pouvait ignorer, même en s'y efforçant, semblait-il. Une femme malheureuse et troublée, qu'il avait envie de tenir dans ses bras et d'embrasser.

Comme si c'était facile, sans parler des conséquences : une amitié gâchée, un malaise quand ils travailleraient ensemble… Mieux valait oublier.

— Merci, marmonna-t-elle en mordant dans une tranche de *ciabatta*.

Il confectionna un épais sandwich qu'il posa devant elle.

— Mange vraiment.

— Oui, patron, murmura-t-elle.

— Sois patiente, Emma. Il n'y a même pas vingt-quatre heures que tu as accouché, et dans des circonstances très particulières par-dessus le marché.

— Je vais bien, j'essaie de profiter au maximum de ces quelques jours de congé.

Elle tapotait la table du doigt, de plus en plus vite, comme si elle tentait de détruire quelque chose. Lui, pour avoir soulevé le sujet de Grace ? Mais il le fallait, pour qu'elle puisse aller de l'avant.

Il prépara un second sandwich pour lui-même. Il n'espérait plus qu'elle lui explique ce qui la rongeait car elle en était sans doute incapable pour l'instant.

— Tu te souviens du jour où je suis arrivé dans le service ? Quand on nous a amené ces deux jeunes enfants qui avaient soi-disant avalé du détergent, et qui en fait avaient bu du gin volé dans l'armoire de leur mère ?

Elle acquiesça de la tête, mais son air perplexe lui indiqua qu'elle se demandait où il voulait en venir.

— Hum, je me rappelle. Ils hurlaient comme des possédés, et la mère n'avait même pas l'air gêné. Elle semblait juste contrariée que ses enfants aient dérangé le cours de son après-midi.

— Tu m'en as tendu un, tu as gardé l'autre dans tes bras et tu t'es mise à raconter une histoire. Au bout de deux minutes, ils étaient calmés tous les deux et suspendus à tes lèvres.

Déjà, à cette occasion, il avait pensé qu'elle ferait une merveilleuse mère. Il ignorait à l'époque qu'elle avait un enfant.

— Et alors ?

Il ne savait pas trop pourquoi il avait évoqué cette anecdote mais, se l'étant rappelée, il s'était senti obligé de la raconter.

— Quelques jours plus tard, j'ai fait la connaissance de Rosie. Elle était à l'aise, drôle, mignonne, visiblement bien entourée par une maman merveilleuse. J'ai compris alors que ces deux petits avaient vécu un moment particulier avec nous.

— Comme ils devraient en connaître plus souvent.

— Tu les as revus ?

— On est à Queenstown… Tout le monde se connaît par l'intermédiaire du travail, des commerces, de l'école, ou autre. Du moins tous ceux qui sont nés ici.

— Je t'ai déjà vue prendre dans tes bras des patients qui

cessaient de pleurer ou paraissaient moins souffrir ensuite. Fais-toi un gros câlin à toi-même, Emma. Ou alors…

Non, impossible, pas lui. Qui sait où cela pourrait le mener ?

— Je ne veux pas pleurer ! marmonna-t-elle au moment où les larmes jaillissaient.

— Hé ! Qu'est-ce qui t'arrive ?

Par la fenêtre ouverte, il entendit des pleurs de bébé. Emma prit une profonde inspiration, et ses mains se crispèrent sur son sandwich.

— Tu n'as vu Grace qu'une fois aujourd'hui ?

— Oui, ce matin, quand Daniel nous a ramenées de chez mes parents.

— Tu ne veux pas retourner rendre visite à Abbie ?

Bon sang, il ferait mieux de se taire et de ne pas s'en mêler, songea-t-il. Pourtant, c'était pour cette raison qu'il était venu.

— Bien sûr que si ! D'habitude, nous passons sans arrêt d'une maison à l'autre, autant elle que moi. Mais si elle s'imaginait que j'essaie d'attirer l'attention de Grace, ou que je ne peux pas m'en passer, ou… je ne sais pas.

— Quand Rosie est née, tu vivais déjà à côté de chez elle ?

— Oui. À l'époque, Michael était encore là. Sans eux et ma mère, je serais encore en train de chercher comment on change une couche.

— Abbie venait te voir souvent ?

— Oh ! toutes les cinq minutes à peu près…

— Et ça te dérangeait ?

— Bien sûr que non ! J'aurais été contrariée qu'elle ne le fasse pas.

— Eh bien, dans ce cas…

Il lut l'espoir dans ses yeux inquiets, et la vit se redresser.

— Avec toi, tout paraît simple. Merci. Tu as raison, je suis ridicule.

— La situation n'est pas simple. Sois indulgente envers toi-même.

Il se leva et prit l'une des pâtisseries.

— Bien, il faut que j'y retourne.

Elle le regarda.

— Merci de ta visite, Nixon. J'en ai été enchantée.

Lui aussi…

À cet instant, il y eut un crissement de pneus, un choc, un bruit de verre brisé… La musique se tut brusquement.

Quelque chose de terrible venait de se produire.

4.

Déjà sur la pelouse, Nixon regarda vers la rue.

— On dirait qu'un véhicule a heurté quelque chose.

— Comme il n'y a plus de courant, peut-être un poteau électrique.

Saisissant son téléphone, Emma le rejoignit, et ils sortirent dans la rue.

— Attention, il peut y avoir des fils électriques au sol !

En fait, ceux-ci encore attachés se balançaient dans la brise, et le poteau était incliné en un angle bizarre, mais rien de dangereux.

— J'appelle le 111 ! s'écria Emma. Il nous faut du courant, des pompiers et une ambulance, c'est ça ?

Elle était vraiment rapide et compétente, songea-t-il. À cet instant, les hurlements d'un jeune enfant emplirent l'air, lui donnant la chair de poule. Plus de panique que de douleur, semblait-il. Du moins il l'espérait, et il croisa les doigts pour plus de sûreté.

En atteignant le véhicule, il en fit le tour rapidement pour s'assurer qu'aucun fil électrique ne touchait la carrosserie puis il passa la tête à l'intérieur : la femme qui conduisait semblait inconsciente, l'airbag l'écrasant contre le dossier du siège.

— Tout le monde arrive, annonça Emma en revenant. Je m'occupe du petit.

Elle ouvrit la portière arrière et, après avoir vérifié que la ceinture de sécurité avait rempli son office, elle entreprit de sortir l'enfant de la voiture.

Les cris ne cessèrent pas, mais Nixon dut les ignorer pour

s'occuper de la femme. S'il ne crevait pas cet airbag sur-le-champ, elle risquait d'étouffer.

— Que puis-je faire ? demanda Abbie qui les avait rejoints.

— Il me faut un couteau pointu, vite ! cria-t-il par-dessus son épaule.

Elle s'éloigna sans perdre de temps alors qu'Emma tentait de dégager le garçonnet.

— Comment t'appelles-tu ? Moi, c'est Emma.

— Ma maman, je veux ma maman !

— Nixon, le siège est tordu et la boucle coincée. Je crois qu'il faudra aussi un couteau ici…

Nixon chercha le pouls de la carotide de la blessée.

— Des dégâts chez l'enfant ?

— Je ne vois rien, mais il a dû être projeté fort contre la ceinture et il va sans doute avoir mal. Et la mère ?

— Je ne trouve pas de pouls. Ah, si ! Faible et irrégulier.

Abbie revenait, Grace au creux d'un bras.

— Tiens, j'en ai apporté deux, au cas où.

Nixon choisit le plus pointu et perça en plusieurs endroits l'airbag qui se dégonfla. Parfait. Il tint la tête de la conductrice pour qu'elle ne tombe pas en avant d'un coup.

— Emma, je vais avoir besoin de toi !

Elle se battait toujours avec la boucle. Elle regarda son amie.

— Il nous faut de l'aide pour calmer ce petit, Abbie.

— Je m'en charge, vas-y.

— Puis-je faire quelque chose ? demanda une voix masculine.

Jetant un regard à la ronde, Nixon repéra le jeune homme dans la foule qui se rassemblait et lui désigna le couteau.

— Pouvez-vous tenter de défaire cette ceinture, et au besoin, la couper ?

Sans attendre la réponse, il se tourna de nouveau vers Emma et la victime.

— Je ne la déplace pas jusqu'à l'arrivée de l'ambulance. Nous pourrons poser une minerve, mais je veux d'abord l'examiner.

— Je vais passer par l'autre côté.

Il la vit entrer dans l'habitacle en grimaçant de douleur.

— Maintiens-la pour qu'elle ne bouge pas, s'il te plaît.

Il déchira le chemisier et jura entre ses dents. À gauche, la cage thoracique était enfoncée. Probable perforation du poumon…

— Prends son pouls, Nixon ! Je ne sens pas de rythme respiratoire.

De nouveau, il plaça deux doigts sur la carotide.

— Tu as raison, sortons-la d'ici, vite !

— Maman ! Maman ! criait le garçonnet sur un ton désespéré.

Nixon tourna la tête et, croisant le regard angoissé de l'enfant, il perçut sa terreur, revivant alors la sienne comme si ses parents étaient morts hier. D'ailleurs, celui-ci ne comprenait pas qu'il était peut-être en train de perdre sa mère, il ignorait ce que cela signifiait, comment sa vie pouvait en être bouleversée à jamais…

Il fallait absolument qu'il sauve cette femme.

— Efforce-toi de lui tenir la tête droite, je vais chercher du renfort pour la sortir de la voiture.

Annoncé par des sirènes, le véhicule des pompiers fut soudain à côté d'eux et des hommes en émergèrent. Nixon aurait préféré voir les secouristes, mais il n'allait pas faire la fine bouche.

— Salut, les gars, content que vous soyez là !

— Ils doivent avoir une minerve, dit Emma.

Il poussa un soupir de soulagement. Au contraire de lui, elle gardait la tête froide. Bien sûr que les pompiers étaient équipés pour les situations d'urgence !

En un clin d'œil, la patiente fut dehors, étendue sur l'herbe, et il commença les compressions.

Une, deux, trois, quatre. Bon sang, elle devait revenir, pour son fils. Dix, onze, douze. Il ne devait pas grandir sans mère. Trente. Levant les mains, il fit un signe de tête impatient au pompier chargé du ballonnet pour qu'il accélère le rythme.

Un, deux, trois. D'autres sirènes. Six, sept, huit. Pourquoi la jeune femme ne réagissait-elle pas, bon sang ? Son fils la réclamait en pleurant… Vingt et un, vingt-deux.

— Elle a cessé de respirer un peu après notre arrivée.

Emma renseignait les secouristes tout en s'effaçant pour leur laisser le passage.

— Il y a aussi un petit garçon.

Elle prit l'enfant que tenait toujours le jeune homme qui l'avait dégagé de son siège.

— Viens, mon chéri, je t'emmène loin de cette vilaine voiture.

Elle avait raison, se dit Nixon. Inutile que le petit voie sa mère dans cet état. Trente. Il stoppa les compressions pour laisser le pompier envoyer l'oxygène.

— Je sens le pouls ! annonça un second pompier placé à la tête de la blessée.

Le soulagement général fut perceptible. Nixon jeta un coup d'œil vers l'allée où Emma parlait calmement au garçonnet. « C'est fait, mon petit gars, nous avons sauvé ta maman ! », eut-il envie de crier.

Mais la mère était toujours dans un état critique. Il fallait maintenant s'occuper de ses blessures en espérant qu'elle n'ait pas un poumon perforé. D'autant qu'il avait été obligé de pratiquer un massage cardiaque.

En examinant la cage thoracique, il commença à penser que la chance était de son côté.

— Emmenons-la tout de suite à l'hôpital. Il semble qu'elle n'ait pas de côtes cassées comme je l'ai craint au départ, mais il faut nous hâter.

— Nous nous en chargeons, dit l'un des secouristes qui fixait les électrodes du défibrillateur.

— On se retrouve aux urgences, Jeff. Il y a aussi un jeune gars à y transporter.

— Une seconde ambulance arrive.

— Comment va ?

Il tourna la tête. Emma était à côté de lui.

— Très bien. Bon, je dois suivre l'ambulance. À plus tard, Emma.

Il fouilla dans sa poche à la recherche de ses clés.

— Et… tu as été super avec cet enfant.

— Le pauvre… Il s'en tire avec des égratignures, mais le choc sera difficile à surmonter.

Oh ! oui, se dit-il. Et si le pire se produisait, il ne surmonterait rien du tout. Le souvenir d'aujourd'hui resterait dans sa tête et dans son cœur à jamais et serait à la base de tous ses actes futurs.

— Sais-tu si on a contacté le père ? Ou des parents ?

— La police s'en occupe.

Concentré sur la mère, il n'avait pas remarqué l'arrivée des policiers.

— Parfait.

À condition qu'il y ait un père pour prendre son fils en charge, que la jeune femme ne soit pas mère célibataire…

— Tu es sûr que tu vas bien ? demanda-t-elle en fixant sur lui un regard scrutateur.

Avait-elle perçu son angoisse, sa peur ? Sa frénésie à sauver la mère, à épargner à un enfant la douleur et l'horreur qu'il avait subies ? Il espérait que non. Il ne tenait pas à ce qu'on sache ce qu'il endurait, ni à quel point l'idée de perdre un autre être cher le terrorisait. Il ne voulait pas de sa compassion qui risquait d'anéantir tout autre sentiment qu'il pourrait éprouver pour elle.

— Pourquoi en doutes-tu ?

— Je ne sais pas… Tu avais l'air si désespéré en faisant les compressions…

Il se raidit.

— Évidemment ! La vie de cette pauvre femme était dans la balance, il fallait que je la sauve !

— Je comprends bien, mais… je t'ai trouvé particulièrement troublé.

S'il lui racontait son histoire, il n'aurait plus aucune défense. Il lui aurait permis de franchir les barrières qu'il avait érigées, et il serait perdu à jamais.

— Une vie à sauver, ça ne suffit pas ?

— Pas pour moi. Il me semble que tu caches quelque chose. À moi, et peut-être à toi-même.

Sans répondre, il se dirigea vers son véhicule. Il ne songeait qu'à la serrer dans ses bras pour chasser le froid glacial qui s'était insinué en lui, et à tout lui confier. Mais, s'il courait ce risque, il tomberait dans un gouffre profond et maléfique d'où il ne sortirait plus jamais. Généreuse comme elle l'était, elle se donnerait tout entière, et il serait incapable de lui rendre le dixième de ce qu'elle lui offrirait.

Non, il ne serait jamais plus que son ami, un ami proche. Comme amant, elle méritait beaucoup mieux.

Emma regarda Nixon descendre l'allée au pas de charge vers son 4x4 à l'arrière duquel était fixée sa bicyclette. Il fuyait pour éviter ses questions… Pourtant, ne comprenait-il pas à quel point elle se souciait de lui ? Pourquoi ne l'aiderait-elle pas comme il l'avait aidée ? Les amis étaient faits pour cela, non ?

Mais sa peur de se livrer devait être la plus forte.

Il ne se privait pas, lui, de l'interroger sur son passé, sa famille, le père de Rosie, comme s'il avait envie de la connaître mieux. Haussant les épaules, elle traversa la pelouse pour rentrer chez elle. Il ne devait pas s'inquiéter car, même si elle le trouvait sexy et désirable, elle n'irait nulle part avec lui.

En débarrassant la table de la terrasse, elle ressassa sa déception : si Nixon était vraiment un ami proche, il ne serait pas si réservé sur son passé. Bien entendu, il n'y avait que les amants qui n'avaient plus de secrets l'un pour l'autre… Et elle ? Était-elle capable de lui raconter les humiliations qu'Alvin lui avait fait subir et le manque de confiance en elle qui en résultait ? Non. Sans doute parce qu'elle ne l'aimait pas. Elle appréciait sa sollicitude, et se prenait à croire qu'elle souhaiterait avoir un homme dans sa vie…

Elle entendit le bébé pleurer, et ses mamelons se durcirent, la ramenant à la réalité. Elle croisa les bras sur ses seins douloureux.

Elle pouvait leur rendre visite, prendre Grace dans ses bras… Si elle voulait surmonter ce mauvais passage, elle devait oublier un moment Nixon, qu'elle utilisait pour masquer le vide laissé par ce bébé qui n'était pas pour elle. Elle souffrait à cause de Grace, pas de lui. Elle sortit et, pour la première fois, un peu réticente, elle gravit le perron de la maison d'Abbie.

— Salut, comment vas-tu ?

Elle pénétra dans l'appartement, identique au sien mais très différent dans sa décoration. Autant elle aimait le style romantique, autant Abbie préférait le design moderne.

Le regard de son amie était toujours émerveillé.

— Ah, c'est toi ! Incroyable ! Je n'arrive pas encore à croire que j'allaite ma fille.

Emma prit une profonde inspiration pour tenter d'apaiser sa douleur.

— C'est super pour créer le lien. J'ai connu ça quand j'allaitais Rosie, c'est tellement spécial !

— Tu veux la prendre quand j'aurai fini ?

Abbie la scrutait, comme si elle percevait son besoin. Pas étonnant. Comme par enchantement, son trouble disparut.

— Avec plaisir. Et je précise que ça ne me pose aucun problème.

— Je sais, mais prends le temps de te reposer. Et, quand tes émotions te submergent, je suis là, tu peux m'en parler.

Emma réprima un soupir. Qu'avaient-ils tous à la traiter comme une attardée, à lui indiquer quoi faire, où et quand ?

— C'est Nixon qui te contrarie, n'est-ce pas ? J'ai été stupéfaite de le voir arriver, tout à l'heure.

Bien entendu, rien ne lui échappait… Autant détourner la conversation.

— C'est tombé à pic qu'il soit là pour cette femme !

— Et ce pauvre enfant ! J'espère qu'il ne s'est pas rendu compte de l'état de sa mère.

— Moi aussi. Au fait, pardon pour la musique à fond ce matin. J'essayais de me changer les idées.

— J'ai compris. Ne t'en fais pas, ce n'était pas si fort. Que venait faire Nixon ? C'était sa première visite, non ?

Ainsi, Abbie insistait… Elle allait lui river son clou.

— Dis-moi, Callum est parti aux aurores, ce matin !

Elle vit son amie rougir.

— Il est resté hier soir, mais il n'a pas beaucoup dormi, avec la petite qui réclamait toutes les heures !

— Je parie qu'elle n'a pas été l'unique cause de votre manque de sommeil, dit-elle avec son plus beau sourire. On l'a appelé si tôt ?

— Un accident sur le lac Wakana. Deux bateaux qui se sont heurtés en faisant la course.

— Les idiots ! Ils sont vraiment inconscients…

Aux urgences, elles voyaient toute sorte de scénarios, et rien ne les surprenait vraiment. Callum appartenait à l'équipe de l'hélicoptère de sauvetage.

La tétée terminée, Abbie souleva Grace et la posa contre son épaule en lui frottant le dos comme si elle avait fait cela toute sa vie.

— Et Nixon ? Tu ne m'as pas répondu.

Décidément, elle ne lâchait pas prise !

— Il était venu prendre de mes nouvelles. Il a apporté des pâtisseries pour le dessert, c'était gentil de sa part.

Abbie eut un sourire malicieux.

— Oh ! je vois. Son téléphone était en panne… J'espère que tu l'as bien accueilli, au moins.

— Pourquoi ? Ça t'intéresse ? demanda Emma, agacée.

— Figure-toi que oui. Il est temps que tu te trouves un homme, et je n'en connais pas de meilleur que lui.

— Je suis très bien comme je suis. J'ai déjà mon père, Daniel et Shaun pour me casser les pieds et m'expliquer comment gouverner ma vie.

Le sourire d'Abbie s'élargit.

— Oui, évidemment, mais je voulais dire un homme qui partage ton lit, que tu embrasses et à qui tu tiens la main. Je devine que Nixon a tout pour satisfaire une femme.

— Tais-toi, donne-moi plutôt Grace.

Elle prit le bébé qu'elle serra sur sa poitrine douloureuse avec précaution.

Elle vit passer une lueur de malice dans le regard d'Abbie.

— Emma… Tu crois que c'est un bon coup ? Parce que sinon, je ne t'en parlerai plus jamais.

Emma s'esclaffa.

— Plus jamais ? Ça, ça m'étonnerait ! Mais, pour répondre à ta curiosité, il ne se passera rien entre M. Qui-ne-s'engage-pas et moi. Il se consacre à sa carrière quand il n'est pas en train de transpirer sur son vélo. Il n'est pas du genre à venir me voir pour boire un verre de vin.

Pourtant, une heure plus tôt, il était assis sur sa terrasse… Et il répondait toujours présent quand elle avait besoin de lui.

Plus elle parlait, plus elle prenait conscience qu'elle était en train d'exprimer ce qui l'inquiétait chez lui. Elle ne le connaissait pas vraiment. Il paraissait imperméable à tout sentiment, pourtant, il lui offrait son épaule compatissante. Aujourd'hui, il avait compris tout de suite ce qui la troublait. Lui avait-il permis de l'approcher plus que les autres ? Pas assez près, quand même, pour lui expliquer ce qui l'avait angoissé alors qu'il réanimait cette jeune femme. Si elle ne s'était pas retenue, elle l'aurait pris dans ses bras pour le consoler.

Mieux valait oublier ce genre de pensées. Bientôt, quand elle serait remise, elle rirait de sa propre naïveté.

Abbie fronça les sourcils.

— Je me demande… Cette fameuse règle des trois rendez-vous, par exemple… C'est un peu bizarre, pour un type qui paraît capable de compassion. J'ai l'impression qu'il cache quelque chose, et sans doute un truc important.

Mieux valait changer de sujet. Emma caressa le dos du bébé. Elle était si mignonne…

— Merci, Abbie. Je vais tourner la page et cesser d'épier tes moindres gestes avec Grace.

Abbie les prit dans ses bras, elle et sa fille.

— Tu es si généreuse envers ceux que tu aimes, Emma !

Ce qui t'a manqué, à toi, c'est l'amour de l'homme avec qui tu espérais fonder une famille. Nixon ne te fera pas souffrir, j'en mettrai ma main au feu.

— Méfie-toi, tu aurais donné le Bon Dieu sans confession à Alvin avant mon mariage.

Abbie se rembrunit. Emma savait qu'elle se sentait encore mal à l'aise de ne pas avoir compris ce qu'elle subissait. Mais elles n'étaient pas encore voisines à l'époque.

— Mais c'était à moi de te mettre au courant, Abbie. À part ça, je pense que tu as raison. Nixon est adorable.

De nouveau, cette lueur de malice…

— Tu as couché avec lui ?

— Non.

— Mais tu en as envie.

Emma regarda dans le vague, pensive.

— Tu crois qu'on peut avoir une aventure, juste pour le côté physique de l'affaire, sans souffrir ensuite de la séparation ?

— Moi comme toi, non.

— Alors cette conversation est inutile. Nixon est mon patron et ami, rien de plus.

Soudain, elle éprouva une douleur fulgurante à la poitrine. Rien à voir avec ses seins gonflés de lait, plutôt avec un désir nouveau qu'elle ne pouvait nier.

— Emma, ne sois pas si dure avec toi-même, ni envers tous les types qui montrent de l'intérêt pour toi. Regarde-moi ! J'ai pourtant cru que ma vie était finie après la mort de Michael…

Emma regarda Grace toujours blottie contre elle et sourit.

— J'ai Rosie.

Elle n'avait besoin de personne d'autre. Mais il lui arrivait d'aspirer à pouvoir faire confiance à un homme sur qui elle pourrait compter, et qui ne la frapperait pas.

— D'ailleurs, ma vie est assez merveilleuse, en ce moment : j'ai déjeuné sur la terrasse avec un ami, c'est déjà extraordinaire !

Autant oublier son envie de sentir un corps chaud contre elle la nuit, et ce désir qui la tenait parfois éveillée de longues heures… C'était plus prudent.

5.

— Maman, regarde ce que je fais !

Rosie courait en rond en tenant la ficelle du cerf-volant. Emma resserra sa prise sur la barre de contrôle en restant au centre des cercles décrits par sa fille. Soudain, le cerf-volant plongea et s'abaissa vers le sol avant de remonter, soulevé par le vent. L'été avait cédé la place à l'hiver et, durant la nuit, la neige avait recouvert le sommet des Remarkables.

— Tu crois que le Père Noël me voit ?

Rosie, qui virevoltait, la tête rejetée en arrière pour regarder la chenille en papier multicolore, trébucha et atterrit sur les genoux.

— Hé ! Attention !

— Pas de bobo, à mon avis, à entendre son rire.

Emma tourna la tête brusquement.

— Nixon…

— On m'a dit que vous étiez au parc en train de vous éclater. Décidément, cette petite ressemble à sa mère !

— Normal ! Et si elle a hérité de mes bons côtés, c'est tant mieux.

— Hum, je suppose…, dit-il en s'approchant de Rosie pour la relever. Il faut regarder où on met les pieds, mademoiselle.

— Tu m'as vue tomber, Nixon ? Regarde ce que je fais avec le cerf-volant !

Puis elle repartit à travers le parc de toute la vitesse de ses petites jambes, de nouveau le nez levé vers la chenille en papier qui remontait peu à peu.

Nixon partit derrière elle.

— Attends, prends ça ! cria Emma.

Il fit demi-tour pour saisir la barre qu'elle lui tendait. S'efforçant d'ignorer l'onde de chaleur provoquée par le contact de ses doigts, elle le suivit.

— Comment as-tu su que nous étions ici ?

Il hésita puis répondit sans quitter Rosie des yeux.

— Abbie. Je suppose que j'aurais mieux fait de me taire.

— Eh bien, elle va voir de quel bois je me chauffe !

Son indignation était feinte, mais pas question d'admettre qu'elle était heureuse de le voir.

Quand il sourit, elle se sentit fondre.

— Je suis passé chez toi prendre de tes nouvelles.

Rosie s'immisça entre eux.

— Nixon, tu viens pique-niquer avec nous quand j'aurai fini de jouer ?

Il regarda Emma d'un air interrogateur, et celle-ci hocha la tête.

— On a apporté des biscuits au chocolat, précisa Rosie, espérant sans doute le tenter.

Il éclata de rire. Il semblait très insouciant, aujourd'hui, songea Emma.

— Alors je ne peux pas refuser, n'est-ce pas ?

— Super ! s'écria Rosie en repartant avec son cerf-volant.

— Nixon, si ça te convient, je peux travailler quelques matinées à la fin de la semaine. Rien de trop lourd, faire des pansements, soigner les coupures et les hématomes… Sinon, je sens que je vais bientôt commencer à peindre des rayures sur mes murs.

— Tu t'ennuies chez toi ? C'est pour ça que tu es venue au parc ?

— En quelque sorte… Surtout pour échapper aux pleurs de Grace.

Le sourire qu'il esquissait s'effaça aussitôt.

— J'essaie de réprimer mon envie quasi-permanente de pleurer à cause d'Abbie qui peut entrer à l'improviste.

— Tu ressens un manque ?

— Hum. Je m'y attendais, mais c'est dur. La seule chose

qui atténue un peu la souffrance, c'est de voir le bonheur d'Abbie. Je sais que je dois être patiente.

— Tu es sincère avec toi-même, c'est un bon début. Et puis tu as Rosie…

— Sans elle, je serais perdue. J'espère que je ne lui mets pas trop la pression en ce moment pour compenser.

Elle était sincère envers lui aussi : elle lui disait exactement ce qu'elle éprouvait. Alors que ce n'était pas réciproque.

— Elle paraît heureuse de vivre.

Il la regarda avec une sollicitude qui lui réchauffa le cœur.

— Tu sais que tu es épatante ? ajouta-t-il.

« Épatante » vraiment ? Même si elle n'était pas d'accord, elle pouvait accepter le compliment, voire finir par le croire…

— Nixon ! La ficelle s'est accrochée dans un arbre !

— Je vais t'aider ! répondit-il en riant.

Elle adorait son rire, grave et sexy, et il semblait tellement détendu aujourd'hui…

Des adolescents jouaient au ballon ou au frisbee de l'autre côté du bosquet s'il fallait en croire les cris joyeux. De ce côté-ci, des couples déambulaient avec de jeunes enfants, des chiens… Un dimanche après-midi classique, où l'on se distrait tout en s'ennuyant un peu, à vrai dire.

Mais elle était au parc, en train de suivre les mouvements de Nixon et de sa fille.

— Attention, ne le casse pas !

— Tu crois que je ferais ça ?

Le sourire qu'il destina à Rosie était vraiment adorable. Elle eut envie de recevoir le même, et se trouva pitoyable. Il était là, non ?

— Comment s'est passée ta course d'endurance ? demanda-t-elle quand il revint.

Lors de leur déjeuner sur la terrasse, il avait parlé d'une compétition au lac Hawea à laquelle il comptait participer.

— Je me suis gelé, mais régalé. Je suis arrivé neuvième. Le mauvais temps a handicapé pas mal de concurrents.

Il tendit le cerf-volant à Rosie.

— Voilà. Essaie de rester de l'autre côté du parc, où les arbres sont moins hauts.

— D'accord.

En voyant sa fille partir en courant vers le bord de l'eau, Emma frémit et tenta de la rattraper. Le lac Wakatipu, alimenté par un glacier, pouvait être dangereux.

— Rosie, attends-moi ! Ne t'approche pas du bord tant que je ne suis pas avec toi.

— D'accord, maman ! cria sa fille sans ralentir l'allure.

— Rosie, stop !

Nixon s'élança et, rejoignant la petite fille, se mit à bavarder avec elle pour la retarder. Comme s'il avait l'habitude des enfants…

Ce qui n'était sans doute pas le cas, d'après le peu qu'elle savait de lui. C'était donc son charme naturel qui agissait. Autant ne pas s'y laisser prendre.

Nixon regarda Emma qui aidait Rosie à enrouler le cerf-volant. Elle avait beau être en congé, elle était constamment sur la brèche, surveillant, soignant, autant qu'à l'hôpital. Rosie avait bien de la chance… Ainsi que le petit Paddy, dont la maman était tirée d'affaire. La première nuit, il n'avait pas fermé l'œil, revivant sa propre journée de peur et d'angoisse, et il avait été soulagé des nouvelles reçues le matin.

— Au fait, la jeune femme que nous avons réanimée est tirée d'affaire.

— Super ! Et son fils ?

— Il s'appelle Paddy, et son père l'a récupéré à l'arrivée de l'ambulance.

Il était heureux qu'Emma marche près de lui. Comme s'ils formaient un couple. *Encore !* se dit-il. *Quelle drôle de pensée…*

— Qu'il est mignon ! s'écria Rosie en s'avançant vers un labrador.

— Rosie, attention, n'approche pas la main !

Une ombre, un mouvement bref… Nixon se retourna d'un bond pour apercevoir un frisbee qui allait heurter Emma !

— Attention ! hurla-t-il en levant le bras pour l'attraper.

Furieux, il le renvoya à l'ado qui l'avait lancé.

— Cette allée est pleine de monde ! Vous ne pouvez pas jouer ailleurs ?

Il suivait des yeux le garçon qui s'éloignait sans répondre quand il perçut un gémissement derrière lui.

— Non ! Je ne l'ai pas fait exprès ! Pardon !

Une voix haut perchée, apeurée… Il se retourna et, stupéfait, vit Emma se recroqueviller, les bras autour de son corps, le regard suppliant.

— Je t'en prie, ne me frappe pas !

Il expira tout l'air contenu dans ses poumons. Ce salaud avait fait du beau travail…

Sans penser à rien d'autre, il s'approcha dans l'intention de l'attirer contre lui pour la rassurer, mais elle recula, trébucha, reprit son équilibre, tout cela sans un regard pour lui.

— Emma, c'est moi, Nixon. Je ne te ferai aucun mal. Regarde-moi, je t'en prie !

Malgré la rage qui bouillonnait en lui, il s'efforçait de rester immobile, les bras le long du corps.

Elle releva lentement la tête, et la terreur qu'il lut sur son visage crispé lui noua le ventre. Enfin, elle parut s'éveiller d'un cauchemar et le scruta, les sourcils froncés.

— Désolée, Nixon. Cela m'arrive encore quelquefois… En voyant ta main levée, j'ai réagi d'instinct. J'essaye de me maîtriser, mais ça ne fonctionne pas toujours.

— Maintenant, puis-je te prendre dans mes bras ?

— Tu en as envie ?

Il voulait de toute son âme la protéger, et il la serra contre lui, le menton posé sur son crâne tandis qu'elle pleurait contre son épaule. Voilà ce que son ex-mari lui avait fait. Il n'était pas mécontent que le père d'Emma et ses frères lui aient flanqué une raclée.

— Ce réflexe t'a été utile, par le passé ?

— Non. Il était trop rapide pour moi. C'était préférable de le laisser frapper tout de suite que de l'énerver davantage. Alors quand j'ai vu ta main qui se levait dans ma direction…

Sa chemise fut rapidement trempée.

— Tu as dû passer des moments atroces.

— Maman, moi aussi je veux un câlin !

Emma se dégagea aussitôt de ses bras.

— Rosie ! Bien sûr, mon cœur !

Il se baissa pour soulever cette fillette à laquelle il s'attachait peu à peu, et ils restèrent tous trois enlacés, liés par la sollicitude et… non, pas le mot « amour ». Il n'en était pas question. C'était dangereux d'aimer, surtout ces deux-là, qui l'attiraient peut-être pour mieux le piéger. Il les aimait bien, un point c'est tout.

Un instant plus tard, après un léger baiser sur le front d'Emma, il réussit à s'écarter, laissant la mère et la fille enlacées tendrement.

— Pourquoi tu pleures, maman ?

— J'ai une poussière dans l'œil, ma chérie, répondit-elle avec un sourire brave.

Elle reposa Rosie sur ses pieds puis contempla le lac, les arbres, les groupes de promeneurs. Pas un regard pour lui.

Il sentit son cœur se serrer. Pourquoi l'évitait-elle ? Peut-être parce qu'il l'avait vue hors de son état normal ? Elle devait être gênée…

— Veux-tu rentrer, à présent, Emma ?

Rosie bondit entre eux.

— Et le pique-nique ? J'ai faim, moi !

Emma caressa la tête de sa fille en souriant.

— Tu as toujours faim !

Enfin, elle plongea les yeux dans les siens, et il respira plus librement.

— On a aussi des bananes et des pommes, et du jus d'orange.

Retournons les chercher à la voiture. Si ça te convient, tu es le bienvenu. Mais je comprendrais que tu aies changé d'avis.

— Drôle d'idée ! Tu crois que je vais perdre tout intérêt à ta compagnie ? Je suis toujours prêt à t'écouter, si tu veux encore parler de ce qui t'est arrivé.

— C'est difficile, tu sais…

— J'imagine, mais je ne suis pas n'importe qui, ou bien si ?

Elle lui jeta un regard en coin.

— Tu estimes que je peux te donner des détails alors que tu n'as pas voulu m'expliquer ce qui t'a tant troublé le jour de l'accident ?

Ses yeux s'arrondirent de stupeur.

— Je suis plus doué pour écouter que pour parler…

— Et moi, je ne me confie pas à quelqu'un qui refuse de partager ce qu'il a vécu. Je pensais que nous étions amis, Nixon.

Il avait beau s'efforcer de se mettre en colère, il n'y parvenait pas puisque c'était la vérité.

— Je suis incapable d'exprimer mes émotions verbalement.

Comme Henry, peut-être, songea-t-il. D'où lui était venue cette idée ? Était-ce seulement vrai ?

— Eh bien, pour moi, le résultat est le même. Navrée, mais c'est donnant donnant.

Elle appuya sur la commande qui déverrouillait ses portières de voiture puis lui fit face.

— Je ne peux pas accepter ça, Nixon. Je mets longtemps à accorder ma confiance et j'ai besoin que ce soit réciproque.

— Mais j'ai confiance en toi, Emma !

Il avait parlé sans réfléchir, comme s'il s'agissait d'une évidence, et en fut le premier surpris.

— Alors dis-moi pourquoi c'était vital pour toi de sauver cette femme. Et ne me fais pas croire que tu n'as fait que ton métier.

Impossible de parler. Rien ne sortait. Bon sang !

— Je vois…, lança-t-elle d'un ton sec.

Elle sortit un panier du coffre qu'elle referma, verrouilla les portières et tendit la main à sa fille.

— Viens, Rosie, allons au bord du lac.

— Nixon, on fait la course ? demanda la fillette.

Emma partit d'un pas décidé, sans s'occuper de lui. Impossible de détacher les yeux de ce dos raide, de ces petits pas rapides…

Il faillit la rejoindre puis y renonça. Ni bananes ni biscuits au chocolat n'arrangeraient les choses. Mieux valait réfléchir avant de faire une promesse qu'il ne pourrait tenir.

Il ressentit une douleur fulgurante dans la poitrine, comme si son cœur venait de se fendre en deux. Il ne s'agissait pourtant pas d'amour, un sentiment qu'il était incapable d'éprouver.

Il se dirigea vers son 4x4. Peut-être qu'au bout d'un certain temps ils oublieraient cet incident et redeviendraient amis. Bientôt. Le seul problème, c'était qu'il la désirait comme un fou. Il était attiré par ce corps aux courbes généreuses, par les cheveux cuivrés tombant jusqu'à la taille, et par la variété d'expressions de son visage mobile. Oui, il désirait Emma Hayes comme aucune femme auparavant. Amis ? Foutaises. Ce temps-là était révolu.

Par-dessus son épaule, Emma vit Nixon courir vers son 4x4. Il n'avait même pas pris le temps de dire au revoir à Rosie qui n'y était pour rien.

Elle non plus, dans le fond. Elle s'était bornée à être franche avec lui.

Elle réprima son envie de pleurer, de lui crier qu'il avait tort de tout garder pour lui. Elle était presque sûre qu'il n'avait jamais parlé à personne de ce qui le rongeait. Et qu'elle n'avait pas rêvé cette souffrance et cette détermination dans ses yeux pendant qu'il réanimait cette femme.

Sous le coup d'une intuition soudaine, elle éprouva un pincement douloureux : avait-il perdu sa mère quand il était enfant ?

C'était cela, elle en était sûre ! Peut-être pas sa mère, mais son père, ou quelqu'un de très proche. Oui, son visage crispé d'horreur évoquait la perte, une perte qu'il voulait éviter à Paddy de subir. Il avait ramené sa mère à la vie… et même, paraît-il, donné son sang pour elle.

— Tu serres trop fort ! protesta Rosie en remuant les doigts pour se dégager.

— Pardon, mon cœur. Toutes les tables sont occupées, asseyons-nous sur l'herbe.

Elle entendit un moteur ronfler, sans doute celui de la voiture de Nixon, et Rosie, déconcertée, secoua la tête.

— Nixon s'en va, maman ? Il n'aime pas le chocolat ?

— Tant mieux, nous mangerons sa part.

Si seulement la vie était aussi simple…

— Je pourrais appeler mon petit chien Nixon ?

Malgré son humeur sombre, Emma éclata de rire.

— Tu n'as pas de petit chien, ma chérie.

— Un jour, j'en aurai un.

Décidément, sa fille était aussi têtue qu'elle au même âge… Mais où était sa propre volonté, à présent ? Nixon était décidé à la tenir à l'écart de sa vie et se comportait en même temps comme s'il ne supportait pas de rester loin d'elle. Que se passait-il entre eux ?

Demain, peut-être, elle passerait à l'hôpital et lui présenterait ses excuses pour avoir soulevé un sujet apparemment très pénible. Puis elle reprendrait son rôle de mère, et, à la fin de la semaine, la routine se serait sans doute réinstallée… Ses seins ne lui feraient plus mal, et son esprit redeviendrait rationnel.

Son désir de Nixon s'éteindrait, et elle recouvrerait son calme et sa sérénité.

Et peut-être aussi sa confiance en elle. Parfait, sa détermination était revenue, et c'était une bonne chose. Alors, pourquoi avait-elle envie de pleurer et de rire à la fois ? Maudites hormones ! En réalité, elles n'avaient pas encore cédé un pouce de terrain.

6.

— Chic ! Je rentre dans mon ancienne tenue de bloc !

Emma se mit à rire, ignorant le tissu tendu sur ses seins et la ceinture qui la serrait. Un rire un peu forcé, mais il fallait bien commencer la journée sur une note joyeuse.

Sa collègue, Stephanie, s'esclaffa.

— Tu n'as jamais été énorme pendant ta grossesse. On avait du mal à croire que tu étais enceinte !

— Merci ! Tu sais que j'ai vraiment envie de travailler ?

En évitant Nixon au maximum…

Elle n'était peut-être pas très prudente, car cinq jours à peine s'étaient écoulés depuis l'accouchement. Mais c'était si bien de ne plus être enfermée entre ces satanés murs auxquels elle avait envie de grimper.

Stephanie la regarda d'un air inquiet.

— Attention, Emma, ne te mets pas à courir partout comme une folle. Tu es certaine d'être prête ? Je ne parle pas que de l'effort physique.

— Ce serait mieux de ne pas me confier de bébés pendant quelques jours. Je risquerais d'éclater en sanglots à cause des hormones. Chaque fois que je crois aller mieux, elles me jouent un tour.

— Tu seras au triage. Il ne t'arrivera rien de trop grave, et tu n'auras pas de poids à porter ni de fauteuil roulant à pousser.

— Bien, chef ! lança-t-elle avec un salut militaire.

Elle scruta le service dans l'espoir d'apercevoir Nixon, tout en tendant l'oreille pour distinguer sa voix grave.

— Salut, Emma ! Tu es sûre d'être en forme si vite ? demanda une jeune collègue.

— Je ne pourrais pas courir le cent mètres haies mais, sinon, ça va bien, merci.

— Difficile de croire que tu viens d'avoir un bébé, dit une autre. Tu es si mince et séduisante…

— OK, merci à toutes. On se met au travail ?

Elle consulta le tableau blanc où étaient inscrits les noms des patients.

— Votre attention, s'il vous plaît !

Nixon venait de sortir de son bureau, l'air grave.

— Un accident au nord de Wanaka. Camping-car contre véhicule de tourisme, les premiers blessés seront là dans une trentaine de minutes.

— Combien ? demanda Emma.

— Les deux passagers de la voiture sont dans un état critique. Un arrive en hélico, l'autre en ambulance. Pour les autres, les rapports parlent de plusieurs fractures aux bras et d'une possible fracture du crâne.

Il la regardait dans les yeux, et elle eut l'impression qu'il ne s'adressait qu'à elle. Mais elle se trompait sans doute. En tout cas, il ne semblait pas lui tenir rigueur de ses propos d'hier, ce qui la soulagea. Ignorant le frémissement de son ventre, elle se concentra sur les détails techniques qu'il donnait.

Pourtant, il était superbe avec cette barbe naissante qui bleuissait son menton… Elle frissonna de désir. Elle s'était leurrée en pensant que cette envie de lui disparaîtrait quand la routine aurait repris. Elle le voulait, tout entier. Telle était sa nouvelle réalité.

— Emma ?

Cette fois, pas de doute, c'était à elle qu'il s'adressait.

— Ravi de te revoir ici. Tu es certaine de tenir le choc ?

— Je préfère m'activer plutôt que de tourner chez moi comme un fauve en cage.

Elle jeta un regard à la ronde. Son univers avait beau être sens dessus dessous en ce moment, ici, elle savait qui elle était et ce qu'on attendait d'elle. Par ailleurs, en dépit de leur brouille, elle était heureuse de voir Nixon.

— N'en fais pas trop, promis ?

Il s'approcha, les yeux toujours dans les siens, et elle soupira avant de se tourner vers ses collègues pour briser le charme.

— Je pense qu'Abbie va amener Grace aujourd'hui pour vous la présenter. Si elle n'est pas grognon, mais c'est rarement le cas.

— Je suis si impatiente ! s'écria Stephanie. Nous avons fait une collecte pour lui offrir des affaires de bébé.

Une sonnerie annonça l'arrivée de l'hélicoptère, et Emma se détourna pour essuyer discrètement deux larmes.

— Bien, mettons-nous au travail ! dit-elle.

Nixon s'approcha.

— Emma, à propos de dimanche…

— Je te demande pardon, j'ai exagéré. Ce serait dommage que nous nous fâchions.

Dans ses yeux, elle lut un immense soulagement.

— Content que tu le comprennes. J'aurais détesté que nos relations soient tendues ici.

Ce n'était pas ce qu'elle avait voulu dire ! Elle se sentit très déçue.

— Pas de souci. Je ne risquerais pas de perdre un métier que j'adore pour des confidences que tu refuses de me faire.

Elle le vit se renfrogner.

— Bien, j'y vais, notre premier patient est là.

Elle fut bientôt au triage, à distinguer des os cassés, des fièvres, des angines de poitrine et une probable commotion.

Si elle souhaitait que son travail soit une distraction, elle fut comblée. À la fin de son service, quatre heures plus tard, elle était épuisée.

— Ça m'ennuie de l'admettre, mais je n'aurais pas tenu une heure de plus ! dit-elle à Nixon.

Il haussa les sourcils.

— Tu m’étonnes ! Tu vas donc rentrer volontiers entre les quatre murs que tu as tant envie de détruire.

Il pencha la tête pour regarder un Père Noël qu’on amenait sur un brancard.

Elle suivit son regard.

— Oh ! monsieur Rodgers ! Vous avez escaladé trop de cheminées ?

Du coup, elle allait rester un peu pour aider cet homme qu’elle connaissait depuis toujours.

— J’ai glissé pendant que je distribuais les cadeaux à l’école primaire.

— Ah, c’était vous qui étiez à l’école de Rosie, aujourd’hui ? Elle était tellement excitée, ce matin, que je n’ai rien pu lui faire avaler.

Elle prit des ciseaux pour découper le pantalon rouge autour d’une cheville très enflée.

— Qui vous a remplacé ?

— L’un des professeurs, en expliquant que tous les autres assistants du Père Noël étaient occupés. Les enfants n’ont pas protesté.

M. Rodgers semblait plutôt amusé de sa maladresse, sauf quand il grimaçait en bougeant la cheville, ce qu’il faisait souvent.

— Vous êtes toujours aussi agité ?

— Hum, comme si j’avais des fourmis partout. Ça fait un petit moment, maintenant. Le pire, c’est la nuit. Ma femme me menace d’émigrer dans la chambre d’amis.

Nixon leva la tête, les sourcils froncés.

— Puisque je vous tiens, je vais faire quelques analyses. Vous sentez-vous engourdi quelque part ?

Une brève lueur d’inquiétude passa dans le regard du vieil homme.

— Non, sauf que j’ai du mal à me redresser le matin. Mais je deviens vieux, c’est tout.

Emma frissonna. Nixon suspectait-il la maladie de Parkinson ?

Elle croisa les doigts pour cet homme adorable et arrangea les oreillers de son lit.

— Voilà, monsieur Rodgers. Le Dr Wright va vous examiner.

Nixon la regarda.

— Il faut l'emmener faire des radios. Veux-tu appeler un aide-soignant, Emma ? Ensuite, tu peux rentrer chez toi.

— D'accord. Ménagez-vous, monsieur Rodgers. Voulez-vous que j'appelle votre femme pour la prévenir que vous ne rentrez pas tout de suite ?

— Inutile, elle est partie à Auckland voir ses petits-enfants et acheter les cadeaux de Noël. Je pense que j'aurai besoin d'un assistant pour les distribuer !

Son sourire était triste, songea-t-elle.

— Vous pouvez aussi l'appeler vous-même, intervint Nixon.

— Laissez tomber pour le moment. Examinez-moi d'abord.

Nixon semblait aussi perplexe qu'elle. Leur patient avait quelque chose qui ne tournait pas rond mais, s'il ne voulait pas que sa femme le sache, qu'y pouvaient-ils ?

Il se tourna vers elle en faisant la moue.

— L'aide-soignant, et ensuite, à la maison, murmura-t-il.

Elle s'éloigna, le ventre en feu. Comment des lèvres pouvaient-elles lui faire cet effet ? Elle ne les avait même jamais embrassées, ni touchées…

Nixon poussait sur ses jambes, et la bicyclette avalait les vingt-cinq kilomètres jusqu'à Glenorchy. La sueur lui piquait les yeux et collait son T-shirt à son corps.

À sa gauche, les vaguelettes du lac Wakatipu scintillaient sous le soleil de la fin d'après-midi et, dans le lointain, deux planches à voile glissaient sur l'eau.

Un décor idyllique. Il ne regrettait pas d'être venu s'installer à Queenstown, la capitale mondiale du tourisme d'aventure.

Une voiture le doubla, le rétroviseur passant tout près de

son coude. Il brandit le poing en jurant à haute voix, chose inhabituelle chez lui.

Mais, bon sang, cela le soulageait d'une partie du poids qui s'était abattu sur ses épaules lorsque Emma était entrée dans le service ce matin. Depuis dimanche, il se repassait en boucle leur conversation au parc, et avait du mal à dormir. À quoi bon lui expliquer ce qui le tourmentait ? Il avait passé trente et un ans sans évoquer la mort de ses parents, pourquoi le ferait-il maintenant ? Cependant, il avait l'impression qu'il devait se confier pour aller de l'avant… Et s'il y avait quelqu'un à qui il pouvait parler, c'était à elle. Elle comprendrait ce qui l'avait poussé à se garder de l'amour. Ou peut-être pas, puisque les moments difficiles qu'elle avait vécus ne l'empêchaient pas d'être une femme aimante.

Il forçait de plus en plus pour que ses muscles lui fassent mal et que son cœur se taise. En vain, Emma était toujours présente dans ses pensées.

Plus fort. Son corps n'était pas encore assez martyrisé.

Alors qu'il prenait un long virage serré, il aperçut les premières maisons de Glenorchy. Il consulta sa montre et son moral remonta aussitôt : pas mal !

Mais la sonnerie de son téléphone le ramena sur terre. Freinant à fond, il s'arrêta en dérapant dans une gerbe de graviers.

— Allô ?

— C'est Cameron. La cheville de M. Rodgers est rafistolée. Yanky ira le voir demain quand il sera remis de l'opération.

— Donc tu es de mon avis, le neurologue a son mot à dire ?

— Hum, tu soupçonnes Parkinson ? Moi aussi.

— La cause de sa chute, sans doute, mais il refuse de se l'avouer.

— Un sacré personnage, non ?

— C'est vrai. À part ça ?

Cameron ne lui aurait pas téléphoné juste pour donner des nouvelles de leur patient.

— J'ai terminé pour ce soir. Tu as envie d'une bière ?

Nixon eut aussitôt l'eau à la bouche.

— Oui, j'en boirais bien une si je n'étais pas à Glenorchy sur mon vélo.

Il hésita. Il ne sortait pas trop avec ses collègues, mais puisque même le sport d'endurance ne l'aidait pas à se sortir Emma de la tête…

— Donne-moi une demi-heure. Où puis-je te retrouver ?

— Au Cochon qui a soif. Yanky m'accompagne.

— D'accord. Je t'avertis, je ne sentirai pas bon.

Après avoir rangé le téléphone dans sa pochette, il se remit en route, séduit par la perspective d'une bonne bière fraîche, l'idéal après un effort physique sous cette chaleur. Et cela le distrairait d'Emma. Depuis peu, il avait remarqué que voir des collègues en dehors du travail lui donnait un sentiment d'appartenance plutôt agréable. Il lui avait fallu un an mais, finalement, il devenait plus sociable en se forçant un peu. La magie de Queenstown fonctionnait, lui montrait qu'il existait autre chose dans la vie qu'une carrière, une bicyclette ou un oncle taciturne. La magie de Queenstown, ou celle d'Emma ?

La roue avant tangua dangereusement, et il lutta pour redresser avant de passer par-dessus le guidon. Une autre question revenait, lancinante : était-ce Henry qui lui avait enseigné la méfiance ?

Bon, inutile de se torturer la cervelle. Il y avait une bière à la clé, il devait se concentrer sur la route s'il voulait la boire.

— Tiens !

Cameron lui tendit une bouteille couverte de buée, et il but une longue goulée.

— Du pur nectar ! Il fait chaud, dehors.

— Surtout quand tu pédales comme un malade. Pourquoi

t'acharnes-tu ainsi ? Il y a tant de façons de garder la forme sans s'échiner sur une selle et deux pneus tellement minces qu'ils semblent incapables de porter ton poids !

Il ouvrit la bouche pour répliquer vertement, mais n'en eut pas le temps.

— Il a commencé à faire du vol de cerf-volant, intervint Yanky, mi-figue mi-raisin.

La bière se coinça dans la gorge de Nixon.

— Pardon ?

— Pardon ? répéta Cameron, qui éclata de rire. Un cerf-volant ? Ces trucs attachés à une ficelle qui s'envolent pour mieux s'écraser ensuite ? Pour de vrai ?

— Je l'ai vu, reprit Yanky, imperturbable. À l'autre bout de la corde, il y avait une petite fille.

Nixon ne savait plus où se mettre. S'il feignait de recevoir un texto disant qu'on l'attendait d'urgence à l'hôpital ?

— Je savais que j'avais raison d'éviter de sortir avec mes confrères !

Cameron ébaucha un sourire.

— Serait-ce par hasard une fillette aux boucles brunes qui a une mère épatante ? Bon, c'est ta tournée, à présent, Nixon.

Nixon se leva, hésitant entre s'en aller ou commander des bières. La bière l'emporta, parce qu'il mourait de soif et qu'il n'avait pas envie de rentrer dans une maison vide. Il sortit son portefeuille et se dirigea vers le bar.

Quand il revint, il comprit à leurs airs goguenards que ses collègues n'en avaient pas fini avec lui.

— Emma Hayes, hein ? lança Cameron.

— Il y a longtemps que tu sors avec elle ? insista Yanky.

— Je ne sors pas avec elle.

Pourtant, quand Abbie avait dit qu'elle était au parc, il s'était précipité… Pour vérifier qu'elle était en état de revenir travailler ? C'était lui qui était malade, sujet à des accès de fièvre. À commencer par le soir où il l'avait raccompagnée dans sa famille. Ou était-ce pendant qu'il était assis à son chevet pour la regarder dormir ? Ou même depuis le jour où elle avait pleuré sur son épaule ?

— Dans ce cas, tu as tort. C'est une grande dame, et vous allez bien ensemble.

Il se leva d'un bond.

— Je ne suis pas d'accord. Elle mérite mieux que moi.

Cameron lui saisit la main pour le retenir.

— Navré, mec, on te charrie. Mais, si tu veux mon avis, tu te sous-estimes. Elle a besoin de patience, d'attention et de compréhension.

— Oui, de la part d'un type plus stable que moi.

— Il paraît que son père et ses frères ne t'ont pas jeté dehors, la semaine dernière. C'est bon signe.

Oh ! non, se dit-il, tout le monde était au courant de tout, dans cette ville ! Eh bien, puisqu'il y était, il allait en profiter pour se renseigner.

— Vous connaissiez son ex ?

— Je l'ai recousu une fois, après une bagarre où il n'avait pas eu le dessus et je n'ai pas été surpris d'apprendre qu'il avait été tué dans une rixe. Il devenait vraiment cinglé quand les frères d'Emma l'ont chassé de la ville. Ils l'en ont débarrassée à temps.

Le cœur de Nixon chavira. Il savait qu'elle avait subi des sévices, mais y avait-il eu plus grave ?

En fin de compte, ses confrères avaient poussé le bouchon un peu loin au début, mais il s'apercevait qu'il n'en était plus ni contrarié ni offensé. C'était agréable de parler d'Emma et d'apprendre que beaucoup de gens l'appréciaient. Le bon côté des petites villes sans doute.

Il se sentait soulagé de ne pas être seul à l'épauler. Cameron et Yanky, Abbie et son mari, sa famille, et sans doute d'autres qu'il ne connaissait pas, l'avaient soutenue dans les pires moments.

Lui-même ne pouvait s'empêcher d'avoir envie de la protéger. De se sentir obligé d'être à la hauteur, comme avec ses patients et ses confrères.

Ridicule ! Elle n'avait besoin de personne, en fait. Elle était assez forte pour se débrouiller seule.

7.

Emma se traîna jusqu'à la voiture, verrouilla les portières et ouvrit une vitre pour rafraîchir l'habitacle. Elle avait besoin de souffler une minute avant de démarrer. Son premier vendredi depuis qu'elle avait repris… Et particulièrement dur, deux services de quatre heures, mais elle avait enfin devant elle la perspective du week-end.

Finalement, les émotions qui la perturbaient depuis son accouchement n'étaient pas les pires à combattre.

Elle se sentait prisonnière de désirs inattendus qui lui faisaient espérer un avenir différent. C'était parfois difficile d'élever Rosie toute seule, sans personne pour partager les joies et les peines du quotidien, mais elle avait chaque jour de nouvelles aspirations. En se jurant de ne plus jamais partager la vie d'un homme, elle s'était leurrée. Peu à peu, une envie d'amour partagé et d'autres enfants se faisait sentir. Inconfortable, déconcertante… voire inquiétante.

— Attends une minute, Emma ! Pas trop fatiguée ?

Elle se tourna d'un coup en entendant la voix de Nixon. Il haletait comme s'il avait couru et semblait soucieux.

— Pas du tout, je suis en pleine forme !

Il secoua la tête.

— Avec moi, ça ne prend pas.

Pas étonnant, songea-t-elle. Elle s'efforça de sourire.

— Je suis revenue travailler un peu trop tôt, mais que pouvais-je faire d'autre ? Je serais devenue folle si j'avais dû rester chez moi toute la semaine. En revanche, je vais apprécier le week-end.

— C'est pour ça que je suis là. J'ai pensé que je devais insister pour que tu te reposes.

Elle se redressa sur son siège.

— Physiquement, ça va, c'est mon esprit qui ne trouve pas le repos. J'aurais plutôt besoin de distractions. Si tu avais des choses intéressantes à me proposer, ce serait certainement plus bénéfique.

— Dans ce cas, qu'as-tu prévu demain matin avec Rosie ?

— Rien, elle passe la nuit chez une amie dont les parents la récupèrent avec leur fille à l'école tout à l'heure, et elle reste chez eux samedi pour une fête d'anniversaire. Moi, je compte ranger, passer l'aspirateur et faire les courses. Des trucs passionnants…

Elle sourit pour ne pas avoir l'air trop pitoyable.

— Tu aimes prendre l'avion ?

— Pas vraiment. Les jumbo-jets ne font que m'emmener très vite où je veux.

— Je parle d'avion de tourisme. J'irais bien faire un tour au-dessus de Milford Sound.

Il semblait plus détendu à présent.

— Tu plaisantes ?

Elle, qui était née ici, n'avait jamais survolé sa ville natale d'en haut. Ni ce fjord et ces cascades spectaculaires qui se jettent dans le lac et que les touristes du monde entier venaient admirer. L'idée était si excitante qu'elle sentit son sang couler plus vite dans ses veines. Une balade en avion, avec Nixon… si excitant lui aussi.

— Et pourquoi crois-tu que je plaisante ?

— Le plus petit appareil volant dans lequel je suis montée, c'était un hélicoptère Robinson pour mon vingtième anniversaire, en Tasmanie. Je sens que je vais adorer ça.

— Je passerai te chercher à 8 heures demain matin. J'ai vérifié la météo, le temps sera idéal.

— D'accord.

Elle recouvra d'un coup toute son énergie.

— Que dois-je apporter, à part mon téléphone pour prendre des photos ?

— Une veste légère. Il fera plus frais dans les montagnes. Tu n'as pas peur en avion, n'est-ce pas ?

— Non.

Il se recula.

— À demain matin. Dommage que Rosie ne puisse pas être là.

— Oui, elle aurait été emballée.

En réalité, elle était ravie d'avoir Nixon pour elle toute seule quelques heures…

— Et cet après-midi, que fais-tu puisque tu n'as pas à t'inquiéter de ta fille ?

— J'ai prévu un peu de marche rapide sur la promenade du lac.

Elle venait de le décider, ne voulant pas paraître désœuvrée pendant tout le week-end. De toute façon, il était temps qu'elle recouvre sa forme.

— En fait, je vais surtout me concentrer sur la marche.

— Tu aurais envie de compagnie ?

— Volontiers.

Elle n'avait pas hésité une seconde.

Il eut un sourire en coin.

— On se retrouve à 15 h 30 sur Steamer Wharf ?

— Parfait.

Elle mit le contact, pressée de s'en aller avant qu'il prenne conscience de ce qu'il venait de proposer. Incroyable ! Non seulement ils allaient survoler Milford Sound demain matin, mais ils marcheraient aussi ensemble cet après-midi. Après ce qui s'était passé dimanche dernier au parc, elle avait craint qu'il ne veuille plus de sa compagnie. Lui avait-il pardonné ses questions indiscrètes ? Ou s'était-il rendu compte que sa réaction avait été exagérée, et essayait-il de se racheter d'une façon détournée ? Les hommes n'étaient pas très doués pour présenter des excuses.

— Abbie ? cria-t-elle du seuil quand elle arriva chez elle. Tu sais ce que je fais cet après-midi ? Je vais marcher avec Nixon. Et demain matin, il m'a invitée à une balade en avion au-dessus de la région !

— Super ! Tu es prête à tourner la page, je vois !

— En tout cas, maintenant, je sais que je le souhaite.

Elle vit passer une lueur d'inquiétude dans les yeux d'Abbie.

— Quand tu auras un petit ami, les souvenirs vont remonter à la surface, alors il faut que tu les chasses, que tu les oublies. C'est le seul moyen de t'en sortir.

— Que veux-tu dire ? Je n'ai personne !

— Il me semble que nous avons déjà eu cette conversation, sauf que c'était au sujet de Callum et moi.

— Oui, mais…

Son amie s'approcha, souriante à présent.

— Mais c'est différent parce qu'il s'agit de Nixon et toi, et que vous ne voulez d'une relation ni l'un ni l'autre. J'ai compris. Va te promener avec ton patron, et amuse-toi bien.

Elle lui tendit les bras, et Emma s'y blottit.

— Ce n'est pas plus compliqué que ça. Je le sais parce que ça a marché pour moi.

— Mais au bout de combien de temps ?

— Les bonnes choses valent la peine qu'on les attende et, toi, tu attends depuis pas mal de temps.

Elle perçut les pleurs de Grace, et Abbie la lâcha aussitôt.

— Elle est affamée aujourd'hui. Tu as déjeuné ?

— Non. Qu'est-ce que tu me proposes ?

— Des sandwichs au fromage, je n'ai plus le temps de faire mieux. Mais le pain est frais.

— Je vais les préparer pendant que tu la nourris.

Quand elle aurait terminé, sans doute que ses seins la laisseraient tranquille… Déjà, elle avait eu quelques matinées de repos. Ce n'était pas un énorme progrès, mais c'était un début.

Emma allongea les jambes sur le canapé d'Abbie et bâilla.

— Qu'est-ce qui m'a pris de dire que j'allais marcher ? J'ai du mal à garder les yeux ouverts.

Elle avait passé le début de l'après-midi chez Abbie, à se reposer et à câliner Grace sans problème particulier. Oh ! elle ne croyait pas un instant être tirée d'affaire, mais le temps faisait peu à peu son œuvre.

— Tu comptes annuler ?

— Quelle idée !

— Alors tu devrais te bouger, ma fille, si tu veux être à l'heure à ton rendez-vous. Aller te mettre en tenue de sport et rafraîchir ton maquillage,

Comme elle bondissait du canapé, elle grimaça en se frottant le ventre.

— Aïe !

Puis elle sortit en coup de vent et se précipita chez elle, poursuivie par le rire d'Abbie. Dans sa chambre, elle ouvrit un tiroir si brusquement qu'il tomba sur le plancher. Elle se glissa dans son pantalon de jogging, puis dénicha un T-shirt large, car le haut de sa tenue était trop étroit pour ses seins gonflés. Elle se remaquilla, chaussa ses baskets, prit son téléphone et ses clés — et un peu d'argent au cas où ils prendraient un pot ensuite. Elle se faisait peut-être des illusions… Sinon, elle achèterait un plat tout prêt pour dîner chez elle. Toute seule.

Quand Nixon arriva sur le quai, il s'arrêta net : Emma faisait des échauffements en pantalon de jogging qui moulait ses fesses rebondies ; quand elle se pencha pour toucher ses orteils, le T-shirt se souleva au-dessus de la taille, exposant la peau crémeuse de son dos.

Un désir fou l'envahit aussitôt, et il en fut choqué. Il s'agissait d'Emma, son amie, son infirmière, une mère…

Qui essayait-il de leurrer ? Cette femme au corps splendide, il l'avait dans la peau. Avec sa douceur, les peurs qui la saisissaient, son cœur généreux, la méfiance qui assombrissait parfois le vert de ses prunelles.

Elle s'était emparée de lui à son insu.

Alors même qu'il tentait d'éviter de s'engager. Il le pouvait encore, on disait qu'un homme averti en valait deux…

— Salut, tu viens t'étirer ? demanda l'objet de son désir, les mains sur les hanches, à présent.

Des courbes aux bons endroits, qu'il n'avait remarquées que récemment et que ses doigts le démangeaient de toucher…

Il fallait qu'il se calme s'il tenait à aller marcher avec elle.

— J'arrive.

Il leva une jambe pour poser le pied sur la rambarde qui bordait le quai, se courba, les mains sur les chevilles, et compta jusqu'à dix avant de relâcher la tension de ses muscles. Enfin, presque tous…

Elle s'approcha de lui. Un peu trop.

— Qu'est-ce qui t'a retardé ? Tu ne trouvais pas la tenue adéquate ?

— Très drôle…

En se déplaçant légèrement de côté, il réussit à changer de jambe sans qu'elle ne remarque rien.

— Tu as l'intention de courir ?

— Non, je ne me sens pas encore assez en forme.

Elle avala une gorgée d'eau de sa bouteille puis la raccrocha à sa ceinture.

— Prêt ?

— Autant que je peux l'être.

Son excitation se calmait, et la marche ne lui ferait que du bien.

— Allons-y, marmonna-t-il.

Difficile d'avancer parmi la foule des touristes qui déambulaient sur le quai et envahissaient les terrasses des cafés mais, une fois hors du centre-ville, Emma allongea le pas et partit à vive allure.

— Doucement ! Inutile de te précipiter.

Il régla son pas sur le sien et réussit à la ralentir un peu, heureux de marcher à côté d'elle sur l'étroit sentier qui conduisait hors de la ville.

— On va loin ?

— Je pensais escalader la colline, redescendre de l'autre côté et rentrer ensuite. C'est suffisant pour une première fois. Je verrai quand nous serons revenus sur le chemin du lac. Tu cours, toi ?

— Pas trop. Je préfère le mountain-bike, et je me suis aussi mis au snowboard l'hiver dernier.

— Des sports extrêmes ! Je ne comprends pas ce goût du risque permanent. Tu es accro à l'adrénaline ?

C'était la seconde fois qu'on lui faisait la réflexion cette semaine. Devrait-il réexaminer sa conception de l'existence, à présent qu'il ne pouvait se passer d'Emma ? Il y serait obligé si leur amitié évoluait…

— Je suppose, mais ce n'est pas le risque qui m'attire. Quand je suis totalement concentré, j'oublie de me demander qui sera sur le planning la semaine prochaine ou si j'ai bien payé ma facture d'électricité… Je n'ai aucune envie de mettre ma vie en danger.

— Ta façon de te vider la tête… Tu as toujours fait ça ?

Depuis l'âge de six ans. Mais elle n'avait pas besoin de le savoir.

— On peut le dire, oui.

— Je vois.

Sa bouche s'était pincée. Elle repensait visiblement à leur dispute au parc. S'il n'avait pas craint de se montrer lâche, il aurait fait demi-tour. Par conséquent, le moment était venu d'expliquer pourquoi il s'était mis en colère. Il était terrorisé et, en même temps, une petite voix lui soufflait de lâcher prise pour voir où cela le conduirait. S'il en trouvait le courage, Emma était la seule à qui il pouvait parler de ses démons.

Il prit une profonde inspiration.

— Je n'avais que six ans quand mes parents et mon frère ont été tués dans un accident d'avion. J'ai été recueilli par mon oncle, mais j'ai vécu des moments atroces, j'avais sans cesse des visions d'eux en train de tomber… Pour les chasser, je me suis mis à escalader les arbres de la propriété. Pendant que je me concentrais pour trouver les meilleures prises et ne pas tomber, j'oubliais tout le reste. Je suppose que j'ai continué ensuite…

Les mots se précipitaient hors de sa bouche, et il n'était pas sûr qu'elle ait compris.

Elle s'arrêta pour le regarder avec compassion.

— Oh ! Nixon, c'est terrible ! Tu étais si jeune…

Ainsi, elle avait bien entendu.

— C'est affreux de penser à ce que tu as subi. Par chance, tu avais un oncle.

— Et des cousins un peu plus âgés que moi.

Son sentiment de malaise revint, comme chaque fois qu'il pensait à eux.

— C'était le frère de ma mère. Il m'a élevé jusqu'à mon départ pour l'université.

Il lui donna un léger coup de coude pour la faire repartir.

— Tu as sans doute été mieux traité que dans un foyer.

— Bien sûr, mais…

— Mais il ne t'aimait pas autant que tes parents.

— Pas comme je l'aurais voulu.

Il ne s'était pas senti aimé. Se serait-il trompé ? Emma, par exemple, aimait sa fille, il en était convaincu. Pourtant, elle n'était pas spécialement démonstrative. Elle n'exprimait pas ses sentiments pour Rosie, mais ils étaient évidents.

La femme de Henry était morte en accouchant de son dernier fils, puis sa sœur dans un dramatique accident. Son oncle ne pouvait ignorer l'épreuve qu'il traversait, d'autant que ses garçons avaient aussi perdu leur mère. Sans doute était-il impossible pour Henry de se montrer aimant et ouvert… Dans le fond, ce n'était pas étonnant qu'il se soit refermé sur lui-même. C'était son seul moyen d'affronter son deuil.

Lui ressemblait-il ?

— Tu avais peur de les aimer, au cas où ils disparaîtraient eux aussi.

Elle comprenait tout.

En fin de compte, Henry l'avait sans doute aimé à sa manière, sans être aussi démonstratif que ses parents. Nixon se dit que, s'il l'avait blessé ainsi que ses cousins par son attitude distante, il devait se rattraper.

Enfin elle avait la clé du mystère… Le cœur d'Emma se serra pour le petit garçon qui, ayant tant souffert lui-même de la perte de ses parents, avait refusé à toute force qu'un autre enfant jeune soit privé de sa mère.

Elle progressait à vitesse moyenne, et pourtant ses poumons la brûlaient. Après avoir gravi la colline, ils redescendirent sans s'arrêter. Sinon, elle n'aurait pu s'empêcher de le prendre dans ses bras pour le consoler, il serait rentré dans sa coquille et ça en aurait été terminé de leur après-midi ensemble. Or, elle avait envie de passer le plus de temps possible avec lui, d'apprendre à le connaître.

Il s'était confié sur un ton laconique, sans cacher que le sujet le gênait et qu'il apprécierait qu'elle cesse de le questionner. Mais elle le comprenait mieux, à présent. Comment, à six ans, pouvait-on imaginer ne plus jamais voir les gens qu'on aime le plus ? Plus de caresses, plus de baisers, plus de rires… C'était totalement inconcevable.

— Et tu n'as pas peur de l'avion ?

— Apprendre à piloter a été une autre tactique pour me confronter à la réalité.

Elle ouvrit de grands yeux.

— Tu as ton brevet ? C'est toi qui vas piloter demain ?

— Oui. Ça ne te dérange pas ?

— Bien sûr que non ! Ça ne m'était pas venu à l'idée, c'est tout. Je pensais que nous aurions un pilote.

— Tu peux encore changer d'avis.

Il eut un rire gêné qui signifiait qu'il en serait vexé.

— Quoi ? Manquer une balade en avion au-dessus de

Milford Sound ? Navrée, mais tu ne te débarrasseras pas de moi comme ça !

Elle lui donna un petit coup de coude pour qu'il se remette en route et le suivit sur l'étroit sentier. Un bon prétexte pour lorgner ces fesses et ces longues jambes musclées qui l'excitaient tant. Elle ne regardait plus l'ami mais l'homme. Où cela allait-il la mener ? Nulle part, tant qu'il ne serait pas plus à l'aise avec elle. Ou, peut-être, tant qu'elle n'aurait pas montré ce qu'elle éprouvait. Au moins en partie.

Son rythme cardiaque accéléra encore à cette pensée. Lui dire qu'il comptait pour elle ? Qu'elle l'aimait vraiment beaucoup ? Non. Il n'était pas prêt à entendre une chose pareille. Et elle ? Elle était au moins certaine de ne plus avoir envie de se cacher de la vie.

Que pouvait-elle donc faire ?

Nixon trébucha et, se rétablissant, il attendit qu'Emma le rattrape et la laissa reprendre la tête. Elle paraissait songeuse.

Quant à lui, il appréciait la vue de ce dos adorable qui le mettait trop souvent dans tous ses états. Et il ferait mieux de ne pas songer à ces courbes… Mais elles étaient faites pour être admirées, et c'était une excellente diversion, maintenant qu'il avait découvert à quel point il avait été injuste envers Henry. Il se sentait coupable de s'être tenu à l'écart de la seule famille qu'il lui restait. Son oncle et ses cousins avaient-ils compris pourquoi ? Que pensaient ces derniers de son attitude envers leur père, qui l'avait soutenu et lui avait donné les moyens de devenir un médecin respectable ?

Mieux valait contempler Emma pour le moment.

Après dix minutes de marche en silence, ils retrouvèrent le chemin du bord du lac qui menait vers l'agglomération.

— Ouf ! Une bonne bière fraîche serait la bienvenue. Tu tiens à faire un second tour ?

Une légère rougeur colora ses joues, et elle secoua la tête.

— Je ne suis plus dans la course. Je vais devoir intensifier mes efforts, et pendant pas mal de temps.

Donc, elle n'avait rien à prouver.

— On boit quelque chose en arrivant ?

Elle le regarda par-dessus ses lunettes de soleil qui avaient glissé sur son nez.

— Volontiers ! J'imagine déjà la bouteille de bière couverte de buée…

— Moi aussi. Allons-y vite.

Ils se dirigèrent vers un petit pub discret situé dans une rue moins fréquentée, mais qui était pourtant bondé.

— Il y a trop de monde, ici, Nixon, on ne s'entend pas penser. On serait mieux dehors, non ?

— Tu ne sors pas assez souvent, Emma.

— Ne m'en parle pas !

Malgré la note de tristesse qu'il perçut dans sa voix, son regard brillait toujours d'excitation et de plaisir. Il en était enchanté. Il aurait juré que, tout à l'heure, sur la colline, elle avait été sur le point de le prendre dans ses bras. Quand il l'avait vue se détourner pour poursuivre sa marche, il en avait été à la fois déçu et reconnaissant. Il n'aurait pas pu résister à l'envie de l'embrasser, et une autre de ses barrières aurait cédé. C'était dangereux d'être aussi intime avec elle, de savoir qu'elle connaissait son histoire et le comprenait. Mais, bon sang, il avait l'impression qu'on lui avait ôté un poids énorme de la poitrine, et c'était fantastique.

— Tu comptes rester là, à discuter avec toi-même toute la soirée ?

Elle le regardait par-dessus le bord de son verre, les coudes posés sur le bar.

Il sourit.

— Excuse-moi, je suis tout à toi…

Elle avala une gorgée.

— Tu viens de Dunedin, n'est-ce pas ?

— Oui, et alors ?

— Tu connaissais Queenstown avant ?

— Bien sûr ! Je venais pour le mountain-bike, et aussi pour le ski. C'est la meilleure station du pays.

— Bien sûr ! répéta-t-elle en souriant. La capitale de l'aventure est un terrain de jeu idéal pour toi. Tu comptes t'installer définitivement ou repartir si on te propose un poste dans un hôpital plus important ?

La question avait beau être banale, elle lui sembla lourde de sens et pleine d'embûches.

— Je me plais ici. Il y a plus de blessures traumatiques que partout ailleurs dans le pays, et c'est ma spécialité. Mais qui sait ? Si je recevais une proposition fabuleuse, je serais stupide de la refuser. Bien que je doute que ce soit plus intéressant qu'ici.

— Tu n'aimes pas les grandes villes, donc ?

— Pas même pour les vacances.

— Dommage, j'ai toujours eu envie d'aller au parc d'attractions de Los Angeles avec Rosie, quand elle sera plus grande.

— Je n'y ai jamais mis les pieds et ce n'est pas dans mes projets, mais je n'ai pas de petite fille à prendre en compte dans mes paramètres.

Il se demanda s'il aimerait aller dans ce genre d'endroit avec Emma et Rosie. Ils s'amuseraient certainement beaucoup.

— Quelle est ta couleur préférée ?

Il s'esclaffa.

— Le vert. Et toi ?

— Je n'en ai pas.

— Alors, ton petit déjeuner favori ?

— Pancakes et bacon, bananes au sirop d'érable. Et toi ?

— Le truc complet : œufs au bacon, pommes de terre râpées sautées, champignons, et le reste. Ta destination de vacances, à part L.A. avec Rosie ?

— Wanaka, notre maison de famille sur la plage. L'été ne serait pas le même si je manquais ça.

C'était un luxe qui lui était étranger. Il n'avait connu qu'une vieille cabane sur la côte ouest où son père allait pêcher et chasser en emmenant parfois sa famille, vendue plus tard avec les biens de ses parents pour investir l'argent qui servirait à financer ses études.

— Ça a l'air génial.

— Ça l'est. Et tu es officiellement invité à te joindre à nous durant l'été. Apporte ton vélo et ton maillot de bain, de la bière et un esprit ouvert, et tu te régaleras.

— Sérieux ? J'accepte. Je suis impatient d'y être.

Et de passer plus de temps avec elle en dehors de l'hôpital…

8.

Par la fenêtre de l'aéroclub, Emma regarda le terrain d'aviation où des avions stationnaient, bien rangés. Après le terminal, un appareil effectuant un vol international se préparait au décollage. Au-delà des limites, le Coronet Peak s'élevait vers le ciel, dominant le décor de ses rochers abrupts et de ses pics enneigés.

Elle frémissait d'excitation. La bière et la pizza de la veille au soir l'avaient déjà changée de ses vendredis soir habituels mais, là, c'était une autre dimension.

— Prête ? cria Nixon de l'autre bout de la salle où il venait de se renseigner auprès de l'instructeur de vol sur la météo et les couloirs aériens.

Elle fit un signe affirmatif, son cœur battant plus vite.

— Et toi ?

Il sourit, parfaitement détendu.

Radieuse, elle s'avança vers lui. Il tenait à la main ce qui semblait un gros compas, une carte et une clé. De l'autre, il prit la sienne et entrelaça ses doigts aux siens.

Était-ce intentionnel et réfléchi, ou était-il si concentré sur le vol qu'il l'avait fait machinalement ?

Elle ne dit rien, s'efforçant de ne pas serrer trop fort. Elle marchait main dans la main avec Nixon… Elle dansait, plutôt, sous un ciel d'un bleu incroyable.

Ils arrivèrent devant un avion dont les ailes étaient au-dessus de la carlingue.

— C'est mieux pour profiter de la vue, expliqua-t-il tout en vérifiant le niveau de carburant, les hélices et le gouvernail.

Il tint la porte ouverte pour elle, l'autre main sur son coude pour l'aider à monter. Elle sentait la chaleur irradier de ses doigts.

Lui-même s'étant installé, il lui tendit des oreillettes.

— Nous pouvons nous parler, mais il faut que tu saches que, de temps en temps, je dois communiquer avec la tour de contrôle.

Sa ceinture bouclée, ses écouteurs sur les oreilles, elle l'observa tandis qu'il effectuait les dernières vérifications, parlait à la tour de contrôle, et desserrait les freins de l'appareil.

— Nous sommes partis ! murmura-t-elle, pour elle-même plus que pour lui, ce qui le fit rire.

Dès qu'ils furent en l'air, l'avion s'inclina tandis que Nixon se dirigeait droit vers les pics des Remarkables.

— Où allons-nous ? dit-elle d'un ton presque normal.

— Pour l'instant, nous dégageons le couloir d'atterrissage car il y a un vol commercial qui arrive. Je tournerai dès qu'on m'y aura autorisé.

— Tu suis les instructions tout le temps ?

— Non, j'ai rempli notre plan de vol et précisé à quelle hauteur je voulais voler. Si un autre avion léger croise notre route, on m'informera pour que je sois prudent mais, sinon, c'est moi le chef.

Elle s'esclaffa.

— Comme d'habitude.

— Détends-toi, admire le paysage. Il n'y aura ni boisson ni repas servis sur ce vol, mais nous arrangerons ça en rentrant.

Il écouta attentivement les instructions et, enfin, vira lentement vers la droite.

Emma laissa échapper un léger soupir de soulagement. C'était impressionnant de voler droit sur les montagnes, et ce changement de direction la rassurait. Elle regarda au-dessus d'elle, puis en dessous.

— Que c'est beau, vu d'ici !

— Nous allons d'abord vers le Mount Aspiring.

Quand il fut en vue, le fameux pic montagneux lui parut très escarpé. Elle désigna deux grimpeurs sur une crête qui se frayaient un passage vers le sommet.

— Ces types sont fous ! Et s'ils tombaient ?

— Ils sont bien équipés, apparemment. Ils ont dû partir à 3 heures du matin pour être déjà là.

— C'est de l'inconscience ! Pourquoi risquer sa vie pendant l'escalade alors qu'on peut le faire d'un avion ?

— C'est un risque calculé, à condition d'être préparé, d'avoir le bon matériel et de tenir compte des prévisions météo. On s'amuse beaucoup quand on prend l'aventure au sérieux.

Certainement, songea-t-elle, mais elle s'amusait beaucoup à évoluer dans le ciel dans ce petit avion avec lui. Elle avait presque envie de l'embrasser pour lui faire partager son enthousiasme… Mieux valait se concentrer sur beauté du paysage.

— C'est vraiment époustouflant !

— Tu veux essayer ?

— Quoi ? De piloter ? Ce n'est pas dangereux ?

— Je suis à côté de toi ! Tiens tes commandes comme moi.

— C'est drôle qu'il y ait tout en double !

— Pour l'instructeur et pour l'élève, comme dans une voiture d'auto-école.

Elle saisit les commandes.

— Et après ?

— Maintiens la stabilité en les gardant en place.

Il lâcha tout, et elle se raidit de peur de bouger d'une fraction de millimètre. Puis il reprit le contrôle.

— Je t'aide un peu. Pour faire descendre l'appareil et accélérer, pousse doucement vers l'avant, sans brusquerie.

Le cœur dans la gorge, elle hésita. Mais elle n'allait pas passer pour une poule mouillée.

— D'accord, j'y vais.

Elle poussa légèrement. Rien ne se passa. Un peu plus,

et soudain l'avion piqua du nez. Elle se recula et redressa le gouvernail.

Il posa les mains sur les siennes et lui donna une légère pression qui fit battre son cœur plus vite.

— Tu te débrouilles bien. Regarde, je te montre.

Quand il poussa le manche vers l'avant, l'avion se mit à descendre régulièrement.

— Pour remonter, tu tires, toujours en douceur. Il faut mettre un peu plus de puissance à la montée.

Ils remontèrent, redescendirent… Elle éclata de rire.

— C'est super ! Je ne peux pas croire que je suis en train de piloter.

— Bon, je reprends les rênes. Avec des leçons, tu peux avoir ton brevet. C'est une nouvelle vie qui commence !

Elle sourit.

— Je serai toujours mère et infirmière, avec tout ce que ça implique d'obligations.

— Tu peux choisir ton destin, si tu le veux vraiment.

Quelle assurance ! songea-t-elle. Alors pourquoi lui-même ne parvenait-il pas à aimer ?

— Tu penses que c'est si facile ?

— Non. Je ne fais que citer quelqu'un qui n'a probablement jamais eu de problèmes.

Elle se pencha pour regarder sous l'avion.

— C'est l'aérodrome de Milford Sound ?

En bas, dans la gorge profonde, serpentait le long fjord charriant l'eau du glacier, et sur le sommet de la falaise s'étirait une piste d'atterrissage flanquée d'un côté de quelques bâtiments. Les avions arrivaient sans cesse, amenant des touristes avides de visiter ce décor grandiose.

— Oui. Nous nous en tiendrons loin, il y a trop de trafic à mon goût.

Encore une bonne raison de l'aimer : en dépit de son esprit aventureux, il ne mettrait jamais personne en danger. Ni lui-même, elle l'espérait en tout cas. Elle souhaitait profiter de sa compagnie le plus longtemps possible.

— Nous descendons vers le Sound ?

— Nous montons par le côté droit et nous reviendrons par le gauche. Pour des raisons de sécurité, mieux vaut ne pas voler au milieu. J'ai besoin d'espace pour faire virer l'avion au cas — peu probable, je te rassure — où quelque chose tournerait mal.

Elle n'avait pas peur, elle faisait confiance à son pilote, et c'était le plus beau jour de sa vie. Récente, en tout cas. Elle sortit son téléphone et se mit à mitrailler par le hublot.

— J'exagère peut-être un peu, mais qui sait quand une autre chance se présentera ?

— Si tu apprenais à piloter…

Elle secoua la tête.

— J'ai beau adorer ça, si j'avais de l'argent à dépenser, je louerais un terrain pour y garder des chevaux. Mais ça n'arrivera pas parce que toutes mes économies sont placées pour l'achat d'une une maison.

— Tu aimerais déménager ?

Il fit pivoter l'appareil pour revenir par le même chemin.

— Depuis que j'ai Rosie, j'ai toujours rêvé d'avoir un endroit à moi. J'ai grandi à la ferme de Gibbston Valley où mon père élevait du bétail. Tous mes plus beaux souvenirs d'enfance sont là-bas, et j'aimerais que Rosie ait les mêmes. Bien entendu, je n'aurai jamais les moyens de m'acheter une propriété de cette taille, et le décor ne sera jamais aussi beau…

— Mais ce sera un début.

— Exactement.

Elle prit quelques dernières photos puis, s'appuyant au dossier de son siège, sourit de bonheur.

Nixon scruta son visage en souriant.

— Tu t'amuses, n'est-ce pas ?

— Comme une folle !

— Désolé, mais nous devons rentrer. Quelqu'un d'autre a loué l'avion pour 11 heures, et je dois refaire le plein avant de le rendre.

— Pas de problème.

Le reste de la journée allait être ennuyeux, après cette merveilleuse aventure… Tout comme le reste de sa vie si Nixon ne partageait pas ses sentiments. Mais, puisqu'il l'avait amenée ici, tout était possible. Du moins l'espérait-elle.

— Tu veux piloter encore un peu ?

— Je peux ?

Elle se redressa sur son siège sans attendre la réponse.

— J'aimerais essayer de tourner.

— Attends que nous soyons éloignés de la piste.

Il scrutait le ciel par les hublots de côté et au-dessus d'eux aussi loin qu'il pouvait voir.

— Tu fais ça souvent, non ?

— Première leçon : surveiller l'arrivée d'éventuels autres appareils. Ne pas faire confiance aux autres pilotes, ni même à la tour de contrôle.

Il observa le tableau de bord puis les ailes.

— On reste stable. Vas-y.

Elle se sentit très fière. Tout le monde pouvait peut-être faire pareil mais, pour elle, c'était un exploit.

— Essayons un virage. Tourne doucement la commande vers la gauche. Si tu vas trop vite, nous partons en looping.

— Non !

Elle lâcha tout, soudain terrifiée par la rapidité avec laquelle une catastrophe pouvait se produire.

Nixon s'empressa de reprendre les commandes.

— Calme-toi.

— Tu m'as fait peur.

— Parfait. Tu dois être tout le temps sur le qui-vive.

— Tu n'as qu'à piloter, moi, je préfère me détendre et apprécier la vue.

Il lui jeta un regard grave.

— Emma Hayes, ne me fais pas croire que tu t'effraies pour si peu. Tu es une femme forte et courageuse, tu l'as prouvé ces dernières semaines.

Elle sentit ses joues la brûler, mais ce n'était rien comparé à la chaleur qui irradiait entre eux. Ses mains semblèrent s'emparer des commandes indépendamment de sa volonté.

— Explique-moi comment on tourne.

D'une voix mesurée, il lui donna des instructions tout en surveillant les cadrans, les ailes, le nez, et elle, qui avait repris de l'assurance grâce à son calme.

Elle se concentra au maximum, fit virer l'avion vers la gauche et continua de tourner parce qu'il ne lui ordonnait pas de redresser. Retenant son souffle, elle jeta un rapide regard par le hublot et vit bouger la terre en rond en dessous d'eux.

— Je redresse dès que tu me le dis.

Son cœur bondissait d'excitation et d'allégresse.

— Encore quelques degrés, et nous serons revenus sur la ligne.

— Je décris un cercle complet ?

Incroyable ! Désormais, s'occuper d'un arrêt cardiaque lui paraîtrait fade en comparaison !

— Attention de ne pas accélérer quand tu redresses. Maintiens le niveau des ailes. Voilà... On dirait que tu as fait ça toute ta vie.

Une main sur la cuisse, il pianotait un air silencieux.

Elle mourait d'envie que ces doigts reposent sur sa propre jambe. Ses muscles se contractèrent, et sa peau se hérissa de désir comme s'il la touchait. Si elle pouvait tout lâcher pour lui prendre la main... Elle éclata de rire.

— C'est fantastique ! Merci de m'avoir permis de connaître cette sensation. Je ne me suis jamais autant amusée.

Elle avait laissé ses problèmes à terre et prenait du bon temps en l'air avec l'homme qu'elle convoitait. Un pur bonheur...

— Nous le referons.

— Je te le rappellerai.

Comme il se rembrunissait, elle attendit mais en vain qu'il lui explique ce qui le chagrinait.

— Ne t'inquiète pas, Nixon, je comprendrais que ce ne soit pas si fréquent. Moi aussi, je suis assez occupée le week-end.

— Tais-toi. J'ai hâte de recommencer.

Il sourit, et elle se sentit fondre.

— Je n'ai jamais vécu un aussi beau moment, moi non plus. Tu me rends heureux, Emma.

Il regarda dehors un moment puis se concentra sur le pilotage, effectuant toutes les vérifications nécessaires à l'atterrissage. Il appuya sur le bouton de la radio pour parler à la tour de contrôle.

— Bravo Juliet Foxtrot, trois kilomètres, deux cents pieds, en descente.

— Bravo Juliet Foxtrot, la piste est libre.

— OK. Prête, Emma ?

Elle hocha la tête et vit le sol se rapprocher lentement. L'atterrissage fut si doux qu'elle ne s'aperçut pas qu'ils touchaient le sol. Le trajet jusqu'à l'aéroclub passa trop vite, et, soudain, ils ralentirent, s'arrêtèrent. Nixon ouvrit la porte et de l'air frais pénétra dans la cabine, diluant la chaleur, les odeurs, l'excitation.

— Bienvenue sur terre.

Oh ! ce sourire…

— Je te remercie.

Et elle allait le prouver. Il était temps de franchir un nouveau pas, d'exprimer sa gratitude autrement que par des mots. Après avoir débouclé sa ceinture, elle se pencha, les mains sur ses avant-bras, et sa bouche chercha la sienne.

Elle le sentit se raidir.

Incapable de s'arrêter, elle tenta de forcer ses lèvres du bout de la langue. Elles avaient un goût encore plus exquis qu'elle ne l'imaginait.

Il lui rendit son baiser, sa langue se mêlant à la sienne. En même temps, il l'entoura de ses bras et, l'attira contre lui dans l'étrange espace exigu qu'ils partageaient. Sous ses mains, elle sentait les muscles durs, tendus, et un violent désir s'empara d'elle.

Sans crier gare, il s'écarta.

— Pardon, Emma, je n'aurais pas dû faire ça.

— C'est moi qui ai commencé.

— Mais je n'aurais pas dû continuer.

— Ce n'est pas grave.

S'il avait besoin d'air, elle lui en laisserait. Elle poussa sa porte du coude, sauta au sol et traversa la pelouse vers le 4x4 pour attendre qu'il soit prêt à la reconduire chez elle.

Cela dit, elle ne regrettait pas son acte. Comme il embrassait bien ! Son corps en frémissait encore. Quant à son cœur... Elle devait se ressaisir avant qu'il la rejoigne, sinon l'émotion serait trop forte, et elle risquait de ne pas pouvoir s'empêcher de se jeter dans ses bras.

Elle l'observa tandis qu'il faisait le plein. Ce grand corps étiré au-dessus de l'avant de l'appareil lui rappela leur promenade de la veille, pendant qu'ils montaient la colline. Son propre émoi, sa propre excitation chaque fois qu'elle le regardait. Mais elle ignorait qu'un simple baiser pouvait réveiller tant d'émotions refoulées.

Quand elle entendit le déclic de la commande qui déverrouillait les portières, elle monta à l'intérieur et attendit qu'il la rejoigne sans se faire trop d'illusions : il resterait sans doute muet durant tout le trajet pour lui signifier qu'il était à nouveau fâché.

Le véhicule tangua quand il s'installa au volant, puis le moteur rugit, et ils reprirent la route de la ville.

Elle tenta de meubler le silence, mais pas question de présenter des excuses pour ce baiser extraordinaire qui l'avait autant remuée que si c'était le premier de sa vie.

— Tu as prévu quelque chose, cet après-midi ?

Elle s'aperçut que sa propre voix était un peu tremblante et haut perchée.

Il ralentit à un croisement et s'engagea sur la route principale.

— Ne te vexe pas, mais mieux vaut nous en tenir là, Emma. Non que je n'aie pas apprécié de t'embrasser, mais il nous est impossible d'aller plus loin.

Il aimait l'embrasser, donc. Rien n'était perdu...

— Parce que nous travaillons ensemble ?

Ce serait ridicule, songea-t-elle.

— Ou parce que tu refuses de nous laisser une chance ?

Ce serait plus difficile d'y remédier mais, avec de la patience et un désir réciproque, c'était possible.

— Tu n'es pas prête.

— Qu'est-ce qui te fait penser ça ?

— Tu viens de porter le bébé d'une autre, et le trouble que cela a entraîné chez toi est encore trop présent pour que tu saches ce que tu veux vraiment.

Elle refoula de son mieux la colère qui montait en elle. Autant être franche avec lui.

— C'est vrai et faux à la fois. En ce moment, mes émotions sont extrêmes, mais authentiques. Oui, j'ai envie de tenir Grace dans mes bras, mon corps la réclame. Mais mon esprit et mon cœur travaillent à oublier cette idée.

Elle avait les mains crispées sur ses cuisses et, lorsqu'il les couvrit de la sienne pour lui donner une petite pression, elle ne se détendit pas.

— En revanche, avec toi, même si je ne vois pas où ça peut nous mener, j'aimerais pousser plus loin. Et je suis prête à prendre quelques risques. Je te rappelle que je t'ai embrassé, pas demandé en mariage, ajouta-t-elle après un silence.

Il freina brusquement à un feu rouge puis pianota sur le volant comme s'il était contrarié.

— Ça ne m'empêche pas de penser que c'est trop tôt pour toi.

— Et, moi, je crois que c'est un prétexte pour garder tes distances et refuser de profiter de la vie.

— Tu as peut-être raison sur ce point.

Il démarra au feu vert.

— Je me limite à des amourettes que je peux rompre le cœur léger. Maintenant que tu connais mon passé, tu devrais comprendre que, pour me protéger, je reste sur la défensive, je ne me livre jamais entièrement. Il me semble donc que c'est toi qui en souffrirais.

Il était sincère, et son désespoir était évident. Elle se tourna vers lui pour l'observer.

— Nixon… Quand je t'ai embrassé, je ne songeais pas à un engagement à long terme. C'est arrivé parce que je venais de passer un moment merveilleux avec toi, voilà. C'est arrivé, répéta-t-elle, c'est tout.

— Tu veux d'autres enfants ?

— Un jour, oui, quand j'aurai trouvé l'homme qui me convient.

— Tu éprouves cette envie depuis toujours, ou seulement depuis peu ?

Elle voyait où il voulait en venir…

— Les neuf derniers mois, je ne me suis occupée que de mener ma grossesse à terme sans qu'Abbie et moi en ayons le cœur brisé. Je l'ai fait, et je ne le regrette pas. Ce que je n'avais pas prévu, c'était que ça réveillerait mon instinct maternel… À présent, je suis certaine de vouloir d'autres enfants. Rosie rêve d'avoir des frères et sœurs, et elle a besoin d'un papa. La seule nouveauté, c'est qu'à présent je l'admets.

Bien entendu, ce papa serait un homme qui l'aimerait autant qu'elle l'aimerait. Pour l'instant, étant donné l'expression de Nixon, elle avait réussi à l'effrayer pour de bon.

— J'ai compris que j'avais mis ma vie entre parenthèses depuis des années, et j'en ai assez. Le moment est venu pour moi de vivre pleinement.

— Je suis heureux pour toi que tu aies franchi ce pas.

Il se tut. Manifestement, le sujet était clos. Elle n'en fut pas trop contrariée : mieux valait qu'il réfléchisse au lieu de prendre une décision impulsive qu'il regretterait ensuite.

Ils étaient entrés en ville et approchaient du snack-bar où elle allait parfois boire un café.

— Dépose-moi ici, il faut que j'achète un cadeau pour Rosie.

Il s'arrêta contre le trottoir puis baissa les yeux, fixant le volant. Il soupira.

— Voilà, ça recommence… Encore une brouille après un moment merveilleux.

Emma resta muette. Les questions se bousculaient dans sa tête : était-ce leur façon de se garder l'un de l'autre ? Avait-elle si peur de risquer son cœur, elle aussi ? Pourtant, elle l'avait embrassé… S'était-elle vraiment débarrassée de ses traumatismes, était-elle prête pour une nouvelle relation ? Serait-elle capable de lui accorder son entière confiance ?

Une fois descendue du 4x4, elle se pencha à la vitre.

— Nixon… Je n'appellerais pas ça une brouille. Pour toi comme pour moi, la situation est inédite. À mon avis, nous nous testons, nous recherchons des informations et des émotions. Si je t'ai contrarié, j'en suis navrée. Merci encore pour cette merveilleuse expérience. Lundi à l'hôpital, nous seront bons amis, d'accord ?

Elle fut la première étonnée de ce discours car elle ne se soupçonnait pas cette perspicacité, cette force. Mais elle en avait assez d'être douce et docile. Il n'y avait qu'à voir où cela l'avait menée par le passé.

— S'il te plaît, murmura-t-elle.

— Marché conclu.

C'était le maximum qu'elle pourrait obtenir aujourd'hui.

Elle se fraya un passage parmi la foule et entra dans le grand magasin pour choisir ce qu'elle offrirait à Rosie demain à la fête de Noël de leur rue. Ensuite, pourquoi ne pas boire ce café dont elle avait envie ? Elle n'était pas obligée de repenser à ce baiser, bien qu'elle en éprouvât encore de délicieuses sensations de douceur, de chaleur.

C'était si bon… Comment accepter que cela ne se reproduise plus ?

9.

— Emma, tu as de la visite !

Abbie venait de lui donner un coup de coude dans les côtes.

— Hé, doucement ! Où ça ?

Elle scruta en vain les groupes de voisins qui sortaient de chez eux pour participer à la fête.

— Il parle à Callum. Un grand brun costaud qui n'est pas du quartier.

Nixon. Son cœur battit plus vite.

— Que fait-il ici ?

Abbie prit l'air perplexe.

— Il vient peut-être voir ma voisine ?

Bizarre, se dit Emma. Hier, ils s'étaient pourtant dit « À lundi ». Lui manquait-elle autant qu'il lui manquait ? Il aimait peut-être les baisers impromptus après tout…

— Va le chercher, tu en meurs d'envie !

Elle secoua la tête.

— Tu ne te rends pas compte !

Elle était sûre de ne plus pouvoir se retenir de le toucher si elle s'approchait de lui. Elle détourna les yeux vers la pelouse où Rosie jouait au football avec les autres enfants.

Abbie sourit.

— Va, je m'occupe d'elle, ne t'en fais pas.

De toute façon, il fallait qu'elle échappe à ces coups de coude avant d'avoir des bleus. Elle partit d'un pas tranquille, déambulant entre les groupes, refrénant son impatience.

Elle n'était plus très loin quand il se retourna et la vit. Elle feignit l'étonnement.

— Nixon… Quelle surprise !

— J'espère qu'elle est bonne.

N'en était-il donc pas sûr ? Elle glissa un bras sous le sien.

— Je suis contente de te voir. La foule ne t'effraie pas trop ?

— Pas du tout.

Il jouait avec ses clés de voiture tout en la regardant d'un air songeur.

— Je suis passé boire un café et te demander si tu avais besoin d'aide pour choisir un sapin.

Par conséquent, il ne lui tenait pas rigueur de ce baiser…

— Merci, mais il est acheté et décoré. Viens te joindre à nous !

Il hésita.

— Emma… Rien n'est simple entre nous.

— Alors simplifions.

— Ce qui suppose que nous ayons chacun défini les limites que nous ne sommes pas prêts à franchir.

Pas encore, songea-t-elle, peut-être jamais, ou peut-être plus tard… Quoi qu'il en soit, elle voulait découvrir ce qui existait entre eux et faisait battre son cœur plus vite.

Il fourra ses clés dans sa poche arrière et lui prit la main pour rejoindre Abbie et Grace.

— C'est à quelle occasion, cette fête ?

— Nous l'organisons tous les ans. Nous commençons par un barbecue et, à la fin du match de foot traditionnel des enfants, on leur distribue des cadeaux. C'est une façon de garder le lien social avec les voisins.

— Excellente idée !

— Rosie est excitée comme une puce, surtout depuis que j'ai décoré le sapin. Tous les matins, elle demande si c'est aujourd'hui que vient le Père Noël. Je serai presque soulagée quand ce sera terminé.

— Je l'imagine bien le matin de Noël. Sautillant d'impatience…

Pour l'instant, c'était elle qu'il regardait avec des yeux brillants. Son sourire envoya des frissons dans tout le corps d'Emma, y compris dans des endroits qu'elle avait oubliés.

Ce baiser n'avait donc pas été une erreur, et elle n'avait qu'une envie : recommencer. Comme durant sa longue nuit blanche.

— Au fait, à propos d'hier… C'était un merveilleux moment, Emma, et j'espère qu'il y en aura beaucoup d'autres.

— Eh bien, tu peux commencer tout de suite, il y a de la bière fraîche dans les seaux de glace.

— Tu sais parler à un homme, toi !

Elle sourit, mais elle le vit inspirer brusquement à fond.

— Emma, il faut que je te dise… Ce baiser était prodigieux. Si je l'ai interrompu, c'est uniquement parce que je perdais mon self-control, chose dont j'ai particulièrement horreur.

Son cœur se gonfla de bonheur. C'était la réponse idéale à toutes les questions qui bourdonnaient dans sa tête. Un pas en avant, une nouvelle brèche ouverte dans les défenses de Nixon. Désormais, ils seraient plus à l'aise ensemble.

— Viens, on va s'amuser !

— Nixon ! cria Rosie tout en dribblant vers les buts faits de boîtes en carton.

Elle en perdit sa concentration et laissa la balle au jeune garçon qui la suivait.

— Tu es venu !

— Oui, c'est bien moi !

— Tu veux bien être mon papa partenaire ?

Emma cessa de respirer. La question à ne pas poser… Elle le vit sursauter puis hausser les épaules.

— D'accord. Que dois-je faire ?

Emma n'en revenait pas. C'était bien le même Nixon qui avait mis fin à leur baiser si brusquement ? Oui, et aussi celui dont elle avait eu envie toute la nuit…

— Attrape le ballon et passe-le-moi ! ordonna Rosie en sautant de joie.

Le cœur d'Emma se serra. Il ne le ferait pas. C'était trop s'engager que de satisfaire aux exigences de sa fille.

Mais, à sa grande surprise, il se mit à courir vers le terrain pour rejoindre les enfants et les autres « papas partenaires ».

— Garde-moi une bière ! lança-t-il par-dessus son épaule.

Emma s'approcha d'Abbie qui n'avait visiblement rien perdu de leur échange.

— Elle a du culot pour son âge, non ?

— Ne t'inquiète pas, Nixon a l'air très détendu !

Le sourire suffisant de son amie l'agaça.

— Abbie, depuis la naissance de Grace, tu es devenue une vraie casse-pieds. Je rêve de retrouver ma vieille copine qui comprenait où j'en étais dans ma vie et me laissait la poursuivre tranquille.

Abbie fut saisie d'un fou rire qu'elle eut du mal à calmer.

— Maintenant, je sais à quel point tu es ébranlée !

— Je ne suis pas ébranlée du tout, marmonna-t-elle. Je suis déroutée, c'est tout.

Elle leva une main.

— Pas de leçon de morale, Abbie, s'il te plaît. Je vais régler ça toute seule.

Avec un peu de chance, elle pourrait obtenir encore un baiser, au moins un…

Callum lui tendit une bière.

— Tiens… Depuis que j'ai été remplacé de façon impromptue en tant que « papa partenaire », je m'occupe des boissons.

Emma en but une gorgée à la bouteille et faillit s'étouffer : Nixon arborait un sourire heureux à côté d'une Rosie hurlant sa joie d'avoir marqué un but grâce à lui.

— Il s'amuse, murmura-t-elle.

— Et pourquoi pas ? dit Abbie, moqueuse. Callum, prépare-lui une bière, le match est terminé.

Rosie trottinait à côté de Nixon, la main dans la sienne.

— Tu as vu, maman ? Il m'a aidée à marquer un but !

— Super… Vous avez joué comme des pros.

Elle arrangea les boucles brunes de sa fille puis se pencha pour l'embrasser sur la joue.

— Tu as remercié Nixon d'avoir joué avec toi ? murmura-t-elle.

— Merci d'avoir joué avec moi, Nixon !

Puis elle se mit à sautiller en battant des mains.

— Je vais avoir un cadeau ! Je vais avoir un cadeau !

— Rosie ! dit Emma en se plaquant une main sur l'oreille. Tu ne peux pas baisser de quelques décibels ?

— C'est quoi, les décibels ?

Nixon s'esclaffa.

— À mon avis, ta mère veut dire que tu cries trop fort.

— C'est pour qu'elle m'entende !

Rosie avait réponse à tout depuis qu'elle allait à l'école.

Emma regarda Abbie, Callum et Nixon d'un air inquiet.

— J'espère que je ne l'ai pas trop gâtée ?

— C'est Noël, les enfants sont comme ça, dit Abbie d'un ton rassurant.

— Tu devrais lui acheter une muselière ! plaisanta Nixon.

— Bonne idée.

Sans en avoir l'air, elle s'était rapprochée de lui au point de sentir sa chaleur. Comme si, au lieu d'être deux êtres ne cessant de se chamailler, ils étaient un couple harmonieux.

Quelle idiote ! Elle prenait ses désirs pour des réalités…

— On est en train de mettre la viande à griller. Tu restes ?

— Avec grand plaisir, mais n'aurais-je pas dû apporter ma contribution ?

— Il y a à manger et à boire pour un régiment, et j'ai apporté de la bière, ne te sens pas gêné. Quand tu m'as emmenée en avion, tu ne m'as pas demandé de payer la location !

— Je t'avais invitée. La seule chose que je souhaitais, c'était que tu passes un bon moment.

Elle le regarda, songeuse.

— Et c'était réussi. Bien plus merveilleux encore que je ne l'espérais.

Ainsi que ce baiser…

— J'ai eu l'impression d'avoir tout laissé sur terre pendant une heure.

— C'est ce que je ressens en général quand je vole.

Il sourit de nouveau. Il n'avait, en fait, pas vraiment cessé depuis son arrivée.

— On éprouve une liberté sans pareille, loin des gens, à part ceux qui te donnent des instructions de vol.

— Et pas de lignes blanches ni de passages piétons.

— Tu es sûre que tu ne veux pas t'y mettre ?

— Oui. Entre Rosie et mon travail, je n'ai guère de temps pour une autre passion, mais je m'en tiendrai à mon idée d'avoir un jour mon propre cheval.

— Je comprends. Cela ne nous empêchera pas de retourner voler bientôt, avec Rosie, cette fois.

— Super !

Elle était aux anges et ne rêvait que d'occasions de l'embrasser encore…

Mieux valait se calmer. Deux semaines plus tôt, elle jurait qu'aucun homme ne l'intéressait, et ce baiser avait provoqué chez elle un désir physique presque insupportable. Mais faire l'amour avec son corps encore meurtri ? Elle frémit. Sans doute pas tout de suite.

— Mesdames, je vous laisse, je vais aider Callum pour les grillades.

— On dirait qu'il a toujours habité cette rue, murmura Abbie quand il fut parti.

— Tu n'es pas censée t'occuper de Grace ? marmonna Emma.

— On ne peut plus rien te dire !

Réprimant un éclat de rire, elle tendit les bras vers le bébé qui la regardait fixement.

— Tu me la prêtes un peu ?

— Si tu veux.

— Salut, ma beauté, comment vas-tu ?

Elle serra le bébé contre elle et sentit les larmes lui monter aux yeux.

Abbie l'observait, visiblement inquiète, à présent.

— Tu pleures ?

— Pas à cause de Grace, ne t'inquiète pas.

La tenir dans ses bras était toujours douloureux, mais un peu moins chaque jour, et les moments où elle ressentait le manque s'espaçaient.

— Mais cette grossesse m'a donné envie d'avoir un bébé qui serait à moi. Attends, je reformule : en réalité, j'aimerais fonder une famille avec un homme qui m'aime… Tu crois que ce serait trop demander ?

— Et pourquoi donc ? C'est un souhait très répandu, en fin de compte. Ça a un rapport avec Nixon ?

— Bien sûr, mais j'ai peur… Il n'est pas prêt, et je crains bien que rien de ce que je voudrais n'arrive.

— Essaie d'apprécier les moments que tu passes avec lui. Un pas après l'autre. Moi, j'étais persuadée que ma vie était terminée, et tu vois…

Emma se sentit soudain envahie d'un sentiment de bien-être.

— Incroyable ! s'écria son amie. Toutes les deux, nous sommes passées par des moments atroces, et regarde-nous ! Ce soir, Nixon et toi, vous partagerez de la viande carbonisée et des pommes de terre à moitié crues, mais ça te sera égal parce que tu ne remarques plus rien depuis qu'il est arrivé. Puis tu rentreras avec Rosie, tu la mettras au lit et ensuite… la nuit vous appartiendra. Qu'en penses-tu ?

— N'espère pas que je vienne te faire un rapport !

Elle lui rendit Grace avec une légère pointe de regret.

— À propos de Rosie, je vais voir comment elle se débrouille avec le pogo stick que je lui ai trouvé.

Nixon l'avait devancée : il tenait à la fois le bâton sauteur et un bras de sa fille qui tentait de faire rebondir l'engin dans l'allée.

— Reste bien sur les appuie-pieds ! Voilà ! Maintenant, lève les jambes et le bâton en même temps. Comme ça, regarde !

Sans lâcher Rosie, il mima un rebondissement sur un pogo stick imaginaire.

Rosie vacilla et rebondit. Un bond modeste, mais visible.

— C'est bien, ma chérie ! Recommence ! Oui, parfait !

Il marchait à côté d'elle pour la stabiliser pendant qu'elle assimilait le mouvement.

— Lâche-moi, je peux le faire toute seule !

— D'accord, chef.

Il ne s'éloigna pas, se tenant prêt à l'attraper si jamais elle manquait son coup, ce qui se produisit au troisième saut.

— N'aie pas peur, je te retiens !

Le cœur d'Emma s'emballa : il serait un excellent père pour cet enfant qu'elle désirait… Elle en eut la chair de poule. C'était trop tôt.

— Bon, vous deux, venez manger, maintenant !

À présent que l'idée l'avait frappée, elle n'osait plus les regarder. Déjà au parc, quand il avait aidé Rosie à décrocher son cerf-volant, le premier espoir avait surgi, et aujourd'hui il était bien plus fort encore.

— On dirait que tu as fait ça toute ta vie, lui dit-elle en dégustant une saucisse brûlée.

— Quoi ? Participer à des fêtes ?

— Exactement.

Inutile de le faire fuir. Quoique… l'admirer un moment de dos ne serait pas pour lui déplaire.

Emma embrassa Rosie, qui, épuisée par son après-midi, n'avait pas protesté quand elle l'avait envoyée se coucher.

— Bonne nuit, mon cœur.

— Et Nixon ? Je veux qu'il me dise bonsoir !

— Nixon ? On te demande !

Il entra dans la chambre et se pencha vers le lit.

— Bravo, Rosie, tu t'es bien débrouillée sur ce pogo stick. Et tu as aussi marqué un but au foot.

— Je suis forte, hein ?

— Une championne. Mais il faut que tu dormes maintenant. Tu vas à l'école demain.

Emma déglutit. On eût dit qu'il était vraiment le père de sa fille. Il avait dû apprendre ce ton chez son oncle. Comme elle se surprenait à reconnaître celui de sa mère quand elle parlait à Rosie.

Elle passa de l'autre côté du lit pour l'embrasser sur le front.

— Bonne nuit, ma chérie. Dors bien, fais de beaux rêves.

Rosie s'enfonça sous la couette.

— Bonne nuit, maman, bonne nuit, Nixon… Hé ! C'est demain qu'il vient, le Père Noël ?

— Non, dans quelques jours.

— Il en met, du temps ! dit Rosie en soupirant. J'en ai marre d'attendre.

— Il le faudra, pourtant.

Une fois dans la cuisine, Emma mit la bouilloire sur le feu.

— Thé ou café ? J'ai aussi de la bière, si tu préfères.

— Café, merci.

Il s'approcha d'elle et s'appuya au plan de travail.

— J'ai vraiment passé un bon moment.

— Rien de tel qu'une bonne vieille fête de quartier où tout le monde se mélange, enfants, adultes et seniors. Abbie et moi, nous l'avons organisée l'année de notre arrivée. Nous avions pas mal de voisins âgés loin de leur famille que l'effervescence des fêtes de fin d'année attristait. Alors, quand nous avons frappé aux portes et proposé de nous réunir. Ils ont tous accepté, et c'est devenu une tradition.

— C'est une réussite ! Mais ce que j'ai surtout apprécié, c'est ta compagnie, celle de Rosie, et celle de Callum et Abbie. Je me suis senti à l'aise, et… c'est idiot à dire… à ma place.

Il leva une main pour lui replacer une boucle de cheveux.

— J'aimerais vous retrouver régulièrement.

— Tu es toujours le bienvenu.

— Tu penses que c'est aussi facile ? murmura-t-il.

Elle secoua la tête.

— Plus nous passerons du temps ensemble, plus ça le sera.

— Tu vois toujours les choses aussi simplement, Emma ? Tu n'as pas hésité à monter en avion avec moi, tu adores ton métier, tu élèves Rosie toute seule sans que ça semble te poser de problème. Rien ne paraît te rebuter, pourtant, je surprends parfois de la défiance dans tes yeux, quand tu crois que personne ne te voit. C'est normal que tu manques encore d'assurance, mais es-tu réellement à l'aise avec moi ?

Elle mit du café soluble dans un mug et un sachet de thé dans l'autre avant de répondre.

— Comme tout le monde, je connais des moments d'incertitude. La naissance de Grace m'a beaucoup remuée, et j'ai compris que ma vie actuelle ne me suffisait plus. Maintenant, j'en ai assez d'hésiter, j'ai envie de me jeter à l'eau sans souci des conséquences.

— Dis-moi, ce baiser… Dois-je le prendre comme un compliment ?

— Tu es le premier homme que j'embrasse depuis des années.

Il eut un sourire malicieux.

— C'était donc bien un compliment.

Elle lâcha la cuiller et scruta, séduite par son sourire et par l'intensité de son regard, son corps musclé, son effluve viril…

— Tu aimes les compliments ? murmura-t-elle.

— Attends, chacun son tour, c'est à moi de t'en faire un.

La prenant par le bras, il l'attira à lui pour presser ses lèvres sur les siennes et, aussitôt, elle le désira. Elle lui rendit son baiser, se donnant tout entière. Un merveilleux compliment.

— Maman, j'ai soif !

Elle s'écarta de Nixon, les joues en feu, frustrée.

— La réalité me rappelle à l'ordre… Désolée.

Son sourire lui fit trembler les jambes.

— Il n'y a pas de quoi, la réalité est ce qu'elle est…

Elle se demanda si cette sensation de perdre le contrôle était réelle. Et ce besoin d'amour et de famille qui la tourmentait, devrait-elle y céder ou s'enfuir pendant qu'il était encore temps ?

— Emma… Ne le prends pas mal, mais il me semble que je ferais mieux de te laisser avant que nous allions trop loin.

Le regret qu'elle perçut dans sa voix la consola un peu.

— Tu as une fille à laquelle tu dois penser.

— C'est l'unique raison, tu es sûr ?

— Je te le jure.

Combien d'hommes auraient songé à Rosie en un moment

pareil ? Ils auraient pu recommencer à s'embrasser en se dirigeant vers sa chambre car il avait envie d'elle, elle l'avait senti. Elle se haussa sur la pointe des pieds pour lui caresser le menton des lèvres.

— Merci, Nixon. Et bonsoir.

Il était si plein de tact, si attentionné ! Une raison de plus de l'aimer…

10.

— Je ne sais pas ce qui se passe… L'hélico a atterri au moment où je me garais.

Au lieu de filer droit aux urgences, il l'avait attendue dans le parking, aussi gêné qu'un adolescent. Parce qu'il avait tant envie de la voir, de l'entendre… Pour être franc, surtout de l'embrasser, mais pas ici, bien entendu. Lorsqu'il l'avait vue arriver, son cœur s'était gonflé de joie.

— Je me demande qui on nous amène, dit-elle en bâillant.

— Tu n'as pas bien dormi ?

Lui non plus… Elle ne lui laissait pas de repos. En la voyant hier avec Grace dans les bras, il s'était senti rassuré : elle n'était visiblement plus perturbée. Quelle force ! C'était le genre de femme avec qui il pourrait passer sa vie… s'il trouvait le courage de lâcher prise, de dépasser les limites qu'il s'était imposées.

— Ma fille chérie demandait toutes les cinq minutes à aller aux toilettes, à boire un verre d'eau, à écouter une histoire — ça, j'ai refusé — et, bien sûr, à voir le Père Noël. Bref, les joies de la maternité.

Elle souriait en prononçant ses mots, démentant sa feinte mauvaise humeur.

— Et ça lui arrive souvent ?

— De temps en temps et, ensuite, elle dort dix heures d'affilée pendant des semaines. J'ai craint d'avoir du mal à la réveiller, ce matin.

Le téléphone de Nixon émit un signal, et il jeta un coup d'œil à l'écran.

— Allons-y vite, ils entrent aux urgences !

Il partit d'un pas décidé, heureux qu'on ait besoin de lui, d'aider des gens fragilisés. Par ailleurs, après le week-end qu'il avait passé avec Emma, ses pieds ne touchaient plus le sol.

Pourtant, quand il reconnut la patiente, son enthousiasme disparut : c'était Trish, une femme qui tenait avec son mari une baraque de délicieux beignets dont il se régalait à l'occasion. Il se précipita près du chariot.

— Trish, que s'est-il passé ?

Callum intervint.

— Elle a fait une chute en promenant son chien, vers Arrowtown. C'était plus rapide de l'amener en hélico.

— Punch a vu un hérisson, alors il est parti comme une fusée et j'ai voulu le rattraper, expliqua Trish.

— Où est-il ?

— L'ambulancier a dû le rapporter à mon époux.

— Bill ne vous accompagne pas ?

— Il viendra dès qu'il aura trouvé quelqu'un pour tenir la boutique, répondit Callum.

Nixon écouta son rapport puis se tourna vers la blessée.

— On va vous arranger ça, Trish. Je vous envoie passer des radios avant de vous examiner. À part la cheville et le poignet qui vous font souffrir, pas de maux de tête, de vertiges, de crampes ?

— Rien de tout ça.

— Bonjour, Trish ! Tu es venue en transport de luxe !

Emma, qui sortait du vestiaire, s'avançait en souriant.

Un sourire éclaira le visage de Trish.

— Pour une fois que ça m'arrive… Si j'ai la cheville cassée, je vais être immobilisée un moment, non ? ajouta-t-elle, se rembrunissant.

— Je le crains, répondit Nixon. Bill sera l'unique maître à bord.

— Ce n'est pas drôle, docteur ! C'est moi la reine du beignet, pas lui…

Emma s'esclaffa.

— Je n'aurais jamais comparé Bill, si viril, à une reine !

Mais je peux me tromper. Il se vernit peut-être les ongles des orteils ?

— J'ai entendu, jeune dame ! dit Bill qui passait la porte. J'ai bien fait de dépasser la limitation de vitesse pour venir, sinon qui sait ce que vous auriez inventé ?

— Content que vous soyez là, Bill, dit Nixon.

Emma l'embrassa sur la joue.

— Tu n'as pas attendu qu'on te ramène Punch, alors ?

— Le gars de l'ambulance m'a promis de le déposer à la maison.

Nixon sourit.

— Drôle de client ! Bien, trouvons un lit à Trish. Callum veut sans doute récupérer son brancard pour aller sauver quelqu'un d'autre.

— Je préférerais boire un café et manger quelque chose d'abord, protesta l'intéressé. Trish, j'espère que ce ne sera pas trop grave. Et, Bill, si tu as besoin d'un coup de main, appelle-moi.

— Merci. Il y a encore pas mal de trucs à trier avant la vente.

Nixon vit Emma se pétrifier.

— Qu'est-ce que vous vendez ? Pas ma maison préférée, tout de même ?

— Hé si, ma chérie. Elle devient trop grande pour nous, et aucun de nos garçons n'envisage de revenir y vivre. Nous avons envie d'une villa plus modeste, facile à mettre en ordre, et d'une pelouse que je puisse tondre en cinq minutes.

— Maman ne m'en a pas parlé !

Nixon eut le cœur serré quand elle croisa son regard : un voile de tristesse assombrissait ses yeux.

— J'ai tellement de bons souvenirs du temps où je jouais là-bas avec les garçons ! expliqua-t-elle. Nos familles ont toujours été proches, nous leur rendions souvent visite quand j'étais enfant…

Il se tourna vers Bill.

— Combien avez-vous d'hectares ?

— Un peu plus de trois. Et la maison est immense, avec cinq chambres.

Emma laissa échapper un long soupir.

— L'idéal pour un couple avec des enfants jeunes… Bon, tu as besoin de moi avant que je parte au triage, Nixon ?

Pour un baiser, oui, suivi de beaucoup d'autres… Il avait envie de la tenir dans ses bras… De l'embrasser, et même… Oui, de vivre avec elle. Oh ! c'était idiot, car il ignorait si elle était prête. Et lui, qui n'avait jamais vécu avec une femme, était-il prêt ?

— Vas-y, nous nous débrouillons.

— Très bien.

Pas de tension entre eux, ce matin. Normal, puisque hier soir ils avaient fini sur une note agréable, voire chaude…

Mais l'heure n'était pas à revivre la sensation de ses lèvres sur les siennes et de son corps contre lui. Il était médecin, et sa patiente attendait.

Il passa la tête hors du box et chercha des yeux un infirmier disponible.

— Carl, peux-tu venir ?

Puis il palpa la cheville enflée de Trish avec précaution.

— À mon avis, il y a fracture du tarse, mais seule la radio le confirmera. Carl, tu me nettoies la plaie au bras, s'il te plaît ? Je la recoudrai dès que possible.

Une tête apparut dans l'encadrement. C'était Emma.

— Nixon ? Nous avons un jeune cycliste italien qui a fait une chute après avoir heurté l'arrière d'un camion. Nez et dents cassés, blessure à l'épaule, probable commotion. J'ai voulu l'amener ici, mais il refuse.

Il sortit du box et s'approcha du jeune homme couvert de sang, affalé en travers des chaises de la salle d'attente.

— Je suis médecin. Vous parlez anglais ?

— *Si*, répondit une jeune fille assise à côté de lui. Un peu.

— Venez avec moi, je vais vous examiner.

— Rocco attend réponse de l'assurance d'abord.

Nixon secoua la tête. Le côté financier de l'affaire ne le concernait pas.

— Impossible d'attendre. Rocco a besoin d'être soigné tout de suite.

De points de suture au menton et au front, pour commencer. Le bras gauche plaqué contre son torse indiquait soit une fracture, soit un problème à l'épaule. Cameron allait pester de devoir opérer en urgence si tôt le matin.

Emma approcha un fauteuil roulant.

— Venez.

Une fois le jeune Italien allongé sur un lit, Emma entreprit de découper ses vêtements pour examiner l'étendue des dégâts.

Nixon respira un parfum de fraise. Samedi, dans la cabine exiguë de l'avion, il l'avait déjà respiré et il avait eu beau s'efforcer d'oublier cette escapade, il n'avait pu se retenir de retourner la voir hier. Sur le mur de la salle d'attente, une affiche annonçait un concert en ville vendredi soir. Pourquoi ne pas l'y inviter ? Avec un peu de chance, Abbie, ou Kathy, pourrait garder Rosie.

Autant admettre que le stade de l'amitié était dépassé. Les amis ne s'embrassent pas sur la bouche, ne partagent pas de baisers qui font couler le sang plus vite et empêchent de respirer. Il manquait tellement de sommeil qu'il se sentait léthargique et avait du mal à se concentrer.

— Tenez, docteur, enfilez donc ces gants !

— Ah ! oui, merci.

— Voulez-vous que j'aille chercher le kit de suture ? Vous semblez un peu distrait, ce matin.

Ma parole, elle le taquinait !

Il sourit.

— S'il vous plaît. Il est dans l'armoire de la salle de réa, sur la troisième étagère.

C'était amusant de flirter avec une collègue, en fin de compte. Et excitant. À condition de garder le sens des priorités.

S'il invitait Emma au concert, ce ne serait pas leur dernier rendez-vous, loin de là. Pour elle, il était prêt à bouleverser ses principes, à plonger dans l'inconnu…

Il frissonna. Il était si souvent sorti avec des femmes insouciantes qui le quittaient au matin sans un regard en arrière… Maintenant, il avait envie d'une relation plus profonde ouvrant des perspectives.

Il n'ignorait pas qu'il y aurait des conséquences pour tous les deux… Était-il prêt ?

Emma passa son nouveau T-shirt par-dessus sa tête et le lissa sur ses seins qui n'étaient presque plus douloureux. Le motif à chevrons l'amincissait et sa minijupe noire moulait ses hanches.

Après avoir chaussé des stilettos qui lui tortureraient les pieds à la fin de la soirée, elle étudia le résultat dans le miroir. Pas mal, même si elle n'avait pas encore tout à fait retrouvé sa silhouette d'avant sa grossesse… L'excitation lui fit battre le cœur plus vite. Une soirée avec un homme sexy, où elle ne serait plus qu'une femme en train de s'amuser. Une nuit où tout était possible puisque sa mère avait accepté de garder Rosie jusqu'à demain matin.

Quand la sonnette de l'entrée retentit, elle hésita. Ne commettait-elle pas une erreur ? Non, puisqu'elle faisait confiance à Nixon et le jugeait sincère. Elle accrocha la bride de son sac à son épaule et alla ouvrir.

L'ambiance était électrique quand ils se frayèrent un passage à travers la foule pour boire une bière dans un pub. L'orchestre était lancé dans un swing endiablé, les gens buvaient, riaient, dansaient, et bavardaient dans les langues les plus invraisemblables.

Nixon lui tenait la main comme pour ne pas la perdre.

— Je ne suis pas sortie écouter de la musique depuis des années !

Ses yeux pétillèrent de malice.

— La Belle au bois dormant se réveille !

— Ne te prends pas pour un prince pour autant ! répliqua-t-elle en souriant.

Ils allèrent dehors s'installer sur un banc de pierre pour regarder et écouter mais, très vite, Emma eut des fourmis dans les jambes et elle se leva pour danser. Nixon, qui l'observait, avait l'air d'apprécier, et elle en fut tout émoustillée. Elle lui fit signe.

— Viens bouger avec moi !

Ses yeux s'arrondirent, puis il bondit sur ses pieds.

— D'accord.

Bon sang, qu'il danse bien ! se dit-elle. Ses yeux étaient plongés dans les siens, et ce regard l'emplissait de chaleur, lui asséchait la bouche, la faisait fondre au point qu'elle craignit de devoir se rasseoir. Lorsqu'elle lui passa les bras autour du cou, il plaqua les mains au bas de ses reins, et elle se sentit en sécurité, heureuse, totalement prête pour un nouveau baiser…

— Nous avons toute la nuit, lui murmura-t-il à l'oreille.

En réponse, elle se colla contre lui. *Toute la nuit*, se répétait-elle en silence. Une promesse ? Certainement.

Ils ne s'immobilisèrent que lorsque l'orchestre fit une pause. L'air était chaud et le ciel scintillant d'étoiles.

— Veux-tu que nous trouvions un endroit pour dîner ?

— Et si nous achetions un casse-croûte à l'une des baraques de la rue pour le déguster au bord de l'eau ?

— Bonne idée. Nous reviendrons plus tard.

Elle glissa sa main dans la sienne, et ils attendirent leur tour pour des kebabs.

— En fait, c'est très agréable de sortir !

— Bien d'accord.

Il lui caressa la joue d'un doigt, descendit jusqu'à sa lèvre.

— Tu crois que nous réussirons à ne pas nous disputer à la fin de la nuit ?

— C'est fini. Nous nous entendons si bien ! Je déteste que nous ne soyons pas d'accord. Pas de brouille, ce soir !

Elle croisa légèrement l'index et le majeur de sa main gauche derrière son dos.

Puis elle soupira d'aise : Nixon pour cavalier, et un kebab délicieux sur la rive du lac. Que désirer de plus ? Leur repas terminé, ils retournèrent danser et, éperdue de désir, elle profita de ses sourires, de ses baisers, de ses mains dans son dos, autour de sa taille… Elle en oubliait tout ce qui n'était pas lui.

Enfin, les musiciens remballèrent leur matériel, et la foule s'égailla vers les terrasses des cafés. Nixon lui entoura les épaules d'un bras et l'attira à lui.

— Un dernier verre ?

— Euh… Ça m'ennuie de l'avouer, mais je préférerais rentrer.

Ces temps-ci, elle avait plutôt tendance à se mettre au lit avant 22 heures.

— Ça me soulage plutôt, murmura-t-il en pressant ses lèvres sur les siennes. Je ne tiens pas à aller me coucher, mais j'en ai assez de traîner dans les rues avec toute cette foule.

Ainsi, la nuit n'était pas finie… Elle en oublia sa fatigue et marcha bravement sur ses pieds douloureux jusqu'au 4x4. En chemin, elle se reprocha de se faire des illusions : il avait probablement voulu dire qu'il boirait un café avec elle avant de s'en aller. Ne pas oublier qu'elle avait affaire à un expert…

Quand il se gara devant chez elle, elle retint son souffle. Devait-elle l'inviter à entrer ? Elle avait si peur d'essuyer un refus !

À sa grande surprise, il descendit de voiture pour lui ouvrir la portière, lui tint la main pour l'aider à sortir et l'escorter jusqu'à la porte, et entra avec elle pour se diriger vers sa chambre. Sans un mot, sans un regard interrogateur. Ce Nixon-là était confiant, sûr de lui.

Quand il la prit dans ses bras, elle sentit s'envoler toutes ses hésitations.

— Je peux ?

Puis il l'embrassa avec passion. Un baiser extraordinaire

qui réveillait toutes les envies qu'elle tentait d'étouffer depuis le début de la soirée.

Elle était libre de satisfaire son désir de lui. Il l'y invitait, et elle ne reculerait pas.

Il s'écarta un peu d'elle.

— N'est-ce pas trop tôt pour toi ? Tu as accouché il y a peu de temps.

Elle aurait peut-être un peu mal, mais elle supposait que le désir et le plaisir l'empêcheraient de sentir la douleur.

— Essayons toujours !

— Je ferai attention, je te promets.

Oh ! surtout pas ! songea-t-elle. Elle l'embrassa avec passion pour lui montrer qu'elle n'était pas une poupée de porcelaine, et il se mit à lui déboutonner son chemisier avec fièvre. Elle s'en débarrassa vite puis se tortilla pour se libérer de sa jupe serrée. Il l'aida en couvrant ses mains des siennes, lui caressant les fesses, les cuisses, les genoux au passage. Elle frémissait de désir, elle avait chaud et froid en même temps. Ses mains sur sa peau nue la rendaient folle.

— Dépêche-toi ! murmura-t-elle. Je ne tiendrai pas cinq secondes si tu continues ainsi !

— Alors je recommencerai.

Volontiers… Elle accepta ses caresses puis se laissa aller à cette jouissance si longtemps différée et eut l'impression de perdre la tête.

À quel moment avaient-ils atterri sur le lit ? À présent, elle était allongée sur lui et glissait les mains sur son torse. Elle sentait son érection contre son ventre, sa langue qui titillait un mamelon, et de nouveau des vagues de désir la parcouraient.

Se dégageant de cette bouche exquise, elle l'enfourcha et commença un mouvement de va-et-vient.

— Préservatif, murmura-t-il.

— Inutile, dit-elle dans un souffle.

— Emma !

Mais elle ne pensait plus à rien sinon au plaisir qui enflait en elle et, quand elle explosa, il se laissa aller à son tour à la jouissance.

Elle mit du temps à recouvrer une respiration normale. Jamais elle n'avait fait l'amour aussi merveilleusement. Nixon haletait aussi… Elle entrelaça ses doigts aux siens. Maintenant, elle savait pour quoi ces mains étaient faites, et elle voulait en apprendre davantage à leur sujet.

11.

Nixon regarda Emma soulever Rosie de terre pour la serrer contre elle tandis que Kathy souriait.

— On dirait que vous ne vous êtes pas vues depuis une semaine ! dit-il en riant.

Il était enchanté d'assister à cette démonstration de tendresse, la première depuis qu'il les connaissait.

En faisant l'amour avec elle, il avait senti qu'enfin son univers avait un sens. Une révélation. Elle était si généreuse qu'il avait été d'abord été perdu. Il avait espéré qu'après avoir satisfait son envie d'elle, une fois le mystère dévoilé, il pourrait redevenir l'ami proche qu'il était quelque temps auparavant. Il ne s'attendait pas à être ainsi envoûté. Non, ils ne seraient plus jamais amis. Ils étaient amants. Mais pour combien de temps ? Pour quelques mois ? Pour toujours ?

Peu importait, cela signifiait qu'il était désormais capable de profiter à plein de l'instant présent sans redouter d'être abandonné. Du coup, il pouvait aussi admettre que son oncle et ses cousins l'avaient aimé.

Rosie faisait à présent des bonds devant lui, bras levés.

— Nixon, un câlin !

Amusé, il la souleva et savoura sa chaleur, absorbant l'odeur de savon et de cornflakes et de…

— Tu as mangé du chocolat au petit déjeuner ?

— Un Père Noël du sapin, mais ne le dis pas à maman, chuchota-t-elle à son oreille.

— D'accord, c'est notre secret, répondit-il sur le même ton.

La fillette s'écarta, les mains posées sur ses épaules.

— On peut aller au parc avec mon cerf-volant, Nixon ?

Il regarda Emma, un sourcil levé.

— Plus tard, Rosie. Dis au revoir à ta grand-mère.

— Je ne peux pas m'éloigner beaucoup, je suis de garde, dit-il d'un ton d'excuse.

— Pas de problème.

Une fois à l'intérieur, après avoir mis la bouilloire à chauffer, Emma s'assit à la table pour parcourir le journal que sa mère avait apporté et le feuilleta jusqu'à la page des annonces immobilières.

— Oh ! C'est la maison de Trish et de Bill !

Elle la lut en détail puis poussa un soupir.

— Dommage que mon salaire d'infirmière ne soit pas plus élevé !

— Tu l'achèterais ?

Bien qu'il eût perçu son regret quand Bill lui avait parlé de la vente, il n'avait pas compris qu'elle y tenait à ce point.

— Oui, si j'avais un compagnon et d'autres d'enfants… Et de l'argent. Beaucoup, puisque Queenstown est une des stations balnéaires les plus chères du pays.

Nixon sentit un frisson le parcourir. Un foyer, une famille… Ils venaient de coucher ensemble pour la première fois, et c'était trop tôt pour de tels projets.

Il passa derrière elle pour regarder la photo et la description de la propriété. En effet, le lieu semblait idéal pour des enfants jeunes. Il imagina Emma et Rosie dans la cour avec un chien, et ces chevaux dont elle rêvait dans des paddocks. Bon sang, il avait même envie de faire partie du tableau ! Le bonheur conjugal. Mais il n'avait rien prévu de tel. Peut-être dans l'avenir… Même s'il se sentait plus confiant, il était encore loin d'envisager de s'installer dans une maison avec femme et enfants. Très loin.

Ses vieilles peurs lui revinrent, si fortes qu'il se rapprocha de la porte en cherchant un prétexte pour s'en aller.

Emma se leva et lui posa une main sur le bras.

— Nixon, je ne te demande rien. Nous nous entendons

bien, nous ne nous disputons plus, tout est parfait. Inutile de te torturer ainsi.

— C'est si évident que ça ?

— Oui.

— C'est effrayant ! Tu me connais trop !

Il croisa son regard confiant, et ses craintes se dissipèrent. Il serait content de passer la journée avec elle.

— Donc, tu veux avoir ta maison à toi.

— Oui, c'est pour ça que j'épargne, dit-elle en versant l'eau bouillante sur le café en poudre.

Quelle femme ! Elle faisait des projets, elle ne s'attardait pas sur les horreurs de son passé, même si elles revenaient la tourmenter dans ses moments de faiblesse.

— Si tu souhaites reprendre à temps plein, dis-le-moi.

— J'aimerais aussi profiter de Rosie. Nous verrons le moment venu.

Elle lui jeta un regard scrutateur.

— Et toi, tu es propriétaire de la maison que tu habites ?

— Oui. Je l'ai rachetée à mon prédécesseur qui retournait à Wellington pour sa retraite. C'était l'idéal pour moi et je n'ai pas hésité, l'immobilier étant toujours un bon placement…

Son téléphone émit un signal et il consulta l'écran.

— Un parapenteur s'est écrasé sur le Bob's Peak, près du bâtiment du téléphérique. De nombreuses blessures, état critique.

Il appela les urgences pour leur confirmer son arrivée. Il aurait préféré se rendre sur les lieux, mais les secouristes étaient compétents.

— Reviens pour le déjeuner, si tu as terminé ! cria Emma derrière son dos.

Il lui fit signe, sauta dans son 4x4 et s'engagea dans l'intense circulation. Son cœur s'alourdissait à chaque kilomètre qui l'éloignait d'Emma. Au moins, il lui restait la perspective de la revoir pour le déjeuner… s'il parvenait à s'extraire de ces embouteillages et si l'état de son patient le permettait.

Pour son bien-être et son équilibre, il avait intérêt à passer plus de temps avec elle. Il grimaça : s'il continuait dans cette voie, sa bicyclette allait rouiller !

Il appuya sur l'avertisseur pour se dégager un passage.

Un blessé grave risquait de mourir s'il n'arrivait pas à temps. Si son vélo avait été accroché derrière le 4x4, comme d'habitude, il l'aurait utilisé pour finir le trajet. Mais il avait totalement oublié cette précaution tant la pensée d'Emma l'occupait à temps plein.

Enfin, il abandonna son véhicule dans le parking des visiteurs et se rua vers les urgences à travers les pelouses.

— Carl ! Dans combien de temps sera-t-il ici ?

— Il arrive. La salle de réa 1 est prête.

Un instant plus tard, Nixon affrontait le pire des scénarios possibles : perte de conscience, fractures, hémorragies internes. Tout le monde travaillait vite, luttant contre l'impossible, parvenant peu à peu à stabiliser le patient pour qu'il puisse être opéré.

— Pas de réaction dans les extrémités, dit Nixon à Cameron qui venait d'arriver en tenue de jardinage.

— La colonne vertébrale est touchée. Logique, les fractures qu'il a aux fémurs et aux hanches indiquent qu'il a atterri sur ses pieds.

Cameron examina les radios placées sur l'écran.

— Commençons par l'hémorragie au foie. La journée va être longue.

Surtout pour cet homme dont ils ne connaissaient même pas le nom.

— Il est arrivé au parking ce matin avec son parapente, a décollé et s'est aussitôt écrasé contre le flanc de la montagne, raconta Nixon à Emma l'après-midi. Un instructeur soupçonne un défaut dans le système de commandes, mais on n'a pas encore vérifié.

— Le numéro de la voiture ne permettrait-il pas de l'identifier ?

— Elle appartient à une femme de Christchurch qui est à Auckland pour le week-end.

Emma soupira.

— En attendant, il est seul et souffre atrocement…

Nixon s'étira sur la chaise longue de la terrasse. L'épuisement amollissait tous ses muscles, et il avait des crampes d'estomac.

— Mange, ça te requinquera.

Elle lui tendit deux beignets de saumon sur une assiette et une bouteille d'eau glacée.

Posant le tout sur la table, il l'attira à lui pour l'asseoir sur ses genoux. Il se sentait si bien ainsi ! Il avait l'étrange impression de rentrer chez lui.

— Merci. Revenir d'un dur moment aux urgences et te trouver ici avec de quoi me sustenter, c'est… Je n'ai jamais connu ça, et c'est merveilleux.

Il la serra contre lui puis l'embrassa, et le désir le priva vite de sa capacité de penser. Il glissa les mains sous son chemisier et trouva ses seins…

Soudain, elle se dégagea, haletante.

— Non, Rosie est dans la cour arrière !

Une fois de plus, la réalité se rappelait à lui… Mais, malgré sa frustration, cela lui était égal, car Rosie était partie intégrante du marché. Quel marché ? Ils n'en avaient conclu aucun ! Le regrettait-il ? En fin de compte, que voulait-il d'Emma ? Un en-cas en rentrant d'une urgence pénible, un peu de sexe de temps en temps, ou simplement boire une bière avec elle sur sa terrasse ?

Tout devenait trop compliqué.

Il était vraiment inexpérimenté en matière d'intimité avec une femme. Par le passé, il ne s'était pas posé tant de questions et il n'y avait jamais eu d'enfant pour interrompre un baiser passionné qui le conduirait dans une chambre. C'était nouveau.

Est-ce que cela lui plaisait ? Eh bien, oui.

— Tu devrais dîner avec nous. À condition que tu aimes

les hamburgers au poulet. Le samedi soir, c'est Rosie qui compose le menu.

— Je mangerais n'importe quoi pour pouvoir rester.

Le sourire d'Emma se fit malicieux.

— Je vais consulter mon agenda.

— Heureusement que Noël approche, murmura-t-elle un peu plus tard, blottie contre l'épaule de Nixon.

Après le dîner, il l'avait emmenée dans la chambre pour faire l'amour, et il avait recommencé au cours de la nuit.

Elle se raidit : l'aube ne tarderait pas, et il allait devoir rentrer chez lui…

Du bout des doigts, il décrivait des petits cercles sur son dos.

— Tu crois que Rosie va tenir le coup ?

— C'est moi qui risque de craquer. Si j'entends une fois de plus « encore combien de jours, maman ? », je sens que je vais hurler.

Il rit puis se rembrunit aussitôt.

— Nous n'allons pas nous voir pendant deux jours. En fait, je ne suis pas vraiment obligé d'aller à Dunedin, je pourrais…

— Ah, non ! coupa-t-elle. C'est toujours mieux de passer Noël en famille. Je n'imaginerais pas la journée sans mes parents et mes casse-pieds de frères. Ce ne serait pas Noël.

— C'est différent, vous êtes très unis, et vos rapports sont très faciles !

— Ils t'attendent, Nixon.

Il soupira.

— De toute façon, il est un peu tard pour me dédire… En fait, je suis curieux de les revoir, de rencontrer mes cousins avec leurs femmes et leurs enfants.

— Ce pourrait être ton meilleur Noël.

— Hum, peut-être…

Il l'embrassa sur le front.

— De toute façon, je suis de service le vingt-sept décembre.

Elle poussa un soupir. Deux jours et deux nuits sans lui… Une éternité.

— Je suis heureuse que tu viennes demain avant de prendre ton avion.

Ils avaient prévu un dîner léger avec Rosie en fin d'après-midi, une occasion de lui offrir un cadeau ensemble. Ensuite, il rejoindrait en voiture l'aéroport de Frankton, et elles iraient toutes les deux à Gibbston Valley pour le repas de Noël familial.

Il lui lâcha la main et sortit du lit.

— Mieux vaut que j'y aille, à présent.

— D'accord.

Tant qu'ils n'avaient pas discuté de l'avenir de leur relation, elle ne tenait pas à ce que Rosie entre dans la chambre à l'improviste. Ce serait irresponsable de sa part.

Il enfila son pantalon et sa chemise froissée, puis se pencha pour l'embrasser.

— À plus tard.

— À tout à l'heure, en fait…

Elle avait pris des congés jusqu'au lendemain de Noël. Tout ce mois, elle n'avait effectué que des horaires réduits, et ils avaient décidé qu'elle reprendrait son travail à plein temps le jour où il serait rentré de Dunedin.

Un second baiser caressa ses lèvres, et elle saisit sa chemise pour l'attirer à elle.

— Quelle heure est-il ?

— Navré, Emma, mais il faut que je dorme un peu avant de retourner aux urgences.

— Je comprends.

Elle soupira en entendant la porte se refermer, souhaitant qu'il puisse bientôt rester jusqu'au matin.

Toutefois, il était inutile de précipiter les choses.

Nixon n'était pas prêt pour une relation sérieuse, et elle non plus sans doute. Comme l'avait prédit Abbie, les traumatismes du passé étaient revenus la tourmenter ces dernières semaines ; on aurait dit que plus elle pensait que Nixon était l'homme de sa vie, plus son esprit lui rappelait qu'elle s'était déjà trompée une fois.

Elle saisit l'oreiller voisin et y enfouit son visage pour inhaler son effluve. Elle retirait de ces moments d'intimité un plaisir incroyable.

Qu'elle le veuille ou non, elle était tombée amoureuse de lui et, même si sa raison lui conseillait la prudence, elle savait qu'il n'avait pas une once de méchanceté en lui, qu'il protégerait ceux qu'il aimait jusqu'au bout. À condition qu'il accepte d'aimer.

Elle bâilla, repoussa l'oreiller et se blottit sous la couverture. Elle ferait bien d'acheter des vitamines…

— Oh ! c'est un robot ! s'écria Rosie en déchirant le papier d'emballage de son cadeau.

Son excitation fit sourire Emma.

— Attention, ma chérie. Ne le casse pas, il faut encore qu'il tienne toute la journée de demain ! Nixon va le déballer.

Elle le regarda, et son sourire s'effaça. Il allait tant lui manquer ! Éprouvant soudain une grande lassitude, elle se frotta les yeux. Sa tête bourdonnait et ses seins la faisaient de nouveau souffrir.

Nixon l'examina, l'air sérieux. Il ne semblait pas très gai cet après-midi.

— Tu te sens fatiguée ?

Dissimulant sa tristesse, elle s'efforça de paraître enjouée.

— Pas vraiment, mais le début de la journée a été chargé.

Curieusement, il n'insista pas et se mit en devoir d'ouvrir la boîte qui contenait le robot.

Ainsi, il était de la même humeur qu'elle. Elle qui espérait se détendre en sa compagnie pendant que Rosie découvrait son cadeau… Qui sait, peut-être souffrait-il davantage de la perte de ses parents et de son frère à la période des fêtes ?

— Abbie est venue boire un café tout à l'heure. Elle est si heureuse entre son bébé et Callum !

Son amie avait été très volubile, et Emma l'avait vue repartir avec soulagement. Non qu'elle puisse lui en vouloir d'exprimer son bonheur…

— Tu tiens les commandes comme ça, expliqua Nixon. Appuie sur ce bouton.

Le robot vacilla et piqua du nez.

— Je sais faire, maman, regarde !

Nixon redressa le jouet, encore et encore… Elle admirait sa patience.

— À quelle heure comptes-tu partir ?

— Il va y avoir pas mal de circulation ce soir. Vers 19 heures, si tu n'y vois pas d'inconvénient.

Son cœur se serra. Un peu plus tôt que ce qu'elle avait compris…

— Je vais m'occuper du repas. La salade est prête, ainsi que les pommes de terre et les petits pois.

Elle se leva et trébucha sur une poupée, mais il la rattrapa pour lui éviter de perdre l'équilibre.

— Attention !

Pourquoi ses mains étaient-elles crispées à ce point ? Quelque chose ne tournait pas rond. Elle croisa son regard, y lut de l'inquiétude et de l'hésitation.

— Que se passe-t-il, Nixon ?

— Rien.

Quand, de l'autre côté du mur, Grace se mit à pleurer, à hurler, même, elle sentit son cœur chavirer et éclata en sanglots. Il avait dit « rien », et c'était déjà trop. Quand elle se blottit contre lui pour pleurer à chaudes larmes, il l'attira contre lui et s'affala dans un fauteuil.

— Rosie, va montrer ton robot à Abbie, si tu veux. J'irai te chercher dans une minute.

— C'est vrai, je peux ?

— Bien sûr !

Dès qu'ils furent seuls, il lui tendit des mouchoirs en papier.

— Là, calme-toi. Il fallait que tu craques à un moment ou à un autre.

— Ça n'a rien à voir avec Grace…

Elle le sentit se raidir.

— Que veux-tu dire ?

— Je… Je veux un autre bébé, un à moi.

Il posa le menton sur le sommet de son crâne.

— Tu es épuisée, Emma. Tu as repris tes activités en prétendant que tout allait bien, que tu étais en pleine forme, mais tu n'es même pas allée voir le psychologue ! Prends le temps de souffler.

Elle rejeta la tête en arrière pour le regarder dans les yeux.

— D'accord, mais il n'y a pas que ça. Je suis sérieuse. Oh ! bien entendu, pas question de faire un enfant tant que je n'aurai pas de relation stable.

Quelle serait sa réaction si elle lui avouait qu'elle l'aimait, qu'elle voulait qu'il soit le père de ce bébé ? Elle n'oserait pas, pas pour l'instant.

Elle s'essuya les yeux.

— Je te demande pardon. En effet, je suis très fatiguée. Me voilà en train de pleurer comme une gamine, alors que c'est Noël… Je me sens ridicule.

Il lui caressa les cheveux et esquissa un demi-sourire.

— Et si nous nous annulions ce dîner ? Tu partirais tout de suite chez tes parents, et j'achèterais un plat tout prêt avant de prendre la route.

Son cœur s'alourdit un peu plus. Ainsi, son instinct ne l'avait pas trompée. Il avait sauté sur ce prétexte pour s'échapper.

— Si tu préfères…

— C'est plus sage, à mon avis.

Elle chercha de la chaleur dans son regard sans vraiment espérer en trouver. Sans doute ne l'aimait-il pas vraiment… Elle avait bien fait de ne pas lui en dire davantage.

Elle se leva pour aller regarder par la fenêtre. Quand il la prit par les épaules, elle ne put s'empêcher de se blottir contre lui pour absorber sa force et sa chaleur. Autant ne pas gâcher leur relation puisqu'il lui restait un mince espoir…

— Bon voyage, Nixon, et joyeux Noël.

12.

— Nous allons avoir un bébé ! C'est prodigieux, tu ne trouves pas ?

Nixon suffoquait. Un sourire béat aux lèvres, Emma dansait dans la salle des urgences. Pour elle, cela semblait une nouvelle extraordinaire.

Pas pour lui.

Elle le faisait marcher, c'était évident… Il eut soudain envie d'elle, de la tenir serrée et de lui faire l'amour avec tendresse. De la regarder dans les yeux pendant qu'elle jouissait et se laisser emporter avec elle dans la vague de leur plaisir. Mais elle n'avait pas le droit d'être enceinte avant qu'ils aient discuté de leur avenir !

À présent, elle s'approchait, son ventre rond en avant.

— Touche, tu sentiras les coups de pied, murmura-t-elle.

Il recula et s'appuya au bureau.

— Tu as fait un test ?

— Crois-tu que ce soit nécessaire ? répliqua-t-elle sans cesser de sourire.

Non, c'était impossible. Pour l'instant, il n'était pas prêt à être père, et il ne le serait sans doute jamais.

Des cris d'enfants lui vrillèrent le crâne, et Nixon se redressa d'un bond, en sueur, le cœur lui martelant les côtes. Il vit le canapé, le drap entortillé à ses pieds et l'oreiller qui gisait sur le sol.

— Oncle Nixon, lève-toi ! Le Père Noël est passé, nous avons des cadeaux !

Il se frotta les yeux, avisa le sapin dans un coin, puis les deux garçonnets en pyjama qui traînaient des sacs chargés de paquets. Bon sang, il était dans le salon de son cousin ! Des voix venaient du couloir… Il consulta sa montre : 5 h 10 du matin ! Le soleil était à peine levé.

Mathew s'approcha.

— Regarde ce qu'on a trouvé sur nos lits !

Nixon sauta sur ses pieds. Il fallait qu'il sorte d'ici, il avait besoin d'air frais et de solitude, pas d'enfants excités par leurs cadeaux. Cette histoire de bébé ? Un foutu rêve, ou plutôt un cauchemar. En dépit du soleil qui pénétrait par les fenêtres, il frissonna.

— Un thé ne sera pas de trop, dit Henry qui entrait, impassible, visiblement bien réveillé.

Nixon sortit de la pièce et prit la direction de la salle de bains.

— Je reviens tout de suite ! cria-t-il par-dessus son épaule.

Il se mit sous la douche froide pour chasser la vision d'Emma en train d'exhiber son ventre rond avec délectation. Impossible de gâcher le jour de Noël. Il était si heureux avec elle et Rosie ! Pourquoi un bébé ? Jamais de la vie. Il ne saurait pas comment se comporter, comment aimer un enfant…

Quand il ressortit, il constata que l'eau glacée ne lui avait fait aucun bien : le rêve l'obsédait toujours.

Il ne l'oublia qu'un instant, en voyant les garçons déballer leurs paquets avec des cris de joie. Mais, quand toute la famille s'installa pour le brunch, le cauchemar revint le tourmenter malgré les rires et les bavardages, le délicieux repas et le champagne. Il acceptait à présent les attentions de sa famille, apprenait à connaître ses adorables neveux… Mais un enfant à lui ? Il n'en était pas encore là.

Son téléphone sonna : Emma. Impossible de lui parler maintenant car il redoutait qu'elle ne devine la peur dans sa voix.

La sonnerie se tut, et un message suivit presque aussitôt :

« Appelle-nous quand tu seras libre. »

Pour Noël prochain, peut-être…

Près de deux heures plus tard, il sortit sur la terrasse, appela Emma et observa la scène qui s'affichait sur son écran.

— Ce chiot est superbe !

Elle eut un petit rire tendre.

— Rosie ne l'a pas quitté de toute la matinée.

— Nixon ? cria Rosie. Tu as vu Bella ? Elle est jolie, non ? Je l'adore. Maman dit que je dois lui apprendre à aller faire pipi dehors.

— Ce sera très intéressant, dit-il malgré la grosse boule qui lui bloquait la gorge.

Si seulement il pouvait être avec elle aujourd'hui… Et Rosie. S'il n'avait pas fait ce cauchemar… C'était un présage, impossible de continuer à sortir avec elle si l'idée d'avoir des enfants l'angoissait autant.

— Comment vas-tu aujourd'hui ?

Son sourire lui parut forcé.

— Très bien. Le petit déjeuner était copieux, comme toujours chez maman. Elle est déjà en train de cuisiner le repas de Noël. Je l'aurais bien aidée, mais la petite amie de Daniel m'a devancée et on m'a mise dehors. Et toi ? Tout va comme tu veux avec ta famille ?

Il scruta son visage : les cernes profonds qui soulignaient son regard n'avaient pas disparu. En dépit de son affirmation, elle n'était pas remise.

— Mes deux neveux nous ont réveillés à l'aube pour nous montrer leurs cadeaux, et l'agitation ne s'est calmée que lorsqu'ils sont tous partis à la plage en emportant leurs nouveaux jouets. Je suis seul avec mon oncle à présent.

Son rire lui réchauffa le cœur.

— Tu es content d'y être allé, donc ?

— Oui, vraiment.

L'accueil chaleureux de la veille l'avait surpris. Il comptait donc pour sa famille… qui avait probablement toujours éprouvé de l'amour pour lui. Aujourd'hui, il avait commencé à leur rendre cette affection, avec prudence, comme toujours, mais le nouveau territoire dans lequel il entrait lui plaisait.

— Regarde, Nixon, elle me lèche la joue !

Impossible d'avoir la paix quand Rosie était là…

Il sourit, heureux de partager l'existence de la fillette. Pour combien de temps, c'était à Emma et à lui d'en décider. Une fois qu'il aurait vaincu ses démons, s'il y parvenait un jour.

— Attention, voici la troupe !

Les frères et le père d'Emma apparurent sur l'écran pour lui souhaiter un joyeux Noël et le bombarder de questions. Quand il raccrocha, il se sentit épuisé. Il venait de s'apercevoir qu'il avait lui aussi une famille unie. Sa rencontre avec Emma lui avait permis de faire la lumière sur certaines zones d'ombre de son passé. Elle devenait la personne la plus importante de sa vie. Était-il amoureux d'elle ? Et pourquoi pas ? Elle était belle, loyale, forte et généreuse. Pourquoi ne l'aimerait-il pas ?

— Ils ont tous l'air très sympa, dit Henry qui l'avait rejoint et lui tendait une tasse de café. Qui est Emma pour toi ?

Avait-il entendu toute la conversation ? Songeur, Nixon avala une gorgée de café.

— Henry… Nous n'en avons jamais parlé, ni toi ni moi n'aimons évoquer les sujets personnels mais, à présent, j'ai vraiment besoin de savoir : je me demandais si je m'étais fermé tout de suite, ou peu à peu…

Son oncle l'étudia un long moment.

— Dès qu'on t'a annoncé la triste nouvelle. Tu sais, ça fait longtemps que j'attends ce jour. Sans doute était-ce à moi d'en prendre l'initiative, mais… je n'aime pas aborder ce genre de sujets, et tu tiens de moi. Je n'ai pas été la meilleure figure paternelle que tu puisses avoir.

— Oh ! tu m'as aidé plus que tu ne crois !

Il but une autre gorgée. C'était fort, mais pas assez pour ce premier échange authentique avec l'homme qui l'avait élevé.

— Il reste du champagne ?

Henry s'assit à la table de la terrasse, les yeux fixés sur la pelouse.

— Oui, dans le réfrigérateur. Sers-toi, et apporte-moi aussi une coupe, s'il te plaît.

— D'accord, je tourne la dinde au passage !

Lorsqu'il revint, ils restèrent assis à siroter leur verre en silence, et Nixon eut le sentiment que cela leur arrivait pour la première fois. En général, ses visites étaient brèves, il demandait des nouvelles de tout le monde, si Henry avait besoin de quelque chose, partageait un repas avec eux et repartait soulagé que ce soit fini jusqu'à la prochaine occasion.

Cette fois, il était là pour deux jours et n'éprouvait aucune impatience.

S'il était pressé de rentrer à Queenstown, c'était pour voir Emma. Son ventre se noua. Elle aurait adoré cette histoire de bébé. Un rêve pour elle, un cauchemar pour lui. Il espérait qu'après une bonne nuit de sommeil elle avait compris que sa crise de larmes était due à sa nervosité, mais il avait perçu sa tristesse, tout à l'heure au téléphone. Pourtant, il n'osait pas se lancer : et s'il ne l'aimait pas assez et qu'il la fasse souffrir sans le vouloir ? Et s'il l'aimait trop et souffrait lui-même ?

— Ne commets pas les mêmes erreurs que moi, Nixon.

Son oncle lisait donc dans ses pensées ? En tout cas, ce n'était pas banal qu'il se confie.

— Une fois adultes, mes fils m'ont reproché ma froideur à ton égard, poursuivit-il. Mais tu étais refermé sur ta souffrance, ta peur, tes incertitudes, comme moi sur les miennes, et j'avais tant de mal à en parler…

— Hum, j'ai fini par le comprendre. Tu avais perdu ta femme, puis ta sœur.

— C'était terrible.

Henry vida son verre, et Nixon alla chercher la bouteille. C'était Noël, après tout, et la conversation était sérieuse.

— Parle-moi de maman. Je me rappelle qu'elle riait et qu'elle chantait tout le temps.

Son oncle sourit.

— C'est vrai, elle était gaie, pleine de joie de vivre… Mais ce qu'elle aimait par-dessus tout, c'étaient ses garçons. Vous étiez tout pour elle, avec ton père, bien sûr. Elle était vraiment heureuse.

Nixon but une gorgée de champagne, pensif.

— Merci, oncle Henry.

Des cris et des rires d'enfants dans la rue… Il songea à Rosie qui avait une mère si attentive et protectrice. Une fillette pleine d'assurance qui l'avait vite accepté auprès d'elles. Était-il digne de cette confiance ?

— Va de l'avant, Nixon. Comme j'aurais dû le faire. J'aurais pu me remarier, retrouver le bonheur…

— Il n'est pas trop tard.

Henry but une gorgée, lui aussi.

— Non, mon garçon, tu as raison.

— Que fais-tu pour le réveillon, Emma ?

Stephanie entrait avec elle aux urgences. Une semaine s'était écoulée et, ce soir, tout Queenstown serait en fête.

— Je serai chez mes parents, je n'en ai pas bougé depuis Noël.

Ses trois jours de travail à plein temps l'avaient à nouveau épuisée, et elle était impatiente d'arriver aux congés du Nouvel An. D'ailleurs, cette fatigue persistante commençait à l'inquiéter.

— Alors, Rosie est toujours contente de Bella ? demanda Nixon quand elle passa devant son bureau.

Son cœur fit un bond dans sa poitrine. Bon sang, se dit-elle, qu'il était beau ! Cette bouche, ces muscles…

Il lui avait manqué. Son oncle étant tombé malade, il était finalement resté à Dunedin jusqu'à hier soir pour le soigner. Ils se parlaient tous les jours au téléphone, mais ce n'était pas pareil. Et elle avait perçu une drôle d'hésitation dans sa voix… Elle entra.

— Elles sont inséparables. Comment va ton oncle ?

— Mieux. Oh ! il n'est pas plus bavard qu'avant, mais c'est dans son caractère.

Elle fut surprise qu'il en parle avec tant d'affection. En principe, il était plus réservé. Auraient-ils par hasard évoqué le passé ensemble ?

Elle fit le tour du bureau pour l'embrasser, huma son odeur, sentit ses épaules sous ses mains…

— Tu m'as manqué. Tu viens toujours, ce soir ?

Elle l'avait invité pour le réveillon chez ses parents. Officiellement, il finirait la nuit dans la chambre d'amis mais, avec un peu de chance, il pourrait la rejoindre discrètement…

— Bien sûr ! Quelle question !

Pas l'ombre d'une hésitation, cette fois.

— Super !

Elle avait craint de l'avoir effrayé avec sa crise de désespoir au point qu'il n'ait plus envie de la revoir. Elle savait qu'elle l'avait choqué en avouant vouloir un bébé. Quelle idiote ! Ils n'étaient prêts ni l'un ni l'autre, et elle se remettait à peine de son accouchement.

Il lui encadrait le visage de ses mains pour l'embrasser quand Stephanie entra.

— Hum ! Nixon, on t'attend en réa.

Il se leva d'un bond alors qu'Emma essayait de réprimer un bâillement.

— Je constate que tu es toujours fatiguée, ajouta-t-il sur le seuil avant de s'éloigner.

Elle partit vaquer à ses occupations et ne le revit que quelques heures plus tard.

— Et si nous faisions des analyses pour vérifier que tu ne manques pas de fer ? Tu es peut-être anémiée.

— Pas de risque ! Mon hémoglobine est à 1/20.

— Mieux vaut contrôler quand même.

Il la prit par le coude, et elle se laissa entraîner dans son bureau sans protester. Dans le fond, elle devait s'avouer que cette lassitude n'était pas normale.

— Je rédige l'ordonnance tout de suite pour que tu puisses t'en occuper avant de partir.

— D'accord.

— N'oublie pas, surtout, dit-il en lui tendant la feuille. Vas-y pendant qu'il n'y a pas trop de monde.

Elle entra dans l'ascenseur et s'appuya contre le mur froid. Ses seins lui faisaient aussi mal qu'après sa montée de lait. Ou au début de sa grossesse…

Elle éprouva un pincement au cœur. Non, pas un mois après son accouchement !

Elle se traita mentalement d'idiote : comme si on ne lui avait pas appris à l'école d'infirmière qu'il fallait prendre tout de suite des précautions ! Mais ils s'étaient protégés. Ce devait être une légère anémie.

Les mains tremblantes, elle lut sur l'ordonnance ce que Nixon avait prescrit : numération globulaire, formule sanguine complète et taux de fer. Rien qui puisse bouleverser sa vie. Sauf si l'analyse révélait des globules rouges ou blancs anormaux ou une anomalie des plaquettes, mais cela n'avait pas effleuré Nixon, ni elle d'ailleurs.

Arrivée à l'étage du laboratoire, elle hésita. Ce fut Cindy, une ancienne camarade d'école devenue biochimiste qui la reçut.

— Salut, Emma, qu'est-ce qui t'amène ?

Elle lui tendit la feuille.

— On m'a prescrit des analyses. Même si ce n'est pas ton rayon, pourrais-tu te charger de la prise de sang ? J'ai un service à te demander.

— Suis-moi.

Cindy la conduisit dans un box.

— Assieds-toi, et explique-moi tout.

— Pourrais-tu effectuer un test de grossesse ? Bien sûr, je paierai. Je ne veux pas que le médecin qui a rédigé l'ordonnance connaisse le résultat.

Cindy ouvrit de grands yeux, mais ne posa pas de questions.

— D'accord.

Quand Emma retourna dans le service, elle était plus sereine, comme si elle avait franchi un seuil. La panique ne reviendrait que si le test était positif. À ce moment-là, elle devrait affronter la réalité, prendre des décisions, penser à Rosie, à sa famille…

Et à son métier. Comment continuer à travailler avec un bébé et une fille de cinq ans ?

Bien entendu, elle devrait mettre Nixon au courant.

À cette pensée, l'affolement lui noua de nouveau la gorge. Elle s'appuya à la paroi, les genoux tremblants.

— Tu comptes rester longtemps à tenir ce mur ?

Cette voix grave et sexy… S'il savait !

Elle se ressaisit. Le test serait négatif, elle prendrait des comprimés de fer et tout redeviendrait normal.

— Aussi longtemps qu'il aura besoin de moi, répliqua-t-elle d'un ton assuré.

Il lui prit le coude d'une main ferme.

— Toi, tu commences à m'inquiéter.

Elle s'inquiétait aussi elle-même.

— Je reviens du labo, j'aurai les résultats dans une heure.

— Emma, il faut que nous parlions. Si tu es vraiment malade, j'aimerais le savoir.

— Promis. En attendant, retournons à nos patients.

Il la suivit sans insister, mais elle n'était pas rassurée. Et s'ils avaient fait un bébé ?

Eh bien, ils l'avaient fait.

Elle regarda le téléphone comme si c'était un monstre, la tête bourdonnante des implications de ce résultat. Quelle négligence ! Non qu'elle n'ait pas envie d'un autre enfant, mais il faudrait qu'il ait un père, et de préférence un homme qui l'aimait.

Elle était certaine que Nixon prendrait ses responsabilités sans pour autant s'engager avec elle. Elle en avait la nausée. Juste le soir du réveillon chez ses parents où elle comptait le présenter comme l'élu de son cœur…

— Emma ? Qu'est-ce qui ne va pas ?

Cette fois il l'avait découverte assise par terre dans la pharmacie, et elle accepta sa main pour se relever.

Elle était sur le point de lui lancer une bombe à la figure. Mais pas tout de suite, pas à l'hôpital. Et pourquoi pas ? Cela ne changerait rien d'attendre.

Elle croisa alors son regard anxieux et prit sa décision.

— Je suis enceinte.

L'incrédulité se peignit sur son visage.

— De moi ?

Elle fit un signe d'assentiment, et il agita une main en l'air.

— D'où ta fatigue ! J'aurais dû deviner…

S'il n'était pas déjà parti s'enfermer dans son bureau, il restait un espoir… Elle hocha la tête.

— Je crois qu'au fond de moi je le savais, murmura-t-il. J'ai l'impression qu'un nuage s'est dissipé.

— Nous nous sommes toujours protégés, pourtant !

Il leva un sourcil, l'air ironique.

— Toujours, vraiment ? De toute façon, tu sais aussi bien que moi qu'un préservatif peut être défectueux… Peu importe, maintenant. Qu'en penses-tu, toi ?

— J'ai encore du mal à le croire, mais ce dont je suis sûre, c'est que je vais garder ce bébé, quitte à passer pour une écervelée.

Il lui caressa la joue et lui prit le menton pour l'obliger à le regarder dans les yeux.

— Ne te sous-estime pas. Ni moi. Emma… Nous avons besoin de temps pour digérer la nouvelle.

Elle se dégagea : elle voulait des réponses tout de suite, pas demain ni l'année prochaine. Elle avait besoin d'être rassurée et, visiblement, elle ne pouvait compter que sur elle-même.

— OK. J'ai compris. J'élève déjà une fille sans père, n'est-ce pas ? Pourtant, cette fois, j'aurais aimé que la famille soit complète : toi, moi, Rosie et le bébé.

Il recula d'un pas, ce qui ne l'étonna pas, mais son cœur se serra à l'étouffer.

— Je suis tombée amoureuse de toi tout en sachant que

ce ne serait sans doute jamais réciproque. C'est arrivé, je n'y peux rien.

Quand il fit encore un pas en arrière, elle crut défaillir de souffrance.

— Je t'aime, Nixon.

Surprenant, comme c'était facile à dire. Son cœur battait d'un espoir fou, mais seul un silence glacial lui répondit.

— Bon, je retourne travailler, dit-il enfin. Rentre chez toi te reposer.

— Je ne suis pas malade.

— Si. Tu as eu un choc.

Donc, il ignorait le facteur amour parce qu'il ne savait pas comment l'assimiler.

— Tu veux te débarrasser de moi ! Ne plus me voir, ne plus me sentir, parce que je te rappelle à chaque minute notre problème.

— Mieux vaut attendre un peu avant de prendre une décision définitive. Tu n'es pas d'accord ?

— Pas question de m'en aller parce que ça t'arrange.

— Accorde-moi du temps, Emma, c'est tout ce que je demande.

Elle se redressa, tout son courage d'antan revenu.

— Et qu'est-ce que ça changera ? Tu ne veux pas d'enfant, tu ne veux pas t'engager !

Elle ne put réprimer un bâillement.

— Rentre chez toi, Emma. Pour ton bien, pas pour le mien.

— Non. J'ai un service à terminer.

Il acquiesça de la tête.

— Comme tu voudras. Je pense que je ne t'accompagnerai pas chez tes parents, ce soir.

Elle avait beau l'avoir vu venir, ce fut un nouveau coup.

— Évite-moi autant que tu veux, ce que nous avons en commun ne s'évanouira pas en fumée.

Elle lut la douleur dans son regard, vit ses traits crispés. Puis le désespoir. Il se détourna.

— Nixon ?

Il la regarda, un sourcil haussé, et elle déglutit.

— Navrée de t'annoncer ça en cette période de fêtes, mais je suis enceinte, et je t'aime. Je n'ai pas cherché à te piéger.

— Je n'en ai jamais douté.

Il s'éloigna et disparut dans la salle de réa, la laissant seule et misérable : elle aimait un homme qui ignorait comment affronter le fait qu'il allait être père.

Jusqu'à la fin de son service, elle se plongea dans la souffrance d'autrui, ignorant la sienne. À 16 heures, elle arriva à la ferme, entra, et dès qu'elle vit sa mère, éclata en sanglots. Le réveillon commençait bien…

Nixon pédalait comme si sa vie en dépendait, et Arrowtown n'était jamais apparue si vite à l'horizon.

Un bébé. Il allait être père. Ainsi, les cauchemars pouvaient être prémonitoires… Emma était enceinte de lui. Son rêve lui avait déjà fait envisager cette éventualité, mais en être sûr et savoir comment réagir, c'était une autre paire de manches.

Un chat qui traversa brusquement devant lui l'obligea à freiner très fort puis il parcourut l'avenue jusqu'au parc, posa sa bicyclette sur l'herbe et s'assit sur une table de pique-nique.

Il n'avait plus le choix, c'était fait, Emma portait son enfant. Et en réalité, quand l'affolement lui laissait du répit, il était plutôt excité à cette idée. Il ne connaissait pas grand-chose de l'amour, mais il voulait Emma dans sa vie et dans son cœur, partout et tout le temps.

Quand elle avait déclaré qu'elle l'aimait, il avait eu chaud et froid en même temps. « Je t'aime. » Il avait entendu ces mots en boucle jusqu'à la fin de son service.

Il était parti à vélo pour se vider la tête, mais en vain. Si au moins elle avait manifesté de la déception ou du soulagement lorsqu'il avait annoncé qu'il ne l'accompagnerait pas chez ses parents, sa réaction l'aurait aiguillé. Mais non, elle le laissait décider tout seul, de tout.

« Ne commets pas les mêmes erreurs que moi. »

Le conseil de Henry lui revint en mémoire. Devrait-il solliciter son avis ? Non, il devait prendre sa décision sans l'aide de personne, mais il pouvait toujours lui en parler. Il sortit son téléphone et chercha le numéro.

— Henry ? C'est moi.

— Nixon… Que se passe-t-il ?

Il hésita, faillit prendre de ses nouvelles et raccrocher, puis se ressaisit.

— J'ai un problème. Je vais être papa.

Silence… Il imaginait le sillon qui se creusait sur le front de son oncle.

— Ça a quelque chose à voir avec Emma ?

— Oui.

— Tu l'aimes ?

— Ce n'est pas si facile.

— Si, Nixon, ça l'est. Si tu es sincère, avoue-le-lui.

Henry avait raison, c'était ainsi que les gens communiquaient.

— Je ne l'ai jamais dit à personne de ma vie.

— Il faut bien commencer un jour, Nixon. Si tu sais aimer, tu peux aussi le dire.

Il sentit ses yeux s'embuer. Henry appuyait là où cela faisait mal. Comment dire « je t'aime » ? On ouvrait la bouche et les mots sortaient ? Une fois la phrase prononcée, impossible de la reprendre pour se protéger. Il serait vulnérable. Bien entendu, Emma ne le quitterait pas, mais elle pouvait être blessée, mourir… Il avait eu très peur l'autre jour en la voyant si fatiguée. Et si lui-même venait à s'apercevoir qu'il ne l'aimait pas autant qu'il le croyait ? Non, c'était impossible.

Henry attendait patiemment. Quelle gentillesse !

— Henry…

— Oui. Va lui dire ce que tu éprouves et, ensuite, viens nous la présenter. Elle fera partie de la famille, non ?

Puis il raccrocha.

Tout tournait dans la tête de Nixon. La famille, Emma, des enfants, une maison, un bébé…

Il passa devant un grand panneau « À VENDRE », fixé sur la

clôture d'une imposante demeure érigée au milieu des prés. Pour l'avoir examinée sur les photos de la page d'annonces immobilières, il la reconnut : c'était la maison de Trish et de Bill, celle qu'Emma aurait tant voulu acheter.

Il ralentit, mit pied à terre et regarda par-dessus la barrière : de larges terrasses, des baies vitrées, deux cheminées, un jardin rempli de roses. Oui, Emma serait heureuse ici… Mais ce n'était pas cette maison qui allait lui dire qu'il l'aimait.

Ou peut-être… Et si c'était une façon de lui prouver son amour ? Son cœur se mit à battre la chamade, et sa décision fut prise : s'il ne pouvait pas faire cela pour elle, il ne la méritait pas. Et que serait sa vie sans elle ? Un néant solitaire et insupportable.

Emma entendit une voiture s'arrêter et leva le nez de son bol pour regarder son père.

— Tu attends quelqu'un ?

Il jeta un coup d'œil par la fenêtre et eut un sourire en coin.

— Pas du tout. Tu es sûre que ce n'est pas un invité à toi ?

Mais Rosie était déjà à la porte, Bella sur ses talons.

— Nixon !

Paralysée sur sa chaise, elle tenta d'ignorer les battements précipités de son cœur. Qu'est-ce que cela signifiait ? Une bonne ou une mauvaise nouvelle ?

Hier soir pendant la fête, chaque fois qu'un véhicule était arrivé dans l'allée, elle avait été saisie d'espoir puis déçue et elle avait passé une nuit presque blanche. Pourquoi venait-il ce matin ?

Elle tremblait tout entière.

Il était déjà au bout de la table, l'air serein, sa main dans celle de Rosie.

— Désolé de débarquer à l'improviste, il faut que je parle à Emma.

Elle tenta de se lever, mais ses jambes ne la portaient plus.

Son père fit signe à Rosie.

— Viens, allons jusqu'à l'étang avec Bella.

— Un peu de café ? proposa Emma quand ils furent seuls.

— Ne bouge pas, je me débrouille.

Il prit un mug et se servit. Elle remarqua que ses mains tremblaient puis il l'observa, ses traits exprimant une étrange émotion.

— Je te demande pardon pour hier, dit-il enfin. J'étais en état de choc, je me suis comporté comme un mufle.

— Tu voulais avoir le temps de réfléchir à la nouvelle, non ?

— Non, plutôt à autre chose… Tu sais que j'ai du mal à exprimer me sentiments, mais je veux que nous ayons un avenir ensemble, Emma. Tous les quatre.

— Tu veux dire… comme une famille ?

— Oui.

Elle éprouva un pincement douloureux au cœur.

— Parce que tu tiens à assumer tes responsabilités ? Je ne peux pas accepter. Pour moi, c'est tout ou rien.

Il sortit des papiers de sa poche.

— Regarde.

Elle tendit une main hésitante.

— Qu'est-ce que c'est ?

Elle déplia le document et se mit à lire.

— Un contrat d'acquisition d'une maison ? Celle de Trish et de Bill ? Je ne comprends pas.

— J'ai visité la propriété hier soir et j'ai signé ce matin. Elle est à nous.

— Que veux-tu dire, « à nous » ?

Il eut ce sourire qui la troublait tant et s'approcha pour l'attirer à lui.

— Eh bien, à nous. C'est là que nous habiterons. Toi et moi, Rosie et le bébé. Et Bella, bien sûr. Alors veux-tu m'épouser, Emma ?

Elle se sentit sourire, le cœur soudain léger. Donc, il l'aimait !

— Tu m'assures que ce n'est pas juste pour le bébé ?

— Oui. C'est avec toi que je veux passer ma vie. Toi et nos enfants.

C'était tellement incroyable tout ce chemin qu'il avait fait.

Malgré tout, il manquait l'essentiel… Il n'avait pas dit qu'il l'aimait. Pas une seule fois.

— Ça t'a pris sur un coup de tête ?

— C'est vrai que ça a été rapide, mais je ne le regrette pas.

Il enfonça les mains dans ses poches et alla à la fenêtre.

— J'ai ressenti ta tristesse quand tu as su que Trish et Bill vendaient. Tout ce qui te touche me touche aussi. Tu es dans mon cœur tout le temps, même quand tu es absente.

— C'est la même chose pour moi.

— Je veux passer le restant de mes jours avec toi. Je veux t'épouser.

— Moi aussi, Nixon, parce que je t'aime.

Il détourna les yeux, déglutit, la regarda de nouveau et lui prit les mains.

— Tu veux que je te le dise ?

— Oui.

— Je t'aime, chuchota-t-il.

Elle se mit sur la pointe des pieds pour l'embrasser puis le regarda dans les yeux.

— Merci… Je veux bien t'épouser.

Elle effleura ses lèvres des siennes, puis s'écarta de lui en souriant.

— Donc, nous avons acheté une maison ?

— Hum, assez grande pour loger la famille que nous allons agrandir.

— Tu extrapoles, mon cher époux !

— Mon cher époux !

Son baiser fut une promesse d'avenir radieux.

— Bonne année, Nixon, murmura-t-elle contre sa bouche.

Épilogue

Un an plus tard…

— Maman, je peux ouvrir les cadeaux de Jack ? Il est trop petit !

Rosie avait fini de sortir ses paquets de la pochette accrochée au bout de son lit.

— Attends que tout le monde soit là.

Emma allaitait son fils dans le fauteuil à bascule en cuir que Nixon avait acheté à la naissance du bébé. Cette année, le dîner de Noël avait lieu chez eux, où leurs deux familles seraient réunies.

Ce matin — il n'était pas encore 6 heures ! —, elle ne voyait que le sapin décoré et les cadeaux empilés dessous.

Nixon posa une tasse de thé sur la table près d'elle, et elle sourit pour le remercier. Il était si généreux !

— Maman, je peux sortir les cadeaux de Jack, maintenant ?

— Bon, d'accord. Apporte la pochette ici, nous le ferons ensemble.

Elle ne se le fit pas dire deux fois.

Pendant que Nixon s'asseyait au pied du fauteuil d'Emma, Rosie revint sautillant.

— Qu'est-ce que tu crois que le Père Noël a apporté à Jack, papa ?

Le cœur d'Emma se gonfla de bonheur. Sa fille appelait Nixon « papa » depuis qu'il lui avait annoncé qu'il voulait l'adopter, et il en était heureux et fier.

Pourtant, il était toujours avare de « je t'aime ». Ce n'était qu'en lui glissant l'alliance au doigt, sur la pelouse, devant leurs familles respectives et leurs amis, qu'il avait redit :

« Je t'aime, Emma Wright. »

Il l'avait répété le jour où l'adoption était devenue officielle, et une quatrième fois en tenant leur fils nouveau-né dans ses bras.

Mais son expression aimante et émerveillée dans ces moments-là lui suffisait, et il lui prouvait constamment son amour par mille petits détails dans le quotidien, sans parler de ces baisers qui la faisaient fondre.

— Regarde, Jack ! Un livre en carton, comme le mien quand j'étais petite ! s'écria Rosie.

Puis elle sortit un autre paquet et le secoua.

— Qu'est-ce que c'est ?

Voyant que Jack tordait le cou pour voir sa sœur, Emma l'assit contre son ventre.

Nixon posa le paquet par terre avec précaution.

— Ôte le papier doucement, ça se casse.

Rosie obéit.

— Oh ! une lampe-chenille ! Avec de jolis dessins dessus. Tu vois, Jack ?

Emma but une gorgée de thé.

— Bien, je crois que c'est l'heure de s'habiller.

— Inutile de se précipiter, dit Nixon. Personne ne sera là avant deux bonnes heures.

— Oh ! on se lève tôt à la ferme ! Maman sera dans la cuisine avant que tu t'aperçoives qu'elle est arrivée.

Nixon sourit.

— Rosie, peux-tu m'apporter l'enveloppe rouge ?

Elle la trouva sous le sapin et la lui remit.

— C'est un cadeau pour qui, papa ? Je peux l'ouvrir ?

— Pas celui-ci, ma chérie.

Il prit Jack des bras d'Emma et lui tendit l'enveloppe.

— Joyeux Noël, mon amour.

Elle sentit son cœur bondir dans sa poitrine en l'ouvrant pour en sortir deux photos d'un splendide cheval noir. Elle chercha le regard de Nixon.

— C'est pour moi ?

— Hum, mais tu dois d'abord faire sa connaissance et voir s'il te convient. Sinon, nous en chercherons un autre.

Elle se leva pour enlacer son mari.

— Je t'aime tant ! Tu es merveilleux, attentionné, gentil…

Des larmes de bonheur jaillirent de ses yeux.

— Continue les compliments, j'adore ça, murmura-t-il contre son oreille.

— Et insolent, si tu veux tout savoir…

Il frôla ses lèvres des siennes.

— Joyeux Noël, Emma. Je t'aime.

Et voilà, il l'avait redit… C'était le plus beau cadeau qu'il pouvait lui faire.

KARIN BAINE

Retrouvailles en Finlande

Traduction française de
MICHELLE LECOEUR

BLANCHE

HARLEQUIN

Titre original :
THEIR MISTLETOE BABY

Ce roman a déjà été publié en 2018.

Prologue

Freya dénoua précipitamment son tablier en entendant la clé de Lucas tourner dans la serrure.

— Je suis dans la cuisine, appela-t-elle gaiement.

L'odeur des petits plats qu'elle avait concoctés allait-elle amener un sourire sur son visage ?

Elle était ravie d'avoir pu disposer de ce jour de congé pour tenter de mettre fin à leur dispute. Ce serait le plus beau de tous les Noëls, elle y veillerait personnellement.

Ces derniers temps, Lucas n'avait pas été de très bonne humeur, et devoir travailler la veille de Noël n'avait rien arrangé… Pas plus que le fait qu'elle ait mis sur le tapis cette question délicate, alors qu'il était surmené et exténué.

Envisager d'avoir un bébé n'aurait pourtant pas dû être un sujet de controverse pour un médecin qui s'était spécialisé en pédiatrie et qui était super avec ses jeunes patients ?

Ils n'avaient jamais discuté de la possibilité de fonder une famille. Elle avait naturellement supposé que l'homme qu'elle avait épousé y tenait autant qu'elle. Mais depuis sa réaction négative de ce matin, il en allait tout autrement. Quand elle avait évoqué son désir d'avoir un enfant, elle avait été stupéfaite de le voir se précipiter hors de la maison en claquant la porte pour se rendre à l'hôpital. Après coup, elle se rendait compte qu'elle n'avait pas choisi le meilleur moment pour parler de faire un bébé : à l'évidence, il était sous pression, et pas du tout dans la bonne disposition mentale pour songer à devenir père. Ils pourraient en discuter posément plus tard et clarifier leur relation et leurs projets à long terme.

Lorsque Lucas entra dans la cuisine avec le même air

sombre qu'il arborait depuis plusieurs jours, elle se dit que ce n'était sans doute pas encore le bon moment, alors que leur mariage lui semblait déjà bien éloigné du conte de fées qu'elle avait toujours imaginé. Elle se sentit un peu déprimée à la pensée que son rêve de fonder sa propre famille n'était pas près de se réaliser.

Ces nouveaux changements d'humeur de Lucas lui faisaient regretter la promesse qu'ils s'étaient faite de passer leurs vacances ensemble, rien que tous les deux. Cette année, ce serait la première fois que ses parents ne seraient pas là, eux qui étaient très attachés à la fête de Noël. Le fait que son tout récent mari ne partage pas son enthousiasme pour cette tradition n'arrangeait rien. Plus elle tentait d'en faire un événement particulier, plus Lucas semblait s'en détacher. Mais elle était bien décidée à faire de ce Noël — et de leur mariage — une réussite. Elle avait déjà trop perdu pour laisser ce qu'elle avait lui filer de nouveau entre les doigts.

— Tu as beaucoup travaillé ?

Lucas s'appuya contre le réfrigérateur tout en tapotant sur le clavier de son smartphone.

— Plutôt, oui.

Bon, d'accord, ce n'étaient pas tout à fait les retrouvailles qu'elle avait espérées. Tous deux étaient censés reconnaître leurs torts avant de tomber dans les bras l'un de l'autre et de faire l'amour avec passion dans un coin de la cuisine — bref, de passer un Noël inoubliable.

Certes, elle avait entendu dire que, souvent, la passion s'émousse une fois que l'on est marié, mais elle n'avait pas imaginé que cela se produirait déjà au bout de quelques mois. Ils auraient dû être encore dans l'ambiance de la lune de miel, quand ils étaient impatients de s'arracher mutuellement leurs vêtements. Ce qu'elle vivait en tant qu'épouse était loin de répondre à ses attentes.

Sa mère avait toujours semblé jongler parfaitement entre son métier d'infirmière et sa vie de famille. Aussi ne pouvait-elle pas s'empêcher de se demander si cet accroc dans leur vie amoureuse n'était pas de son fait. Après tout, elle avait eu du mal jusque-là à garder longtemps l'intérêt d'un homme…

Mais pour l'instant, tout ce qu'elle souhaitait, c'était que son mari garde de leur premier Noël ensemble un merveilleux souvenir.

La dinde en train de rôtir dans le four embaumait. Elle avait toujours aimé cette odeur associée à la veille de Noël. Elle cherchait toujours à grappiller un morceau de dinde avant le repas.

— La dinde est presque cuite, si tu veux la goûter. Tu sais, j'ai fait la farce moi-même, comme ma mère ! Peut-être que, un jour, je transmettrai moi aussi la recette…

Ces dernières paroles lui avaient échappé. Elle se figea, s'attendant à ce que Lucas lui rappelle sèchement qu'elle était la seule à souhaiter que la maison soit pleine pour Noël.

Celui-ci jeta un rapide coup d'œil aux plats alignés sur le comptoir.

— Je n'ai pas très faim. Peut-être plus tard.

Visiblement, son attention était monopolisée par son téléphone.

Tel était le lot d'une femme de pédiatre : son mari était constamment demandé. Mais elle commençait à soupçonner que son récent changement d'humeur était causé par quelque chose d'autre. D'autant plus qu'il avait à plusieurs reprises mis brusquement fin à son appel quand elle était entrée dans la pièce.

— J'ai aussi fait des bonshommes en pain d'épices, insista-t-elle. Pour moi, Noël ne serait pas vraiment Noël sans cette armée de petits personnages capables de te casser une dent le seul jour de l'année où il est impossible de trouver un dentiste ! J'ai pensé que tu pourrais m'aider à les décorer à temps avant le passage du Père Noël.

Elle avait espéré faire rire Lucas, mais il se contenta de lever les yeux au ciel comme si elle lui demandait d'accomplir une corvée.

— Bien. Je… Euh… Je vais d'abord aller prendre une douche.

Et il sortit de la cuisine, écartant d'un geste agacé au passage les guirlandes de papier qu'elle avait accrochées au plafond, tandis qu'elle se mordillait la lèvre en essayant de ne pas se mettre à pleurer.

Elle préférait se dire qu'il était épuisé par son travail plutôt que de croire qu'il était déjà fatigué d'elle. C'était justement ce qu'elle ne voulait pas : que Lucas la considère comme un bel objet de décoration qui ne devait pas trop encombrer sa vie. Ces derniers jours, même quand il ne travaillait pas, il venait se coucher tard et se levait tôt, si bien qu'ils passaient peu de temps ensemble. Certes, le mariage était quelque chose de nouveau pour tous les deux, mais elle était prête à tout faire pour qu'il soit réussi. Elle avait la possibilité d'avoir la famille qu'elle avait toujours souhaitée et elle n'échouerait pas une seconde fois.

Lucas ferma les yeux et offrit son visage au jet d'eau bienfaisant qui se chargea de dissiper ses larmes.

En tant que jeune marié, ce premier Noël passé avec sa magnifique épouse aurait dû être le moment le plus heureux de sa vie. Mais il ne pouvait pas faire de projets d'avenir alors que son passé revenait le hanter avec force.

Comment penser à fonder une famille quand il était sous le choc de la mort de son père ?

Perdre le seul parent qu'il lui restait l'affectait plus qu'il ne l'aurait cru. Cependant ce n'était pas sur l'homme qui l'avait élevé qu'il pleurait, mais sur l'enfance qui lui avait été volée et sur les souvenirs que cette mort avait fait resurgir et qui l'empêchaient de jouir paisiblement de son mariage.

Il avait travaillé dur pour accomplir ce qui lui apparaissait maintenant comme un mensonge qu'il était obligé de regarder en face, par-delà la carrière et le succès qu'il avait construits. Comment donner la vie à un enfant alors que lui-même devait lutter pour maintenir son propre équilibre ? Comment lui offrir un foyer stable et heureux alors qu'il sentait le monde s'écrouler autour de lui ?

Mais s'apitoyer sur lui-même n'arrangerait rien, se dit-il en sortant de la douche. Et ce ne serait pas juste envers Freya. Un mari normal aurait confié à son épouse que son lointain père avait fini par succomber à une maladie du foie, et il aurait eu quelqu'un pour le soutenir aux funérailles. Il lui aurait expliqué pourquoi il était si opposé à l'idée d'inviter un bébé au milieu de ses tourments personnels : il craignait de gâcher à son tour une autre enfance.

Sa relation avec son père avait été si mauvaise qu'il n'avait pas voulu que Freya soit éclaboussée par tant de laideur. Elle idéalisait tellement leur mariage et leur avenir ensemble… Mais il aurait dû se douter que le temps et l'éloignement ne seraient pas suffisants pour échapper à l'emprise de cet homme.

Lorsqu'il avait reçu l'appel l'informant du décès de son père, il avait été aussitôt transporté à l'époque qu'il s'était efforcé d'oublier. Depuis lors, chaque fois qu'il fermait les yeux, il était assailli par les souvenirs qu'il avait tenté d'effacer. Il aurait tout donné pour pouvoir leur échapper, mais c'était au-dessus de ses forces. Même éveillé, il avait de sombres pensées. Freya était la seule qui l'empêchait de sombrer dans un désespoir total, mais il se noyait peu à peu dans sa propre souffrance, et il la voyait s'éloigner de lui dans ses tentatives de faire de leur maison le foyer qu'il n'avait jamais eu.

Le désir de bébés et de famille de Freya était tout à fait naturel. Il n'aurait rien eu contre si ces derniers jours ne lui avaient pas rappelé que cela lui était impossible à lui. Il était si rempli d'un sentiment de rancœur vis-à-vis de son enfance qu'il craignait bien de ne jamais pouvoir être l'époux que Freya croyait avoir épousé — a fortiori le père de ses enfants.

Quand il redescendit après s'être changé, elle était en train de lui préparer un petit snack de Noël afin qu'il puisse goûter à l'avance à tous les plats. Mais il ne parvenait pas à trouver sa place dans cette scène confortable. Les efforts qu'elle déployait pour lui faire plaisir ne faisaient que lui rappeler son enfance ratée. Son père en avait définitivement détruit toute la magie. Il était trop tard à présent pour qu'il y trouve un quelconque plaisir. Il doutait même de pouvoir encore se réjouir de quoi que ce soit dorénavant.

Freya s'assit à l'autre bout de la table, visiblement tout excitée, comme si elle s'attendait à ce que le Père Noël surgisse à tout moment de la cheminée.

Il n'avait jamais eu de telles illusions, pas plus lorsqu'il était enfant qu'une fois adulte.

— J'ai pensé qu'on pourrait commencer à ouvrir chacun un des cadeaux déposés sous l'arbre. À la maison, on avait l'habitude de le faire à chaque veille de Noël, quand on était en pyjama.

— Pourquoi pas ? répondit-il du bout des lèvres.

S'il avait su, il aurait préparé quelque chose pour lui faire plaisir, mais tout ceci était nouveau pour lui. Habituellement, les cadeaux n'étaient pour lui qu'un geste symbolique, mais la pile de paquets que Freya avait rassemblés sous l'arbre lui semblait vouloir rivaliser avec les vitrines du Royal Mile d'Édimbourg.

— Je sais que nous avons prévu de passer une journée tranquille, mais je me suis dit que si tu es d'accord, on pourrait aller déjeuner chez papa et maman demain. On les a à peine vus depuis le mariage.

Son couteau et sa fourchette tombèrent bruyamment sur la table, et le peu d'appétit qu'il avait disparut.

Passer la journée avec la famille apparemment si parfaite de sa femme était la dernière chose qu'il voulait, alors qu'il venait juste d'enterrer le seul parent ou prétendu tel qu'il ait jamais eu.

— On n'était pas censés rester seuls tous les deux ?

— Oui, je sais… Mais j'ai pensé que ce serait sympa de passer les voir, ça ferait une coupure dans la journée.

La déception était visible dans les grands yeux marron de Freya. Elle adorait être avec ses parents et avait hâte de devenir mère. Noël était le symbole de tout ce qui comptait pour elle : la famille, alors que lui-même avait appris à vivre sans. Manifestement, il ne suffirait pas à la rendre heureuse.

Et s'il se mettait à devenir comme son père, incapable d'exprimer aucune émotion en dehors de la haine ? Il sentait qu'il prenait déjà cette voie quand il se distanciait du présent qui passionnait tant sa femme pour se focaliser sur un passé au goût amer.

Il ne voulait pas être celui qui assombrirait sa vie ou celle de leur enfant. Freya méritait mieux qu'un homme qui n'arrivait pas à se détacher du petit garçon terrorisé par son père qu'il avait été. Certes, leur amour pouvait les maintenir ensemble physiquement, mais il finirait par les déchirer de l'intérieur, car ils avaient besoin tous deux de choses trop différentes. Et cela, même si elle ne voulait pas l'admettre. Non, il ne pouvait pas prendre la responsabilité d'une autre vie alors qu'il n'était pas sûr de vouloir encore de la sienne. C'était impossible d'imaginer qu'un jour il ne souffrirait plus, et il ne voulait pas infliger cette souffrance à Freya ni à l'enfant qu'elle voulait.

Lentement, il se leva de table, acceptant l'idée qu'il n'était plus celui qu'elle avait choisi d'épouser pour passer le reste de sa vie avec lui.

— Je suis désolé, Freya. Je ne peux plus continuer ainsi.

En prononçant ces mots, il eut l'impression qu'un trou se creusait dans sa poitrine, et il sut que cette blessure ne cicatriserait jamais.

Ce soir, sa décision pouvait paraître d'une cruauté intolérable, mais c'était le seul moyen de les sauver tous les deux. Même si c'était douloureux sur l'instant, il espérait que, avec le temps, Freya comprendrait que c'était pour lui la seule chose sensée à faire. Elle était jeune et idéaliste, avec une ouverture du cœur qui lui permettrait de retrouver l'amour. Son cœur à lui avait eu un problème dès le départ. Il ne lui avait jamais dit la vérité sur ses parents, preuve qu'il n'était pas capable de s'abandonner complètement à elle ou à leur relation.

— Lucas ? Excuse-moi, on n'a pas besoin d'y aller si tu n'en as pas envie… Lucas ?

Alors qu'il s'éloignait vers la chambre, il entendit ses pas rapides derrière lui, mais il ne se retourna pas. Ses genoux faiblissaient déjà, et le nœud dans sa poitrine était si serré que s'il ouvrait la bouche, il risquait de s'effondrer par terre.

Elle pouvait encore avoir tout ce qu'elle désirait — mais avec quelqu'un d'autre. Quant à lui, en s'éloignant de la meilleure chose qui pourrait jamais lui arriver, il n'avait plus aucun espoir, mais il n'aurait jamais dû s'attendre à avoir ce qu'il désirait.

Son père avait raison, quand il le traitait de bon à rien. Partir était le plus beau cadeau qu'il pouvait faire à Freya.

1.

Dix mois plus tard

Postée à l'avant de l'avion pour accueillir à bord le groupe d'enfants malades que l'hôpital de Princes Street avait sélectionnés pour le voyage, Freya fit tinter les clochettes sur son bonnet, arbora son plus joli sourire et s'écria « Joyeux Noël ! » en tendant des cannes en sucre aux enfants tout excités.

Elle avait du mal à retrouver l'esprit de Noël, étant donné que tout ce qu'elle avait aimé dans cette fête lui rappelait à présent la fin de son union avec Lucas — la pire période de sa vie. Mais ici, il ne s'agissait pas d'elle. Noël *était* la plus belle période de l'année, et elle tenait à ce que ce soit le cas au cours de ce voyage en Laponie pour les enfants de l'hôpital. Peu importe que l'on soit seulement en octobre. Une fois là-bas, quand ils iraient voir le vieux bonhomme en costume rouge, elle s'arrangerait pour lui rappeler ce qu'il lui devait pour l'année précédente.

Gillian, sa collègue infirmière du département des urgences, transformée comme elle en elfe pour le week-end, la rejoignit à l'avant de l'appareil.

— Déjà en tenue de circonstance ?

— Je fais de mon mieux, répondit-elle en réprimant un soupir.

— En tout cas, c'est réussi. Tu es très sexy, observa Gillian en poussant un sifflement admiratif, tandis que Freya remontait ses bas rayés et s'efforçait de tirer sur la bordure en fourrure blanche de sa robe de velours vert.

— Je savais qu'elle était trop courte. C'est ce qui arrive quand on choisit ses vêtements au rayon pour enfants.

En même temps, elle se doutait que sa petite taille était la raison pour laquelle on l'avait choisie pour être une assistante du Père Noël… Et aussi sa solide expérience d'infirmière, qui faisait d'elle un membre essentiel de ce groupe.

Sans une équipe médicale hautement qualifiée, ces enfants malades n'auraient jamais pu sortir d'Édimbourg. L'état de certains d'entre eux était si sérieux qu'ils quittaient rarement l'hôpital. C'est pourquoi ce voyage était si magique et comptait tant pour les familles — et aussi pour elle, qui les revoyait régulièrement aux urgences. Elle devait mettre ses peines de cœur et sa solitude de côté afin de rendre cet événement mémorable pour tous.

— Tu es magnifique, ajouta Gillian. Avec un peu de chance, tu pourrais même être repérée par le gardien d'un troupeau de rennes et ne pas revenir.

Freya se mordit la lèvre et s'assura qu'aucun des jeunes passagers ne puisse l'entendre avant de répondre. Elle ne laisserait pas la déception et l'amertume que lui inspirait sa vie amoureuse entamer la joie de ce voyage.

— Les hommes sont bel et bien rayés de ma liste de souhaits pour les années à venir, répondit-elle. J'ai eu du mal à survivre au dernier. Tout ce que je désire pour ce Noël, c'est oublier Lucas Brodie et me rappeler que je suis Freya Darrow, la femme qui incarne Noël, et non pas une divorcée triste et solitaire qui a passé près d'une année à pleurer sur son sort.

En fait, ils n'étaient pas officiellement divorcés, mais comme elle n'avait pas revu Lucas depuis le moment où il était sorti de la cuisine, elle avait fini par accepter l'idée que leur mariage était terminé. Elle avait repris son nom de jeune fille et décidé d'effacer de sa vie toute trace de lui.

Durant les moments intenses de leur passion, ils n'avaient pas pris le temps de se découvrir en profondeur. L'aspect physique de leur relation et le plaisir d'être ensemble avaient pris le pas sur tout le reste, ne laissant pas de place pour qu'elle lui confie la perte qu'elle avait subie adolescente, ni pour qu'il lui fasse part de sa vision de la famille. Aux premiers jours de leur mariage, elle était si heureuse qu'elle n'avait pas voulu gâcher ces moments en rouvrant d'anciennes blessures.

Dire qu'elle croyait naïvement que tout allait naturellement se mettre en place !

Lorsque l'humeur de Lucas avait changé, elle avait craint d'aggraver les choses en soulevant la question, sans se rendre compte que pendant qu'elle faisait le projet de fonder une famille, il avait déjà prévu une issue de secours.

Lucas avait renoncé à leur couple avant même d'admettre qu'il y avait un problème et sans même tenter de le résoudre. Il n'avait pas envisagé d'autre possibilité que de partir. Elle en venait à se demander si la force de ses sentiments pour lui et son investissement dans leur relation avaient jamais été réciproques.

— Je suis contente de te voir redevenir comme avant, dit Gillian. Mais, euh… je dois te dire quelque chose à propos de Lucas…

— Je ne veux pas le savoir. Ce week-end, je ne veux avoir que des pensées joyeuses, déclara-t-elle avant d'enfourner ce qu'il restait de sa canne en sucre dans sa bouche.

Elle n'allait pas laisser l'évocation de son nom tiédir le peu d'enthousiasme qu'elle gardait pour la fête. La rumeur du retour de Lucas à l'hôpital avait atteint ses oreilles, mais elle ne voulait pas y penser. Pas au moment où elle commençait à peine à reprendre les rênes de sa vie.

Elle avait passé le Noël précédent à envoyer des appels de détresse dans tous les hôpitaux des environs et à tous ses amis, cherchant à savoir si Lucas était seulement encore vivant. Plusieurs jours s'étaient écoulés dans une panique totale, avant qu'elle n'apprenne qu'il était en congé maladie et ne voulait pas être contacté.

À l'évidence, cela l'incluait elle aussi.

Depuis lors, elle ignorait toujours s'il avait quelqu'un d'autre dans sa vie, et si c'était le fait de parler de fonder une famille qui l'avait fait fuir loin d'elle. Il n'avait même pas pris la peine de s'expliquer.

À présent, elle parvenait enfin à aller de l'avant. Pas question qu'elle laisse le souvenir de la désertion de son ex ternir l'atmosphère de Noël. Elle avait suffisamment peiné à se mettre dans l'ambiance en visionnant toute la semaine des films sentimentaux sur ce thème et en se gavant de chocolat chaud. Ce voyage jusqu'au cercle arctique était juste ce qu'il lui fallait pour retrouver sa confiance en la nature humaine et réveiller son enfant intérieur.

— Joyeux Noël, répéta-t-elle à chaque petit qu'elles accueillaient à bord, honteuse de penser encore à elle en un pareil jour.

Ce voyage leur offrait à tous une rupture avec la réalité. Même les parents et les frères et sœurs des jeunes malades profiteraient d'un répit pendant ce week-end : l'hôpital leur offrait grâce à des dons un tour dans la campagne écossaise. Ce serait un changement pour tous ceux dont la vie tournait habituellement autour de l'hôpital.

— Est-ce que le Père Noël est déjà là ? demanda un petit bonhomme tout excité en entrant dans l'avion.

— En voilà un qui est très intéressé, commenta Freya, amusée par cette manifestation d'enthousiasme prématurée.

La bénévole responsable de l'enfant sourit.

— Sa maman a dit qu'il attendait ce moment depuis des semaines… Sam, je t'ai déjà expliqué qu'on le verrait à la *fin* du voyage. Pour l'instant, on n'a pas encore quitté l'Écosse, commenta-t-elle en dirigeant le petit garçon dans l'allée, un inhalateur à la main.

Freya les suivit des yeux jusqu'à ce qu'ils soient installés sur leur siège.

Ils devraient suivre un long itinéraire avant d'atteindre la grotte du Père Noël au fin fond de la forêt finlandaise, mais l'excitation gagnait déjà les enfants. Le sentiment de joie était presque palpable chez tout le monde. Ils allaient faire une escapade dans un monde magique et c'était l'occasion pour eux d'être des enfants comme les autres. Elle-même ne pouvait pas s'empêcher d'espérer un peu de magie d'ici la fin du week-end.

Comme de voir tous les souvenirs liés à son bref mariage balayés d'un seul coup ? Non, c'était débile.

— Ah, si seulement je pouvais redevenir insouciante comme eux, soupira-t-elle, regrettant que la désertion de son mari l'ait rendue aussi désabusée.

— Je crois vraiment qu'il faudrait que tu saches…, insista Gillian.

— Tout le monde doit être à bord à présent, on devrait aller s'asseoir pour le décollage, la coupa Freya.

Sans attendre de réponse, elle gagna son siège, heureusement placé devant celui de Gillian.

Elle ne tenait pas à passer les prochaines heures à écouter les récents exploits de son ex !

Son amie essayait-elle de lui dire que Lucas fréquentait une autre femme ? Après une aussi longue séparation, ce que celui-ci pouvait bien faire de sa vie ne la concernait plus, mais la douleur était encore à fleur de peau, et elle préférait ne rien savoir là-dessus. Il lui avait été impossible de l'affronter au travail quand elle avait appris qu'il était de retour. Le fait qu'il n'ait même pas pris la peine de lui dire où il était allé ces derniers mois trahissait sa totale indifférence à son égard. Elle ne supporterait pas de le revoir en sachant qu'il était plus heureux sans elle, alors qu'elle-même avait eu le cœur brisé quand il l'avait quittée.

La gentille hôtesse qui les avait aidées à décorer l'intérieur de l'avion avec des guirlandes lui tapota le genou pour attirer son attention.

— On attend encore une personne pour fermer les portes. Le médecin.

Certes, ils n'auraient pas pu aller très loin sans médecin. Pourvu qu'aucune urgence médicale ne retienne celui qui devait coordonner les soins médicaux des enfants ! Un bénévole leur avait déjà fait faux bond au dernier moment. En tant qu'infirmière en chef, elle avait donc pris en charge deux enfants, mais ils ne pouvaient pas se passer du médecin.

— On vient de nous annoncer qu'il arrive.

Il ne restait plus à Freya qu'à affronter le prochain défi : le décollage. C'était le moment le plus angoissant pour elle — celui où l'avion quitte la terre ferme et où le monde devient de plus en plus petit en dessous.

Elle s'enfonça dans son siège, s'efforçant de se détendre.

À partir du moment où ils seraient dans les airs, elle n'aurait plus beaucoup de temps à elle. Dès que l'avion aurait pris sa vitesse de croisière, on organiserait un divertissement pour les enfants pendant le vol.

— Mesdames et messieurs, notre dernier passager vient d'arriver. Nous allons pouvoir nous préparer au décollage.

L'annonce fut faite au moment où une silhouette masculine se précipitait à l'intérieur de l'avion sous les applaudissements de tous les passagers.

Sauf d'elle. Elle resta figée sur son siège, le souffle coupé. À moins qu'elle ne soit victime d'une hallucination, Lucas venait de monter à bord !

Lucas. Ici. Dans l'avion. Avec elle.

Il secoua la tête, et des gouttes de pluie tombèrent de ses épais cheveux blonds. Quelques-unes l'atteignirent, et elle fut forcée d'admettre que c'était bien son ex-mari qui se trouvait là.

— Désolé d'être en retard. J'ai eu un problème de voiture.

Et il avait le culot de sourire, comme s'il n'était pas responsable de l'anéantissement de son monde autour d'elle ! Ce n'était pas possible. Elle n'avait aucune envie de le voir ni de lui parler. Il l'avait abandonnée ainsi que le domicile conjugal. Il n'allait tout de même pas lui gâcher son week-end par-dessus le marché ?

Bouche bée, elle se retourna vers Gillian, qui se contenta de hausser les épaules.

— J'ai essayé de te prévenir, lui glissa son amie. Le médecin qui était censé voyager avec nous est tombé malade. J'ai appris seulement ce matin que c'était Lucas qui devait le remplacer.

— Tu avais largement le temps de m'en parler, gémit Freya, en toute mauvaise foi.

À présent, les portes de l'avion s'étaient refermées, et elle était prisonnière avec lui dans ce minuscule espace public. Ce n'était pas l'endroit idéal pour le revoir pour la première fois au bout de presque un an, et toutes sortes d'émotions remontaient à la surface. Elle était sur le point de faire de l'hyperventilation. À chaque respiration, elle risquait de s'évanouir.

— Je ne voulais pas te perturber ou que tu te dérobes au dernier moment, répondit Gillian. Je suis désolée que tu te retrouves dans cette position, je sais que ce n'est pas juste. Mais nous avons besoin de toi ici.

Freya pinça les lèvres.

Évidemment, son amie avait opté pour ce qui lui semblait la meilleure solution étant donné les circonstances. Le fait est que si elle avait su plus tôt que Lucas participerait au projet, elle ne serait sûrement pas montée dans l'avion, ce qui aurait compromis tout le voyage. Mais ça ne rendait pas plus agréable pour autant la perspective d'être forcée de passer du temps avec lui.

— J'aurais aimé être en mesure de prendre moi-même ma décision, grommela-t-elle.

Puis elle dirigea sa mauvaise humeur sur celui qui la méritait le plus : Lucas.

Le tumulte émotionnel qu'elle ressentait était justement la raison pour laquelle elle n'avait voulu avoir aucun contact avec lui. D'un côté, elle l'aurait volontiers giflé pour lui apprendre à disparaître comme il l'avait fait et aurait exigé des réponses qu'elle n'était probablement pas prête à entendre. Mais cela n'aurait sans doute pas suffi à l'apaiser, étant donné que le simple fait de le revoir faisait battre son cœur plus vite. Et les souvenirs — bons et mauvais — se bousculaient dans sa tête.

Leur premier baiser à l'issue d'une soirée entre collègues.

Bon.

Quand Lucas était venu effectuer un remplacement à l'hôpital de Princes Street, elle avait d'abord tenté d'ignorer l'attirance grandissante qu'elle éprouvait pour lui, n'ayant jamais envisagé d'avoir une relation sur son lieu de travail — d'autant plus que Lucas n'avait qu'un contrat temporaire, ce qui ne pouvait pas constituer la base d'une relation durable. Or, elle n'était pas du genre à se contenter d'une brève aventure. Mais Lucas s'était montré si gentil et attentionné — envers elle et envers ses patients — qu'il était finalement devenu l'exception à la règle. Après quelques semaines à travailler côte à côte, elle avait de nouveau pris le risque de laisser son cœur dominer sa raison. Et cela avait semblé payant, puisqu'ils avaient continué à se voir bien après la fin de sa mission. Elle s'était rendu compte trop tard de son erreur.

Mauvais.

Lucas lui avait fait sa proposition de manière très romantique, lors d'un dîner aux chandelles où ils n'étaient que tous les deux. Lorsqu'il s'était mis à genoux devant elle en lui promettant de l'aimer toujours, elle avait cru que cette fois, elle aurait droit au mariage, à une famille et à tout ce qui lui avait été enlevé dans le passé.

Bon.

Elle avait cru alors qu'il partageait les mêmes valeurs qu'elle. Elle n'avait jamais caché qu'elle souhaitait avoir le même genre de relation de couple que celle qu'avaient connue ses parents, et elle croyait que Lucas avait compris à quel point le mariage était sacré pour elle. Ça ne l'avait pas empêché de la rejeter bien vite quand il s'était fatigué de la vie maritale.

Mauvais.

Le jour de leur mariage, elle nageait en plein bonheur en croyant vraiment qu'ils seraient ensemble pour toujours. Cela avait eu lieu dans une petite église, puisque Lucas n'avait aucune famille qu'il souhaitait inviter. Elle l'avait trouvé très beau, et il avait eu l'air si sincère et amoureux pendant qu'ils échangeaient leurs vœux qu'il aurait pu rivaliser avec n'importe quel prince de conte de fées. À la réception qui avait suivi, pendant la première danse où ils avaient évolué ensemble sur la piste en tant que mari et femme, elle aurait même juré avoir vu des larmes briller dans ses yeux.

Bon.

Mais l'adoration qu'elle y avait lue n'avait pas duré. La

froideur de son regard avant qu'il ne lui tourne le dos presque un an auparavant, la laissant seule et le cœur meurtri, était la dernière image qu'elle gardait de lui. Ce jour-là, son rêve d'une famille idéale s'était évanoui. Il ne l'avait pas aimée assez pour vouloir réussir leur mariage et faire des bébés ensemble. Il avait probablement décidé en cours de route que le schéma traditionnel de la famille n'était finalement pas pour lui.

Mauvais.

Elle avait connu dans sa vie plusieurs hommes égocentriques qui s'étaient enfuis quand ils s'étaient retrouvés face à leurs responsabilités. Mais aucun d'eux ne l'avait blessée autant que Lucas, parce qu'elle n'avait jamais cessé de l'aimer.

— Si vous voulez bien gagner votre siège, docteur, nous sommes sur le point de décoller.

Elle décela de l'admiration dans la voix de la jeune hôtesse, et une étrange sensation de calme la gagna.

Elle aussi avait été cette fille naïve, éblouie par le beau consultant aux yeux bleu clair et au charmant sourire, et il n'avait pas fallu beaucoup de temps pour que son cœur lui fasse confiance. Elle avait voulu croire que c'était le genre d'homme qui voulait s'installer et serait satisfait de vivre avec une épouse et deux enfants, qu'un homme aussi fort et fiable sur son lieu de travail serait aussi là pour elle quand elle aurait besoin de lui dans sa vie personnelle…

Quelle erreur ! L'année qu'elle venait de passer l'avait endurcie, et elle espérait bien être immunisée contre le charme superficiel de cet homme. Derrière cette façade séduisante, Lucas Brodie n'était pas celui qu'elle avait cru. Finalement, il ne valait pas mieux que le premier homme qui avait trahi sa confiance. Peut-être même était-il pire, puisqu'il avait rompu ses vœux en brisant son cœur ! Peu importe qu'elle ait les poings serrés, que sa gorge lui fasse mal à force de retenir ses larmes et qu'elle meure d'envie de lui demander : « Pourquoi ? »

Lucas Brodie ne pourrait plus ruiner sa vie.

Sa seule consolation fut de voir le sourire de Lucas mourir sur ses lèvres quand il l'aperçut.

— Freya ?

Elle constata avec satisfaction qu'il ne paraissait guère plus à l'aise qu'elle, à présent qu'il se retrouvait confronté à ses actes. Rien de ce qu'il pourrait dire maintenant ne changerait ce qu'il avait fait. Devoir en affronter les conséquences pourrait le faire réfléchir à deux fois avant de traiter quelqu'un d'autre avec aussi peu de considération.

— Tu es bien la dernière personne que je m'attendais à voir ici, dit-elle froidement.

— On m'a demandé d'effectuer ce remplacement à la dernière minute, et j'ai pensé…

— Quoi ? dit-elle sèchement. Que ce serait une bonne surprise ?

Si Lucas était capable de déchiffrer le langage corporel, il aurait dû être fixé devant ses bras croisés et son air fermé. Cette fois, il aurait dû mettre deux genoux à terre pour lui demander pardon !

Le pire, c'était qu'il avait choisi que ces retrouvailles douloureuses se passent devant les passagers et leurs collègues. Il était en plein milieu de l'allée et s'efforçait de caser son bagage à main dans le casier au-dessus de son siège pendant que l'hôtesse cherchait à le faire asseoir.

Ce n'était ni le moment ni l'endroit pour faire une scène.

Par chance, tout le monde était tellement distrait par le décollage de l'avion que ce premier échange embarrassé se perdit dans l'excitation générale.

— Docteur, il faut vraiment vous asseoir le plus vite possible, insista l'hôtesse en refermant le casier avant de conduire Lucas jusqu'à son siège… devant Freya.

Elle retint un soupir tandis qu'il posait sur elle son regard bleu si fascinant.

Si elle avait cessé de l'aimer pendant leur séparation, ce ne serait pas aussi douloureux de le revoir et de se rappeler tout ce qu'elle avait perdu. Apparemment, ses sentiments n'avaient pas changé. Jamais, au grand jamais, elle n'aurait voulu voir la fin de leur relation. Tous ces mois passés dans le chagrin et les larmes n'avaient pas réussi à faire disparaître la plus forte de toutes les émotions qu'elle éprouvait : son amour pour cet homme. Elle se détestait pour cela, alors qu'elle aurait voulu le détester, lui.

Ce week-end serait un test pour elle — à la fois sur les plans personnel et professionnel. Elle allait devoir contrôler ses propres émotions, car rien ne devait altérer la magie de ces instants pour les enfants. Pas même les problèmes non résolus de leur mariage raté.

Lucas se laissa tomber sur son siège, bouleversé.

Revoir Freya après tout ce temps était un choc inattendu, même s'il savait qu'elle serait là.

Un membre de l'équipage le rappela à l'ordre.

— Votre ceinture, monsieur.

— Oh ! désolé.

Il aurait voulu que ce mot soit imprimé en lettres capitales sur son front pour que Freya puisse les lire. Près d'une année avait beau s'être écoulée, la douleur de son ex-femme était encore palpable, de même que son propre sentiment de culpabilité. On aurait dit qu'ils venaient juste de rompre.

Lorsqu'il s'était rendu compte que le nom de Freya figurait sur la liste des bénévoles, il avait hésité à accepter ce remplacement, sachant qu'une confrontation serait inévitable. Mais il avait finalement décidé qu'il était temps de réagir et d'affronter Freya, afin que tous deux puissent mettre un terme officiel à cette période très difficile de leur vie. Ils s'étaient beaucoup aimés avant qu'il ne mette brutalement fin à leur mariage. Ce serait délicat d'aborder la question du divorce, mais une fin légale était la prochaine étape logique de leur histoire. Ainsi, Freya pourrait se libérer totalement de lui et avoir droit au nouveau départ qu'elle méritait.

Il avait donc projeté d'aborder le sujet avec elle au cours du voyage. Une fois qu'elle se serait habituée à l'idée de le revoir, ils auraient le loisir de parler plus librement.

L'ennui, c'était que, en planifiant son retour dans le monde, il n'avait pas tenu compte des émotions résiduelles qui demeuraient en lui.

C'était son ami Peter qui avait sauvé sa carrière en assurant la liaison avec l'hôpital pendant qu'il était malade. Honteux de sa faiblesse, il avait demandé à celui-ci de ne rien révéler à Freya. Ensuite, il avait dû faire des pieds et des mains auprès du conseil d'administration de l'hôpital pour prouver qu'il était parfaitement rétabli et capable de reprendre le travail. Ses collègues et les principaux consultants l'avaient soutenu, et maintenant il assurait de plus en plus d'heures.

Certes, il avait réussi à remettre sa carrière sur pied, mais il savait qu'il ne pourrait jamais reconquérir sa femme. Et en revoyant Freya, il mesurait tout ce qu'il avait perdu au cours de ces derniers mois.

Dire qu'il s'était imaginé que tous deux seraient heureux de se défaire de leurs liens au bout de tout ce temps ! En fait, il était estomaqué par leur réaction mutuelle. La vue de Freya avait réveillé la douleur dans sa poitrine. Il n'était manifestement pas encore prêt à renoncer à elle, même si c'était ce qu'il pouvait faire de mieux.

Quant à sa douce et tendre épouse, elle lui avait lancé un regard meurtrier, comme si elle avait voulu le frapper. Ses yeux en amande avaient envoyé des éclairs quand ils s'étaient posés sur lui, remplis de douleur et de colère. Elle lui avait fait face, les bras croisés, et il avait senti en elle une dureté qu'il n'avait jamais discernée auparavant.

Il avait toujours su lire en Freya, car celle-ci n'avait jamais cherché à masquer ses sentiments… Contrairement à lui, qui avait toujours gardé ses émotions et ses secrets à l'intérieur, jusqu'à ce qu'il implose sous l'effet du stress et détruise ce à quoi il tenait le plus.

Il n'était pas assez naïf ou égocentrique pour s'attendre à ce qu'elle lui tombe dans les bras, mais une partie du charme de Freya venait de sa personnalité si chaleureuse. C'était pour lui un choc de la trouver si changée. Ça lui faisait prendre conscience du temps qui s'était écoulé, et il se demandait dans quelle mesure il était responsable de ce changement.

L'année précédente, l'esprit troublé par les tourments qui l'agitaient, il avait cru que la meilleure chose à faire était de la quitter pour ne pas l'entraîner dans son désespoir. Lorsqu'il avait mauvaise conscience en se rappelant son visage baigné de larmes, il se convainquait que la quitter avait été un geste altruiste de sa part, qu'elle avait dû trouver quelqu'un pour le remplacer depuis et qu'elle pourrait ainsi fonder avec un autre la famille qu'il ne croyait pas pouvoir lui donner.

Finalement, la réalité était très différente. Pour la première fois depuis leur séparation, il voyait ses actes à travers le regard de Freya et il se rendait compte qu'il l'avait laissée gérer seule la rupture. Ils s'étaient aimés, mais il l'avait exclue de leur couple au point de négliger sa douleur au profit de la sienne propre.

Son ton si froid et son langage corporel sur la défensive ravivaient la douleur dans son cœur. À présent qu'il était guéri, il avait les idées plus claires : en s'éloignant, il n'avait fait qu'augmenter leur souffrance à tous les deux. À l'époque, il avait voulu croire qu'il protégeait son épouse en ne faisant pas peser sur elle son enfance et sa maladie. Il avait estimé que ce n'était pas son rôle de l'aider à régler ses problèmes. À présent, il prenait conscience des conséquences que sa décision avait eues sur Freya.

L'avion se mit à rouler sur le tarmac.

Il savait combien Freya appréhendait cette partie du vol. Instinctivement, il se retourna pour lui serrer la main en un geste rassurant.

— Est-ce ça va ?

Elle était assise toute droite sur son siège, les yeux écarquillés de frayeur.

— Très bien, répondit-elle d'un ton sec en retirant vivement sa main comme s'il la brûlait.

Pendant leur voyage de noces, elle avait enfoncé ses ongles si profondément dans son bras pendant le décollage qu'il avait cru qu'elle ne le lui rendrait jamais. Cette fois, elle lui faisait comprendre sans le moindre doute qu'il avait perdu le droit de la toucher et de la réconforter. Elle n'était plus sa femme que de nom, et c'était entièrement sa faute.

Cette réaction de rejet était complètement à l'opposé de l'effet qu'elle lui avait toujours fait. À peine l'eut-il touchée que cela fit resurgir les merveilleux souvenirs de leur lune de miel, quand il la sentait se pâmer sous ses doigts.

Ils avaient été heureux pendant un temps, ils s'étaient aimés très fort et avaient eu beaucoup de plaisir ensemble. Il aurait souhaité ne jamais arriver au point où Freya préférait avoir une crise de panique plutôt que d'accepter son aide.

À l'évidence, elle n'était pas encore prête à écouter ce qu'il avait à lui dire. Il avait la nette impression que s'il n'y avait pas eu de monde autour d'eux, elle lui aurait volontiers jeté à la figure ce qu'elle pensait de lui. La liste de ses manquements était longue, mais il n'en avait jamais été aussi conscient qu'à cet instant, en voyant sa femme si douce contrôler difficilement la rage qu'elle éprouvait envers lui.

Si cela pouvait réparer la manière dont il l'avait traitée, il se serait volontiers offert comme punching-ball. Il continuait d'espérer que ce week-end lui offrirait l'occasion de s'expliquer et d'ouvrir la voie à la prochaine étape. C'était tout ce qu'il pouvait encore oser lui demander.

Les *oh* et les *ah* des enfants résonnèrent dans l'avion lorsque l'appareil s'éleva dans les airs et que la ville disparut sous les nuages. Et lorsqu'ils eurent atteint leur hauteur de croisière et purent détacher leurs ceintures, l'avion se mit à ressembler à une ruche débordante d'activité.

Freya se leva pour distribuer des feuilles aux jeunes passagers.

— Eh bien, mesdames et messieurs, les garçons et les filles, qui a envie de rencontrer le Père Noël ? demanda l'autre elfe, qui s'était emparé du micro.

Une clameur enfantine enthousiaste lui répondit.

— Nous avons pensé que tout le monde pourrait se chauffer un peu la voix avec quelques chants de Noël dont l'elfe Freya vous a donné les textes, expliqua l'elfe Gillian. Si quelqu'un veut venir chanter ou raconter une histoire, il est le bienvenu…

Son attention à lui était tellement focalisée sur Freya que les voix discordantes des enfants se perdirent dans une sorte de brouillard. Elle avait un sourire chaleureux pour chaque passager à qui elle s'adressait.

Il retint son souffle, attendant son tour. Mais naturellement, quand elle arriva à son niveau, la lumière s'éteignit dans ses yeux et son sourire s'effaça.

— Tu as l'air en forme, Freya.

C'était tout ce qu'il trouvait à dire pour dissiper la gêne qui s'était installée, mais il était sincère. Sa beauté produisait toujours le même effet sur lui. Il se sentait à la fois le plus chanceux des hommes pour qu'elle ait accepté de devenir sa femme, et le plus stupide pour avoir renoncé à elle.

Freya se détourna sans dire un mot, mais cela faisait si longtemps qu'ils n'avaient pas été aussi proches qu'il ne put s'empêcher d'essayer de prolonger ce moment.

— Tu t'es fait couper les cheveux…

Il avait toujours adoré ses longs cheveux châtains, mais sa coiffure courte à la Jeanne d'Arc, un peu ébouriffée, s'accordait bien à ses traits fins.

— J'avais besoin de changer, répondit-elle, laconique.

Il sentit son estomac se serrer à la pensée qu'il avait été la cause de cette nervosité, alors que Freya avait toujours été aimante et pleine d'entrain. Elle s'était durcie à cause de lui, de la même manière que le comportement autodestructeur de son père l'avait durci lui-même. Il savait combien c'était long et douloureux pour se remettre de ce genre de dommage. Il n'aurait jamais souhaité à Freya de passer par là — c'était pour éviter ça qu'il était parti, justement.

Comme il fallait s'y attendre, il était resté dans le déni jusqu'à la période de crise. À présent, il était obligé de constater les retombées des dommages qu'il avait causés sur le plan émotionnel. Une explication n'était pas possible devant tout le monde, mais il se devait de reconnaître ses torts. Si elle refusait de lui parler pendant le voyage, au moins il se serait excusé.

— Je suis tellement désolé, Freya. Pour tout.

— Vous voulez peut-être chanter une chanson, docteur ? Je suis sûre que les enfants seraient ravis.

Il n'y avait pas la moindre trace de chaleur dans le sourire forcé que Freya lui adressait. Elle savait pertinemment qu'il n'avait aucune envie de participer. À l'évidence, elle ne tenait pas à attirer l'attention des autres, mais elle refusait ses excuses.

Certes, leur mariage avait été bref, mais ils étaient restés ensemble assez longtemps pour qu'elle sache que toutes ces manifestations de joie à l'approche de Noël le sortaient de sa zone de confort. L'enthousiasme qu'elle avait montré à cette occasion avait été difficile à vivre, tant il détestait cette période qui lui rappelait l'enfance qu'il n'avait pas eue. S'il avait accepté de participer à ce voyage alors qu'il savait que Freya serait là, c'était avant tout pour que les enfants puissent avoir les souvenirs heureux qui lui avaient été refusés.

— Euh… j'ai beaucoup de dossiers à voir.

Ce n'était pas tout à fait un mensonge, même s'il avait déjà pris connaissance de tous les cas des enfants qu'il soignerait et était prêt à parer à toute éventualité. En revanche, il ne s'était pas préparé à cet échange tendu avec son ex-femme, mais il méritait sa colère.

— Eh bien, je ne vais pas prendre davantage de ton temps, dit-elle en se détournant.

Mais il ne voulait pas qu'elle pense qu'il l'avait rejetée, ni maintenant ni avant.

Sans réfléchir, il lui toucha le bras.

Freya s'écarta brusquement de lui comme si elle avait reçu un choc électrique.

Cela lui rappela les premiers temps de leur relation, lorsqu'ils tentaient d'ignorer leur attirance grandissante sur leur lieu de travail et que le moindre frôlement les mettait sens dessus dessous. La différence, c'était que maintenant, ce n'était plus le désir qu'il lisait dans ses yeux, mais une envie de meurtre.

— Ne sois pas comme ça, Freya ! Je suis sincèrement désolé…

À sa place, il aurait été probablement incapable de pardonner, il le savait. Mais comment régler les problèmes si elle refusait un minimum de rapprochement ?

Peut-être finirait-elle par reconnaître qu'il faisait tout pour qu'ils se sortent au mieux d'une mauvaise situation. Et en divorçant, la colère qui bouillait en elle finirait sans doute par s'apaiser.

— Excuse-moi, mais j'ai un emploi du temps très chargé aujourd'hui. Je ne voudrais pas que les passagers se sentent abandonnés.

Freya remit de la distance entre eux, laissant flotter dans son sillage un parfum de cannelle et de menthe poivrée. En s'éloignant, elle se lança dans l'interprétation d'un classique de Noël, encourageant tout le monde à se joindre à elle tout en tendant des instruments à percussion aux plus jeunes membres du groupe.

Pour tout le monde dans cet avion — excepté lui —, Freya se révélait être l'âme de la fête, apportant un moment de joie à ceux qui en avaient le plus besoin. Mais il voyait bien que sa gaieté était forcée. Elle évitait constamment son regard pendant les chants et les jeux organisés pour aider les enfants à passer le temps.

Elle avait été cruellement déçue et avait vu ses rêves se briser. Et c'était entièrement sa faute.

Contrairement à son père qui avait fait de sa vie un enfer, il ne supporterait pas de se regarder dans la glace s'il ne tentait pas d'arranger les choses. Sinon, il ne parviendrait pas à tirer un trait sur le passé.

S'il n'avait pas été capable d'être le mari et le père de famille dont Freya avait besoin, il y avait au moins une chose qu'il pouvait lui donner : une explication.

Ce ne serait pas facile pour lui d'évoquer les démons qui

l'avaient éloigné d'elle, mais il fallait au moins qu'il essaie, il lui devait bien ça. Après tout, peut-être que cette visite au Père Noël leur apporterait à tous deux ce dont ils avaient le plus besoin, la paix de l'esprit ?

2.

— Vous allez avoir bien chaud, là-dedans.

Freya aidait les deux petites filles dont elle avait la charge à revêtir les anoraks et les après-ski qui attendaient les enfants à la fin du vol.

Il faisait jour à présent, et un coup d'œil jeté par les hublots sur le paysage enneigé avait donné à tout le monde l'envie de sortir. Mais la température au-dessous de zéro nécessitait que les enfants soient correctement habillés avant de s'aventurer dehors. Étant donné leur état de santé, il était d'autant plus important qu'ils soient en mesure d'affronter les éléments.

De son côté, elle avait changé sa tenue d'elfe pour un pull en grosse laine et un pantalon épais.

Elle se sentait plus à l'aise dans sa tenue de ski rose fluo, même si ça la rendait à peu près aussi sexy qu'une abominable femme des neiges. Ainsi affublée, elle espérait échapper au regard pénétrant de son ex-mari.

Elle n'avait pas envisagé qu'elle se retrouverait face à lui pendant ce voyage, et cela l'avait beaucoup perturbée de sentir son cœur s'accélérer chaque fois qu'il la regardait… Ce qui s'était passé très souvent. Actuellement encore, elle pouvait sentir dans son dos son regard insistant — celui d'un homme qui a besoin de dire ce qu'il a sur le cœur.

Peu importe ce que c'était, elle n'avait pas envie de l'entendre. Qu'il veuille soulager sa conscience et lui révéler enfin la raison de sa mystérieuse disparition, ou bien venir réclamer la moitié de ce qu'ils avaient partagé, elle n'accepterait pas que cela ait lieu en public.

Depuis que Lucas l'avait quittée, elle avait imaginé

toutes sortes de scénarios possibles — l'existence d'une autre femme, un blues post-marital. Mais pour finir, elle en revenait toujours à cette même constatation : il n'avait plus voulu vivre avec elle, et aucune discussion ne pouvait réparer son cœur meurtri.

Même en accumulant les couches de vêtements, elle ne pouvait s'empêcher de frissonner chaque fois qu'elle repensait au moment où il lui avait pris la main. Une partie d'elle-même qui n'avait apparemment pas subi assez d'humiliations voulait croire qu'il ne s'agissait pas là d'une simple mémoire corporelle. En dépit de tout, peut-être que Lucas tenait encore à elle autant qu'elle semblait encore tenir à lui ?

Cette faiblesse dans son armure la rendait vulnérable à une autre tentative de rapt de son cœur. Mais la Freya blessée, celle qui ne s'était jamais totalement remise de son traumatisme, lui rappelait que ce n'était pas possible, étant donné la façon dont ils s'étaient séparés. Ce n'était pas bon de conserver un quelconque espoir dans ce sens.

— Où sont passés mes doigts ? demanda la petite Hope, cinq ans, en agitant la main, la ramenant ainsi dans le monde imaginaire qu'ils avaient créé.

Elle faisait partie du petit groupe atteint de diabète de type un — ce qui nécessitait une surveillance constante de son taux de sucre dans le sang afin d'éviter de trop grands écarts. Elle n'avait pas besoin d'une infirmière pédiatrique qui passait son temps à rêvasser.

— Ils sont tous là, dans tes moufles, pour rester bien au chaud. Tous les visiteurs qui iront voir le Père Noël devront les porter afin que Jack Frost ne les mordille pas.

— Scarlett aussi ? s'inquiéta Hope en regardant l'autre petite fille, qui était visiblement son amie.

Freya lui sourit.

— Oui, Scarlett aussi.

La tâche serait plus facile pendant le week-end si les deux petites filles s'entendaient aussi bien.

Elle aida l'autre fillette à enfiler une paire de moufles.

Avec leur tenue rose et leur bonnet de laine, les deux petites filles auraient facilement pu passer pour des jumelles.

Elle sentit son cœur se serrer devant les deux précieuses vies qui lui avaient été confiées par leurs parents. Elle veillerait sur elles comme s'il s'agissait de ses propres enfants. C'était une grande responsabilité, mais aussi un énorme privilège de leur faire toucher du doigt une enfance normale.

Si les choses avaient évolué différemment, elle aurait pu un jour planifier ce voyage en Laponie avec Lucas et leurs enfants…

Sa gorge se noua.

Elle aurait eu tant d'amour à donner à sa propre famille ! Mais il avait tout détruit, et elle se retrouvait sans rien. S'occuper des enfants des autres, c'était ce qui pouvait le mieux satisfaire son côté maternel, car elle savait qu'elle ne pourrait plus jamais avoir confiance en un homme au point de vouloir fonder une famille avec lui.

— Voici donc Hope et Scarlett ? Salut, les filles. Je m'appelle Lucas et je suis là pour aider Freya à s'occuper de vous. Si vous avez besoin de quoi que ce soit, vous n'avez qu'à aller voir l'un de nous, d'accord ?

Lucas avait surgi derrière elle sans que son alarme intérieure ne fonctionne. Elle se hérissa en le sentant aussi proche. Pour ne rien arranger, avec son bonnet noir et sa combinaison de ski bleu électrique, il ressemblait davantage à quelqu'un prêt à s'amuser qu'à un briseur de cœurs professionnel.

— Oui, s'écrièrent les petites filles en chœur.

À n'en pas douter, elles étaient déjà sous le charme du beau médecin. Il faisait toujours cet effet-là.

— Le bus nous attend, dit Freya en pressant les enfants de descendre de l'avion.

Le premier contact avec l'air froid fut saisissant, et elle se hâta de faire monter les filles dans le bus.

— Je vérifie toutes les médications avant que l'on ne démarre, lui dit Lucas. Je voudrais juste m'assurer que tu as le traitement contre l'épilepsie de Scarlett et l'insuline de Hope à disposition.

Il parcourut rapidement les feuilles de la liste qu'il avait étudiée pendant le vol — ce qui lui avait permis d'éviter les activités proposées.

Elle se sentit rougir pour avoir cru qu'elle était le seul objet de son attention.

Évidemment, il s'était également préoccupé des traitements de tous les enfants ! C'était à lui que revenait la responsabilité de tout coordonner afin qu'ils puissent voyager en toute sécurité. Mais ce n'était pas son professionnalisme qui lui posait problème. C'était son attitude désinvolte vis-à-vis de leur mariage.

— Oui, répondit-elle. Et j'ai également les heures auxquelles ils doivent être administrés.

Elle avait revérifié tout ce qui concernait les fillettes avant le vol, ne laissant rien au hasard. Quand il s'agissait des soins à donner à ses patients, elle était aussi scrupuleuse que lui.

— Parfait.

Lucas lui adressa un bref signe de tête avant de rejoindre les autres membres de l'équipe médicale.

Il était plus facile d'avoir affaire à lui en tant que médecin. Cela lui rappelait l'époque où ils travaillaient ensemble avant que les émotions et l'alchimie sexuelle ne s'en mêlent. S'il gardait maintenant cette attitude détachée et évitait de mentionner leur passé commun, elle pourrait plus facilement retenir ses larmes et l'envie qu'elle avait de le gifler. Si elle avait survécu à la perte de son bébé quand elle était encore adolescente et à l'année infernale qui venait de s'écouler, elle devait pouvoir résister à tout.

Elle monta dans le bus d'un pas ferme, ayant repris courage.

— Regarde les énormes bonshommes de neige ! s'écrièrent Hope et Scarlett, le nez collé contre la vitre du bus.

Freya elle-même fut impressionnée par les silhouettes

hautes de trois mètres qui saluaient leur arrivée à la clairière où ils devaient commencer leurs activités.

Auparavant, ils avaient fait une brève halte à l'hôtel pour y déposer leurs bagages, ne gardant que le matériel médical.

— N'est-ce pas merveilleux ? dit-elle à ses deux protégées.

Avec la neige qui tombait doucement, les sapins recouverts de givre scintillant et le sol qui disparaissait sous un épais manteau blanc, cet endroit était exactement ce qu'il lui fallait pour compenser la misérable année qui venait de s'écouler.

Toutes les trois étaient tellement émerveillées par ce qu'elles découvraient par la fenêtre du bus qu'elles furent les dernières à le quitter. Les autres s'étaient déjà alignés, attendant qu'un traîneau mené par des rennes les conduise à travers la forêt magique.

Son ex-mari l'attendait au bout de la queue. Apparemment, elle ne pouvait plus s'en débarrasser.

— Ils ne peuvent en prendre que deux à la fois, expliqua-t-il.

— Comment allons-nous faire ?

Elle ne pouvait pas laisser une des deux fillettes en arrière ni les laisser monter sans elle.

— Je me suis proposé pour prendre une des filles avec moi, répondit Lucas. Ce n'est pas un problème.

Apparemment, elle n'avait pas le choix.

— Bon. Tu passes d'abord avec Scarlett, et je suivrai avec Hope.

Au moins, elle ne serait pas à côté de lui. Les balades en traîneau dans la neige étaient censées être amusantes et romantiques. Pas question de partager ce moment avec son ex.

Heureusement, Scarlett fut ravie de monter avec Lucas dans le traîneau de bois, et Freya respira plus librement quand ils se furent enfoncés dans la forêt sans elle.

— À notre tour, dit-elle en échangeant un sourire ravi avec Hope.

L'homme qui menait le renne était vêtu du costume traditionnel rouge et bleu de la région, ce qui ajoutait à la magie du moment. Le renne était un magnifique animal dont le harnais arborait les mêmes couleurs que celles de son maître. Ses bois majestueux étaient poudrés de neige. Il paraissait sorti tout droit d'un de ces films à l'eau de rose qui passaient à la télévision au moment des fêtes.

— Est-ce que je peux le caresser ? demanda Hope, émerveillée.

Sans doute croyait-elle qu'elle se trouvait devant l'un des fidèles serviteurs du Père Noël.

Leur guide hocha la tête, et Freya resta à côté de Hope pendant qu'elle touchait le museau de l'animal. Elle-même ne monta pas dans le traîneau avant d'avoir caressé la douce fourrure brune. Ce fut un moment de grâce, de contemplation paisible. Son seul regret était de ne pas pouvoir le partager avec son propre enfant.

À quoi aurait ressemblé son bébé s'il avait survécu ?

Elle ne le saurait jamais. Si son premier fiancé ne l'avait pas quittée à dix-huit ans quand il avait su qu'elle était enceinte, elle n'aurait peut-être pas fait de fausse couche. Le stress de se retrouver mère célibataire à peine sortie du lycée avait sûrement contribué à cette tragédie. Seuls ses études d'infirmière et l'espoir de redevenir mère un jour en trouvant l'homme qui l'aimerait vraiment lui avaient permis de surmonter son chagrin. Son désir de redevenir mère l'avait presque consumée et, lorsqu'elle avait épousé Lucas, elle avait cru pouvoir combler enfin ce manque.

Voir l'histoire se répéter et son mari l'abandonner ainsi que son rêve de maternité avait été une nouvelle épreuve. Elle y repensait chaque fois qu'elle le regardait.

Mais à quoi bon se torturer ? Elle s'était suffisamment apitoyée sur elle-même. Elle devait se faire une raison : elle ne pourrait jamais faire de Noël un moment magique pour ses propres enfants, comme ses parents l'avaient fait avec elle. Tout espoir ayant été perdu avec son mariage brisé, elle voyait désormais beaucoup moins de raisons de célébrer cette période de l'année.

— Est-ce qu'il peut vraiment voler ? demanda Hope avec excitation.

— Seulement la veille de Noël, répondit-elle, et avec l'aide d'une poudre magique spéciale que les elfes ajoutent à leur nourriture.

Elle se carra dans son siège, un peu nostalgique.

Tout était beaucoup plus amusant quand on croyait encore à la magie.

La balade en traîneau se révéla très agréable et bien que la température ait encore baissé lorsqu'ils s'étaient enfoncés dans la forêt, elles étaient restées bien au chaud sous la fourrure qui recouvrait leurs genoux.

Soudain, quelque chose bougea à travers les arbres.

— Regarde ! C'est Scarlett et le Dr Lucas ! s'écria Hope.

Gagnée par son enthousiasme, Freya sourit aussi en leur faisant des signes quand ils passèrent de l'autre côté du chemin.

Mais pour autant, que Lucas n'aille pas s'imaginer qu'elle lui avait pardonné ! Elle doutait d'en être capable un jour.

Quand ils arrivèrent à la fin du parcours, tous se retrouvèrent groupés en demi-cercle autour du coordinateur de l'événement et écoutèrent ses instructions.

— Nous avons plusieurs activités à vous proposer pour aujourd'hui. Vous trouverez des toilettes dans le petit bâtiment situé derrière nous, ainsi qu'une aire de repos pour ceux qui veulent faire une pause ou désirent se réchauffer à l'intérieur. Sous le tipi, on vous contera des histoires. Il y a aussi d'autres balades avec des chiens de traîneau, de la motoneige pour les plus aventureux, et bien sûr le pique-nique autour d'un feu de camp pour vous remplir l'estomac.

— Je sais ce que je vais choisir, dit Lucas avec un petit sourire.

Freya le toisa du regard.

Il était habituellement d'un caractère facile, si bien qu'il attirait naturellement la sympathie, mais elle ne voulait plus faire partie du nombre. Elle tenait à rester émotionnellement détachée jusqu'à la fin du voyage, où elle pourrait alors donner libre cours à ce qu'elle ressentait.

— Je parie qu'on va encore devoir y aller par deux ? dit-elle, s'en voulant d'avoir tant traîné pour descendre du bus et de se retrouver dans la même situation que précédemment.

— Ça pose un problème ? demanda Lucas en penchant la tête d'un air innocent.

Autrefois, son côté espiègle l'aurait fait rire, mais à présent, il la faisait grincer des dents. Ils n'étaient pas amis et encore moins amants.

— Est-ce que tu veux qu'on échange ? intervint Gillian, montrant le petit garçon qui lui avait été confié et visiblement soucieuse de lui venir en aide.

— Non, inutile de déstabiliser les enfants maintenant. Sincèrement, ce n'est pas un problème, répondit-elle d'un ton qui se voulait rassurant.

Toutes deux savaient pourtant que le fait de se retrouver coincée pour le week-end avec son ex allait mettre sa patience à rude épreuve.

Lucas n'avait pas eu l'intention de s'impliquer aussi activement en acceptant ce remplacement. Il avait juste voulu rendre service à son collègue et montrer à ceux qui auraient pu encore douter de lui qu'il était bien le même médecin qu'avant sa maladie.

C'était avant qu'il ne découvre que son ex-femme faisait partie de l'équipe médicale. À ce moment-là, il aurait pu encore faire un échange avec quelqu'un d'autre, mais il avait décidé de saisir la chance qui lui était offerte de passer quelque temps avec Freya. Il ressentait toujours le même désir d'être en sa compagnie que lorsqu'il avait posé les yeux sur elle pour la première fois et qu'il faisait tout pour la voir, au travail comme à l'extérieur.

Lorsqu'ils s'étaient séparés, il s'était efforcé de se convaincre qu'il n'aimait plus Freya. D'ailleurs, il lui aurait été impossible de la revoir. Pendant des mois, il avait eu tous ses démons pour lui tenir compagnie. Ensuite, il avait été très pris par la reconquête de son travail. Mais maintenant, il se rendait compte à quel point Freya lui manquait. Elle avait fait partie intégrante de sa vie, et il lui était difficile d'y renoncer.

Même lorsque la femme qu'il aimait n'essayait même pas de cacher le mépris qu'elle avait pour lui.

Il ne pouvait pas lui en vouloir, alors qu'il était sorti de sa vie sans un regard en arrière. Elle ignorait à quel point sa volonté de fonder rapidement une famille l'avait terrifié, dans l'état dépressif où il se trouvait. Elle ignorait qu'il avait passé la plus grande partie de l'année à tenter de se remettre du traumatisme de son passé.

C'était seulement maintenant, devant l'expression hantée de ses yeux chaque fois qu'il croisait son regard, qu'il se rendait compte qu'elle avait souffert autant que lui. Sa crainte de devenir comme son père avait privé Freya de la possibilité de devenir mère. Elle avait besoin de ce voyage autant que les enfants pour retrouver un peu de cette innocence qu'il lui avait volée. Et elle ne pouvait pas y arriver s'il était toujours là à lui rappeler ce qu'il lui avait fait.

Il voulait faire amende honorable afin qu'elle puisse abandonner sa colère et sa peine et jouir du reste de sa vie sans amertume. Si elle le laissait expliquer les raisons de son départ, peut-être pourrait-elle lui pardonner peu à peu, même s'il avait tout fait pour tuer leur amour ?

Mais il n'était pas question que le désir de soulager sa conscience lui fasse oublier ses responsabilités.

— Alors, Scarlett ? Par quoi aimerais-tu commencer ? demanda-t-il à sa petite compagne aux joues roses d'excitation.

— Est-ce qu'on peut faire ça ? demanda celle-ci en désignant la colline sur laquelle de grands toboggans étaient perchés, attendant des passagers.

— Je pense que c'est possible. N'est-ce pas, Freya ?

Personne ne se bousculait pour cette attraction, plus

traditionnelle et moins excitante que les balades en traîneau et autres motoneiges.

Freya regarda la colline, puis lui, son front soucieux à moitié caché par son bonnet de laine couleur crème.

Elle était tout aussi jolie sous son épaisse combinaison hivernale que dans son costume d'elfe. Mais à l'évidence, elle acceptait difficilement l'idée qu'ils se côtoient de nouveau.

— Est-ce que j'ai le choix ? marmonna-t-elle, alors que les fillettes couraient déjà en direction des toboggans.

Même s'il voulait qu'elle lui accorde du temps, il ne la forcerait pas à être avec lui si cette perspective la rebutait.

— Tu as toujours le choix.

— Vraiment ?

Il se mordit la langue.

Elle n'avait pas besoin d'en dire davantage pour qu'il comprenne qu'il ne lui avait pas laissé le choix quand il avait mis fin à leur mariage.

Lorsqu'ils se retrouvèrent tous au sommet de la colline, ils se séparèrent de nouveau en deux binômes, ayant décidé d'accompagner les petites filles plutôt que de les laisser glisser seules.

L'air était plus froid en hauteur, et il avait l'impression que même l'intérieur de son nez allait geler. Mieux vaudrait que les filles ne restent pas trop longtemps exposées aux éléments.

— On fait la course ? proposa-t-il.

— Ouiii ! s'écrièrent Scarlett et Hope en sautillant d'excitation.

Freya ne s'y opposa pas, probablement parce que son propre nez rougissait de seconde en seconde et que c'était le moyen le plus rapide de redescendre de la colline. Ils s'installèrent sur leurs toboggans respectifs, chacun ayant sa protégée bien calée devant lui.

— À vos marques…

— Prêts…

— Partez !

Tous les quatre s'écrièrent en même temps quand ils s'élancèrent.

Le vent lui fouettait le visage, mais il le remarqua à peine tandis qu'ils se précipitaient dans cet abîme vertigineux. Il avait l'impression de devenir enfin l'enfant insouciant qu'il n'avait jamais pu être. Les cris et les rires autour de lui ajoutaient encore à ce plaisir enfantin.

Il aurait été incapable de dire qui était arrivé en premier, tant la pure sensation de liberté qui l'avait saisi avait pris le dessus sur la course elle-même.

— C'était épatant !

Même Freya souriait à l'arrivée, les yeux brillants de plaisir, comme lors de leurs premiers rendez-vous, quand ils passaient du bon temps ensemble sans le moindre souci. Comme il aurait aimé qu'elle le regarde avec les mêmes yeux qu'alors, sans cette méfiance constante !

— Ça me rappelle quand on avait fait cette course d'obstacles pour obtenir des fonds. Tu t'en souviens ? On avait descendu la colline sous une pluie battante.

Ils avaient ri pendant toute la course, et l'intrépidité de Freya l'avait tellement impressionné qu'il était tombé amoureux d'elle ce jour-là, en la voyant escalader des échelles de corde et ramper sous des bâches, les cheveux couverts de boue et le sourire aux lèvres. Il avait trouvé sa joie de vivre irrésistible et avait su alors qu'il ne voulait pas être séparé d'elle.

Il ne le voulait toujours pas.

— Je n'ai jamais vu autant de boue de ma vie, dit-elle en riant.

À l'époque, elle en avait été recouverte de la tête aux pieds, mais elle avait pris la situation avec humour, et il avait été totalement sous le charme.

— Ils ne voulaient pas nous laisser remonter dans le bus tant qu'on ne se serait pas nettoyés…

La suite de l'histoire n'était pas audible par tout le monde, mais en voyant Freya rougir, il sut qu'elle aussi pensait à la douche fumante qu'ils avaient prise ensemble chez lui à leur retour.

— Au moins, aujourd'hui, on restera secs, dit-elle en sortant du toboggan et en époussetant ses vêtements.

Fin de la parenthèse.

Il aida les filles à se relever.

— Je me demande pourquoi on n'a pas fait de traîneau plus tôt.

En fait, il savait pourquoi ils n'avaient pas fait ce genre d'activité ensemble. Son passé était alors trop pesant pour qu'il associe des souvenirs agréables à la saison hivernale. Et il n'avait fait qu'aggraver la situation en l'abandonnant à Noël.

Au changement d'expression de Freya, il sut qu'elle y pensait aussi.

Elle lui tourna le dos pour se concentrer sur les enfants, qui avaient commencé une bataille de boules de neige.

— Que ceux qui veulent un bol de chocolat chaud lèvent la main !

— Moi !

— Moi !

— Moi !

Même lui avait répondu. Un peu de chaleur ne lui ferait pas de mal, alors que l'atmosphère entre adultes devenait de plus en plus glaciale.

Ils rejoignirent les autres, et il effectua un rapide contrôle pour s'assurer que leur activité n'avait eu aucun impact sur le taux de sucre dans le sang de Hope, avant qu'ils aillent se régaler de boissons chaudes et de hot-dogs. Il nota ce que celle-ci mangeait et buvait afin de pouvoir réajuster son insuline plus tard.

Une fois rassasié, il les laissa auprès du feu pour aller contrôler les autres enfants. Quand il eut constaté qu'il n'y avait aucune urgence médicale et que tout le monde appréciait la journée, il fut de retour à temps pour griller des marshmallows au-dessus des flammes.

— Aide-moi un peu.

Freya lui tendit deux des bâtonnets de bois avec les sucreries piquées au bout.

Même s'il savait que c'était pour éviter que les fillettes s'approchent trop du feu, il voulut y voir une sorte de trêve.

— Comment sait-on quand ils sont à point ? demanda-t-il, sentant la chaleur s'insinuer dans ses mains.

Freya pencha la tête et le regarda d'un air incrédule, une lueur d'amusement dans les yeux.

— Tu te moques de moi ?

— Je veux juste m'assurer qu'ils seront à point pour les filles, marmonna-t-il.

Les tours en traîneau et les marshmallows grillés n'avaient pas fait partie de son enfance — ni des années suivantes, quand il avait eu la tête plongée dans les livres de médecine pour tenter d'échapper à ses mauvais souvenirs.

— Il faut juste qu'ils soient légèrement dorés, répondit-elle, redevenant sérieuse. Ne les laisse pas brûler et donne-leur le temps de refroidir avant de les déguster.

Il lui sembla qu'elle se détendait un peu.

Peut-être avait-elle deviné son malaise et — connaissant son bon cœur — voulait-elle lui épargner de se sentir gêné. Mais il préféra croire que c'était parce qu'elle retrouvait en lui un peu du Lucas des débuts, celui qui n'aurait jamais voulu lui faire de mal et qu'elle aimait. Il avait hâte qu'elle oublie l'homme brisé qu'il était devenu à la fin de leur mariage.

— C'est vraiment très bon, dit-il en léchant le sucre resté collé sur ses lèvres.

— Tu en as laissé un peu…

Spontanément, elle lui essuya le coin de la bouche avec son pouce.

Ce geste innocent suffit à ramener tout son corps à la vie. Il avait l'impression d'avoir dormi très longtemps, attendant d'être tiré de sa torpeur.

— Merci…

Son regard accrocha celui de Freya, et il y vit une brève flamme de désir avant qu'elle ne se détourne.

Ils n'avaient peut-être pas été mariés longtemps, mais il la connaissait suffisamment pour reconnaître cette expression.

C'était celle à laquelle il avait tant de mal à résister quand ils avaient commencé à travailler ensemble. Il venait de voir le même combat se livrer dans ses yeux, et l'espoir gonfla sa poitrine en même temps qu'il sentait le désir monter.

Il s'était dit que, maintenant, tout ce qu'il pouvait espérer de Freya, c'était son pardon. Il avait accepté le fait qu'il l'avait trop fait souffrir pour pouvoir revenir un jour en arrière. Mais si elle conservait encore quelques sentiments pour lui derrière la carapace rigide qu'elle s'était forgée, cela remettait en cause l'idée d'une séparation définitive. Ils se retrouvaient à la case départ !

— Elles s'en sont mis partout ! s'exclama Freya en accordant toute son attention aux petites filles.

Elle leur essuya plusieurs fois la bouche et les mains, comme pour montrer que le geste qu'elle avait eu envers lui n'avait aucune signification particulière. Mais il n'en fut pas persuadé, car il voyait bien qu'elle aussi était troublée et n'osait pas regarder dans sa direction. Elle n'avait jamais été très douée pour cacher ses sentiments.

— Il faudra recommencer après ce week-end.

Et il ne parlait pas seulement des friandises. S'ils retournaient en Écosse sans régler la situation, ils seraient condamnés à traîner leur malaise pendant encore longtemps. Ils avaient besoin de se retrouver tous les deux un moment pour savoir quoi faire de leur histoire.

— Je ne crois pas que nous en aurons le temps, répondit Freya.

Elle ignorait s'il était seulement question de marshmallows ou bien si Lucas voulait parler du temps où ils avaient été ensemble. Mais dans les deux cas, ce serait dangereux de répéter ces scénarios.

Lorsque Lucas se mêlait aux enfants pour des activités qu'il semblait n'avoir jamais expérimentées auparavant, elle avait tendance à oublier qu'ils avaient été séparés si longtemps.

En le voyant si gai et insouciant, elle se rappelait le temps où ils étaient heureux en compagnie l'un de l'autre. Il lui était plus difficile de penser aux moments de désarroi lors de son soudain changement, quand il était devenu l'homme distant qui avait fini par la quitter.

Peut-être aurait-elle dû l'affronter dès qu'elle avait su qu'il était de retour ? Mais elle avait eu peur que ça ne la perturbe trop. Elle avait eu du mal à ne pas craquer quand elle avait compris qu'il ne reviendrait pas vers elle.

Mieux valait qu'elle garde à l'esprit les dégâts que sa trahison avait causés. La seule chose qu'elle avait besoin d'entendre, c'était la raison pour laquelle il avait fait l'impasse sur leur mariage.

Elle emmena les fillettes écouter le conteur sous la tente, où elles retrouvèrent d'autres enfants. Avec sa robe pourpre flottant autour de lui, il aurait pu passer pour un mystérieux chaman du Moyen Âge. Hope et Scarlett, fascinées, s'approchèrent de lui pour mieux entendre ses contes de Noël, laissant les adultes dans le froid.

Elle vit Lucas jeter un regard nostalgique en direction du feu de camp.

— Tu n'as vraiment jamais fait ce genre d'activité auparavant ? lui demanda-t-elle. Pas même à l'école ?

Comment était-ce possible qu'il n'ait jamais vécu ces plaisirs basiques de la vie ? Elle savait que l'idée de fêter Noël ne lui plaisait pas, mais il ne lui en avait jamais confié la raison. Chaque fois qu'elle avait essayé de savoir ce qui le perturbait tant à ce sujet, il avait mis fin à la conversation en la repoussant à plus tard. Jusqu'à ce qu'il ne supporte plus de vivre sous le même toit.

— Non.

Il n'était guère plus bavard.

Elle aurait juste voulu le comprendre, mais, au fond, il n'avait jamais rien raconté des choses de sa vie qu'une épouse aurait dû connaître — sa famille, ses ex et toutes les expériences qui forgent un être.

Certes, de son côté, elle non plus n'avait pas été capable de partager certains événements importants de sa vie. Elle avait préféré les enterrer pour se créer un futur tout neuf. Elle n'était pas certaine à présent que cela avait été pour le bien de leur relation.

Avec le recul, elle se rendait compte que chaque fois qu'elle avait cherché à l'interroger sur sa vie avant l'école de médecine, il avait fait diversion en l'embrassant ou en allant plus loin. Et chaque fois, elle avait cédé à la tentation au lieu d'insister. Vers la fin de leur relation, il ne se donnait même plus la peine d'user de cette tactique. Il refusait simplement de répondre à ses questions, le visage sombre.

Elle mesurait à présent qu'elle avait été trop aveuglée par l'amour pour repérer cette faille évidente de leur mariage. Obnubilée par l'idée de créer une famille idéale, elle avait ignoré les premiers signes de discorde et aggravé le problème avec son obsession d'un bébé à tout prix. Son aveuglement d'un côté et le comportement farouche de Lucas avaient fini par porter atteinte à leur couple.

Pourtant, même si Lucas ne semblait toujours pas vouloir parler de lui, elle voyait bien que quelque chose était différent. Ne serait-ce que la bonne volonté dont il venait de faire preuve pour participer aux activités et qui lui avait tant manqué durant leurs dernières semaines ensemble. Le nouveau Lucas acceptait tous les clichés sur Noël qu'il avait rejetés quand ils étaient ensemble et qu'elle faisait les frais de son humeur maussade. Il était normal qu'elle veuille savoir ce qui avait causé cette nouvelle attitude… Même si l'éventualité de l'existence d'une autre femme qui aurait su créer un lien plus profond avec son mari lui donnait envie de pleurer.

À l'époque, elle aurait fait n'importe quoi pour sauver son mariage — si seulement elle en avait eu la possibilité.

Elle sentit l'irritation la gagner.

— Alors, qu'est-ce qui a changé ? demanda-t-elle d'un ton abrupt.

Tandis que des applaudissements nourris saluaient la fin

d'une histoire, Lucas se pencha pour accueillir dans ses bras Scarlett et Hope qui revenaient en courant.

— Je suis venu pour les enfants, dit-il alors qu'ils se dirigeaient tous quatre vers les toilettes. Ils méritent d'avoir dans leur vie un moment heureux dont ils puissent se souvenir.

Il y avait une telle expression de souffrance sur son visage qu'elle sentit sa gorge se nouer.

L'éducation de Lucas avait toujours été un mystère pour elle. Sa mère était partie quand il était tout petit, et il n'avait pas de frères et sœurs. C'était tout ce qu'elle avait appris au début de leur histoire, quand ils commençaient à se connaître. Mais chaque fois qu'elle avait mentionné son père, il avait changé de sujet ou cherché à la distraire. Et lorsqu'il avait refusé de l'inviter à leur mariage, elle avait supposé que leur relation était tendue.

À présent, en le voyant agir avec les enfants, elle se demandait de quoi avait été faite son enfance.

C'était douloureux pour elle d'admettre qu'elle n'avait jamais vraiment su qui était son mari derrière l'apparence de l'adulte. Et il était encore plus perturbant de se rendre compte qu'elle avait toujours envie de le découvrir.

3.

Freya était tout engourdie, et ce n'était pas seulement à cause du vent glacé qui lui avait fouetté le visage durant leur traversée à motoneige des plaines recouvertes d'un épais manteau blanc.

Elle arborait toujours un sourire figé devant les filles, mais tout en se comportant comme il le fallait pour qu'elles ne se doutent de rien, sa tête et son cœur étaient troublés.

Elle devait s'efforcer de s'habituer au nouveau Lucas, très différent de celui qu'elle avait côtoyé l'année précédente.

Il semblait tenir à lui rappeler les bons moments qu'ils avaient passés ensemble, lui renvoyant toutes sortes d'émotions mêlées, alors qu'elle tentait de son côté de se protéger en se remémorant les derniers jours éprouvants de leur mariage.

Lorsqu'il lui souriait ou qu'il jouait avec les enfants, elle pouvait oublier facilement qu'ils n'étaient plus ensemble. Elle ignorait ce qui avait pu causer ce changement en lui, et cela rendait sa conduite passée encore plus incohérente. En dépit des nuits entières passées à le maudire, elle se surprenait à espérer encore qu'il y ait pour elle une autre issue que de faire une croix sur leur histoire sans rien y comprendre. Si elle obtenait des éléments pour expliquer son comportement avant leur séparation et maintenant, peut-être pourrait-elle considérer les mois passés d'une manière tout à fait différente…

Une seule fois depuis qu'ils s'étaient revus, Lucas avait entrouvert la porte sur son passé, et elle avait pu jeter un bref coup d'œil à l'intérieur. Malheureusement, elle n'avait pas pu en savoir davantage, car il avait aussitôt repris son rôle de superviseur médical et d'animateur pour les enfants.

— Qu'est-ce que vous avez le plus aimé faire aujourd'hui ? demanda-t-on à chacun d'eux quand ils regagnèrent le bus à la fin de la journée.

— Du traîneau avec les huskies !

— Du toboggan !

— Des bonshommes de neige !

À l'évidence, les avis étaient partagés, mais tous avaient la même expression de joie en racontant leurs aventures avec animation — à l'exception de Scarlett, qui s'était endormie sur l'épaule de Lucas, et de Hope, ronflant doucement sur son siège à côté de Freya, toutes deux gagnées par l'épuisement.

Lucas déposa Scarlett sur son siège sans que celle-ci se réveille.

Il avait toujours eu une relation spéciale avec les enfants qu'il soignait, songea Freya, émue malgré elle. Il semblait très à l'aise en leur compagnie et ne les empêchait jamais de s'exprimer. C'était une des nombreuses raisons pour lesquelles ses jeunes patients et leurs familles l'adoraient. Elle-même avait pensé qu'il ferait un merveilleux père… Aujourd'hui, elle avait découvert un tout nouvel aspect de sa personne. Lucas s'était vraiment glissé dans la peau d'un des assistants du Père Noël. Elle ne se demandait pas moins s'il l'avait fait seulement pour le bien des enfants. Après tout, il s'était révélé être un très bon acteur, puisqu'elle avait cru qu'ils formaient un couple heureux jusqu'à ce qu'il la quitte au pire moment.

— Et vous, docteur Lucas ? demanda un des enfants. Qu'est-ce que vous avez préféré ?

Elle était curieuse de connaître la réponse, elle qui n'avait pas réussi à lui faire aimer les traditions familiales de Noël.

— Hum… je crois que c'est lorsque j'ai grillé les marshmallows au-dessus du feu.

L'espace d'une seconde, il croisa son regard, et elle sentit une vague de chaleur la parcourir en repensant au moment où elle l'avait touché.

Il y avait seulement quelques jours, si quelqu'un lui avait dit qu'elle allait revoir son ex-mari, le seul contact physique qu'elle aurait imaginé aurait été une gifle bien placée sur un endroit sensible pour lui apprendre à l'avoir tant fait souffrir. Et non pas de lui essuyer tendrement les lèvres, les yeux brillants, comme s'ils étaient encore ensemble.

Après ce qu'il avait fait et le temps qui s'était écoulé, il ne devrait plus susciter aucune émotion en elle en dehors d'un profond ressentiment. Même si la curiosité et un certain besoin de soulager sa propre conscience la poussaient vers lui pour obtenir des réponses, elle devait veiller à ne pas trop se rapprocher. Elle ne supporterait pas de tomber amoureuse de lui une seconde fois.

Demain, à la descente de l'avion, ils reviendraient à la réalité et retrouveraient leurs vies bien séparées.

Les deux maisonnettes jumelles en bois recouvertes de neige ressemblaient à une carte de vœux de Noël qui se serait animée. La chaude lumière orangée visible par les fenêtres donna envie à Freya d'abandonner ses boots à la porte pour s'installer près de la cheminée. C'était exactement ce qu'elle ferait une fois que les enfants auraient mangé et pris leurs médicaments et que tout le monde serait prêt à aller au lit.

— Heureusement qu'il y a des traiteurs, soupira-t-elle en tendant la dernière assiette à Lucas pour qu'il l'essuie.

— D'accord avec toi. Je suis fracassée, renchérit Gillian en rangeant les assiettes propres dans le placard.

Leur travail à la chaîne avait été efficace : il n'y avait plus une trace du dîner du groupe. Le buffet chaud fourni par l'hôtel à leur retour leur avait épargné du travail supplémentaire, mais tous trois avaient tenu à participer en faisant la vaisselle.

— Il n'est pas resté grand-chose du repas, constata Lucas. Apparemment, tout le monde a montré un bel appétit.

Il plia soigneusement sa serviette et la posa sur le comptoir.

Il avait toujours été soigneux, contrairement à ces hommes qui laissent le chaos derrière eux.

Avec tristesse, elle constatait qu'il n'avait pas eu besoin

d'elle pour s'occuper de lui. La vie de célibataire lui convenait sans doute mieux que le mariage.

— Il ne nous reste plus qu'à occuper un peu les enfants jusqu'à ce qu'ils soient complètement épuisés, dit Gillian en poussant un soupir de lassitude, visiblement fatiguée elle-même.

— Une pile de jeux de société est à leur disposition, et j'ai un CD de Noël pour ceux qui préfèrent chanter avant de s'endormir.

Eux-mêmes n'allaient pas tarder à se retirer pour la nuit. Mais bien que fatiguée, Freya n'était pas encore prête à mettre fin à cette journée. Aujourd'hui, il y avait eu une sorte de trêve entre elle et Lucas, mais demain, ce ne serait peut-être plus pareil, une fois qu'elle aurait eu le temps de réfléchir pendant la nuit.

Lucas se gratta la gorge.

— Moi aussi, j'ai apporté quelque chose pour passer le temps.

Elle et Gillian en restèrent muettes d'étonnement.

— Si vous pouvez rassembler les enfants autour de la table, le temps que j'aille le chercher…

Il disparut sans attendre de réponse et revint chargé de plusieurs paquets.

— Des travaux manuels ? demanda-t-elle, intriguée, tandis qu'il déballait le tout sur la table, l'air content de lui.

— Quelque chose que j'ai préparé avant de partir.

Gillian fut la première à trouver.

— Des bonshommes en pain d'épices !

— Je me suis dit que ce serait amusant de les décorer ensemble.

Il avait apporté des bâtons de colle et des feutres de couleurs qu'il commença à distribuer autour de la table, ainsi que des petits boutons brillants, des tubes de paillettes et toutes sortes d'yeux en plastique.

— C'est une très bonne idée et une charmante attention, commenta Gillian, ravie.

Sur le coup, Freya fut incapable de réagir.

Ce geste signifiait tant pour elle !

Non seulement Lucas avait pensé aux enfants avant de partir, mais il avait manifestement pensé aussi à elle et cherché à se faire pardonner sa réaction au Noël précédent. Elle ne pouvait s'empêcher d'être émue à la vue des bonshommes en pain d'épices, et elle dut faire un effort pour retenir ses larmes.

Elle le regarda, fascinée, évoluer au milieu des enfants en aidant ceux qui n'y arrivaient pas tout seuls, et sentit son cœur fondre en le voyant s'intéresser avec le sourire à tout ce qu'il avait autrefois méprisé.

Ils auraient pu faire la même chose un jour avec leurs propres enfants, se dit-elle avec tristesse.

Lucas leva la tête et la surprit en train de le regarder. Mais au lieu de détourner les yeux d'un air embarrassé, il soutint son regard et lui adressa un petit sourire poignant en retour. Le regret de tout ce qu'ils avaient perdu était là, dans ses yeux bleus devenus tristes.

Quelqu'un tira sur son pull.

— Est-ce que je peux boire ? demanda Hope. J'ai très soif.

Sauvée par le gong. Cet échange de regards lourd de sens la mettait en danger de retomber sous le charme de Lucas. À peine l'avait-elle revu une journée qu'elle était déjà bouleversée. Encore vingt-quatre heures et elle préférait ne pas penser à l'effet qu'il pourrait avoir sur son cœur troublé.

— Bien sûr, répondit-elle en emmenant la petite fille dans la cuisine pour lui donner un verre d'eau. Tu as fini de décorer ton bonhomme ?

— Oui, je vais l'offrir à ma maman. Je ne me sens pas très bien…

Elle s'agenouilla pour la regarder de plus près.

— Tu es un peu pâle. On va faire un petit test, juste pour s'assurer que tout va bien.

— Je veux aller au lit, gémit Hope, visiblement peu enthousiaste à l'idée de se faire prélever une goutte de sang au bout du doigt.

Mais c'était important de vérifier son taux de sucre avant qu'elle aille se coucher. La journée avait été longue, et il y avait toujours un risque d'hyperglycémie avec le changement de routine et l'augmentation de l'activité physique. S'il n'était pas traité à temps, un taux de sucre trop élevé dans le sang pouvait entraîner une urgence médicale — cétoacidose, baisse d'insuline, déshydratation. La soif soudaine de Hope et sa fatigue étaient des symptômes à ne pas négliger.

— Je sais, mon cœur, répondit-elle. Tu vas y aller juste après un rapide test.

Elle prit la petite fille par la main et s'arrêta au passage pour dire un mot à Lucas.

— Est-ce que tu peux mettre de côté le pain d'épices de Hope ? Elle a eu brusquement soif et est fatiguée.

Tandis qu'elle emmenait la fillette au dortoir, elle entendit Lucas demander à quelqu'un de surveiller Scarlett.

Elle aida Hope à se changer, lui lava les mains et prit l'appareil portatif pour prélever un échantillon de sang.

— Je vais juste calculer combien d'insuline je dois te donner pour que tu te sentes mieux. Ça prend une seconde, ajouta-t-elle en lui piquant le doigt. Voilà. Tu es très courageuse. Je suis sûre que, demain, le Père Noël aura un cadeau spécial pour toi.

Elle appuya sur le bout du doigt pour déposer une goutte de sang sur la bande de test, qu'elle inséra ensuite dans l'appareil afin qu'il soit analysé.

— Ça y est ? demanda Hope.

— Presque. Appuie ce petit bout de coton sur ton doigt.

Comme elle le craignait, le résultat n'était pas bon.

— Toc, toc, dit Lucas en entrant.

Elle lui tendit l'appareil et se poussa pour qu'il puisse s'asseoir sur le lit.

Après tout, il était le médecin responsable, et pas seulement l'homme dont elle craignait de trop se rapprocher.

En découvrant le résultat, Lucas serra les mâchoires, puis il se tourna vers la fillette qui tentait de s'enfoncer sous les draps.

— Je comprends que tu sois fatiguée, Hope, lui dit-il

gentiment. Mais tu sais que nous voulons juste que tu sois bien. N'est-ce pas ?

La petite fille hocha la tête d'un air solennel.

— Bien. On ne peut pas te laisser t'endormir tout de suite, mais… j'ai apporté un livre très spécial pour te le lire au lit.

Et en même temps que le dossier de Hope et son insuline, il sortit de sa trousse un livre à la couverture colorée.

Tout en rangeant les vêtements de la petite fille, Freya loucha sur le titre — *L'Histoire d'un elfe très distrait* — et réprima un sourire.

Lucas avait vraiment pensé à tout !

Au moment où elle pliait le pantalon de Hope, une cascade de papiers de bonbons et de biscuits à moitié mangés glissa hors des poches et tomba par terre.

— Qu'est-ce que… ?

Les deux adultes échangèrent un regard entendu devant la preuve évidente d'un sérieux excès alimentaire, avant de se tourner vers la petite coupable qui avait entouré ses genoux de ses bras.

— Hope, est-ce que tu as mangé toutes ces choses en douce quand on ne te regardait pas ? demanda Lucas pendant que Freya ramassait les sucreries.

Il avait parlé doucement pour ne pas effrayer davantage la fillette. À l'évidence, une partie du butin provenait du buffet du dîner, mais les barres chocolatées ressemblaient à celles d'un autre enfant.

Hope serra plus fort les bras autour de ses genoux et cacha son visage dans ses cheveux.

— On ne va pas te gronder, ajouta Freya. Il faut juste que l'on sache si c'est ce qui t'a rendue malade. Alors ?

La petite fille se redressa et eut un hochement de tête imperceptible.

— Merci pour ta franchise. C'est très important pour que l'on puisse décider du traitement que nous allons te donner.

Une longue nuit de veille s'annonçait, pour vérifier l'évolution de son état et éviter une aggravation.

Même si Lucas était probablement aussi inquiet qu'elle en découvrant ce que Hope avait mangé et qui allait nécessiter une augmentation de la dose d'insuline, il demeura très calme. En n'exagérant pas l'incident, il épargnait à Hope de se stresser davantage, ce qui n'aurait rien arrangé.

Il était naturel qu'un enfant ait envie de goûter à des friandises qui lui étaient habituellement interdites. Mais dans le cas de Hope, cela pouvait déclencher beaucoup plus de problèmes qu'un simple mal d'estomac. Ils devaient lui faire comprendre combien il était important de respecter les règles, sans trop l'effrayer.

Une fois le sermon effectué, Lucas proposa à Freya de veiller sur Hope pendant la nuit.

— Je peux lui donner son insuline et ensuite rester là sur une chaise, si tu veux aller t'occuper de Scarlett. D'ailleurs, on a un livre à lire, n'est-ce pas, Hope ?

Ainsi, il faisait oublier à la fillette la perspective peu réjouissante d'une nuit à passer des tests sanguins et à subir des injections, avec l'assurance qu'elle serait l'unique objet de son attention. Lucas était passé maître dans l'art de charmer, mais au moins, dans ce cas, c'était pour la bonne cause.

— Tu es sûr ?

Certes, ils ne pouvaient pas rester là tous les deux alors que Scarlett réclamait également des soins, mais elle ne s'était pas attendue à une telle abnégation de sa part.

— Tout à fait, répondit-il. Tu pourras aller dormir, je te verrai demain matin.

Freya sortit de la pièce et prit une profonde inspiration pour tenter de recouvrer ses esprits, tandis que Lucas commençait à lire son histoire devant un auditoire restreint mais captivé.

Cet aspect chaleureux et attentionné de sa personnalité était justement ce qui l'avait fait tomber amoureuse de lui. C'était trop adorable de voir cet homme donner de son temps pour réconforter un enfant.

Mais alors, pourquoi n'avait-il pas été capable de l'inclure dans sa compassion pendant leur mariage ?

Freya se réveilla tôt. Après avoir vérifié que tous les enfants allaient bien, elle se rendit dans la cuisine pour préparer le café.

Elle était tellement épuisée physiquement et mentalement qu'elle s'était endormie la veille dans ses vêtements. Mais elle n'avait pas eu un sommeil très paisible. Elle avait rêvé du Noël parfait qu'elle aurait dû avoir avec son mari. Pire, leurs retrouvailles avaient pris dans son subconscient une tournure érotique, et elle s'était réveillée brusquement, pantelante de désir et frustrée.

Au moins, elle avait résisté à l'envie d'étendre une couverture sur lui quand elle avait jeté un coup d'œil dans la chambre de Hope et l'avait trouvé endormi sur sa chaise.

Elle prépara un café bien fort et en emporta une tasse dans le salon.

Il faisait encore noir dehors, mais un feu crépitait dans la cheminée, réconfortant. Ici, au milieu de la nature, sans les trépidations de la vie moderne et la présence constante de la technologie, il régnait une paix qu'elle accueillait volontiers avant une autre longue journée.

Elle s'installa sur le canapé, tira le plaid sur ses genoux et sirota son café en regardant les flammes danser dans l'âtre.

Impossible de se détendre.

Ce fut seulement lorsque Lucas entra dans la pièce qu'elle se rendit compte qu'elle avait attendu ce moment.

Malgré tout ce qu'il s'était passé entre eux et la fin dramatique de leur relation, elle recherchait toujours sa compagnie. Son cœur palpitait comme autrefois, quand ils se croisaient au travail et qu'elle ne pouvait pas lutter contre son attirance pour lui. Certaines choses ne changeaient jamais.

Ses vêtements étaient froissés, ses cheveux ébouriffés. De toute évidence, il n'avait pas non plus passé une bonne nuit. Mais, bon sang, ce qu'il était beau !

Il paraissait chercher quelque chose ou quelqu'un, et elle se surprit à espérer que ce soit elle. Son sourire soulagé quand il la vit la rassura.

— J'ai senti une bonne odeur de café…

— Il y en a un pot entier, va te servir.

Lucas revint s'asseoir avec elle, et elle se rendit compte soudain qu'ils allaient passer un moment ensemble… Seuls.

C'était probablement nécessaire, mais elle aurait volontiers ajouté une goutte de whisky dans son café pour affronter ce tête-à-tête !

— Comment va Scarlett ? demanda-t-il.

— Elle s'est endormie en l'espace de quelques secondes. Aucun problème.

— Parfait. Le dernier test de Hope était normal, elle a pu se reposer aussi à la fin.

Une fois la constatation faite que leurs deux patientes étaient en forme, un silence tendu s'installa entre eux.

Ils n'auraient pas de meilleure occasion durant ce week-end de régler leurs problèmes en privé — à condition qu'ils soient prêts à le faire.

Elle se connaissait assez pour savoir qu'elle avait plus que jamais besoin de réponses. Même si c'était douloureux, elle voulait comprendre les raisons de l'échec de leur relation pour au moins apprendre de ses erreurs. Il était inutile de laisser la blessure continuer de saigner et leur gâcher un autre Noël.

N'importe quel homme normalement constitué aurait reculé devant la perspective d'avoir une conversation en profondeur avec son ex au sujet de leur rupture — surtout après la réaction de Freya quand celle-ci l'avait revu dans l'avion.

Pourtant, Lucas avait attendu impatiemment la fin de la nuit pour pouvoir enfin éclaircir les choses avec elle.

La veille, pendant la journée, les choses avaient un peu évolué, et d'avoir à gérer le malaise de Hope les avait encore rapprochés — bien qu'il eût préféré une alternative moins stressante pour tous. Maintenant qu'ils se retrouvaient seuls, il avait tant de choses à dire qu'il ne savait pas par où commencer.

Il avala d'un trait son café, espérant trouver les bons mots pour introduire le sujet.

— L'arbre est bien décoré, tu ne trouves pas ? dit-il en désignant les babioles argentées suspendues au sapin qui trônait dans la pièce.

Freya hocha la tête.

— C'est très joli.

— Je suppose que pour toi, c'est un rêve devenu réalité de te retrouver ici…

Elle haussa les épaules.

— Autrefois, oui. Mais maintenant, ça ne me procure plus le même plaisir.

Elle n'avait pas besoin d'en dire plus pour qu'il comprenne qu'il était la cause de ce changement, et il se sentit encore plus coupable à l'idée qu'il avait détruit en elle l'esprit de Noël. Indirectement, son père avait fait une autre victime.

— J'en suis désolé… Tu avais l'air si… impliquée.

Il n'avait jamais eu l'intention de faire disparaître en elle cet enthousiasme enfantin. Freya avait toujours été si pleine de vie ! Durant cette période, il y avait beaucoup de choses auxquelles il n'avait pas réfléchi, tant il était rempli de fureur et de chagrin. C'était seulement maintenant que les épais nuages noirs s'étaient dissipés qu'il commençait à voir les choses plus clairement et réalisait tout ce qu'il avait perdu en cours de route.

— Je me souviens que tu détestais tout ce remue-ménage autour de Noël. Tu seras donc heureux d'apprendre que ma passion pour les guirlandes a considérablement diminué depuis l'année dernière, ironisa Freya.

Elle tentait de faire de l'humour, mais il ne trouvait pas ça drôle. Il avait été agacé de devoir vivre pendant un mois entier dans l'atmosphère du Père Noël, mais il n'était pas pour autant heureux de découvrir qu'il avait rendu Freya aussi cynique que lui sur cette période de l'année.

— En réalité, je pense que je ne comprenais pas cette fête. À la maison, on n'était pas très intéressés par tout ce côté féerique.

Son père alcoolique ne pensait à rien d'autre qu'à son

prochain verre. Il n'y avait jamais eu de chaussettes suspendues au-dessus de la cheminée, pas de lait ni de cookies offerts en collation au Père Noël. Il s'estimait déjà heureux quand il y avait quelque chose à manger à la maison. Comment se serait-il émerveillé une fois adulte pour cette fête qu'il n'avait pas connue enfant ?

— C'est dommage, dit Freya. Parmi mes meilleurs souvenirs d'enfance, ceux de Noël occupent une bonne place… Même si les plus récents sont douloureux.

— Je n'ai jamais voulu te faire souffrir. C'est juste que…

— Tu ne pouvais plus le supporter ? C'est ce que tu as dit. Ça n'a pas été facile pour moi. Je ne pouvais plus manger, et je n'arrivais pas à dormir ni à annoncer à mes parents que tu m'avais quittée. Je n'en étais d'ailleurs pas certaine, jusqu'à ce que j'aie épuisé toutes les autres possibilités et que j'aie appris que tu n'étais plus à l'hôpital. Tu n'avais même pas pris tes vêtements, ils sont toujours suspendus dans le placard. Tu étais donc si pressé de t'éloigner de moi, Lucas ?

Le léger tremblement de sa voix eut raison de ses défenses et l'obligea à affronter le résultat de ses actes.

— Ce n'est pas ça, Freya…

— De toute façon, maintenant, c'est fait. Un cœur brisé ne peut plus jamais être vraiment réparé, n'est-ce pas ? On peut recoller les morceaux pour qu'il continue de battre, mais pas le guérir.

La souffrance de Freya ressortait dans ses paroles. Bon sang, il n'avait pas imaginé causer des dommages aussi irréparables en la quittant ! En tentant d'éviter de ressembler à l'homme qui avait ruiné sa vie, il avait fait le contraire. Peut-être n'était-il pas si différent de son père.

— J'ai vraiment cru que tu serais mieux sans moi.

— Pourquoi ? Qu'est-ce que j'ai fait pour que tu le penses ? Où es-tu allé ? Pourquoi ne m'as-tu pas au moins fait savoir que tu n'étais pas mort ?

Les questions pleuvaient sur lui d'un seul coup — des questions qu'elle devait garder en elle depuis des mois.

Il ne pouvait répondre à aucune d'elles sans risquer d'empirer les choses et se sentir encore plus coupable. Il ne lui était jamais venu à l'esprit qu'elle avait pu le croire mort.

— Je suis allé voir Peter.

— Peter ? Ton garçon d'honneur ? Celui qui m'a juré qu'il ignorait où tu étais quand je sanglotais au téléphone ?

Freya n'était pas la seule à mal réagir. Peter ne lui avait plus parlé de la journée après ce coup de fil.

— Je lui ai demandé de te mentir parce que je n'allais pas bien.

Il passait ses journées au lit dans une sorte de brouillard, sans prononcer un mot. Peter devait insister pour qu'il mange et qu'il boive. Il l'avait maintenu parmi les vivants.

Son cœur se serra à la pensée qu'il n'avait pas permis à Freya de tenir le rôle de Peter en le réconfortant. Mais il n'avait pas voulu qu'elle le voie effondré sur son lit en position fœtale, pleurant comme un bébé.

— « Dans la santé et la maladie. Jusqu'à ce que la mort nous sépare. » Nous avions fait ces vœux, Lucas. Et moi, j'avais l'intention de les respecter.

Elle avait l'air si sincère qu'il eut envie de croire que cela aurait suffi. Pour la première fois de sa vie, alors qu'il avait réellement besoin d'un soutien, il avait eu quelqu'un qui l'aimait sans conditions et qui lui aurait donné tout ce dont il avait besoin. Son orgueil l'avait privé de ce cadeau. Il était resté aveugle à ce que Freya lui offrait, jusqu'à ce qu'elle revienne dans sa vie et lui en fasse prendre conscience.

— Moi aussi, à cette époque, dit-il. Mais les choses changent.

— Quelles choses ?

La seule raison pour laquelle il s'était montré aussi obtus était toujours la même : il voulait l'empêcher de tomber dans les ténèbres qui s'étaient emparées de lui. Le moins qu'il puisse faire était de lui assurer qu'elle n'était en rien responsable de sa conduite.

— Moi, répondit-il. Je n'étais plus le même homme. Peut-être que je n'étais pas fait pour le mariage. En tout cas, cela n'avait vraiment rien à voir avec toi. Tu as de nombreux souvenirs de Noëls heureux derrière toi. Ne laisse pas ce qu'il s'est passé entre nous les gâcher.

Un jour, Freya fonderait une famille. Il ne voulait pas risquer de gâcher une autre enfance. Il avait préféré partir pour l'éviter alors qu'il était au plus bas, même s'il avait plus que jamais besoin d'elle. Elle méritait de trouver quelqu'un qui ne ternisse pas sa vision du monde teintée de rose. Contrairement à lui, elle n'avait pas tendance à s'appesantir sur les côtés négatifs de la vie. Du moins, elle ne l'avait pas fait dans le passé. Au bout d'un an, elle avait déjà tellement changé qu'il n'était pas certain de la connaître.

— Tout de même, pourquoi tant d'effervescence au moment des festivités ? persista-t-il. Je n'ai jamais vu autant de guirlandes et de cheveux d'ange dans une maison, et il ne devait pas y avoir un seul centimètre carré au sol sans paillettes.

Tout un mois à entendre des chants de Noël toute la journée, en pouvant à peine regarder le football à la télé vu toutes les peluches qui entouraient l'écran…

Pourtant, il ne pouvait plus imaginer la maison au mois de décembre sans tous ces ornements. C'était juste une des excentricités de Freya, n'importe qui aurait trouvé ça adorable à part un misérable ronchon comme lui.

Elle eut ce regard lointain qu'il lui avait souvent vu lorsqu'elle évoquait les fêtes en famille, et il fut heureux de constater que la « fée de Noël », comme il l'avait surnommée, n'avait pas totalement perdu sa ferveur.

— Même lorsque les finances étaient un peu justes, mes parents ont toujours fait de Noël un événement. Je ne me rappelle pas avoir eu l'impression de manquer de quelque chose, parce que j'avais toujours ce confortable sentiment de chaleur et de sécurité dû au fait que l'on formait une famille… Mais excuse-moi, tu n'as probablement pas envie d'en entendre parler.

Le regard brillant de l'ancienne Freya disparut, remplacé par celui de l'épouse désabusée qu'elle était devenue.

Il fixa le fond de sa tasse, honteux.

Il avait vraiment l'impression d'être le nuage noir qui assombrissait le ciel de Freya. Il l'avait déstabilisée par son cynisme, il avait balayé la magie de Noël, la laissant exposée aux durs aspects de la réalité. Ce sentiment de culpabilité n'était pas plus facile à vivre que d'avoir été la victime de la rage de son père.

— Je ne voudrais surtout pas te faire oublier ça, marmonna-t-il. Tu as eu la chance d'avoir une famille merveilleuse.

S'il avait eu une mère présente et un père capable d'aimer son fils, il aurait certainement un avis différent sur le sujet. En réalité, les seuls sentiments qu'il reliait à d'éventuelles fêtes de famille étaient la déception et la peur. Non seulement les besoins et les souhaits qu'il exprimait étant enfant étaient souvent écartés en faveur du démon de l'alcool, mais ils menaient inévitablement à des explosions de violence.

— Tu ne m'as jamais rien dit sur ton père.

Il hocha la tête en soupirant.

S'il voulait aider Freya à comprendre ses actes, il devait évoquer les détails traumatisants de son passé.

— Il ne valait pas la peine que l'on parle de lui, répondit-il dans un haussement d'épaules.

Si seulement il avait pu effacer tout souvenir de lui aussi facilement qu'il était parti… S'il parlait de son père, les souvenirs afflueraient de nouveau et ce serait douloureux. Il avait passé sa vie d'adulte à tenter de bloquer les pensées qui le ramenaient à cette époque. Jusqu'au jour où toutes les émotions réprimées avaient surgi de manière spectaculaire.

— Il ne *valait* pas la peine ?

Freya avait tout de suite relevé ce détail dans sa phrase.

S'il voulait parvenir à communiquer avec elle, il devait commencer par lui dire la vérité — du moins, ce qu'il se sentait capable d'en partager avec elle.

— Il est mort. L'année dernière. Juste avant Noël.

Il vit alors toutes sortes d'émotions se succéder sur le visage de son ex-femme — le choc, la compassion, puis la consternation tandis qu'elle reliait l'événement à ce qu'il s'était passé entre eux.

Soudain, il ne supporta plus de la regarder. Il s'enfouit le visage dans les mains, ne voulant pas être confronté à toutes ces émotions — pas ici, alors qu'ils faisaient de leur mieux pour réaliser des rêves d'enfants. Ce déballage de son âme n'était pas aussi libérateur qu'il l'avait imaginé, alors qu'il sentait le regard de Freya pénétrer en lui comme si elle cherchait à ce qu'il se livre davantage.

— Tu aurais dû m'en parler, dit-elle doucement en posant la main sur son genou.

C'était justement ce qu'il ne voulait pas. Il n'avait aucune envie de lire la pitié dans ses yeux chaque fois qu'elle le regarderait. Il voulait qu'elle le voie comme l'homme fort qu'il avait été quand ils s'étaient rencontrés, et non pas ce qu'il était devenu à cause de la tyrannie de son père.

— Ça n'aurait rien changé, répliqua-t-il. Je n'étais sans doute pas prêt à me fixer. Cependant, j'aurais pu agir autrement. Je suis désolé de la façon dont ça s'est terminé entre nous. Sois sûre que ce n'était pas à cause de quelque chose que tu avais fait. C'était entièrement ma faute, ne l'oublie jamais…

La panique montait en lui à la seule évocation de son père, et il ne voulait pas déclencher des cauchemars ou des crises d'angoisse en revivant l'horreur passée. Il fallait qu'il y mette fin — ainsi qu'à son idée d'essayer de reconquérir Freya.

Brusquement, il se leva, pressé de rétablir une certaine distance entre eux avant de devoir approfondir ses explications.

Il se gratta la gorge.

— Je crois qu'il est temps pour moi de passer voir les enfants et d'essayer de grappiller une ou deux heures de sommeil pendant que je le peux.

Lorsque Lucas sortit, un courant d'air froid s'engouffra dans la pièce, et même les bûches incandescentes de la cheminée ne purent empêcher Freya de frissonner de la tête aux pieds.

Elle se blottit sous la couverture.

Le père de Lucas était mort, et il ne lui en avait pas parlé !

Elle ne se serait jamais doutée qu'il était en deuil. Il ne lui avait pas fait assez confiance pour s'ouvrir à elle. Cela en disait long sur l'état de leur mariage.

L'éloignement de Lucas pouvait-il être mis sur le compte de son chagrin au même titre que leur manque de communication ?

Elle savait ce que c'était que de pleurer un proche, et à quel point le chagrin peut s'insinuer en vous et vous toucher au cœur dans un moment de faiblesse. La douleur éprouvée peut inciter n'importe qui à chercher l'éloignement pour tenter de redémarrer. C'était précisément ce qu'elle avait fait après la perte de son bébé, en se jetant dans sa carrière d'infirmière et en ne parlant plus jamais de son petit ange. Elle n'en avait même rien dit à Lucas, ne voulant pas qu'il pense que leur bébé servirait à remplacer celui qu'elle avait perdu. Ces secrets dont chacun avait choisi de ne pas parler à l'autre avaient sûrement contribué à la faillite de leur relation…

Et voilà qu'il venait de nouveau de l'écarter !

Elle se leva d'un bond du confortable canapé et courut derrière lui. Quand elle ouvrit la porte, il était déjà dans la neige jusqu'aux genoux, marchant en direction de la deuxième maisonnette en bois.

Elle s'immobilisa sous le porche, en chaussettes. Il lui sembla que ses doigts de pied commençaient aussitôt à s'engourdir, mais elle n'allait pas laisser Lucas partir une seconde fois sans lui dire ce qu'elle pensait.

— J'aurais été là si tu m'avais laissée approcher, Lucas, cria-t-elle.

Même si leur relation était terminée, elle jugeait important qu'il le sache. Il fallait qu'il sache qu'il n'était pas seul au monde.

Quand il se retourna, la neige craqua sous ses pieds.

— Je sais, répondit-il, avec un sourire tremblant qui lui parut mouillé de larmes.

Puis il reprit aussitôt sa marche.

Elle referma la porte, frigorifiée.

Au bout du compte, Lucas s'était ouvert à elle pendant quelques secondes sur ce qu'il s'était passé pendant cette période difficile, mais ça n'avait pas comblé la sensation de vide dans sa poitrine à l'idée du mari perdu et de la famille qu'elle n'aurait jamais. Cette confession matinale n'avait rien changé. C'était toujours la fin de leur mariage et le même constat : elle ne suffisait pas à rendre Lucas heureux.

4.

— Il y a du papier et des crayons de couleur pour que tu dessines ce que tu voudrais pour Noël. Je peux aussi écrire la liste de tes souhaits, si tu préfères.

Lucas s'assura que Scarlett avait tout ce qu'il lui fallait pour effectuer sa tâche quand elle s'assit au comptoir en bois avec les autres.

La poste du village du Père Noël bourdonnait d'activité. Les adultes comme les enfants envoyaient des cartes postales à leur famille et laissaient des messages pour le vieux bonhomme en rouge à qui ils étaient venus rendre visite.

Lucas n'avait jamais écrit de lettre au Père Noël de sa vie, ce n'était pas maintenant qu'il allait commencer, mais il prit plaisir à écrire quelques mots sur la carte que Scarlett adressait à ses parents avant de la remettre à l'elfe de la poste.

De son côté, Freya était en train d'aider Hope à manier la colle à paillettes. Les traces brillantes sur ses mains et ses joues semblaient indiquer qu'elle retrouvait un peu de son enfant intérieur dans cette activité.

Aujourd'hui, il pouvait à peine la regarder, tant il craignait de craquer de nouveau et de se laisser submerger par ses émotions. Freya était la seule personne de sa vie qu'il ait vraiment aimée, et il allait la laisser repartir. Il le regrettait profondément, mais s'il permettait à ses sentiments de remonter à la surface, ça ne leur ferait aucun bien à tous les deux. Il savait maintenant qu'il n'avait jamais mérité son amour et qu'il ne ferait que la faire souffrir davantage.

La pile de cartes colorées remplies par les enfants attira son regard, en particulier une image de la forêt la nuit, avec l'aurore boréale répandant une lumière verte surnaturelle sur le paysage de neige.

Freya avait toujours souhaité voir cette lumière un jour, comme si elle détenait une sorte de pouvoir magique. Dommage qu'elle doive rentrer sans que son vœu soit exaucé. Il décida de lui écrire quelques mots d'explication, puisqu'il n'était pas capable de s'exprimer de vive voix.

Assis devant la carte postale, il eut d'abord du mal à trouver les mots.

Je suis désolé.

Il aurait pu s'arrêter là, mais il avait beaucoup dit ces trois mots pendant les dernières vingt-quatre heures, et ça n'avait pas soulagé sa conscience ni effacé l'expression douloureuse de Freya chaque fois qu'elle le regardait.

Je t'ai toujours aimée et je n'ai jamais voulu te faire souffrir, mais je ne pourrai jamais être l'homme dont tu as besoin pour la vie que tu souhaites. Tu mérites mieux que moi.

Lucas

Il lui parut inutile de mentionner les problèmes psychologiques qui leur avaient coûté leur mariage, puisqu'il était évident que, à leur retour, chacun repartirait de son côté. Même sans dépression, il restait toujours entre eux la même incompatibilité : il ne pouvait pas faire partie intégrante de la famille idéale dont elle rêvait. Il avait réussi en tant que médecin parce qu'il avait travaillé dur et suivi l'exemple de ses mentors, mais il n'avait jamais eu personne pour lui montrer comment être parent. Il ne pouvait pas prendre une telle responsabilité en espérant que cela marcherait, alors que lui-même avait été victime de l'attitude égoïste de son père.

Il était responsable de l'échec de leur mariage, mais s'il racontait à Freya les violences qu'il avait subies, elle en serait très affectée. Elle voudrait en savoir encore plus pour mieux le comprendre… Non, il devait rompre les liens entre eux, c'était mieux ainsi.

Après avoir donné sa carte postale à l'elfe de service, il attendit que les autres aient fini pour aborder la dernière étape du voyage.

Soudain, une partie de sa vie devint plus claire pour lui. Il avait repoussé jusque-là la décision de quitter son logement provisoire chez Peter, mais il se rendait compte qu'il avait besoin de bouger. Rester statique ne servirait qu'à lui faire regretter la vie qu'il ne pouvait pas avoir.

Malgré la perspective de voir le Père Noël en personne, il fallut que Lucas fasse preuve d'un peu d'autorité afin d'amener tout le monde à quitter la chaleur du bureau de poste pour se retrouver dehors.

— Sam, on a fini de colorier, maintenant. Peux-tu rejoindre les autres, s'il te plaît ?

L'enfant s'exécuta en faisant la moue.

Lucas se dit qu'il avait pris la bonne décision en choisissant de ne pas avoir d'enfant à lui. En fait, il n'avait aucune idée sur la façon de les gérer en dehors du cadre de l'hôpital.

— On va chanter maintenant, annonça Freya en prenant la main du petit garçon. Comme ça, le Père Noël nous entendra arriver quand on traversera la forêt.

Elle ferait une très bonne maman. C'était justement pour cela qu'elle serait bien mieux sans lui.

Ce fut au son du joyeux refrain de *Jingle Bells* qu'ils se mirent en marche pour rejoindre les traîneaux qui les attendaient.

Il poussa un soupir de soulagement une fois que leur procession de voitures tirées par des rennes se mit à serpenter sans autre incident à travers les bois éclairés par des lanternes.

Cela, ils le devaient à Freya. Elle était l'élément modérateur, le calme dans la tempête.

Peut-être que s'il était tourné vers elle pour lui demander son aide lorsque les cauchemars avaient commencé à le tourmenter, elle aurait pu apaiser le chaos dans sa tête avant qu'il ne le consume ? Seulement, il n'avait pas voulu renoncer à sa fierté.

Une fois dans la cabane en bois éclairée aux bougies, il se tint au fond de la pièce, en spectateur de la scène qui se déroulait devant lui, tandis que Freya se trouvait en plein milieu. Il la regarda donner des consignes à chaque enfant avant qu'il s'approche du Père Noël pour recevoir son cadeau. Elle contenait sa propre excitation tout en s'efforçant de calmer les enfants qui attendaient leur tour.

Freya était un rayon de soleil dans l'obscurité. Leur relation aurait eu de toute façon la même fin tragique. Elle était trop non-conformiste et pleine d'amour et d'empathie pour être condamnée à vivre sans enfants, enchaînée aux problèmes de son mari.

À présent, les cris de joie des enfants déballant leurs cadeaux ne l'irritaient plus, même s'il n'avait jamais connu ce moment à leur âge. Mais il ne parvenait pas non plus à réagir comme Freya. Il était juste insensible à ce genre de manifestation. Les antidépresseurs qu'il avait dû prendre pour apaiser son esprit et l'aider à dormir l'avaient rendu ainsi pendant un temps. Mais il avait détesté cette existence de zombie et il avait été soulagé lorsque la thérapie lui avait permis d'analyser ce qu'il lui était arrivé et de diminuer peu à peu sa médication.

Actuellement, il considérait qu'il était en phase d'adaptation. Comme si, après être resté couché dans le noir pendant longtemps, quelqu'un allumait soudain une lumière vive. Il lui fallait du temps pour se réhabituer à son environnement. La vie était devenue différente, mais ce n'était pas celle qu'il préférait parce que Freya n'en faisait plus partie.

— Tu as été super avec eux, lui dit-il à la fin, alors que les enfants avançaient en direction des traîneaux qui les attendaient.

— Probablement parce que j'étais dans le même état d'esprit, répondit Freya, visiblement ravie du compliment. J'étais tout aussi excitée à l'idée de rencontrer le Père Noël ! Je ne suis peut-être pas aussi immunisée que je le croyais.

Elle lui adressa ce sourire désarmant qui lui fit regretter les jours passés et perdus pour toujours.

Il y avait aussi des moments du passé qu'il ne tenait pas à effacer de sa mémoire — dont le sourire de Freya.

Ce sourire lui faisait tout oublier, excepté le désir de la rendre heureuse et la chaleur qui se répandait alors en lui. Il n'y avait plus de séparation, plus de monde autour d'eux, plus de froid quand elle rayonnait ainsi en le regardant. Il était alors tout naturel d'avoir envie de la toucher une dernière fois.

— Je suis content que tu te sois amusée, dit-il en prenant son visage dans ses mains pour retenir cette expression de joie pure qu'il avait cru ne jamais revoir.

Une légère exclamation s'échappa des lèvres de Freya, et il sut qu'il n'était pas le seul à avoir l'impression d'être frappé par un éclair chaque fois qu'ils se touchaient. Elle posa ses mains sur les siennes et ferma les yeux comme si elle aussi voulait préserver cet instant.

Un an avant encore, il n'aurait pas hésité à se pencher pour l'embrasser, mais dorénavant il n'avait plus droit à ce privilège.

— Freya, je…

Elle fronça les sourcils, et il se rendit compte qu'il était responsable de la détresse qu'il lisait sur son visage. Rien de ce qu'il pourrait dire ne ferait que tout redevienne comme avant.

Perdant tout espoir de la rendre un jour heureuse, il laissa retomber ses mains.

— On devrait se dépêcher de retourner au village.

Pendant un bref instant, Freya avait ressenti le même plaisir que Hope semblait éprouver avec son renne en peluche, qu'elle serra contre elle pendant tout le trajet de retour.

Lucas avait tenu son visage dans ses mains comme s'il avait été sur le point de l'embrasser, et le monde s'était éclairé autour d'elle. Puis il l'avait lâchée, et tout s'était assombri de nouveau.

Elle s'était laissé entraîner par l'euphorie des enfants. De même que ceux-ci avaient mis de côté pour un temps leurs souffrances et leurs incertitudes pour s'abandonner à une joyeuse excitation, elle avait voulu oublier que Lucas n'était plus à elle. Elle n'aurait jamais savouré le contact d'un homme comme elle l'avait fait avec lui. Or, il n'était plus son mari. Il était devenu un étranger. Il valait mieux qu'elle s'en souvienne, dans son propre intérêt.

Elle ignorait ce qui avait motivé son geste, alors qu'il avait paru si détaché à la cabane, choisissant de ne pas s'impliquer comme tous les autres. Une fois de plus, elle se demanda quel enfant il avait été, et ce qui pouvait bien se passer maintenant dans sa tête en tant qu'adulte. Ç'avait été en partie la cause de leurs problèmes : elle ne pouvait jamais savoir ce qu'il pensait parce qu'il n'avait jamais rien partagé avec elle. L'ambiance de vacances et de magie qui régnait ici devait être responsable de leur réaction l'un envers l'autre…

De retour au village, ils effectuèrent quelques achats de dernière minute.

— Est-ce qu'on peut retourner sur le grand toboggan ? demanda Hope, alors que Scarlett courait déjà en direction de la queue de touristes qui s'était formée au pied de la colline.

— Seulement une fois, et après on rejoint les autres, répondit-elle.

Tout le monde s'était éparpillé au dernier moment pour acheter des souvenirs. Comme les boutiques et les restaurants étaient disposés en cercle, il n'y avait pas de risque que quelqu'un se perde, et le bus pour l'aéroport attendait juste au coin.

La remontée de la colline lui parut incroyablement lente. S'il n'avait tenu qu'à elle, elle serait déjà dans le bus pour l'aéroport, pressée de mettre dès que possible le maximum de distance entre elle et Lucas. Il y avait eu un seul point positif pendant ce week-end pour ce qui concernait leur relation : le mystère de la disparition de Lucas avait été levé, même s'il restait encore des zones d'ombre.

— Je regrette que tu n'aies pas pu voir tes lumières vertes pendant le voyage, murmura la voix grave de Lucas à son oreille.

— Ça ne fait rien, répondit-elle en réprimant un soupir. Le week-end a été suffisamment riche en événements.

Gérer un groupe de jeunes enfants avec des problèmes de santé spécifiques et leur faire rencontrer le Père Noël avait été un gros défi à relever — sans compter les retrouvailles avec son ex-mari et leur lot de problèmes non résolus. Ce qu'elle souhaitait maintenant plus que tout — plus encore que les lumières de l'aurore boréale —, c'était se retrouver dans son propre lit et remonter la couette au-dessus de sa tête pour digérer toutes les émotions qui avaient resurgi avec la réapparition de son ex.

Elle prit Hope avec elle et Lucas prit Scarlett quand ils s'assirent en haut du toboggan avant de s'élancer.

De nouveau, on entendit des cris de frayeur et de plaisir mêlés pendant la descente qui se déroula à toute allure.

— Encore ! s'écrièrent Scarlett et Hope d'une même voix.

— Désolé, les filles. Il est temps de rentrer, dit Lucas en se relevant et en tendant la main à Freya.

Elle ne pouvait décemment pas refuser, même si elle aurait préféré éviter son contact de peur qu'il ne remette en péril son fragile équilibre. Heureusement, tous deux portaient des gants, ce qui évitait un contact de peau à peau…

— Oooh.

Quand elles comprirent que c'était la fin de leur amusement au pays des neiges, Scarlett et Hope s'étaient mises à bouder.

— Pensez à tout ce que vous allez pouvoir raconter en rentrant, leur dit Freya, s'efforçant de leur montrer le côté positif.

— J'ai aimé les rennes, dit Hope, son précieux cadeau toujours serré contre sa poitrine.

— Moi, j'ai aimé le toboggan, insista Scarlett.

— Nous avons tous apprécié des choses différentes, Scarlett, mais nous allons devoir reprendre l'avion, intervint Lucas.

Freya tenta de prendre la main de la petite fille, mais celle-ci serra les bras autour de son corps et secoua la tête.

— Je veux y retourner ! répéta-t-elle d'un air buté.

Même s'ils avaient eu le temps de refaire la queue, Freya aurait refusé de céder à ce type de comportement. Elle ne tenait pas à créer un précédent parmi les autres enfants, alors qu'ils étaient sur le point de s'embarquer pour leur long voyage de retour.

Soudain, Scarlett pivota sur ses talons et se mit à courir en direction de la queue, arrivant en bas du toboggan au moment où le groupe suivant descendait à fond.

— Scarlett, attention ! cria Freya.

La petite fille n'eut pas le temps de voir l'adolescent aux longues jambes arriver. Il la souleva du sol et, quand elle retomba, sa tête heurta avec un craquement la neige gelée.

Le cri de Lucas fit écho à celui de Freya et tous deux se précipitèrent.

— Scarlett ? Scarlett ? Parle-moi. Est-ce que ça va ?

Lucas fut tout de suite à genoux et vérifia que la petite respirait correctement. Il glissa les mains de chaque côté de sa tête pour stabiliser la nuque. Dans de telles circonstances, ils devaient traiter leur patiente comme si la colonne vertébrale avait été touchée. Ce choc pouvait occasionner des dommages importants et ne devait pas être pris à la légère.

Freya remarqua une trace de sang sur la glace. En écartant les cheveux de Scarlett, elle vit une petite entaille sur son crâne.

— Je vais soigner la blessure à la tête, dit-elle en s'emparant du sac à dos qui contenait la trousse de premiers secours.

— Scarlett, mon ange, est-ce que tu m'entends ?

Elle recouvrit la blessure d'une compresse stérile et tenta de garder le contact avec l'enfant, mais soudain elle vit les yeux bleus rouler en arrière et les membres de la petite se mirent à s'agiter de manière incontrôlable.

Elle faisait une crise d'épilepsie.

— Scarlett, on va te donner quelque chose pour t'aider, ma chérie.

Lucas arrêta une des autres infirmières qui passaient. Il lui enjoignit d'emmener Hope loin de la scène.

Freya lui dit d'appeler une ambulance. Elle savait par expérience qu'ils pourraient avoir besoin d'oxygène ou de médicaments comme la benzodiazépine pour mettre fin à la crise, si celle-ci durait plus de cinq minutes.

— Tout va bien se passer, Scarlett. Nous sommes près de toi.

Elle maintint la compresse sur la blessure tout en priant pour que la crise se termine aussi vite qu'elle avait commencé. Si elle se prolongeait, le cerveau pouvait être privé d'oxygène, et plus la crise durait, moins il y avait de chances qu'elle s'arrête d'elle-même.

Le but de ce voyage avait été de montrer aux enfants que leur maladie ne les limitait pas forcément dans leurs expériences. Malheureusement, ils n'avaient pas eu le temps de rentrer au Royaume-Uni que leur réalité quotidienne se manifestait de nouveau. Aucun d'entre eux n'aurait souhaité voir le voyage s'achever ainsi.

Lucas consulta sa montre.

— Cela fait plus de cinq minutes. Je vais revoir le protocole et la dose de midazolam buccal.

Comme tous deux s'étaient occupés du traitement de Scarlett durant le voyage, ils s'étaient familiarisés avec le protocole prescrit par le consultant qui la suivait. Mais il devait être revérifié chaque fois que des médicaments d'urgence étaient administrés.

Freya passa à Lucas le sac contenant les médicaments, puis elle prit le relais pour stabiliser la tête et la nuque de leur patiente.

Lucas ouvrit la première seringue préremplie. Le sédatif se présentait sous la forme d'un sirop sans sucre, il devait avoir un effet calmant sur le cerveau et était souvent capable de mettre fin à une crise.

Il ouvrit la bouche de Scarlett et s'assura que la cavité buccale, entre la joue et les gencives, était nette avant d'administrer la dose nécessaire. Puis il vérifia de nouveau sa montre. Il était vital qu'ils surveillent le temps pour s'assurer que le médicament avait suffisamment agi avant de donner une seconde dose.

— Espérons que l'ambulance va bientôt arriver.

Des difficultés respiratoires pouvaient toujours survenir avec ces médicaments d'urgence. S'ils ne pouvaient pas arrêter la crise, il faudrait que Scarlett soit mise sous assistance respiratoire.

Lucas retira sa combinaison de ski et l'étendit sur la petite fille pour la garder au chaud.

Freya le vit frissonner.

Quand il s'agissait d'aider les autres, il n'hésitait pas une seconde, sans penser à lui. C'était d'autant plus difficile pour elle de relier l'homme sans cœur du passé à celui qui s'agenouillait dans la neige pour réconforter un enfant malade.

Mais plutôt que de s'apitoyer sur ce qu'elle ne pourrait plus avoir, mieux valait qu'elle fasse de même, car Scarlett avait besoin d'eux deux pour s'en sortir le mieux possible.

— Je suis désolée que vous ayez dû venir jusqu'ici, dit Freya aux parents angoissés à leur arrivée à l'hôpital au milieu de la nuit.

— Nous savons qu'elle est en de bonnes mains, mais nous voulions quand même la voir.

— Bien sûr.

Elle aurait agi de la même façon si sa propre fille s'était retrouvée dans un hôpital à l'étranger.

Les autres enfants étaient repartis depuis longtemps. En tant que chef de l'équipe médicale, Lucas s'était immédiatement proposé pour rester, mais comme Freya avait la petite fille en charge depuis le début, il était hors de question qu'elle quitte le pays sans elle. Cela lui avait fait mal au cœur de devoir remettre Hope entre les mains de Gillian pour le voyage de retour, mais elle ne pouvait pas être à deux endroits en même temps.

— Comment va-t-elle ? demanda la maman. Vous m'avez dit au téléphone qu'elle s'était cogné la tête avant la crise.

— Le médecin est en train de l'examiner en ce moment.

La crise avait cessé avant l'arrivée de l'ambulance, mais

la blessure à la tête était toujours inquiétante. Un scanner avait été fait à l'arrivée. En fonction du résultat, ils pourraient procéder à d'autres analyses ou faire appel à la neurochirurgie s'il y avait des signes de dommage.

À cet instant, Lucas les rejoignit, et Freya vit tout de suite qu'il avait perdu l'air soucieux qui ne le quittait pas depuis la chute de Scarlett.

Il se présenta.

— Dr Lucas Brodie. Vous serez heureux d'apprendre que tous les scanners de Scarlett sont bons, mais elle a eu besoin de quelques points de suture pour sa blessure à la tête. Elle va rester encore une nuit à l'hôpital en observation.

— Dieu merci, elle va bien. Pouvons-nous la voir ? demanda le père.

— Elle se repose, mais vous pouvez vous asseoir près d'elle quelques minutes. Le médecin responsable est avec elle si vous avez des questions à lui poser.

— Merci, docteur.

Le couple se précipita en direction de la chambre.

Freya se sentait, elle aussi, soulagée d'un grand poids.

— Scarlett est vraiment bien ? Tu n'as pas seulement cherché à réconforter les parents ?

— Il reste encore quelques tests à effectuer dans la matinée, mais tout se présente bien, répondit Lucas en lui prenant la main pour la rassurer.

— Mais tu es gelé ! s'exclama-t-elle en retenant sa main glacée dans les siennes.

Elle se rappela son geste pour réchauffer leur patiente. Ils se trouvaient à l'intérieur depuis longtemps, mais sa température n'avait pas remonté.

Il tenta de se dégager, peut-être gêné qu'elle ait découvert qu'il était humain après tout.

— Je vais bien.

— Non, tu ne vas pas bien ! Tu es encore rouge de froid, et cela n'aidera personne si tu te retrouves en hypothermie, répliqua-t-elle d'un ton ferme, en frottant ses paumes contre les siennes.

Elle lui frictionna ensuite le haut des bras pour activer sa circulation sanguine, s'efforçant d'oublier ses biceps et la mémoire de son corps que ce contact réveillait.

Lucas paraissait amusé de la voir s'agiter ainsi.

— Si tu es vraiment inquiète, dit-il avec un clin d'œil taquin, j'ai entendu dire que le corps-à-corps est le meilleur moyen de transférer la chaleur humaine.

Elle lui donna une tape en riant, saisie d'une brusque montée d'hormones qui lui chauffa tout le corps.

— Je pense que tu survivras.

Elle s'écarta pour mieux le regarder et le vit passer la main dans ses cheveux — une main à présent plus colorée —, l'air tout aussi troublé qu'elle.

Le père de Scarlett vint leur dire que sa femme et lui passeraient la nuit auprès de leur fille.

— Nous apprécions tout ce que vous avez fait pour notre enfant, mais vous devriez rentrer à l'hôtel vous reposer.

En effet, ils ne pouvaient rien faire de plus pour Scarlett et ils seraient plus utiles après avoir récupéré de leur fatigue pour accompagner la famille pendant le voyage de retour. En fait, cela leur offrait à tous deux un répit inespéré.

Lucas s'empressa d'appeler l'hôtel mais il revint, la mine déconfite.

— Ils n'ont plus de place. Ils attendaient un autre groupe qui est arrivé juste après nous, et les autres hôtels des environs sont également pleins. On va devoir rester ici.

Ce n'était pas de chance.

— Merci d'avoir essayé, soupira-t-elle.

Elle jeta un coup d'œil découragé aux chaises en plastique dépareillées destinées aux visiteurs.

— Comme tu le sais, je ne suis pas très exigeante.

Elle n'avait jamais fait de demandes extravagantes à son mari — seulement qu'il respecte le vœu fait le jour de leur mariage de rester avec elle. Et cela s'était révélé trop pour lui.

Certaines femmes auraient tempêté à la perspective de passer la nuit sur une chaise, mais Freya n'attendait plus rien de personne. Le sac fourre-tout contenant ses vêtements lui ferait un oreiller de fortune.

— Tu ne passeras pas la nuit sur cette chaise. Tu mérites mieux que ça, marmonna Lucas entre ses dents.

Voulait-il parler de sa chambre ou de son choix de mari ? Peu importe, après tout.

Il se rendit d'un pas ferme à la réception et parla avec autorité, ce qui lui rappela l'assurance dont il faisait preuve au début.

Elle s'en rendait compte : elle serait encore capable de suivre cet homme jusqu'au bout de la terre s'il le lui demandait. Quoi qu'il lui ait fait, elle demeurait une cause perdue quand il s'agissait de Lucas Brodie.

Elle ignorait ce que le destin lui tenait encore en réserve d'ici la fin du voyage, mais elle fit une prière muette pour survivre aux prochaines vingt-quatre heures avec le reste de son cœur intact.

5.

— C'est trop, Lucas ! s'exclama Freya.

Elle tourna sur elle-même, les bras écartés, en contemplant le ciel avec l'émerveillement d'un enfant qui voit la neige pour la première fois.

Il déposa leurs bagages dans la pièce à vivre qui faisait également office de chambre.

Il savait que c'était tout ce dont elle rêvait, et cela valait largement la somme débitée sur sa carte de crédit. Cet igloo de verre n'était pas simplement le moyen d'éviter de passer une nuit blanche sur des chaises inconfortables dans un couloir d'hôpital, c'était aussi une façon de s'excuser et de tenter de réparer une partie du mal qu'il avait fait à Freya dans le passé.

Après avoir beaucoup surfé sur Internet et avec l'aide du réceptionniste qui avait passé de nombreux coups de téléphone, il avait déniché un dernier logement disponible et sauté sur l'occasion.

Le petit village d'igloos entouré de pins était l'endroit idéal pour observer une aurore boréale.

— J'ai pensé qu'il serait bon que tu ramènes quelques jolis souvenirs de ce voyage.

Et de lui, par la même occasion. Il ne voulait pas que l'impression qu'elle garde de leurs derniers échanges soit liée à un sentiment de malaise et de frustration.

S'arrêtant de tourner sous le dôme de verre, Freya lui décocha un sourire rayonnant capable de rivaliser avec les étoiles qui scintillaient au-dessus d'eux.

— Je ne suis pas près d'oublier ce moment de sitôt !

Cela lui coupa le souffle. Il aurait accepté de mourir maintenant, avec la satisfaction d'avoir pu la rendre heureuse de nouveau.

Cette bulle de verre était chaude et agréable. Le seul inconvénient, c'était que l'espace était peu compatible avec le fait de garder leurs distances. Il n'aurait pas la possibilité de s'éclipser dans sa chambre et d'éviter Freya jusqu'au lever du soleil. En dehors des toilettes et de la douche, il n'y avait qu'une seule pièce ronde, et pas de télévision ni d'Internet.

Il se laissa tomber sur l'un des lits.

Au moins, chacun avait le sien. Et avec ce plafond transparent au-dessus de leurs têtes, leurs regards pouvaient plonger dans le ciel infini. Il fit une prière muette pour que Freya ait droit à son spectacle de lumières — ce qui leur épargnerait de pousser la conversation trop loin.

— Est-ce que tu crois que les gens peuvent voir à l'intérieur ? murmura Freya, comme si elle craignait que l'on épie leurs gestes.

— Est-ce que tu vois quelqu'un d'autre ? répliqua-t-il.

Tout ce qui était visible, c'étaient les arbres couverts de neige et la lueur lointaine des igloos de leurs voisins. Les architectes qui avaient créé ce concept avaient clairement cherché à respecter l'intimité des occupants.

— En fait, non, répondit-elle.

Sans attendre, elle se mit à défaire la fermeture Éclair de sa combinaison de ski.

Il s'efforça de penser à autre chose qu'au bruit de ce zip et au corps de Freya. Tous deux savaient qu'un de ses passe-temps favoris avait consisté à la regarder se déshabiller.

— Comment font-ils pour empêcher la neige et la glace de recouvrir les vitres ? demanda-t-elle, manifestement inconsciente de sa gêne grandissante.

— Ils doivent chauffer le verre. Le même principe que le chauffage par le sol, je suppose.

Cet igloo avait un peu trop l'allure d'une suite pour lune de miel. Rien à voir avec le couple qu'ils étaient, presque divorcé et forcé de passer la nuit ensemble.

Il y avait un tableau de bord électrique près du lit. Il appuya sur un bouton, et le sommier se mit à bouger.

Il se retrouva en position presque assise, juste le temps de voir Freya sortir sa tenue de nuit.

— Est-ce pour avoir une meilleure vue ?

— Probablement, marmonna-t-il en s'empressant de redescendre à plat.

Son intention avait été de faire oublier à Freya leur discussion de la veille, mais du même coup il avait provoqué une autre nuit sans sommeil pour lui, du fait d'être si proche d'elle.

Non seulement il était constamment distrait en pensant à elle, mais il craignait que ses cauchemars ne reviennent. Il n'en avait pas fait depuis un certain temps, mais il n'existait pas vraiment de traitement contre l'anxiété qui ressortait de temps en temps, et les discussions sur le passé risquaient d'influer sur son subconscient s'il s'assoupissait.

Depuis qu'il avait quitté Freya, il avait toujours dormi seul, mais Peter, dont il partageait l'appartement, lui avait parlé de ses terreurs nocturnes. Parfois, son stress se manifestait pendant qu'il dormait. La sueur, les cris et les pleurs n'étaient pas des manifestations qu'il tenait particulièrement à partager avec Freya. Même s'ils n'étaient plus ensemble, son ego n'acceptait pas de lui dévoiler ses faiblesses. Heureusement, le travail nocturne à l'hôpital avait forgé sa capacité de résistance en de telles occasions.

Tandis qu'elle disparaissait dans la salle de bains pour se changer, il tapota ses oreillers et se prépara pour une longue nuit blanche.

Il ne put s'empêcher de jeter un coup d'œil quand elle regagna son lit et laissa échapper un petit rire moqueur.

Elle se glissa rapidement sous les couvertures, mais trop tard : il avait déjà vu le pyjama en coton avec la tête de renne sur le sweat-shirt.

— Et alors ? rétorqua-t-elle. Je recherche la chaleur et le confort, pas la compagnie.

— Parfait, dit-il, d'un ton devenu brusque à la pensée qu'il pouvait y avoir un autre homme dans son lit.

Comment réagirait-il quand cela arriverait ? Ils n'avaient pas parlé de l'avenir, mais il ne pouvait pas imaginer que Freya mette sa vie en attente plus longtemps. La possibilité qu'elle soit avec quelqu'un d'autre après leur divorce était un véritable choc pour lui.

— Tu ne te prépares pas à aller te coucher ? demanda-t-elle.

— Tu sais très bien que je ne porte pas de pyjama, Freya.

Il aurait voulu la faire rougir, qu'elle l'imagine nu dans son lit et qu'elle ne pense à aucun autre homme.

Peut-être que de son côté, elle n'était pas aussi intéressée par sa vie amoureuse, mais ce n'était pas l'impression qu'il avait eue. Quant à lui, il savait qu'il ne pouvait pas en même temps garder son sombre passé pour lui et rendre sa femme heureuse. Il avait essayé et il avait échoué lamentablement.

Il allait rester couché là à ruminer jusqu'au lever du jour. S'il ne voyait pas Freya, il ne penserait plus à elle. C'était ainsi que cela devait fonctionner. Du moins, il avait voulu s'en convaincre durant l'année écoulée.

Tendant le bras, il éteignit les lampes, plongeant la pièce dans l'obscurité à l'exception des étoiles qui luisaient au-dessus de leurs têtes.

— Il n'y a eu personne d'autre que toi, Lucas.

La voix de Freya résonnant dans l'obscurité le toucha au plus profond de son âme.

Il n'y avait qu'elle pour être capable d'atteindre ses zones vulnérables. C'était ce qui le terrifiait. Elle aurait pu aligner une longue liste d'amants pour le piquer au vif, mais, comme lui, ce n'était pas dans sa nature de vouloir faire souffrir quelqu'un.

Incapable de supporter de l'entendre davantage alors que le poids de sa culpabilité menaçait de l'écraser, il se leva et se dirigea vers la salle de bains.

Il eut le temps de voir Freya se tourner de l'autre côté et put presque sentir sur sa langue le goût salé de ses larmes.

Elle était loin, la nuit parfaite dont elle rêvait. Elle semblait chercher à s'éloigner de son très imparfait mari.

S'il avait fait ce qu'il fallait, aucun des deux ne devrait se sentir aussi mal…

Le reflet dans le miroir de la salle de bains lui rappela le visage de son père quand il était plus jeune. Retirant brusquement sa chemise, il s'aspergea d'eau froide pour tenter d'effacer la honte qui le brûlait.

Maintenant qu'il se trouvait face à la perspective de laisser Freya repartir, voilà qu'il se demandait s'il avait pris la bonne décision la première fois. Son anxiété était alors devenue si envahissante — à envisager le pire dans chaque situation — qu'il était possible qu'il ait agi précipitamment et ait renoncé trop tôt à leur mariage.

Il n'y avait qu'une solution s'il voulait réparer le mal qu'il avait fait à Freya : se montrer aussi honnête qu'elle et lui faire sa confession, même s'il se retrouvait en sueur rien que d'y penser.

Les draps étaient frais sous son dos nu quand il retourna s'allonger.

— Moi non plus, je n'ai été avec personne d'autre depuis toi, Freya.

C'était une déclaration chargée de sens, car il savait qu'elle susciterait de sa part toutes sortes de questions sur l'année écoulée.

— Mais alors, pourquoi m'as-tu quittée ?

Le ton de sa voix était si douloureux qu'il ferma les yeux comme si elle l'avait frappé.

— J'ai eu des… des problèmes mentaux. Comme je ne voulais pas t'imposer ça, j'ai pensé agir comme il le fallait en partant. J'étais si mal que je crois que je n'étais plus capable de raisonner correctement.

Il y eut un long silence. Mais ce n'était pas le calme qui régnait dans sa tête ni dans son cœur.

— Pourquoi ne m'as-tu rien dit ? Je suis infirmière, pour l'amour du ciel. Je t'aurais soutenu pendant ton traitement.

La frustration de Freya était compréhensible. Lui-même avait fini par remettre ses propres décisions en question.

— Je ne comprenais plus ce qu'il se passait dans ma tête, Freya. La mort de mon père a ouvert une boîte de Pandore d'où se sont échappés des souvenirs et des émotions que je n'avais apparemment pas réglés. Je ne voulais pas qu'il fasse partie de notre vie. Je ne te l'ai jamais dit, mais c'était un misérable alcoolique qui n'aurait jamais dû être autorisé à s'occuper d'un chien, encore moins à élever un enfant. La seule raison pour laquelle l'administration ne s'en est jamais mêlée, c'est parce que j'étais très fort pour cacher les traces de coups. Je pensais qu'il valait mieux l'avoir comme parent que de ne pas en avoir du tout.

Il s'était tellement accroché à ce qu'il lui restait de sa famille qu'il avait fini par accepter comme normal d'être battu tous les jours. Sans parler des conditions de vie déplorables et des placards vides dans la maison crasseuse qui leur servait de foyer.

— Lucas, je… Je suis désolée.

L'intonation horrifiée de Freya ne lui apporta aucun soulagement, pas plus que le fait de partager avec elle le calvaire de son enfance. Il retrouvait l'horrible sensation de nausée familière, même s'il pouvait maintenant en parler sans être malade.

Il tenta de contenir son émotion et s'éclaircit la gorge pour pouvoir continuer.

— J'ai quitté la maison dès que j'ai pu et me suis installé à l'hôtel en faisant deux petits boulots à la fois pour pouvoir suivre des études de médecine. Je croyais à tort que je pourrais échapper à mon père en travaillant dur et en étant déterminé à réussir ma vie. Mais la nouvelle de sa mort a fait resurgir d'un coup les souvenirs douloureux, et j'ai été anéanti.

— Tu aurais dû m'en parler, on aurait tenté de traverser cela ensemble.

— J'ai fait une sorte de dépression. Je ne pouvais plus penser ni dormir sans que des images de mon père s'insinuent dans ma tête. Je me rappelais les discours incohérents qu'il tenait, me reprochant le départ de ma mère… Son haleine fétide quand il surgissait au-dessus de moi… La honte que je ressentais d'aller à l'école avec des vêtements sales… Tout est revenu d'un seul coup et s'est mis à encombrer mon esprit. Je me sentais plein de rage et de honte et je me débattais pour me libérer.

— Même de moi ?

Freya bougea sur son lit. Pour mieux le voir ?

Peu importe. Maintenant qu'il avait rouvert la boîte, il ne servait plus à rien de vouloir entasser tous ses secrets à l'intérieur.

Il poussa un long soupir.

— Je n'ai jamais voulu me retrouver sans toi. Mais par-dessus tout, je ne voulais pas t'entraîner dans mes ténèbres. Je les ai emmenées — au moins dans ma tête. Cela peut paraître égoïste, mais je ne voyais pas d'autre issue. La mort de mon père m'a ramené à mon enfance, et je suis redevenu le petit garçon effrayé qui avait peur de son ombre. Quel genre de mari aurais-je pu être ?

Il sentit le matelas s'enfoncer à côté de lui.

— Le mien, dit la voix de Freya tout près de lui.

Ce fut seulement quand elle essuya ses larmes qu'il se rendit compte qu'il pleurait.

Ce petit geste de réconfort lui avait tant manqué qu'il fut soudain submergé par les émotions qu'il avait cru si bien maîtriser. Cette fois, il ne pleurait pas seulement sur son enfance ratée, mais aussi sur l'échec de son mariage et la perte de la femme qu'il aimait.

L'entourant de ses bras, Freya le serra contre elle.

Il voulut résister, garder le peu de contrôle et de dignité qu'il lui restait, mais il avait oublié ce que cela faisait d'être aimé — à supposer qu'il l'ait jamais su auparavant.

Elle pressa sa joue chaude contre la sienne comme pour absorber une partie de sa peine.

— Est-ce que tu as obtenu l'aide et le traitement dont tu avais besoin ?

Il enfouit brièvement le visage dans ses cheveux et prit une profonde inspiration, savourant son doux parfum.

Il savait qu'elle comprenait — elle était infirmière —, mais il n'aurait pas voulu être traité comme son patient.

— Au début, le traitement était si fort qu'il m'a épuisé. La souffrance était engourdie, les souvenirs apaisés, mais il en allait de même du monde autour de moi, et je ne fonctionnais plus normalement sur le plan émotionnel. C'est finalement la psychologue qui m'a aidé à redevenir l'homme que j'étais en me faisant parler peu à peu. Je regrette que ça ait pris si longtemps.

Peut-être que s'il avait lutté plus fort pour rester à la surface, aucun d'eux n'aurait souffert autant. Ils auraient pu sauver leur mariage, ou du moins choisir un meilleur moyen d'y mettre fin.

— Tu es ici, maintenant, murmura Freya.

Un pâle rayon de lune éclairait son sourire, et il vit le chagrin ravager son visage, même si elle faisait un effort pour le cacher.

— Voilà justement ce que je voulais éviter, marmonna-t-il en essuyant ses larmes comme elle l'avait fait pour lui.

Certes, le poids de ses secrets était finalement plus léger sur ses épaules, mais il n'avait pas voulu s'en débarrasser sur celles de Freya.

Il appuya son front contre le sien, regrettant de ne pas avoir eu une chance dès le départ.

S'il fermait les yeux, il pouvait encore l'imaginer.

Quand il chercha ses lèvres, il voulut croire qu'il était réellement rentré chez lui.

Freya avait cru que son cœur ne pourrait plus jamais souffrir autant que lorsque Lucas l'avait quittée. Mais à présent qu'elle savait ce qu'il avait traversé, elle craignait qu'il ne se brise à nouveau. Pour lui. Pour le petit garçon si seul et si terrifié, et pour son mari qui avait tant souffert. Elle aurait voulu pouvoir le soulager de tout. L'embrasser semblait la chose la plus naturelle à faire, chacun donnant et recevant du réconfort dans ce doux échange.

En posant les mains sur son torse musclé, elle se rendit compte qu'il avait ôté son pull dans le noir. Ce contact avec sa peau nue fut si électrique que ses zones érogènes furent immédiatement en alerte.

Elle avait voulu lui offrir son soutien, lui rappeler qu'il n'avait pas à rester seul. Mais elle savait à présent que l'alchimie n'avait pas disparu entre eux et elle n'avait plus qu'une envie : céder au désir qui l'envahissait et ne plus penser à rien d'autre qu'au besoin qu'ils avaient l'un de l'autre. Tous deux avaient vécu l'enfer, ils méritaient bien de trouver un réconfort mutuel.

Les longs mois d'abstinence qui avaient suivi leur séparation auraient pu rendre n'importe qui un peu nerveux, mais la passion n'avait jamais été un problème pour eux. D'abord hésitant, leur baiser se fit plus assuré. Lucas lui écarta doucement les lèvres du bout de la langue, et leurs langues se rencontrèrent.

Elle avait passé de nombreuses nuits sans sommeil à imaginer son mari avec une autre femme, et l'entendre confesser la vérité avait soulagé une partie de sa peine. Elle ne voulait plus penser au passé, ni même à ce que leur réservait le futur après cette nuit ensemble.

La bouche de Lucas était partout, il lui sembla qu'elle avait les joues, la gorge, le cou en feu. Son corps et ses pensées se consumaient de désir pour lui. Leur respiration haletante aurait pu faire fondre les panneaux de verre autour d'eux.

Tendant la main, elle exerça une tendre pression sur le renflement de son pantalon.

Lucas répondit par un gémissement sexy qui résonna jusqu'à son ventre et il entreprit de lui retirer sa tenue de nuit confortable en l'embrassant partout, de manière aussi sensuelle que si elle avait porté la soie la plus fine.

Avec l'aide de Lucas, ses vêtements atterrirent sur le sol, et son corps nu se retrouva la proie de ses lèvres insatiables.

Prenant un sein dans la paume de sa main, il en titilla la pointe du bout de la langue.

Tremblante de désir, elle sentit son pouls s'accélérer.

— Lucas…

Pendant cette année difficile, leur intimité lui avant tellement manqué ! Non seulement après son départ, mais aussi durant les dernières semaines de leur vie ensemble, lorsqu'il avait pris ses distances sur le plan émotionnel. À présent qu'elle savait ce qu'il s'était passé dans sa tête, elle avait l'impression d'avoir retrouvé l'homme qu'elle aimait, même si ce n'était que pour cette nuit.

Personne n'aurait dû passer par ce que Lucas avait traversé, pas plus étant enfant qu'une fois adulte. Il méritait de retrouver la paix.

— Il n'y a pas beaucoup de place ici, marmonna Lucas en passant par-dessus son corps sur le petit lit à une place fait pour contempler les étoiles plus que pour réunir d'anciens amants.

Elle le débarrassa de son pantalon, libérant l'attribut de sa virilité. La chaleur monta encore d'un cran. Alors que Lucas se tortillait comme un ver pour dégager ses pieds encore coincés dans les jambes du pantalon, elle se mit à rire. Leurs corps nus entrèrent accidentellement en contact aux endroits les plus intimes, avant qu'ils ne tombent du lit en roulant sur eux-mêmes.

Manifestement, aucun des deux n'avait profité de leur séparation pour parfaire ses techniques de séduction. Elle avait l'impression qu'ils étaient redevenus deux adolescents inexpérimentés, désireux et inquiets d'atteindre ensemble cette première destination sacrée.

Tout — le rire, la passion — lui rappela la vie qu'ils avaient eue ensemble et tout ce qu'ils avaient perdu. Les yeux remplis de larmes, elle dut admettre que Lucas Brodie lui avait manqué tout autant que la famille qu'ils n'avaient pas eue ensemble.

6.

Lucas n'aurait jamais cru se sentir de nouveau aussi vulnérable que la fois où il s'était retrouvé en pleurs dans le bureau de la psychologue, lui racontant les punitions que son alcoolique de père faisait tomber sur lui pour avoir commis le crime d'être né. Il ne s'était pas non plus attendu à ce que Freya lui donne une autre chance, pas plus qu'il n'avait eu l'intention de lui parler des démons qui l'avaient égaré…

Par bonheur, la réaction primitive de son corps au contact de sa femme avait rapidement dissipé ses inquiétudes sur sa virilité. Celle-ci n'avait visiblement pas été compromise par sa maladie. En dépit des dommages que Freya et lui avaient subis, il y avait encore entre eux une connexion particulière qui ne voulait pas disparaître.

En gardant pour lui ses secrets, il avait retenu une partie de lui-même dans leur relation. Mais après avoir dénudé son âme, il avait maintenant la liberté de l'aimer comme elle l'avait toujours désiré. Il ne s'y prenait peut-être plus aussi bien qu'autrefois, mais il lui paraissait tellement normal d'être avec Freya que plus rien d'autre ne comptait que d'être allongé près d'elle.

À la façon dont elle promenait ses mains sur son corps, son désir pour lui ne faisait aucun doute. À l'évidence, ce n'était pas de la pitié qu'elle ressentait après le récit de ses épreuves. Elle le voyait comme l'homme qu'il n'aurait jamais pensé redevenir : son mari.

Il plongea la main dans ses cheveux courts et l'embrassa comme s'ils étaient les deux seules personnes restant sur terre.

Cette nuit, dans leur bulle de glace, c'était l'impression qu'ils avaient. Leurs bouches se cherchèrent, et les ombres du passé s'évanouirent face au besoin qu'il avait de faire l'amour à sa femme.

Freya lui avait tant manqué ! Il l'aimait. Lorsque leurs corps s'unirent, il sut qu'il n'y aurait jamais pour lui qui que ce soit d'autre.

Toutes les nuits sans sommeil qu'il avait passées à l'imaginer couchée loin de lui, il les lui offrait à travers son corps et, à chaque mouvement, il lui semblait que c'était la première fois. Le balancement des hanches de Freya lui répondait avec une synchronisation parfaite, de plus en plus vite, et elle s'agrippa à son dos, la tête rejetée en arrière tandis qu'il crispait ses muscles dans l'attente de son orgasme.

Elle poussa un cri de libération viscéral qui le prit par surprise. Même s'ils avaient souvent été passionnés ensemble, il n'avait encore rien entendu de tel. C'était un cri de passion primal, exprimé par une femme très différente de celle qu'il avait laissée derrière lui, et qui le toucha au plus profond de lui.

À son tour, il sentit l'orgasme monter. L'intensité du plaisir fut si forte qu'il crut ne jamais s'en remettre.

Le soulagement et une sensation de paix l'envahirent, corps et âme. C'était comme s'il s'était enfin libéré du passé. Allongé sur le sol, tenant Freya serrée contre lui, il souhaita que ce moment dure toujours.

— Ça m'avait manqué, murmura-t-elle contre son torse.

— À moi aussi.

Il rassembla le peu d'énergie qu'il lui restait pour tirer les deux couettes des lits et les étendre sur le sol, l'une sous eux, l'autre dessus.

Il savait que cette fois il dormirait bien avec Freya enroulée autour de lui comme une liane autour d'un arbre. Il n'y aurait pas de cauchemars, et il ne se réveillerait pas en sueur dans un lit vide. Cette nuit, il avait tout ce qu'il désirait et, pour l'instant, il voulait croire que cela pouvait continuer.

Freya avait envie d'étirer chacun de ses muscles en soupirant de volupté, mais elle devrait pour cela rompre le contact familier avec le corps chaud de Lucas et elle n'y était pas encore prête.

À cette heure-ci, elle aurait dû être couchée chez elle, étalée comme une étoile de mer dans son grand lit double, dans la maison où elle avait imaginé fonder un jour une famille.

Coucher avec son ex n'avait pas fait partie de son plan — pas plus que ce séjour prolongé. Cela aurait-il eu lieu si Lucas n'avait pas été honnête avec elle ?

Elle n'aurait pu le dire, mais en finissant par s'ouvrir à elle et en exposant ce côté vulnérable qu'il avait tenté de lui dissimuler lors de leur bref mariage, il lui avait donné l'occasion d'agir sur les sentiments qu'elle avait gardés pour lui. Le mari qui l'avait abandonnée était aussi un homme en souffrance. Elle ne pourrait pas oublier cette période ni repartir de l'avant facilement, mais au moins, elle comprenait pourquoi elle s'était produite.

Elle se rendait compte à présent qu'elle avait été si absorbée par son propre passé qu'elle n'avait pas envisagé que Lucas puisse souffrir aussi. Le chagrin occasionné par la perte de son bébé l'avait conduite à être presque obsédée par l'idée d'en avoir un autre, alors qu'elle aurait dû être simplement heureuse d'avoir trouvé quelqu'un de spécial : son mari. Tous les deux avaient laissé leurs précédents malheurs entacher la vie qu'ils auraient pu avoir ensemble.

Cette constatation était teintée de tristesse. S'ils s'étaient confiés l'un à l'autre durant le temps de leur relation, ils auraient peut-être pu éviter le cataclysme de leur rupture. Un an auparavant, la conversation qu'ils venaient d'avoir l'aurait amenée à réagir pour sortir Lucas de sa dépression avant que les choses ne soient trop lourdes à porter. Elle lui aurait trouvé l'aide professionnelle dont il avait besoin, aurait été là quand il aurait voulu crier sa rage ou pleurer sur son épaule, et pour le réconforter à n'importe quel moment de sa vie.

Au lieu de cela, c'était Peter qui avait tenu le rôle d'infirmier, de confident et de garde du corps. C'était lui qui avait sauvé

Lucas, et non pas elle parce que ce dernier ne le lui avait pas permis. Tout en étant reconnaissante envers ceux qui étaient intervenus pour son bien, elle constatait qu'elle avait perdu sa place dans sa vie.

Lucas entremêla ses doigts aux siens et les porta à ses lèvres.

Les paroles n'étaient pas nécessaires quand son amour était palpable dans la douceur de son baiser et les excuses lisibles dans ses yeux. Rien ne pourrait changer ce qu'il leur était arrivé, mais elle espérait qu'ils pourraient désormais regarder vers l'avenir.

Le nouveau chapitre de leur vie s'ouvrit à l'aube, lorsque leur confortable bulle fut baignée d'une étrange lumière couleur émeraude.

— Oh ! Lucas !

Freya s'assit, serrant la couverture sur sa poitrine, tandis que le ciel enchanté passait du bleu nuit au vert, puis au noir.

C'était le phénomène qu'elle avait toujours rêvé de contempler ! Les lumières changeantes de l'aurore boréale lui assuraient que ce voyage serait inoubliable.

Lucas se redressa derrière elle, et elle sentit la chaleur de son torse dans son dos.

— Tu vas croire que je l'ai fait exprès, dit-il en riant.

— Parce que ce n'est pas le cas ?

Tout semblait trop parfait pour que cela arrive par accident. Surtout après l'année infernale qu'ils avaient traversée.

Il entoura sa taille de ses bras et fourragea dans sa nuque.

— Je serais ravi de pouvoir m'en vanter, mais je te jure que toute cette nuit est une surprise autant pour moi que pour toi.

Étant donné les révélations qu'il lui avait lui-même faites cette nuit, il n'y avait aucun doute : Lucas Brodie était un homme fier. La meilleure preuve — ou la pire — était le fait qu'il ait quitté leur foyer plutôt que de lui avouer qu'il était en train de traverser une période difficile. Elle ne savait pas quelle différence cette nuit apporterait dans leur relation, mais pour l'instant, elle avait juste envie d'en savourer la magie. L'arrivée du matin et une bonne dose de réalité lui remettraient bien assez tôt de l'ordre dans les idées.

Lucas aurait adoré paresser au lit avec sa femme en prenant le petit déjeuner, mais avec le lever du jour, il dut prendre en compte une tout autre liste de priorités.

Il commença par aller téléphoner à l'hôpital pour vérifier l'état de leur patiente. Une fois assuré que Scarlett n'avait pas eu d'autre crise et qu'elle pourrait sortir le jour même, il organisa le voyage de retour.

Ces dernières heures lui avaient permis de goûter de nouveau à son ancienne vie avec Freya et il voulait la retrouver. Comme, de toute évidence, ils avaient encore des sentiments l'un pour l'autre, il y avait une chance pour que leur mariage fonctionne à présent qu'ils n'avaient plus de secrets l'un pour l'autre, non ?

C'était la première fois depuis la nouvelle de la mort de son père qu'il pouvait se projeter dans le futur. Ces derniers mois, il avait surtout été question de survie et de s'occuper de sa santé et sa carrière.

Il espérait que Freya ferait partie de ce futur. Désormais, il avait envie de faire des projets concernant son mariage et leur vie à deux — dont une fête de Noël digne de ce nom.

Soudain, il eut hâte de voir apparaître les décorations scintillantes autour de la maison et de sentir la bonne odeur de dinde farcie en passant la porte. Cela signifierait qu'il passerait Noël avec son épouse, au lieu d'être seul dans une chambre prêtée par un ami. Il avait beaucoup de choses à rattraper par rapport à l'année précédente et il commençait à comprendre l'excitation des enfants quand ils attendaient le Père Noël.

Lorsqu'il fut de retour à l'igloo avec du café et des pâtisseries, Freya était lavée, habillée, et toute trace de leur nuit d'amour avait été effacée.

Ils n'avaient pas discuté de la suite à donner à cette dernière nuit, mais pour lui, il était évident qu'ils avaient toujours une énorme envie l'un de l'autre, plus forte que toutes les barrières qu'ils avaient érigées durant leur séparation.

— Tu n'étais pas là à mon réveil, dit-elle sans le regarder.

À l'évidence, elle avait envisagé le pire ! Elle avait cru qu'il était reparti sans dire un mot !

Après tout ce qu'ils avaient partagé cette nuit, ce manque de confiance fit quelque peu retomber son euphorie.

Il s'était ouvert complètement à elle — plus qu'il n'avait osé le faire quand ils avaient vécu ensemble. Pourtant, elle le croyait capable de la laisser encore derrière lui. Cela montrait à quel point elle avait été marquée par sa disparition.

Il lui faudrait de la persévérance pour briser la carapace protectrice qu'elle avait développée en son absence, mais il était prêt à faire de gros efforts pour qu'elle croie de nouveau en lui.

— Tu dormais toujours. Je suis sorti pour nous rapporter ça, répondit-il en déposant le petit déjeuner sur la table.

Elle tourna vers lui des yeux remplis de chagrin.

— Je, euh… J'ai cru que tu étais parti sans moi.

Il eut le cœur déchiré : elle avait encore pleuré à cause de lui !

Seulement, cette fois, c'était sans véritable raison. À l'avenir, il ne devrait pas oublier que sa conduite de l'année dernière avait eu de lourdes conséquences, qui n'allaient pas s'effacer d'un seul coup, simplement parce qu'il avait fini par se ressaisir. Freya avait elle aussi besoin de temps pour se remettre et rétablir sa confiance en lui, exactement comme il l'avait fait avec lui-même.

— Je ne pourrais jamais te refaire une chose pareille.

— C'est juste que… je ne veux pas revivre ça. Si cette nuit était une exception, alors dis-le-moi maintenant, et n'en parlons plus.

Elle croisa les bras sur sa poitrine, attendant sa réponse.

— Quoi qu'il se passe dorénavant, je te promets d'être toujours honnête avec toi, dit-il solennellement.

Avec douceur, il lui desserra les bras pour l'inciter à s'ouvrir à la possibilité qu'il ait changé et il l'attira contre lui.

— Alors, que se passe-t-il maintenant ? marmonna-t-elle, raide contre son torse.

Il était déterminé à ce que leurs derniers moments en tête à tête marquent leur nouveau départ. Pas question de reprendre l'avion sans avoir tout résolu une bonne fois.

— Que veux-tu qu'il se passe ? demanda-t-il en fourrageant dans sa nuque.

— Ce n'est pas juste… Tu triches, répondit-elle en se tortillant, avant de se mettre à rire.

Cela allégea un peu l'atmosphère, après les discussions sérieuses qu'ils avaient eues. Il avait envie que la gaieté s'invite de nouveau dans leur relation.

— Lucas…

Elle tourna le visage vers lui, l'air grave, mais ne tarda pas à sourire en le regardant.

— Je t'aime, Freya. Et j'ai envie d'être avec toi. Pour moi, c'est tout ce qui compte.

Il ne pouvait pas lui promettre que ce serait pour toujours, tous deux avaient découvert à leurs dépens que c'était une illusion. Et il n'avait pas envie d'envisager tout de suite le côté pratique. Pour une fois, il voulait vivre ici et maintenant, comme s'il n'existait rien d'autre que leur bulle de verre.

Elle ferma un instant les paupières comme pour mieux réfléchir à ses paroles. Puis elle les rouvrit.

— Je t'aime aussi, Lucas.

Une année d'angoisses et de souffrance s'évapora avec ces mots qu'il ne pensait plus réentendre un jour.

L'amour était quelque chose qu'il avait considéré comme normal tant qu'ils avaient été ensemble, mais quand il ne l'avait plus eu dans sa vie, rien n'avait pu remplir le vide qu'il avait laissé derrière lui.

Il s'empara des lèvres de Freya pour mieux exprimer ce qu'il ressentait pour elle, sans se soucier des conséquences.

Cette fois, ils y arriveraient. D'une façon ou d'une autre.

En s'apercevant que Lucas était parti sans la réveiller, Freya avait aussitôt imaginé le pire, craignant que cette nuit avec elle ne lui ait rappelé pourquoi il l'avait quittée. À son réveil, elle s'était pourtant sentie pleine d'espoir, voulant croire que leur mariage avait encore une chance. Pendant ces moments de solitude dans l'igloo, elle s'était demandé s'ils avaient bien fait d'avoir ce bref rapprochement passionné, ou si c'était encore aux dépens de son cœur.

Pourtant, même si Lucas était retourné à l'hôpital sans elle avant de s'envoler sans dire un mot, elle pouvait dire, la main sur le cœur, que cela en avait valu la peine.

Maintenant qu'il était là, elle se sentait rassurée : toutes ses craintes s'évanouissaient sous la chaleur de ses lèvres.

Cette fois, ils n'eurent pas une hésitation en s'arrachant mutuellement leurs vêtements, et chacun contempla le corps de l'autre à la lumière du jour comme s'il le voyait pour la première fois.

Lucas l'aimait toujours, elle l'aimait, et elle ne voyait aucune raison de ne pas se remettre ensemble pour un nouveau départ.

Quand elle noua les bras autour de son cou et se blottit contre son corps, il la hissa dans ses bras et la porta sur un des lits. Sans la quitter des yeux, il la déposa sur le matelas et se mit à embrasser son corps.

Ses lèvres étaient douces, sa bouche exigeante tandis qu'il se rapprochait de l'intérieur de ses cuisses. Cette lente progression vers le cœur de son intimité la fit trembler d'impatience. Il la caressa du bout de sa langue.

N'en pouvant plus, elle se cabra sur le lit, s'offrant à lui.

— Je t'aime, cria-t-elle quand il la pénétra, avec une telle intensité qu'elle en eut les larmes aux yeux.

Même si son désir pour elle était évident, il bougea d'abord lentement, pour mieux la préparer à la montée du plaisir.

C'était ainsi qu'ils devaient être : si absorbés l'un dans l'autre qu'ils en oublient les sombres pensées qui les avaient hantés dans le passé. Peu à peu, ils approchèrent ensemble de l'orgasme, et leur cri résonna contre les murs de verre.

Lucas se moquait bien que le petit déjeuner soit froid. C'était le plus heureux qu'il ait pris depuis bien longtemps. Puis Freya et lui étaient restés dans les bras l'un de l'autre jusqu'à ce que ce soit l'heure des visites à l'hôpital. Naturellement, Scarlett avait la priorité sur leur vie amoureuse. Une fois qu'ils seraient de retour chez eux, ils auraient tout le temps de paresser au lit le matin, de faire l'amour et de réapprendre à se connaître.

L'hôtel leur envoya une voiture, et ils détachèrent à peine leurs doigts entremêlés pendant le trajet.

À présent que leurs barrières émotionnelles étaient tombées, il leur semblait qu'ils avaient du retard à rattraper. Ce n'était pas lui qui allait s'en plaindre. Il était resté trop longtemps sans elle et ne voulait plus perdre de temps. Si Freya était d'accord, il rapatrierait ses affaires dans la maison, là où il se sentait vraiment chez lui.

De retour à l'hôpital, Freya proposa d'aider Scarlett à s'habiller pour que ses parents fatigués puissent faire une pause et prendre un café. Lucas alla vérifier avec le personnel qu'elle avait bien eu ses médicaments et nota que toutes les observations étaient normales.

— Comment te sens-tu, jeune demoiselle ? demanda-t-il en entrant dans la chambre de Scarlett.

— J'ai envie de rentrer chez moi, répondit la petite fille, la mine boudeuse.

— On te ramène dès que possible, je te le promets.

Un rapide coup d'œil au tableau au pied de son lit le rassura : elle était prête à repartir.

Freya était en train d'aider Scarlett à enfiler ses vêtements. On aurait dit une mère poule s'affairant autour de ses poussins.

— Tu verras, dit-elle gaiement, quand tu pourras revenir ici avec tes propres enfants, tu vas vraiment t'amuser.

Ce fut comme si elle l'avait frappé avec un tisonnier chauffé au rouge.

Il s'était abandonné au bonheur de se retrouver avec elle sans prendre en considération les conséquences à long terme de ses actions. Ils avaient peut-être résolu les problèmes du passé, mais au bout du compte, cela ne changeait pas ce qu'ils étaient ni ce qu'ils voulaient de la vie. Et là, ils se situaient à des pôles opposés ! Freya était née pour être mère, alors qu'il ne voulait toujours pas courir le risque de suivre les traces de son père.

À cet instant, il sut que c'était la fin, et un sentiment de vide s'insinua en lui.

À n'en pas douter, l'instinct maternel faisait partie intégrante d'elle. En la voyant aider Scarlett à enfiler ses boots, il était facile de l'imaginer un jour avec sa propre fille. C'étaient son côté empathique et sa sollicitude qui avaient déverrouillé la chambre des secrets dans laquelle il s'était emprisonné si longtemps loin d'elle. Ça ne changerait pas. D'ailleurs, Freya n'avait pas à changer simplement parce qu'il avait refait irruption dans sa vie avec ses problèmes.

Même s'il l'aimait tant que cela lui faisait mal, il ne pourrait pas corriger l'erreur de base de leur mariage, celle qui était là avant sa maladie.

Sa thérapie avait pu l'aider à affronter ses cauchemars nocturnes, mais le problème de la parentalité durerait toujours. Il ne prendrait jamais le risque de faire souffrir un petit être humain. Freya, les enfants qu'elle n'aurait pas avec lui et lui-même se porteraient mieux si tout s'arrêtait ici.

Il savait combien la vie pouvait être insupportable sans elle. Mais il ne pouvait pas la condamner à vivre sans famille.

— Tu as beaucoup de chance parce que tu as passé une nuit supplémentaire en Laponie, et cela signifie que tu as droit à un autre cadeau du Père Noël, dit-il à Scarlett, s'efforçant d'oublier son cœur meurtri.

Il lui tendit un petit globe en plastique qu'elle secoua aussitôt pour voir tomber les flocons.

— On dirait le bonhomme de neige de l'aéroport ! s'exclama-t-elle, ravie.

— C'est très joli, Lucas, dit Freya, souriante.

Il l'avait acheté en pensant à elle — pour lui rappeler leur nuit ensemble — mais comment aurait-il la cruauté de le lui offrir maintenant, sachant que cela signifierait la fin de leur relation ?

De nouveau, il se sentait impuissant pour atténuer ce qu'il allait lui faire une deuxième fois. Leurs deux âmes perdues dans l'obscurité s'étaient brièvement retrouvées, mais il n'avait pas plus à lui offrir maintenant qu'un an plus tôt.

Freya serra son manteau contre elle pour se protéger du froid.

Ils avaient récupéré leurs bagages et dit au revoir à Scarlett et à ses parents, très soulagés d'être rentrés avec leur enfant. Et voilà qu'elle se retrouvait au milieu de l'aéroport avec son mari, sans savoir quelle voie ils allaient suivre ensuite.

Même s'ils avaient quitté depuis longtemps le cercle polaire arctique, l'atmosphère s'était beaucoup refroidie entre elle et Lucas depuis leur départ de l'hôpital, même s'ils avaient tout fait pour rester professionnels avec Scarlett et sa famille.

Au fond d'elle-même, Freya avait su que la magie ne durerait pas éternellement, mais elle avait espéré la sentir au moins jusqu'à la maison. Elle aurait pu croire que Lucas gardait une certaine distance à cause des parents de Scarlett, mais il ne cherchait plus son regard, et il n'avait pas reparlé de ce qu'ils feraient en tant que couple une fois de retour dans le monde réel. Il agissait exactement de la même manière que dans les derniers temps de leur relation. La tension dont elle croyait s'être débarrassée s'emparait de nouveau de son corps, et elle se retrouvait en mode défensif.

— Eh bien, il ne reste plus que nous…

En fait, cela faisait des heures qu'il n'y avait plus une seule trace de « nous ». L'aurore boréale avait dû ajouter une dimension magique à des retrouvailles qui n'en étaient pas vraiment. Ou bien Lucas avait finalement toujours peur de redevenir son mari.

Quelle que soit la raison de ce brusque changement en lui, cette fois, elle voulait être prête pour la chute.

— Par chance, nous sommes tous rentrés en un seul morceau, dit Lucas en balançant son sac à dos sur son épaule.

Il semblait sortir indemne de ce week-end, mais pour sa part, elle savait que son cœur était de nouveau touché.

Il jeta un coup d'œil vers la sortie, et elle comprit qu'il allait partir.

Au moins, la dernière fois qu'il avait fui, il avait eu des raisons. Cette fois, elle n'était pas prête à rester là sans rien dire.

— Vraiment ? Ou bien sommes-nous redevenus deux morceaux différents allant chacun de son côté ? rétorqua-t-elle en s'efforçant de ne pas élever la voix.

Elle avait été une épouse abandonnée et avait survécu. Il n'y avait pas de raison pour qu'elle ne se remette pas d'une brève aventure — si c'était ce qu'il en avait pensé. Mais il fallait qu'elle sache. Il n'était pas question qu'elle passe sa vie à attendre qu'il décide ce qu'il voulait faire.

— Freya… La nuit dernière et ce matin, ce… C'était une erreur.

— On peut dire que tu as le chic pour faire sentir à une fille qu'elle est spéciale, marmonna-t-elle en voyant son dernier espoir s'envoler avec ces quelques mots.

Vus à travers ses lunettes teintées de rose, ces moments avaient été passionnés, pleins d'émotion et de toutes sortes de choses positives qu'une femme aime voir dans une nuit passée avec l'homme qu'elle aime. Une erreur, cela impliquait des remords et des regrets, et d'autres connotations négatives qu'elle ne voulait pas qu'il lui associe.

Il poussa un soupir, et elle attendit la suite avec appréhension.

— C'était fantastique, mais qu'est-ce que ça change réellement entre nous ? Nous continuons de vouloir des choses différentes. Pour toi, cela inclut forcément une famille, et je ne peux pas te l'offrir. Cela ne sert à rien de faire comme si ça allait marcher… En fait, on ferait mieux de divorcer, pour pouvoir tous les deux continuer à avancer.

Avec amertume, elle pensa à la prochaine femme qui partagerait son lit.

Elle avait voulu qu'il lui dise la vérité, et il la lui avait dite. Malheureusement, ce n'était pas celle qu'elle avait envie d'entendre.

— Tu ne crois pas que c'est le genre de discussion qu'il faudrait avoir en privé ?

Il était vrai que son désir d'avoir un autre bébé avait probablement dominé les premiers temps de leur mariage, mais c'était avant leur séparation, et avant que Lucas lui parle enfin. Elle ne mettrait pas un bébé au monde si elle n'était pas certaine que la relation avec le père soit solide, et ce qu'il venait de se passer prouvait qu'ils en étaient loin.

— Le fait d'être avec toi ce week-end et de te parler m'a vraiment aidé, poursuivit-il. Mais je pense qu'il est trop tard pour nous.

Il voulut poser les mains sur ses épaules, mais elle s'écarta vivement.

Pas question qu'il la touche maintenant ! Pas s'il avait sérieusement l'intention de rejeter tout ce qu'ils avaient partagé comme s'il s'agissait d'une banale rencontre parmi des milliers d'autres.

— Eh bien, je suis heureuse d'avoir pu te faire du bien et de te permettre de continuer de ton côté…

Si Lucas estimait qu'il n'y avait rien à sauver dans leur mariage, elle n'allait pas le supplier de changer d'avis. La dernière fois qu'il l'avait rejetée, elle avait eu besoin de temps pour retrouver sa dignité, mais elle avait montré qu'elle était suffisamment forte pour continuer sans lui. Elle connaissait un nouveau revers, mais elle rebondirait encore.

— Je suis désolé, Freya. J'ai toujours voulu agir au mieux pour toi.

Elle n'avait pas envie de l'entendre débiter des platitudes. Soudain, elle sentit la moutarde lui monter au nez.

Saisissant son sac, elle lui tourna le dos.

— N'oublie pas de m'envoyer les papiers du divorce. Je pense que tu connais l'adresse.

Elle se dirigea vers la sortie d'un pas ferme.

Et voilà, clap de fin sur Lucas Brodie et leur mariage malheureux. Elle avait appris une autre leçon douloureuse : ne laisser personne s'approcher trop près si l'on ne veut pas encore souffrir.

Une fois dehors, elle essuya ses larmes d'un geste rageur.

Heureusement pour elle, elle avait la peau plus épaisse depuis la dernière fois.

7.

Freya mouilla plusieurs mouchoirs en papier sous le robinet et tamponna son cou et son visage rougi.

Ce ne serait pas très professionnel de retourner dans la salle avec cette tête après avoir fait semblant d'aller bien pendant près de deux mois.

Elle sortit sa trousse de maquillage pour tenter de dissimuler la rougeur autour de ses yeux et découvrit le regard d'une étrangère dans le miroir de la salle de bains.

Depuis la Laponie avec Lucas, elle ne se reconnaissait plus. Elle avait clairement sous-estimé l'impact qu'avait eu sur elle le fait de le revoir. Après son expérience précédente, elle n'aurait jamais dû s'emballer aussi vite. Lucas l'avait laissée avec encore plus de bagages à gérer que la fois précédente.

Comme des chants de Noël lui parvenaient faiblement depuis la salle, elle se remit à pleurer.

Tout le monde autour d'elle se préparait à fêter Noël, ce qui ne faisait que lui rappeler qu'elle allait encore être laissée seule et le cœur brisé pendant cette période.

Une fois la crise passée, elle sortit dans le couloir, où elle trouva Gillian qui l'attendait, appuyée contre le mur, les bras croisés.

— Il ne mérite vraiment plus tes larmes !

— Essaye de trouver quelque chose que je ne sache pas déjà, rétorqua-t-elle en avançant dans le couloir orné de guirlandes qu'elle avait envie d'arracher.

Il était inutile de la sermonner maintenant que les dommages étaient faits.

— Je parle sérieusement. Tu ne peux pas le laisser encore

t'atteindre alors que tu avais fait de réels progrès. J'ai cru que vous aviez fini par vous entendre quand nous étions là-bas. Qu'est-ce qu'il a bien pu se passer après notre départ pour que je te retrouve dans cet état ?

— Apparemment, rien de très important pour lui.

Elle n'avait parlé à personne de sa nuit avec Lucas, espérant naïvement que ça l'aiderait à oublier plus facilement. Quelle erreur !

Gillian la dépassa et vint se planter devant elle pour l'obliger à s'arrêter.

— Si seulement je le tenais ! Ce n'est pas possible, il a dû te promettre quelque chose qu'il n'a pas fait pour que tu sois si bouleversée une seconde fois !

Après réflexion, la seule promesse que Lucas lui ait faite avait été d'être honnête et de ne plus repartir sans explication. Il avait tenu parole, bien que d'une manière un peu brutale : il ne voulait pas qu'ils aient une famille ensemble. Fin de l'histoire.

— Il ne m'a rien promis. Je n'ai à m'en prendre qu'à moi-même.

— Tu ne peux pas passer tes journées à pleurer dans les toilettes des dames, tu vas finir par tomber malade ! Ne crois pas que je n'aie rien remarqué. Tu n'as presque pas mangé ces derniers jours.

Voilà maintenant que Gillian se prenait pour sa mère ! Heureusement, ses parents étaient trop loin pour avoir remarqué quoi que ce soit, sinon ils l'auraient rapatriée chez eux et nourrie de force.

Dans quelques mois, son ventre de plus en plus rond et le fait qu'elle soit toujours seule feraient bien assez tôt comprendre à tout le monde ce qu'il s'était passé. Elle ne voulait surtout pas attirer l'attention là-dessus.

— Je n'avais pas beaucoup d'appétit ces derniers temps mais je vais bien, ne t'inquiète pas.

— Et si tu allais voir un des médecins, afin qu'il te donne quelque chose pour te remonter le moral ?

— Mon moral n'est pas en cause, Gillian. Je vais juste

retourner travailler, car ma pause est finie, et nous avons une salle d'attente pleine de monde.

Il y avait assez de drames au quotidien dans les couloirs des urgences pour ne pas y ajouter le sien. Les médicaments ne changeraient rien à son problème.

— Veux-tu arrêter de t'entêter et me permettre de t'aider, s'il te plaît ? Ne laisse pas cet homme ruiner de nouveau ta vie.

Gillian paraissait si inquiète qu'elle finit par craquer. Elle avait tenté de s'en sortir toute seule avec un succès restreint, et cela allait devenir de plus en plus dur. Une amie était juste ce qu'il lui fallait, à présent.

L'ironie du sort faisait que Lucas avait rendu sa vie digne d'être vécue après l'avoir quittée en lui faisant le plus précieux des cadeaux.

Instinctivement, ses mains se posèrent sur son ventre pour protéger la petite vie qui poussait à l'intérieur.

Le destin avait voulu qu'ils se retrouvent cette nuit-là, et l'absence de contraception avait fait le reste. Au début, elle avait pensé que les nausées et l'instabilité émotionnelle venaient du rejet de Lucas, mais elle était infirmière et elle n'avait pas tardé à comprendre…

De même que Gillian, quand celle-ci surprit son geste.

Elle poussa une exclamation, mais Freya mit un doigt sur ses lèvres et l'entraîna derrière l'arbre de Noël géant et la pile de cadeaux multicolores, jusqu'à la pièce de triage.

— Tu es enceinte ? murmura Gillian, les yeux écarquillés.

Saisissant Freya par les deux bras, elle se mit à la secouer frénétiquement.

— Si tu continues, je vais encore vomir, dit-elle, ne pouvant s'empêcher de sourire.

Elle avait eu du mal à garder la nouvelle pour elle. Maintenant qu'elle avait une confidente, elle allait pouvoir apprécier un peu plus sa grossesse.

Ce bébé n'avait pas des débuts faciles, entre un père absent qui avait clairement fait comprendre que la famille ne faisait pas partie de ses projets, et une mère éplorée qui regrettait son amour perdu. De tout cela allait naître une grande source de joie pendant l'été.

— Désolée. Oh ! viens ici !

Son amie l'étreignit, et Freya se détendit enfin. En lui faisant cette confidence, elle s'était soulagée d'une partie de son stress.

— Je n'arrive pas à croire que je vais être mère…

Curieusement, le fait d'en parler à Gillian rendait sa grossesse plus réelle que les nausées ou la demi-douzaine de tests qu'elle avait effectués pour confirmer ses soupçons.

— Tante Gillian sera là pour les échographies, les rendez-vous et chaque fois que tu auras besoin que je te tienne la main… si tu veux bien.

— Bien sûr que je veux ! répondit-elle, émue, en serrant son amie plus fort.

Son bébé et elle allaient avoir besoin de toute l'aide possible. Les étapes excitantes de la grossesse lui sembleraient un peu moins intimidantes en tant que mère célibataire si elle avait quelqu'un à ses côtés pour s'intéresser au petit être qui grandissait en elle.

— Et Lucas ?

À ce nom, elle laissa retomber ses bras.

— Quoi, Lucas ?

En dehors de son évidente participation à la conception, son ex-mari n'avait rien à voir avec ce bébé. Elle ignorait comment elle allait s'en sortir sur les plans matériel et émotionnel en étant seule parente, mais la non-participation de Lucas était au moins une chose dont elle était sûre.

Il le lui avait confirmé sur une carte postale reçue de Laponie quelques jours après leur retour. Elle la relisait dans les moments de doute où elle se demandait si elle faisait bien de le tenir à l'écart. Il avait dû la poster le matin où ils avaient visité le bureau de poste, avant de passer la nuit ensemble.

Je ne pourrai jamais être l'homme dont tu as besoin pour la vie que tu souhaites.

Il aurait mieux valu qu'il lui dise cela avant qu'ils couchent de nouveau ensemble — ou avant qu'ils se marient ! L'avertissement était venu trop tard.

— Il a le droit de savoir.

Le ton de Gillian s'était radouci, probablement parce qu'elle savait qu'elle s'engageait sur un terrain dangereux.

— Il n'a aucun droit. D'ailleurs, il veut divorcer.

Ce simple mot était difficile à prononcer. Il faisait mal. C'était la confirmation légale que son mari ne voulait plus d'elle et qu'elle avait échoué en tant qu'épouse.

— Il a vraiment dit ça ?

— Oui, il l'a dit. Alors, si tu imagines qu'une grossesse surprise va arranger les choses, tu peux t'ôter tout de suite cette idée de la tête.

Cette grossesse était devenue *sa* responsabilité dès que les deux petits traits étaient apparus sur le test.

La dernière fois qu'elle avait vu Lucas, sa position avait été très claire. Il ne voulait pas qu'elle fasse partie de sa vie. Or un bébé les lierait irrévocablement. Aucun des deux ne voulait cela. Et s'il la surprenait en insistant pour accomplir son devoir envers un enfant qu'il ne voulait pas, ça l'anéantirait de le voir régulièrement.

Leur relation avait pris fin près d'un an auparavant. Elle avait fini par se convaincre que cette nuit avait été une aberration — le résultat du tumulte émotionnel qu'ils avaient éprouvé en se revoyant. C'était bien une erreur. Lucas avait dû penser qu'elle prenait la pilule puisqu'elle ne lui avait rien dit et, si elle ne s'était pas autant apitoyée sur elle-même à son retour, elle aurait pu prendre quelque chose à temps en prévention.

Sauf que… elle ne regrettait pas du tout d'être enceinte.

Elle caressa doucement son ventre, heureuse de cette bénédiction. Ce serait probablement sa seule occasion d'être mère après avoir renoncé définitivement aux hommes. Elle voulait jouir de chaque seconde de sa grossesse.

— Bon, d'accord. Je suppose que tu n'éprouves plus du tout d'amour pour cet homme après ce qu'il t'a fait, mais je suis ton amie, et c'était mon rôle de te questionner. À partir de maintenant, je ne dirai plus un mot sur lui.

Gillian fit le geste de se sceller les lèvres, et Freya sourit — ce qui était devenu rare depuis les adieux de l'aéroport.

Après des semaines à se morfondre, ce bébé l'avait sauvée en l'empêchant de sombrer dans le désespoir. Elle avait maintenant un autre centre d'intérêt que son cœur brisé — elle avait un avenir devant elle.

— Merci. À présent, puis-je aller travailler ? Je ne peux pas me permettre de me faire virer.

Chaque penny comptait, maintenant qu'elle allait se retrouver mère célibataire, et elle se demandait combien de temps elle allait pouvoir travailler.

À cet instant, son estomac se contracta, et elle eut une crampe qui lui coupa la respiration.

— Est-ce que ça va ? Tu veux t'asseoir ?

Mais la douleur avait disparu aussi vite qu'elle était arrivée.

— Cette grossesse va paraître très longue, si tu commences déjà à t'inquiéter pour un oui ou un non, grommela-t-elle.

Les nausées et les vomissements faisaient partie du quotidien des débuts de grossesse, et elle ne voulait pas se stresser constamment avec la crainte de perdre un autre bébé.

— Tu as raison, dit Gillian, en l'étreignant de nouveau pour lui signifier son soutien.

Freya retourna travailler avec un meilleur moral.

Pour la première fois depuis qu'elle avait découvert son petit souvenir de Laponie, elle ne se sentait plus seule. Maintenant que son secret était partagé, elle pouvait se préparer aux mois à venir et commencer à planifier sa nouvelle vie excitante de future maman célibataire.

Lucas apprit que Sam, un des enfants du voyage en Laponie, avait été admis aux urgences de Princes Street durant la nuit après une sérieuse crise d'asthme. Même si cet enfant n'était pas un de ses patients, il décida de passer le voir pendant son après-midi de congé pour s'assurer qu'il allait bien.

Il était resté en contact avec la plupart des familles depuis le fameux week-end, soucieux de suivre les progrès des enfants après avoir créé des liens avec eux… Ce qui ne manquait pas de sel de la part de quelqu'un qui avait si peur de fonder sa propre famille.

Ce voyage avec Freya lui avait révélé ce qui manquait dans sa vie, mais devant la force de leurs sentiments inchangés, il avait paniqué et s'était de nouveau enfui. Freya et lui avaient formé une bonne équipe pour s'occuper des filles et ils s'étaient bien amusés ensemble. Il n'y avait donc aucune certitude qu'il devienne un jour comme son père, mais il avait une fois de plus laissé le passé et ses peurs prendre le dessus. Il avait trahi la confiance de Freya et avait tout fait pour qu'il lui soit impossible de lui pardonner.

Ces dernières semaines, la vie lui avait semblé plus vide que jamais, et il savait qu'il avait commis une erreur en gâchant la seconde chance qu'elle lui avait donnée.

Cette fois, il avait probablement perdu Freya pour de bon.

Cela ne l'empêchait pas de traîner dans la partie de l'hôpital où elle travaillait pour tenter de l'apercevoir. C'était lui qui avait éliminé toute possibilité qu'ils renouent. S'il avait été réellement persuadé qu'ils n'étaient pas faits l'un pour l'autre, il n'aurait pas éprouvé le besoin irrépressible de la chercher.

Il obtint satisfaction après avoir rendu visite à Sam dans la salle principale : ils se retrouvèrent face à face dans l'escalier.

— Je, euh… J'ai entendu dire que Sam avait été admis et je suis passé voir comment il allait.

Il avait eu beau s'attendre à cette rencontre, il avait du mal à parler.

— C'est très gentil, répondit froidement Freya. Je voulais moi-même aller le voir, mais à la réflexion je passerai plus tard.

Elle pivota sur ses talons et s'éloigna, comme si elle craignait de respirer le même air que lui.

Cette réaction hostile n'était pas une surprise. Chaque fois qu'il se rappelait la façon dont ils s'étaient quittés à l'aéroport, il avait envie de se donner des claques. Il était tout à fait naturel que Freya n'ait aucune envie de le voir. Il avait suffi d'une nuit en dehors de sa zone de confort pour que les barrières qu'il avait eu tant de mal à faire tomber se redressent, plus solides que jamais. Tout ça parce qu'il ne parvenait pas à se débarrasser de ce doute que son père avait ancré en lui.

— Comment vas-tu ? demanda-t-il en rattrapant Freya.

En fait, il trouvait qu'elle n'avait pas l'air bien. Les cernes sous ses yeux et la pâleur de son teint indiquaient que quelque chose n'allait pas. Il sentait chez elle une lassitude qui faisait écho à la sienne, après toutes ces nuits sans sommeil.

Elle s'arrêta et le toisa en fronçant les sourcils, comme si elle doutait que sa santé l'intéresse vraiment.

C'était encore plus dur que si elle l'avait giflé.

Il s'inquiétait toujours d'elle, c'était justement pour ça qu'il avait tout arrêté. La nuit qu'ils avaient passée ensemble leur avait donné à tous deux de faux espoirs et causé encore plus de dommages qu'auparavant. En lui faisant l'amour puis en reculant, il n'avait fait que la blesser encore plus. Rien d'étonnant à ce qu'elle puisse à peine supporter de le regarder.

— Je vais bien, répondit-elle, laconique.

Il dut faire un gros effort sur lui-même pour ne pas tendre la main vers elle.

— Je ne suis pas là pour me disputer, Freya. Je voudrais juste m'assurer que tu es en forme.

— Ce n'est pas la peine, persista-t-elle en se remettant à marcher.

Devant son refus évident de le voir ou de lui parler, il aurait dû faire demi-tour et tirer le rideau sur elle, mais il ne pouvait pas s'y résoudre. Elle descendit rapidement l'escalier, le menton levé, avec le même air d'être sur la défensive que la première fois qu'ils s'étaient revus. Celui qui disait : « Je n'ai plus confiance. »

Au moment où elle atteignait la porte, il la vit trébucher et se plier en deux en portant les mains à son estomac, avant de s'appuyer contre le mur.

— Freya ?

Il dévala l'escalier en trombe et passa la main autour de sa taille pour l'aider à se redresser.

— Ne me touche pas, haleta-t-elle en repoussant sa main.

— Cesse de t'entêter et laisse-moi t'aider.

Il avait peut-être échoué en tant qu'époux, mais il était aussi médecin, et elle avait besoin d'une assistance médicale.

— Je peux me débrouiller toute seule. Je n'ai pas besoin… de toi.

Comme elle fondait en larmes, il sentit de nouveau la culpabilité l'envahir.

— Je sais que tu n'as pas besoin de moi. Tu es la personne la plus forte que je connaisse. Mais laisse-moi au moins t'emmener voir quelqu'un.

Il lui avait tourné le dos deux fois. Pourquoi aurait-elle dû lui raconter sa vie sous prétexte que leurs chemins s'étaient croisés ?

Elle émit un grognement ironique comme si elle doutait qu'il la connaisse vraiment, mais ce simple effort la fit flageoler sur ses jambes, et elle poussa un cri.

Or Freya n'était pas le genre de femme à montrer sa faiblesse en public, et certainement pas au travail. Quelque chose n'allait pas du tout chez elle. Il n'allait pas courir de risques.

— Qu'est-ce que tu fais ? s'exclama-t-elle alors qu'il la soulevait dans ses bras comme une plume.

— Ce sera plus rapide que d'attendre que toi et ta fierté décidiez de vous rendre aux urgences.

— Arrête, tu vas nous ridiculiser !

Mais en même temps qu'elle protestait, son visage se tordit de douleur, lui confirmant qu'il faisait ce qu'il fallait.

Il disparaîtrait une fois qu'elle aurait obtenu l'aide nécessaire, si c'était ce qu'elle voulait. Mais en aucune façon il ne la laisserait souffrir ici toute seule. Pas cette fois.

— Je suis sûr qu'ici, on voit des maris portant leur femme malade tous les jours de la semaine.

À un détail près : Freya était en uniforme. Mais ce qui importait, c'était de trouver ce qui n'allait pas chez elle et de la guérir.

— Tu n'es plus mon mari. Tu as été très clair là-dessus. Alors, s'il te plaît, laisse-moi régler ça moi-même, dit-elle en élevant la voix.

En constatant qu'elle le détestait au point de préférer souffrir plutôt que d'accepter son aide, il mesurait l'étendue du dommage qu'il avait causé. Cette nuit dans l'igloo ne lui avait manifestement pas laissé les bons souvenirs qu'il espérait. Comme elle continuait de lui résister, il n'eut pas d'autre choix que de la remettre sur ses pieds avant que quelqu'un les voie et le dénonce pour kidnapping.

Comme ils étaient presque arrivés, il insista pour l'accompagner le temps de trouver quelqu'un.

— Pouvons-nous obtenir de l'aide, s'il vous plaît ? cria-t-il au personnel rassemblé dans le poste des infirmières, tout en conduisant Freya dans le premier box disponible.

La douleur aiguë dans la région abdominale pouvait être d'origines diverses — de l'appendicite à l'ulcère dû au stress causé par un ex-mari insensible. Dans tous les cas, Freya aurait besoin d'un traitement urgent et ne l'accepterait probablement pas de lui.

Il l'aida à s'allonger sur le lit tandis qu'elle continuait de pleurer en se tenant le côté.

C'est alors qu'il vit la tache rouge en plein milieu du drap qui recouvrait le lit.

Ce sentiment d'impuissance, il ne l'avait plus éprouvé depuis sa dépression. Il voulait tout arranger pour elle, mais il ne savait pas comment, tant que les examens n'auraient pas été faits pour trouver le problème. Elle ne voulait même pas le laisser la réconforter — la seule chose qu'il aurait pu faire pour sa femme.

— Lucas ?

La voix de Freya tremblait. Cette fois, elle lui tendait la main.

Il s'empressa de la prendre.

— Tout va bien se passer, Freya.

Il lui serra la main pour la rassurer — et lui aussi par la même occasion. C'était seulement maintenant qu'il craignait que quelque chose ne lui arrive qu'il se rendait compte de quel idiot il avait été de ne pas savourer chaque seconde passée avec elle.

— S'il te plaît, sauve mon bébé.

Ces quelques mots le touchèrent en plein cœur.

Freya était enceinte ?

Il ravala une soudaine nausée et ne pensa qu'à la réconforter, tandis que son cerveau prenait la mesure de ce qu'il venait d'entendre.

— Tu es au meilleur endroit possible pour être aidée, et je vais rester avec toi.

Il s'écarta pour faire de la place à l'équipe qui s'occupait d'elle, son rôle consistant surtout à être pour elle un soutien moral. S'il s'agissait d'une fausse couche, il n'y avait pas grand-chose d'autre à faire que de la calmer et de s'assurer qu'elle se repose.

— À quel stade de la grossesse êtes-vous, Freya ? demanda l'infirmière en chef en prenant sa tension, son pouls et sa température, avant de demander des examens de sang et d'urine.

— Environ huit semaines.

Après un rapide calcul, il faillit se laisser tomber sur le lit à côté d'elle.

À moins qu'elle ait fréquenté quelqu'un d'autre juste avant ou après leur nuit ensemble, ce qui l'étonnerait beaucoup, ce bébé était le sien ! Et comme il n'avait pas du tout pensé à la contraception en retrouvant sa femme en Laponie…

— Je ne veux pas le perdre, gémit Freya entre deux sanglots. Je ne supporterai pas de revivre ça.

À peine venait-il d'apprendre qu'il était père que le destin semblait vouloir le priver de ce statut. De plus, il découvrait que Freya avait déjà connu l'épreuve d'une fausse couche !

Pas étonnant qu'elle le déteste, s'il était aussi à l'origine de la première.

— Ils vont juste prélever des échantillons de sang, dit-il d'un ton rassurant. Je sais que c'est difficile, mais essaie de te détendre.

Si seulement il avait le pouvoir de la délivrer de sa douleur et de ses craintes ! Il ne pouvait pas lui en vouloir de ne pas lui avoir parlé de ses grossesses alors qu'il avait été si fortement opposé à l'idée d'une famille quand ils étaient ensemble.

Il imagina le petit être produit par leur ADN à tous deux, avec les grands yeux de Freya et son sourire chaleureux, et il ne put s'empêcher de l'aimer d'avance.

Même si sa paternité n'avait pas été souhaitée ni planifiée, ce bébé était un peu de lui. Avant qu'il ne mette fin à sa relation avec Freya, le destin s'en était mêlé et avait pris pour lui la décision d'être père. Désormais, elle et lui étaient liés pour le restant de leurs jours. À présent, ils devaient supporter une longue attente avant de savoir si la grossesse était toujours viable.

Freya entoura son ventre de ses bras en priant pour que son bébé soit sauf tandis qu'elle était emmenée en chariot dans le service des prématurés.

Depuis qu'elle lui avait balancé la nouvelle du bébé, Lucas aurait dû avoir un millier de questions à lui poser — notamment pour avoir la confirmation qu'il était le père — mais il était resté calme, lui apportant son soutien. C'était lui qui avait accéléré les choses pour qu'on lui fasse une échographie le plus vite possible afin de la rassurer. Depuis qu'elle avait eu ces crampes, il ne lui avait pratiquement pas lâché la main, et elle n'avait pas envie qu'il le fasse.

Même s'ils s'étaient séparés dans de mauvaises conditions, il n'y avait que lui qu'elle voulait auprès d'elle, parce qu'elle l'aimait toujours et que, en dépit de toutes ses protestations passées à l'idée d'être père, elle avait vu sur son visage son inquiétude pour leur enfant.

Les larmes coulèrent sur ses joues quand elle se rappela la dernière fois qu'elle avait été transportée sur un chariot pour découvrir le malheureux sort de son bébé.

Après la terrible découverte de sa fausse couche à l'échographie, on lui avait expliqué ce qu'il arriverait à son corps pendant les semaines suivantes, une fois que la nature reprendrait ses droits, mais personne ne l'avait avertie qu'elle risquait de pleurer longtemps l'enfant qu'elle n'avait jamais serré contre elle. Il lui avait fallu du temps pour ne plus détester les gens qui lui disaient qu'elle était jeune et qu'elle pourrait avoir d'autres enfants, croyant la consoler.

Comme si un être qu'on aime pouvait être aussi facilement remplacé qu'une brique de lait en carton !

Elle avait dû aussi faire des efforts pour cesser d'éprouver un sentiment de jalousie et d'injustice chaque fois que quelqu'un mettait au monde un bébé en pleine santé.

Non, elle ne supporterait pas de perdre son bébé une seconde fois, alors que devenir mère était la seule chose qui la faisait avancer depuis qu'elle et Lucas étaient séparés.

Les crampes et les saignements s'étaient arrêtés, mais cette attente interminable pour l'échographie était un enfer. Elle savait déjà à quoi s'attendre si le pire arrivait — visages attristés, mots de consolation et retour chez elle sans son bébé.

Lucas posa sa main sur les siennes.

— Détends-toi. Tous les résultats des examens sont bons.

— Je sais, mais je ne veux pas entrer dans cette pièce avec de faux espoirs, si c'est pour me retrouver face au technicien qui va m'annoncer que quelque chose ne va pas.

Elle n'oublierait jamais ce sentiment d'horreur lorsque le technicien, mal à l'aise, lui avait appris que le petit cœur ne battait plus. Qu'il n'y aurait pas de bébé.

— Veux-tu que je vienne avec toi ? proposa Lucas.

Elle le regarda un instant sans répondre.

— Et toi ?

— Bien sûr. C'est mon bébé, non ? dit-il, l'air un peu hésitant, comme s'il n'était pas encore habitué à son nouveau rôle.

— En effet. Désolée de ne pas t'en avoir parlé, mais après avoir reçu ta carte…

Lucas fronça les sourcils, puis il parut se rappeler à quoi elle faisait allusion.

— Oh. J'avais essayé d'être honnête avec toi, mais selon mon habitude, je n'ai fait qu'aggraver la situation.

— Tu le pensais vraiment ?

Elle avait beaucoup de choses à lui raconter concernant ses deux grossesses qu'elle avait tenues secrètes, mais c'était inutile si ça ne signifiait rien pour lui. Il devait décider une fois pour toutes s'il la soutenait ou non dans sa grossesse.

— Oui… À l'époque.

— Et maintenant ?

— Je ne veux pas vous perdre, ni l'un ni l'autre.

Lucas venait d'être frappé par cette évidence en contemplant la femme qu'il aimait et en pensant au bébé qu'ils avaient conçu. Il ne lui restait plus qu'à prier pour qu'il ne soit pas trop tard.

Avec l'arrivée du technicien, leur inquiétude se focalisa sur un seul endroit.

La pièce était plongée dans un silence impressionnant. Instinctivement, tous deux retinrent leur respiration pour mieux entendre les battements de cœur et s'assurer que le bébé allait bien.

— Nous y voilà… À ce stade, le développement de l'embryon est normal, et le cœur fonctionne parfaitement.

En ayant la confirmation que Freya était toujours enceinte, il fut envahi d'un immense sentiment de soulagement et de reconnaissance, pour la chance qui lui était donnée d'être le père de ce bébé.

— Merci, dit-il d'une voix enrouée par l'émotion.

Freya sanglotait doucement. Même si elle ne pouvait plus lui faire confiance, elle avait besoin de quelqu'un à ses côtés pour la soutenir pendant sa grossesse.

La prenant dans ses bras, il la serra contre sa poitrine et lui caressa les cheveux.

— La journée a été longue et stressante, Freya. Le mieux est de rentrer et de prendre beaucoup de repos.

Le technicien était du même avis que le département des urgences : il fallait qu'elle lève le pied s'ils ne voulaient pas courir le risque que quelque chose tourne mal.

— Je vais essayer, promit-elle en s'écartant.

— Tu vas faire plus qu'essayer, et je vais m'en assurer.

Pas question qu'il se retrouve mis à l'écart au moment où elle allait avoir le plus besoin de lui. Les battements de cœur obstinés du bébé avaient eu raison de sa peur de devenir père. À présent, il se concentrerait sur la seule chose qui comptait : la sécurité de sa famille naissante.

— Oh ? Et comment as-tu l'intention de faire ? demanda Freya.

— Facile. Je reviens à la maison jusqu'à ce que tu aies le bébé.

8.

Alors qu'ils sortaient de l'hôpital, Freya s'efforçait de rester calme en pensant au bébé, mais Lucas ne lui facilitait pas les choses avec son plan ridicule. Elle savait qu'il avait parlé ainsi parce qu'il se sentait coupable. La seule raison pour laquelle elle l'avait laissé dire, c'était pour rentrer plus vite chez elle se reposer. Entamer une dispute à ce moment n'aurait servi à rien, sinon à faire monter sa tension.

Son désir le plus cher était que Lucas revienne et qu'il élève le bébé avec elle, mais pas par sens du devoir.

La journée avait été particulièrement chargée en émotions de toutes sortes, sans parler de l'immense soulagement d'être toujours une future mère. À présent, elle était rompue de fatigue. Elle n'avait plus qu'une envie : gagner son lit en remerciant sa bonne étoile.

Lorsqu'ils arrivèrent devant la maison, elle prit une profonde inspiration et compta jusqu'à dix.

— Merci de m'avoir reconduite.

— Je te l'ai dit, tu n'as pas à vivre ça toute seule.

Elle ne décelait toujours aucun attachement émotionnel derrière son sens du devoir. Et même si cela avait été le cas, elle aurait du mal à le croire de nouveau.

Le temps qu'elle sorte de la voiture, Lucas avait déjà ouvert la porte d'entrée. Il jeta ses clés sur la console de l'entrée comme il l'avait toujours fait, si naturellement qu'un observateur extérieur aurait juré qu'il n'était jamais parti.

Elle avait oublié qu'il avait toujours une clé. Dans les premiers temps de son absence, elle n'avait pas voulu changer les serrures dans le naïf espoir qu'il reviendrait un jour. Et maintenant, à le voir entrer avec décontraction, on aurait pu croire qu'il ne s'était rien passé. Pourtant, si elle avait empilé les quantités de mouchoirs dans lesquels elle avait pleuré, ils raconteraient une tout autre histoire. Mais ça faisait longtemps qu'elle s'était ressaisie et qu'elle n'attendait plus après lui. Elle n'était pas en état de se disputer, mais elle ne pouvait pas le laisser dire ça.

— Je *vis* ici toute seule, répliqua-t-elle en passant devant lui. Et depuis un certain temps, au cas où tu l'aurais oublié !

Lucas hocha la tête.

— On ne peut pas changer le passé, mais je serai là pour toi et le bébé, si tu veux bien. Aucun ne nous deux n'avait prévu cela, mais tu dois ralentir la cadence, et moi, je cherche un endroit où m'installer.

Maintenant que la peur de perdre le bébé était passée, elle devait se verrouiller sur le plan émotionnel. Elle n'avait pas besoin de stress dans sa vie, et ça incluait sa relation avec un ex qui n'avait jamais voulu devenir père. À quoi bon laisser Lucas se rapprocher de nouveau, pour qu'il se rende compte ensuite que cette vie n'était pas pour lui ? Et la prochaine fois, il ne s'agirait pas que d'elle…

— Ce serait peut-être pratique pour toi, mais pas pour moi, merci. Je m'en sors très bien. Cela ne doit t'affecter en aucune façon.

Lucas tapota les coussins du canapé et la guida jusqu'au siège comme il l'aurait fait avec une personne âgée dans une maison de retraite.

— Je peux difficilement être plus affecté, puisque je vais être père.

— Tu n'as pas besoin de l'être ! Je suis tout à fait prête à me débrouiller seule. Il te suffit de t'en aller et de tout oublier. D'ailleurs, tu fais ça très bien…

Au lieu de profiter de cette pique pour battre en retraite en claquant la porte derrière lui — ce qu'elle avait presque espéré qu'il ferait —, Lucas s'assit à côté d'elle.

— Je sais que je ne me suis pas bien comporté envers toi,

mais je tiens à réparer mes torts. Je pourrai t'emmener à tes rendez-vous, t'aider à préparer la maison pour l'arrivée du petit, à payer les factures et à faire tout ce qu'un partenaire est censé faire.

Excepté l'aimer, songea-t-elle amèrement. Apparemment, c'était quelque chose qu'il ne pouvait pas se forcer à faire. Elle ne voulait pas de cet arrangement. Ce serait trop douloureux de ne l'avoir dans sa vie qu'en tant que père de son bébé.

— Je peux très bien faire toutes ces choses seule.

Ce ne serait pas facile, mais elle s'en sortirait. La vie lui avait appris qu'il ne fallait compter que sur soi-même.

— Cette maison est encore à moitié à moi, Freya. Je pourrais me contenter de m'y réinstaller, mais je souhaite que l'on fonctionne ensemble, comme une équipe. Écoute… si c'est ce que tu veux, je repartirai une fois que le bébé sera là, en sécurité. Mais laisse-moi t'aider.

À bout de forces, elle poussa un soupir.

Elle pourrait lui opposer un argument légal puisqu'il avait abandonné le domicile conjugal, mais elle savait qu'elle ne tarderait pas à craquer. À la fois parce qu'elle le trouvait adorable dans son entêtement et parce que, tout au fond d'elle, c'était ce qu'elle voulait. Seulement, s'ils devaient se retrouver sous le même toit, elle avait besoin de se protéger émotionnellement. Il fallait que les limites soient clairement posées, afin qu'ils ne répètent pas les erreurs passées et qu'elle épargne ce qu'il restait de son pauvre cœur.

— Je suis fatiguée et inquiète, Lucas. Si j'accepte, c'est uniquement pour le bébé. Tu ne dois pas interférer dans ma vie. Disons que tu dois accepter un rôle de soutien plutôt que de meneur.

— Ça me va, répondit Lucas.

Après tout, ce n'était pas vraiment elle qu'il se sentait obligé de protéger. Si ç'avait été le cas, il serait revenu depuis longtemps.

Elle sentit les larmes lui monter aux yeux.

— Tu sais où se trouve la chambre d'amis.

Désormais, il était comme un locataire. Mieux valait qu'elle le voie ainsi. Pour commencer, elle retirerait toutes ses affaires de la chambre à coucher qu'ils avaient partagée. Ses chemises pendaient toujours dans le placard, pour la même raison qu'elle n'avait jamais changé les serrures. Mais elle ne s'était pas attendue à ce genre de retour « obligé ». Quant à elle, elle se sentait plus seule et malheureuse que jamais.

Le plateau en équilibre sur une main, Lucas frappa à la porte de Freya.

— Je t'ai préparé une soupe de légumes et du pain croustillant. Il y a même du gâteau au chocolat pour le dessert !

Elle était si vulnérable en ce moment qu'il ne voulait pas la bousculer, mais il fallait qu'il la persuade de sortir ! Certes, elle avait besoin de repos, mais ce n'était pas bon pour elle de rester confinée dans sa chambre.

Après tout ce qu'il avait fait, elle n'avait aucune raison de lui faire confiance, mais cette fois il serait là pour elle autant qu'elle voudrait l'accepter, même si c'était seulement comme chauffeur ou comme aide à domicile. Il voulait saisir sa dernière chance de lui prouver combien il l'aimait et de sauver leur mariage. Tout valait mieux que de passer ses journées sans elle.

Il ignorait quel genre de père il serait et il n'avait pas voulu prendre le risque de le découvrir. Pour finir, la décision lui avait échappé. Même s'il apportait un soutien financier ou une présence physique à son enfant, il n'y avait aucune garantie qu'il soit capable de lui donner le soutien émotionnel qu'il n'avait pas reçu lui-même de ses parents. Mais il était bien décidé à essayer. Une chose dont il était sûr, c'était que Freya ferait la meilleure des mamans. Elle avait simplement besoin d'un peu d'aide pour apprécier pleinement sa grossesse.

Elle ouvrit la porte juste assez pour prendre le plateau, mais il put constater combien elle était pâle.

— Est-ce que ça va ? Tu n'as plus de douleurs ?

Elle esquissa un sourire las.

— Non. Je suis juste fatiguée. Merci.

Et elle lui referma la porte au nez, le laissant se débrouiller avec sa frustration.

Ce n'était pas évident de se retrouver devant une porte fermée, Freya ayant battu en retraite dans son antre avec sa nourriture comme un animal effarouché.

Ce manque de confiance et de communication n'était pas seulement la conséquence de son propre épisode dépressif, mais aussi de la façon dont il avait malmené leur relation. En voulant constamment contrôler la situation, il les avait mis dans un pétrin encore plus grand. S'il ne voulait pas devenir une réplique de son père, il allait devoir réparer les choses au lieu de les laisser partir à la dérive.

Il essaya de réfléchir à une solution.

En tant que médecin, il savait traiter les symptômes d'une maladie, mais là, il s'agissait d'autre chose qu'un problème physique. Freya était malheureuse et inquiète pour l'avenir. Il devait trouver le moyen de la convaincre qu'il serait bien là pour elle…

Il ne voyait qu'un traitement pour qu'elle retrouve sa gaieté et son sourire : Noël.

Évidemment ! Noël n'était plus que dans deux semaines et, pour Freya, un décembre sans guirlandes, ce devait être comme la Laponie sans neige.

Lucas avait choisi le sapin de Noël le plus grand et le plus fourni du lot pour sa mince ressemblance avec ceux qu'ils avaient vus en Laponie. Il réussit enfin à le faire tenir dans un seau au milieu du séjour.

La sueur lui dégoulinant le long du dos et des aiguilles du sapin lui piquant la peau, il monta explorer le grenier. Résolument optimiste, il rapporta un à un dans le salon les cartons de décorations que Freya conservait précieusement là-haut, puis les ouvrit avec un enthousiasme qu'il n'imaginait pas ressentir.

Il faisait cela pour Freya !

Il était un peu dépassé au milieu de toutes ces guirlandes et ces cheveux d'ange, mais il les disposa du mieux qu'il put sur les branches. Certes, il n'était pas un as de la déco, mais quand il se recula pour admirer son travail, il fut assez fier du résultat. Il devait même reconnaître que cela égayait cette triste journée de décembre.

— Qu'est-ce que tu es en train de fabriquer ? fit la voix de Freya derrière lui.

Il s'écarta pour qu'elle puisse apprécier pleinement ses efforts.

— Noël n'est plus très loin. J'ai pensé que l'on pourrait mettre quelques décorations pour l'occasion.

— « Quelques » ? On dirait qu'une usine de guirlandes a explosé !

Son regard fit le tour de la pièce et, quand elle sourit, il se sentit récompensé de tous ses efforts.

— Tu le croiras ou non, mais il y a une certaine symétrie à respecter quand il s'agit de décorations de Noël, expliqua-t-elle.

Il reconnaissait qu'il avait manqué de précision, mais peu lui importait la critique, il avait atteint son but : amener Freya à se reconnecter avec le monde qui existait en dehors de sa chambre.

— C'est toi l'expert, dit-il alors qu'elle s'approchait du sapin et commençait à déplacer les ornements et les lumières. Je n'en suis encore qu'au niveau débutant.

Et pas seulement dans le domaine de la décoration.

— Je n'arrive pas à croire que tu sois sorti pour acheter un vrai arbre ! Toi qui te plaignais toujours des saletés que ça fait…

— Je suis un homme différent de celui que j'étais alors, Freya. Et j'ai envie que tu le saches.

Il voulait lui montrer qu'elle pouvait lui refaire confiance, qu'il ferait tout pour qu'elle soit heureuse. Plus encore, il voulait la convaincre que, cette fois, il était revenu pour de bon.

En découvrant la tentative de décoration de Noël de Lucas, Freya avait été touchée par ce geste attentionné. Une étincelle d'espoir s'était rallumée en elle.

Ne voulait-il pas lui prouver ainsi son engagement ?

— Tu n'as jamais fait ça avec ta mère ? demanda-t-elle en lui tendant une autre boîte de décorations.

Elle connaissait maintenant sa relation tendue avec son père, mais il n'avait rien dit à propos de sa mère, en dehors du fait que celle-ci l'avait abandonné quand il était petit.

Difficile de concevoir qu'il n'ait pas connu des joies simples comme de suspendre des babioles sur un arbre ou de descendre en luge une colline enneigée. Il était aussi maladroit dans ces activités qu'elle était enthousiaste.

Lucas fit une pause après avoir suspendu de son côté de l'arbre le gros flocon bleu et blanc crocheté par sa grand-mère.

— Je l'ai peut-être fait lorsque j'étais très jeune, mais je me souviens très peu d'elle… Seulement que, après son départ, le caractère violent de mon père a empiré et qu'il s'est mis à boire davantage, ajouta-t-il en haussant les épaules.

Elle se mordit la lèvre malgré elle.

Rien d'étonnant qu'elle ait eu tant de mal à persuader Lucas que Noël était une fête joyeuse, alors que dans ses souvenirs, cette période était probablement associée à un sentiment de perte. Cela donnait à son geste encore plus de valeur. Malgré le défi personnel que cela représentait, il avait fait tout cela pour lui apporter un peu de gaieté et qu'elle se sente bien. Il l'avait fait passer en premier.

— C'est pour le bébé que tu es là maintenant ?

Il fallait qu'elle en ait le cœur net. À en juger par sa propre réaction quand ils s'étaient revus à l'hôpital, il était évident qu'elle l'aimait encore, il avait été le seul qu'elle ait souhaité avoir auprès d'elle quand elle avait craint de perdre le bébé. Elle l'aimerait probablement toujours.

— Je suis là pour vous deux.

Il tendit les bras et l'étreignit quelques instants — le premier contact physique qu'ils aient eu depuis l'hôpital.

Était-ce un effet de son imagination perturbée par le bouleversement hormonal, ou bien l'avait-il tenue contre lui un peu plus longtemps que nécessaire ?

— Je ne me rappelle pas l'avoir déjà vu auparavant, dit-il en prenant dans la boîte le petit ange de porcelaine auquel elle tenait tant.

L'année précédente, elle l'avait volontairement laissé dans sa boîte. Elle avait cru pouvoir oublier sa douleur en se focalisant sur le futur. La suite lui avait donné tort. Lucas avait fini par se confronter à ses démons, il était temps qu'elle fasse de même.

— Je l'ai acheté pour le bébé que j'ai perdu.

Lui ôtant le petit ange des mains, elle le suspendit à l'avant de l'arbre, où elle pourrait le voir tous les jours.

Lucas le regarda se balancer, sans rien dire.

Elle appréciait ce silence. À l'époque, tout le monde n'avait pas été aussi respectueux de la perte qu'elle avait subie, comme si une fausse couche ne comptait pas autant que la mort d'un bébé.

Puis elle vit qu'il serrait les poings et qu'il cherchait son regard, l'air horrifié.

— Est-ce que ça s'est passé après mon départ ? Est-ce que c'était ma faute ?

Elle secoua la tête.

— Non. J'avais dix-huit ans lorsque je suis tombée enceinte de Bart. Nous étions fiancés, je croyais que l'on s'aimait, mais il s'est enfui à la seconde où il a su que j'attendais un bébé. J'ignore si c'est à cause du stress que j'ai fait une fausse couche, mais je ne m'en suis jamais vraiment remise. Avec le recul, je me dis que mon désir de fonder une famille avec toi dès qu'on a été mariés était ma façon de compenser cette perte… Je n'aurais jamais dû te pousser à tenir un rôle que tu n'étais pas prêt à assumer.

— Freya, j'ai cru un moment que c'était moi qui étais

responsable de la perte de ton bébé, que tu ne me le pardonnerais jamais !

Il y avait une telle tristesse dans ses yeux qu'elle sentit son cœur fondre.

Ils avaient tous deux commis des erreurs dans les premiers temps de leur mariage. Avec un bébé en route, il leur faudrait se montrer plus mûrs.

— J'aurais aimé que tu m'en parles, dit-il avec douceur.

— Je suis désolée, j'aurais dû le faire. Mais c'était une partie douloureuse de ma vie que je ne tenais pas à évoquer. Tout le monde m'avait dit que j'étais jeune et que je m'en remettrais, et j'avais cru que je pourrais laisser le passé derrière moi. Il semble que nous ayons plus de choses en commun que nous ne le pensions. Peut-être que si nous avions été un peu plus honnêtes avec nos propres sentiments, nous aurions pu traverser l'année dernière ensemble ?

S'il restait le plus léger espoir de relancer leur mariage, elle voulait l'entretenir, de même qu'elle nourrissait leur bébé. Il fallait qu'elle sache s'il voulait être avec elle ou s'il était là seulement pour le bébé, afin de se préparer à affronter l'avenir.

— Maintenant que tu connais la vérité et qu'il n'y a plus de raison pour que tu te sentes coupable, dis-moi ce que tu ressens envers ce bébé… et envers moi.

Elle avait enfin osé poser la question.

— Je t'aime, Freya. Je t'ai toujours aimée, même si je n'en ai pas toujours eu l'air. Tout ce que j'ai fait, c'était pour tenter de te protéger.

— De quoi ?

— De moi.

— C'est l'erreur que tu continues de commettre, Lucas. Je ne suis pas une petite chose fragile et je ne te demande pas de me défendre. Je veux être avec toi pour toi. Je t'aime, *toi.* Tout ce que j'ai besoin de savoir, c'est que tu m'aimes et que tu es là pour moi. Pour nous.

Il regarda ailleurs, le visage crispé.

— Je crains de finir par ressembler à mon père. De ne pas y arriver.

Enfin, il dévoilait son âme, et cette peur enracinée si profondément en lui qu'elle avait failli l'empêcher de vivre !

— Tu y es toujours arrivé, mon chéri. Il suffit de croire en toi-même.

Lui prenant la main, elle la posa doucement sur son ventre et, pour la première fois, elle se laissa aller à les imaginer tous les trois ensemble, comme une famille heureuse.

— Je vais sans doute avoir besoin de ton aide pour cela, murmura Lucas.

Elle savait que ces quelques mots exprimaient une prière et qu'elle devait se montrer digne de sa confiance. Tous deux avaient besoin de croire que cela marcherait cette fois.

— Tu feras le meilleur des papas. J'en suis sûre.

Elle n'avait jamais eu aucun doute là-dessus, depuis la première fois qu'ils avaient travaillé ensemble dans la salle des enfants jusqu'à leur voyage en Laponie. Cet achat spontané d'un sapin montrait l'amour que Lucas avait pour elle et pour leur futur bébé : pour eux, il voulait déjà faire de Noël une fête !

Il caressa doucement son ventre encore plat, et elle sut que ce bébé allait permettre à l'amour de triompher sur la peur. Lucas commençait à regarder vers le futur, au lieu de rester enchaîné à ce passé qui l'éloignait d'elle et de tout ce qui pouvait le rendre heureux.

— Je vais vraiment être père…

— Oui, et moi je vais être maman.

Même si le chemin était encore long, c'était ce genre de réflexion positive dont ils avaient besoin pour guérir et mûrir ensemble. Maintenant qu'ils avaient réglé le passé, ce bébé commençait un nouveau chapitre dans leur vie — le nouveau départ dont ils avaient tous les deux besoin.

Elle fouilla dans les boîtes et en sortit un rameau de gui en plastique, qu'elle tint au-dessus de leurs têtes afin de sceller par un baiser leurs nouveaux vœux l'un envers l'autre.

Cette fois, elle en était certaine, l'amour serait le plus fort.

Épilogue

Un an plus tard

— Si tu peux juste tenir une minute le chapeau de Reuben pour qu'il ne l'arrache pas, ce sera parfait.

Freya ajusta le bonnet d'elfe vert de Reuben, assorti au sien, sachant que son fils de cinq mois n'allait pas garder la pose très longtemps.

Lucas dirigeait les opérations en tenant son appareil-photo. Il se montrait un photographe expérimenté depuis la naissance du bébé.

— Rassure-moi, nous n'allons pas devenir une de ces familles contentes d'elles qui envoient des cartes de Noël réalisées avec leurs propres photos ?

— Pourquoi pas ? répliqua Lucas. Je suis très fier de ma famille.

Il enclencha le minuteur de l'appareil installé sur son trépied et se précipita pour les rejoindre, dans son pull de Noël avec un gros nez rouge de renne que Reuben aimait particulièrement.

Elle osait à peine y croire, mais apparemment Lucas attendait Noël avec impatience et se réjouissait autant qu'elle de le passer en famille.

L'appareil se déclencha au moment précis où le bébé elfe régurgitait son lait sur son joli costume.

— Pas de panique, je m'en occupe.

Avant qu'elle ait pu lever le petit doigt, Lucas emmenait leur fils pour le nettoyer.

Malgré ses craintes de devenir père, il était épatant. Il était fou de son fils comme tout nouveau papa et débordait d'attentions envers elle, comme pour rattraper le temps perdu. À n'en pas douter, leur relation avait bénéficié de leur nouveau parti pris de transparence. Maintenant, plus rien ne les empêchait de se faire mutuellement confiance.

Tous deux avaient trouvé une certaine sérénité dans le fait d'être parents. Les douleurs du passé s'étaient atténuées, cédant la place à un présent plein de projets. À commencer par leur premier Noël en famille à la maison.

Elle voulait qu'il soit spécial pour Lucas comme il en avait fait quelque chose de spécial pour elle.

Pendant qu'il jouait à faire coucou avec le bébé tout en le changeant, elle réfléchit à ses idées de cadeau.

Cette année, elle avait plus de raisons que jamais d'en faire trop. Peut-être vaudrait-il mieux qu'elle s'adresse directement au principal intéressé.

— Qu'est-ce que tu aimerais que le Père Noël t'apporte, cette année ? demanda-t-elle à son mari.

Lucas tourna vers elle un visage épanoui, et elle reconnut l'expression de plénitude qu'elle voyait tous les matins dans le miroir.

— Je n'ai besoin de rien de plus. J'ai tout ce qu'il me faut ici.

Instantanément, elle oublia tous ses projets de cadeaux.

Elle savait qu'il avait raison. La vue de son mari jouant avec son fils suffisait à la rendre heureuse, elle aussi. La famille était tout ce qui comptait. Maintenant qu'ils avaient créé la leur, elle était comblée.

Ce Noël serait vraiment le plus beau de tous les Noëls.

BLANCHE

Cette inoubliable étreinte, de Charlotte Hawkes - N°1648

Alors qu'elle effectue une mission à la base de Heathston en tant que pilote d'hélicoptère, Piper y retrouve le Dr Linc Oakes, l'homme qui hante ses rêves. Cinq ans plus tôt, elle l'a connu dans l'armée de l'air, au cours d'une mission périlleuse. Dans ce contexte de danger permanent, ils ont tissé des liens très forts, partageant leurs joies et leurs peines. Revoir Linc bouleverse Piper : aussitôt affluent les souvenirs, parmi lesquels ce moment où ils ont manqué s'embrasser…

Conquise par un patron, d'Ann McIntosh

Parce que sa famille lui a tourné le dos, Kendra se concentre sur son métier d'infirmière et protège son cœur en évitant de s'attacher aux autres. Lorsque, à la faveur d'une mission à Positano, sa rencontre avec le magnifique Massimo aboutit à une nuit passionnée, elle n'a donc aucun regret de mettre un terme à cette folie. Jusqu'à ce que son amant se révèle être… son nouveau patron ! Exposée chaque jour à la tentation, Kendra voit ses résolutions vaciller…

Charmée par son ennemi, d'Amy Ruttan - N°1649

SÉRIE : COUP DE FOUDRE À LA SAINT-VALENTIN - 1/2

« Je vous préviens : entre nous, c'est la guerre… » Ébahie, Esme ne peut s'empêcher de fixer son confrère et nouveau voisin, le Dr Carson Ralston. En venant installer son cabinet à Crater Lake, un petit village du Montana, elle ne s'attendait pas à un accueil chaleureux de la part du médecin, dont elle est désormais la concurrente, mais de là à ce qu'il se montre si hostile ! D'abord désemparée, Esme se révolte bientôt : pas question pour elle de se laisser intimider par cet homme trop sûr de lui…

Par une nuit de neige, d'Amy Ruttan

SÉRIE : COUP DE FOUDRE À LA SAINT-VALENTIN - 2/2

Fuir les femmes : depuis son divorce, c'est la devise du Dr Luke Ralston. Aussi, quand il apprend qu'il devra travailler en tandem avec le Dr Sarah Ledet dans le nouveau complexe pour skieurs de Crater Lake, sent-il une colère sourde le gagner. Que vient faire ici cette pimbêche arrogante, avec qui il a eu maille à partir cinq ans plus tôt ? Et pourquoi a-t-elle accepté un poste de simple médecin généraliste, alors qu'elle est une chirurgienne réputée ? Luke est résolu à le découvrir…

HARLEQUIN

Leur mission : sauver des vies.
Leur destin : trouver l'amour.

HARLEQUIN
www.harlequin.fr

BLANCHE

HARLEQUIN

Son tendre secret, d'Emily Forbes - N°1650

Ainsi, le Dr Xavier O'Donnell va travailler avec elle… Lorsqu'elle découvre son nom sur la liste des remplaçants de l'hôpital où elle exerce, Brighde est frappée de stupeur. Elle ne devait plus jamais revoir cet homme, avec qui elle a partagé la plus exquise des nuits quelques mois plus tôt ! Mais, maintenant qu'elle va le côtoyer jour après jour, doit-elle l'éviter ou au contraire lui révéler qu'elle porte son enfant ?

Un prince pour patient, d'Annie Claydon

Veiller au rétablissement du prince Hugo DeLeon, c'est la mission qui a été confiée à Penelope et qu'elle entend mener à bien… quelles que soient les réticences du patient. Le statut de malade semble en effet si insupportable au prince qu'il use de tous les stratagèmes à sa disposition – de la menace à la séduction – pour la détourner de sa tâche. Mais Penelope n'est pas devenue une excellente cardiologue en se laissant si facilement distraire…

Leur mission : sauver des vies.
Leur destin : trouver l'amour.

HARLEQUIN
www.harlequin.fr